U0686502

翠山的呼唤

CUI SHAN DE HUHUAN

何立杰 / 著

APOTIME
时代出版传媒股份有限公司
安徽文艺出版社

图书在版编目（ＣＩＰ）数据

翠山的呼唤 / 何立杰著. -- 合肥 ： 安徽文艺出版社，2025. 3. -- ISBN 978-7-5396-8291-4

Ⅰ. I247.5

中国国家版本馆 CIP 数据核字第 20256G1H44 号

出 版 人：姚　巍

责任编辑：王婧婧　　　　　　　　装帧设计：徐　睿

⋯⋯⋯⋯⋯⋯⋯⋯⋯⋯⋯⋯⋯⋯⋯⋯⋯⋯⋯⋯⋯⋯⋯⋯⋯⋯⋯⋯⋯⋯⋯⋯⋯⋯

出版发行：安徽文艺出版社　　www.awpub.com

地　　址：合肥市翡翠路 1118 号　　邮政编码：230071

营 销 部：(0551)63533889

印　　制：保定市正大印刷有限公司 (0312)2209511

⋯⋯⋯⋯⋯⋯⋯⋯⋯⋯⋯⋯⋯⋯⋯⋯⋯⋯⋯⋯⋯⋯⋯⋯⋯⋯⋯⋯⋯⋯⋯⋯⋯⋯

开本：880×1230　1/32　印张：12　字数：280 千字

版次：2025 年 3 月第 1 版

印次：2025 年 3 月第 1 次印刷

定价：75.00 元

⋯⋯⋯⋯⋯⋯⋯⋯⋯⋯⋯⋯⋯⋯⋯⋯⋯⋯⋯⋯⋯⋯⋯⋯⋯⋯⋯⋯⋯⋯⋯⋯⋯⋯

献给在脱贫攻坚和乡村振兴事业中艰辛努力、默默奉献的人们！

自　序

　　这部小说里的每一抔文字，均带着山野的露珠、散发乡土的热气；诚挚的表达携带爱、温情以及伤痛直达内心，让你在平凡得如同泥土的文字里找到令人流连的情境，引发关于"三农"、城乡、人生价值、婚姻爱情等问题的思考。

　　在这用朴素文字搭建的世界里，除了有令人喟叹的贫困，还有美丽得令人眷恋的山水、动听得令人痴迷的戏曲、清纯得令人陶醉的挑花、纯朴得令人动容的乡民，这一切组成了萦绕主人公陈根心灵的浓厚乡愁，并牵引他以洗尽铅华的朴实与真诚在乡亲们的期待中坚毅前行；让人看到他以怎样的真情义举托起困苦者的希冀，又以怎样的纯真善良回应恶意的算计乃至构陷！经由这种努力和牵引，温情善意像是听到了山野的呼唤，涓涓流向含晖的山地；而城乡两域的人们也在情感的交织中，获得对彼此更深的理解。

　　在人类历史上最宏大壮阔的减贫行动背景里，此处所呈现的，只是华夏广袤土地上曾经激起的些许浪花，然其传载的民族精神，不正是我们所要弘扬的吗？

　　是为序。

　　　　　　　　　　　　　　　　　　　　甲辰年十月于古雷池

一

陈根沿着那条他熟悉的山道有点吃力地攀到了山顶。这是他时隔十八年再次登顶家乡的这座山,他放开喉咙冲着眼前旷阔的空间长吼一声,仿佛是想唤醒这一片天地对他的记忆。

天气晴好,太阳在薄云里时隐时现,阳光间或透过浮云斜射而来,照亮他脸上的汗珠;惠风袅袅,瑞霭轻摇,暮春时节的风夹带草木清香的气息,温柔地舔着他的面颊。放眼望去,眼前成片的松杉层次分明地顺坡而下,满眼浓郁的苍翠;浓荫的尽头,开阔的地面上,散布着一个个自然村落;几只于空中盘旋的白鸥将他的视线带向稍远的地方,那里有一汪碧水在成片的绿草及高禾间漫开,在云天和山影的映衬下泛着悠然的微波,那是翠湖的末梢侵入山峦形成的湖汊。湖光映山色,翠土连碧水——是的,这便是他的家乡,这便是这个全县有名的贫困乡村的自然风貌。此刻,家乡的山水在他眼里竟如此之美!

这山有个诗意的名字叫翠山,山不高却颇有灵气,山上有座相传始建于唐代的清风古寺,曾吸引四方文人墨客来此游览并献诗题联,古寺不远处有一处古迹名曰"太白书堂",相传唐"安史之乱"时,大诗人李白因从永王李璘而获罪流放贵州,途中遇赦后路过翠山,时值大雪,行程受阻,便暂居翠山一间茅屋里读书作诗度日。现今虽然茅屋不存,但遗迹还依稀可辨。因此,翠山也就成了远近闻名的山了,而以翠山为名的镇和村也跟着有了些名气。

不过，十八年前，陈根对家乡翠山的美好却没有什么切实的感受，对生他养他的这片乡土也没什么眷恋之情。那时他还是一名高中毕业回乡青年，因没能考上大学进入城市而苦闷失意。他向往城市生活，一心只想走出这个贫瘠的山村，到繁华的城市去谋得自己的位置，开辟新的天地。为此他婉拒了村书记请他进村两委班子的提议，逼着清贫的父亲艰难地创造条件，让他得以复读参加高考。连着三年，他才终于如愿以偿地考上省城重点大学，毕业后又如愿留在省城工作，由一个山里的乡下伢变成了省城市民。

而今，他已在城市生活了十八年，在省城成了家也立了业，人也迈入了中年的门槛，然而他内心似乎依然有种没把自己在那座城市里安顿好的感觉，他总觉得自己在所在的报业集团里的努力并没有获得应有的成功，也没有什么成就感。更为糟糕的是，他的家庭渐渐地也出现了危机，他与妻子郁芸的感情裂痕日益加深，郁芸已产生要与他离婚的想法，家庭已处于风雨飘摇的境地。这一切真的令他心力交瘁，有种迷了路的感觉。于是最近一段日子，他的思想有些波动，他真的想改变点什么，但又不知如何改变。恰在这个时候，集团党委在全系统物色脱贫攻坚对口帮扶驻村工作队人选，入队的人将脱产脱岗、一驻三年；而巧的是，报业集团对口帮扶的县恰恰是他的家乡滨江县，全省深度贫困县之一。他在没跟妻子商量的情况下就递交了申请，并找到集团党委负责人陈述了理由、表达了志向，愿望很是强烈。最终集团党委经研究同意了他的请求，并决定由他担任队长，和另外一名年轻人组成工作队去滨江县驻点帮扶。到了地方，县委考虑到陈根是翠山人，熟悉翠山一带的情况，便将报业集团的帮扶村安排在翠山镇翠山村，并从县扶贫干部中安排了一名年轻人配合他,组成了三人扶贫工作队。于是时隔十八年,已然成了省城人的陈根,以驻村工作队队长和村党总支第一书记的身份,又来到故乡生活和工作了。

正月刚过,陈根就带着一种使命感,开着自家那辆旧轿车,载着年轻队员朱文一道来翠山村赴任了。他来的时候,节令刚好进入雨水节气,连绵的春雨不知疲倦地落着,就像他刚踏上这块翠土时的心绪一样缱绻复杂。他会同村干们把驻村工作队的生活办公等事务安排好,之后独自去了滨江小镇,向他的老父亲报了到——老父现已和外嫁江边小镇的阿妹居住——他告诉老父自己这三年受单位派遣将长驻家乡翠山村,任务是帮助翠山村脱贫。父亲深感意外,又很高兴,随后又忧虑地问郁芸怎么办,他红着脸告诉父亲他已经安排好了。父亲说自己这两年还不能回翠山,他得把外孙带大了才能够回去……

天气限制了工作队的行动。于是陈根利用这段时间先从高层了解宏观的情况,他先后去了县扶贫办、县委组织部和县里的帮扶包保单位县文化委。他从这几个部门了解到,翠山村的扶贫工作底子很差,主要原因是村两委主要负责人之间不团结,内耗严重,工作都是浮在面上、沉不下去,识别不精准、措施不精准;特别是对一些重点贫困户的帮扶,拿不出有效措施,导致每次省、市巡查抽查时,这几户多次直言不满意,严重影响县里的考核排名成绩,给县里、镇里带来很大压力,翠山村也多次成为县里点名批评的村。了解到这些情况,陈根内心陡然感受到了一种沉重的压力,他觉得当务之急就是要把翠山村二百多户贫困户的情况都搞清楚,然后再召开一次村两委扩大会,明确要求和责任,建立起一些管用的机制……

迎来了双休日，天气也难得地放晴了。两位年轻人想回家，陈根将自己的旧轿车给他们开走了，自己走到户外，望着眼前的翠山，蓦地想放松一下心情，登高眺望一下久违的乡土，或许能疏解郁结的情绪、缓解思想上的压力，找到一些灵念和勇气吧。于是，他沿着年轻时走过的山路，登上了翠山之巅。山顶有一小块平坦之地，几处峭石耸立一侧。他两手叉腰，极目远眺，像十八年前他即将离开故土奔赴城市时一样，感到心胸一下子开阔了很多。不过相比较那时的心情，此刻的他，心思虽然沉稳了很多，心情却也复杂了很多。当年他是单纯且踌躇满志的，有点像古代鲍照登大雷岸时的心情，而现在他望着山下错落有致、春光乍现的翠土和星星点点散落的村屋，目光里既含有兴奋和期冀，又有某种难以言传的焦虑和担忧。他感到自己肩负着巨大而沉重的责任，身在故土、面对家乡父老乡亲的期待，他的作为怎样，将直接影响单位和地方的绩效，还有集团领导、家乡父老对他的看法！尤其是他了解到翠山村工作落后的严峻形势后，这种紧迫感和焦虑便更强了……

他大口地呼吸着山野清新的空气，同时思考着往后该怎么做，目光和思绪都在天地间跳跃着……

廖结宏今天没去村部，他为老婆开的杂货店进了趟货，然后便在堂屋里喝茶抽烟，很是悠闲。

自打省派驻的扶贫工作队来到翠山之后，廖结宏就感到压在他这位村总支书记肩上的担子一下子减轻了不少。陈根既是工作队队长又兼任村党总支第一书记，他可以把领导翠山脱贫攻坚工作的重担一下挪到陈根的肩上去。这几年这副担子一直压得他喘不过气来，上面批评甚至问责，下面埋怨甚至投诉，两头受气；工作成绩垫底拖了全县的后腿，板子全都打在他的身上。当然，并非他不重视不努力，而是他遇到的困难太多，能力有点跟不上。首先是村两委班子人员不怎么配合他，尤其是村委会主任徐有全一直跟他对着干，班子里也有几个人跟在徐有全后面闹事，他安排的事情总是落实不好，哪还谈什么工作成效呢？不出问题就是万幸。现在省里的工作队来了，而且要长驻三年，有第一书记在前面，往后这个村的扶贫工作就以陈书记为主了，其他推不动的工作也可以靠着陈书记去开展。他想得很明白，眼下要尽量搞好与陈根的关系，放低自己的身段，把陈书记和工作队往前面顶，这样结成一条线就能镇住徐有全那班人；三年后班子整顺了，他廖结宏往后的日子才好过，否则他这总支书记也难当下去。这是时运给予他的机会，他得把握住，千万不能再让徐有全钻了空子，让那个"滑头佬"把工作队拉过去再把自己架空……

他正想入非非的时候，门外传来一声喊把他吓了一跳，只见村主任徐有全顶着一张马脸大大咧咧进了屋。

"廖书记好有闲情，"徐有全接过廖书记递过来的烟坐下道，"马上就要有大动作了，你还闲得住？"

"什么大动作？"廖结宏不解地望着他。

"工作队进村半个月了，接下来肯定有动作呀。"徐有全点燃烟深吸一口后吐出一个烟圈，意味深长地说，"我听说陈队长走访了村里很多人……"

"工作队了解一些情况，很正常。"廖结宏淡然地瞥了对方一眼。

"我跟工作队的两个年轻人谈过一回,他们说下周要开个两委扩大会,说是要对全村建档立卡贫困户组织一次全面筛查,看存在多少'两该两不该'的情况,还说要完善强化村干部包片责任制!"徐有全停了一会儿,脸上显出严峻之色,"老廖哇,你说我俩是不是该有所准备呢?"

廖结宏警觉地望着对面那张马脸。他知道,每次徐有全主动来他家,总带有自己的目的,甚至会给他设陷阱拖他下水。记得精准扶贫建档立卡工作刚启动的时候,徐有全主动来找他谈心,像是讨好他似的提出准备将他的老丈人、舅老爷及堂弟三户"识别"为贫困户建档立卡。他当时觉得有些不妥,因为他清楚自己这几家亲戚与村上多数人家相比较条件不算差的,列为贫困户有点牵强,无奈老婆听后喜笑颜开,立马就代表他表态,感谢村委会的照顾安排。于是他不好多说了,只是担心村民小组会和村民代表会上难通过,徐有全拍着胸脯说"能够搞定"。他当时没反应过来这其实是徐有全做的一个套,之后徐有全便将自家十几户亲朋都"识别"为贫困户,纳入了建档立卡范围。在村两委扩大会上,他作为村总支书记也只能默认了这经过操作的名单通过,但是这就为翠山村扶贫工作埋下了祸根。还有安排村民"吃低保"的事,也是这个套路。这样的例子还有不少,这些年他吃这个人的亏太多,他觉得在玩心计上真不是这家伙的对手。好在现在省里派工作队来了,往后他可以联合陈根来对付这个人。

"做么事准备?该么样就么样吧。"廖结宏带着怨气说道,"反正现在各方面都落后,虱子多了不痒,不怕丢人现眼了!"他心里想,即便要搞筛查整改,他也不怕承认错失承担责任,还能为自己赢得一个改过的机会。更重要的是,能把徐有全的胡乱作为整改过来。

"别想得简单,"徐有全强笑道,"他们不光搞重新筛查,还要搞村干部包片责任制,以前我们搞的那个划片分工是不是要考虑调一下?你负责的龙塘屋片和我负责的徐墩屋片里,都有好几个没法帮扶的重点户……"

廖结宏又被问住了,不知该怎么说。他知道这里面的利害关系。

"一旦定了就得扛起来,再像以前那样糊着恐怕不行了,那些人家都不是省油的灯,投诉的也都是他们。"徐有全接着说,"可是那几户你都清楚,我们能帮扶得了吗?"

"说实在的,我们也没太用心,做得还不够。"廖结宏说。

"再用心都无法帮!"徐有全提高嗓门道,"你看看徐墩屋的徐水应,他那病根本就治不好,他老婆素梅还总是驮着他四处寻医,好不容易给他弄了个低保,可每年的钱还不够她折腾的;再看看龙塘屋的那个龙庆元,前些年弄个草台班子到处唱戏过了一段好日子,可自打在外遭了殃回到村里就什么都不会做了,一家的残疾人还老想着过原来的日子,你说我怎么帮?除非政府把他养起来!再有廖老书记家,儿子跑出去快十年了没有音信,老伴得了癌症,还要带着个脑瘫的女儿过活,给他低保他还死要面子不接受,还要我们把他儿子找回来……我们如何做得到?你说说,对这些人家你用再多的心,也是往河里屙尿——瞎塞掉了……"

"那么,"廖结宏吐出一口烟,低沉地说,"你的意思是么子?"

"我想,陈队长是省里派下来的,水平比我们高,路子比我们宽,龙塘和徐墩片的那些重点户硬骨头我们啃了这么久都没啃下来,这次可以重新调整包片,让陈队长去包龙塘和徐墩那一片……"

廖结宏有点警觉地瞥了徐有全一眼,他知道这家伙又在玩点子耍滑头。不过他细细思量,徐有全这回倒真是在为他俩的利益考虑,当然主要还是为他自己。

"我们只提建议,"廖结宏半天才从喉管里挤出一句话,带着浓重的鼻音,"不晓得陈根会怎样想。"

"只要我俩意见一样、口径一致,他也就不好推脱……"

廖结宏递根烟过去,没再说什么;徐有全为廖结宏点着烟,这样算是统一了认识。接下来徐有全又为贫困户识别筛查工作想拉廖结宏一道扛事。但对这个问题,廖结宏似乎已有自己的主意,所以不想再往徐有全的套子里钻,他打着哈哈说些模棱两可的话,让徐有全一直如堕五里雾中。

看似很随便的聊天,其实也很费脑子。

郁芸今天去文化馆上班没有开车,也没有坐公交,而是徒步过去。三四里路程虽说不太远,但走过去也挺费力的。不过郁芸是有意为之的,她今天心情很乱,想借着走路来散散心。

烦乱来自她拿出的那份离婚协议。虽然是她酝酿已久的决定,但真的付诸行动,仍难免给她内心带来些许伤感和烦忧。毕竟是存续多年的婚姻了,尽管一路走来磕磕碰碰,但的确也为之投入过太多的情感和心神;而且不管怎样说,离婚对她来说,是人生的某种缺憾。

但是这一步在她看来,似乎又不得不走,因为她不想再忍受下去。自从十一年前与陈根结合以来,她似乎从未领略过快乐幸福的感受,除了头两年还有点激情,这些年来就一直是在伤人的争吵或恼人的冷战中度过;感情的基础和生活的意趣随着时间的推移在一点点丧失,以至于走到今天这个地步……

街上照例还是热闹,熙熙攘攘的人流车流制造出城市的繁华。很多很多的人迎面而来又擦身而过,带着不同的神情和各自的目的穿行在城市的浮华里。然而这些扑面而来的面容就像风一样快速吹过,没留下任何印象。只有陈根的影子以及他们过往的日子一直在大脑中游走,带来联翩的浮想……

她是经人介绍而与陈根相识的。当时她已经是个大龄姑娘,已然丧失了原先具有的优越条件和优越感,是带着"解决问题"的心理而与陈根接触的。初识时她对陈根的印象是不错的,虽然他来自农村,但经过几年的大学深造,已出落得文质彬彬了;况且大学毕业后又在省级龙头报社里谋得了工作,在省城泡了几年,渐渐便也褪去了一身的"土气",谈吐和做派都有些书生气质了,想必涵养也不低。尽管他比自己小三岁,但考虑到自己已经老大不小了,且以前在剧团当演员时练功受过腰伤,也只能调低眼光。于是两人便建立了恋爱关系,并于之后不久步入了婚姻的殿堂。婚后头两年的日子倒还有点新婚的味道,然而很快郁芸便发现:这个出身农村的男人心气很高,一心想凭借自己的打拼提升自己在城市的地位和身价;他的兴趣和精力逐渐转向他的工作,越来越像一个"工作狂"了。他三天两头下乡,有时一去就是两三天,即便未下乡,每日在单位待的时间也非常多,家对他来说真的就像是旅馆一样。他很少在家吃饭,晚上回家也大多待在他的书房里熬夜写稿。他的心思几乎全放在他的业绩上,而偏偏对家庭事务、对老婆的关心体贴及与老婆的交流做得很少。而且,这种情形随着他们之间争吵的加剧而越发严重。尤其令郁芸不能原谅他的是,在老婆怀孕的那些日子,他仍未将心思收回到家中来,依然是在外多、在家少,对怀孕妻子的照顾也很不到位,最终导致她在一次上街采买时被车子撞倒而流产了。自那之后,她便与陈根闹翻了,长期的冷战就此拉开了序幕,最近两年更是发展到分房睡觉、分开生活的程度。直到近期,他在没有跟自己好好商量的情况下,又主动申请到他的老家去从事扶贫工作,她觉得他是在有意躲避她,躲避这个已经冰冷的家。她真的感到心灰意冷了。她是个注重内心感受的人,可这种感受现在却遭遇了寒冬。现在她觉得,此生与陈根的相遇似乎真的就是一场误会,是时候做出某种改变了。

然而改变常常是伴随着阵痛的。尽管现在离婚在城市并不少见,但多少也会改变人们对你的看法。更何况丈夫如今正在农村扶贫,这便更容易引来一些误解。所以拿出这份协议,她还是颇费一番踌躇的。现在这份协议已起草好了,而她竟没有勇气把协议再重新看一遍,至于什么时候把协议文本发给陈根,她也没想好,且每每想到这一层,内心不免有一些波澜。

走到文化馆的时候,郁芸已经出汗了。但她感到身体轻松了一些,好像某些沉重的东西卸在了路上。文化馆院门边竖起了一块"汪逸风画展"的宣传牌,汪逸风灿烂的笑容风一样扑面而来。她心想,这家伙说干就干,真把画展搞起来了,是个有追求的人。

正寻思的时候,副馆长汪逸风恰好从院门里出来,看见郁芸眼睛立马亮了起来,他请郁芸过几天参加画展开幕式,郁芸爽快地答应了。

来到办公室,她依然心神不宁,脑子还是想着离婚协议的事。不知过了多久,她混沌的思维被一声呼喊拽到现实中来,好友俞艳出现在她的面前。

"想什么心思呀?这么专注!人进来了都不晓得。"俞艳笑嘻嘻地说。

郁芸莞尔一笑道:"今天没你班?又是来练唱的吧?"

"是的,几个票友正在群艺厅里排一个戏段子。刚排完,就过来看看师傅你在不在上班。"俞艳依然笑道。

俞艳喊郁芸师傅是发自内心的,她们是老朋友,也有段不平常的交往史。郁芸和俞艳是小学同学,早在学校念书时,俩人就是文艺骨干,常一起参加唱唱跳跳的活动。后来俩人走了不同的路,郁芸考进了省黄梅戏校,而俞艳最终进了省卫校。不过俩人从小就养成的兴趣爱好都一直没变,这就导致郁芸成为省黄梅戏三团当红演员之后,身为省立医院护士的俞艳自然而然成了郁芸的戏迷。另外,俞艳还牵头组织一个戏迷票友会,经常组织一些练唱和业余演出、比赛活动等。而郁芸因练功受伤改行到省文化馆做群众文化管理工作后,俩人的联系就更密切了,俞艳工作之余经常来文化馆,要么来向郁芸讨教,要么参加一些戏迷活动。

"最近怎么样?"郁芸问。几个月前,俞艳曾痛苦地告诉她,丈夫张秋平有外遇,并说已经掌握了初步的证据。三个多月过去了,俞艳这位眼睛里容不得沙子的女人又是怎样过来的呢?

"还那样。"俞艳含糊其辞地说，脸上泛着苦笑，"过两天我找你细谈。你呢？今天你脸色不好，身体不舒服？要么又是在想什么烦心事？"俞艳关心地问道。

"还不是为他的事……"郁芸阴着脸说。

俞艳知道郁芸说的"他"是谁，关心地问："听说他下乡搞扶贫了？"

"是的，"郁芸用阴沉的语调说，"走了半个月了，没回来过，他就是这么个冷漠的人！"

"也不能这么说，他或许有他的想法。再说，刚刚去，事情肯定多。"俞艳好像能理解似的。

"不，你不知道，他一直就是这么冷漠。"

"他的思想可能比你理解的要复杂些。"

"何以见得？"郁芸不解地问。

"陈根常和张秋平、邵益民这几位同学谈心……"

郁芸还是不太明白俞艳的意思："我受够了，还是离婚算了，协议我都拟好了。先协商，不行就打官司……"

"别这么草率，再想想，也要多考虑考虑这么做的不利因素甚至影响……"

"我想好了，"郁芸冷冷地说，"过两天我就把协议文本发给他……"

二

参加全县脱贫攻坚推进会回来，陈根便一直处于兴奋之中，落实任务的心情也越发急迫了，在返回途中他就不停地与一起来开会的廖结宏商量回村后如何贯彻会议精神的事。

翌日上午，他主持召开了村两委扩大会——本来他是请廖结宏书记主持会议的，可廖结宏坚持要第一书记牵头，一个劲地把他往前推，他也只好来挑头了——参会人员扩大到各村民组组长和县双包单位负责人。会上，他用自己的语言通俗地把县脱贫攻坚推进会的精神作了传达，之后又将省里出台的几项扶贫新政进行了解读，特别是对健康扶贫"351""180"两项政策和产业全覆盖几项政策进行了详细的解读。他认为这些新推出的政策含金量十足，对村里那些因病致贫户和自身动力不足、发展生产无方的贫困户来说真是雪中送炭。他要求与会人员都要很好地把握这些政策内容，结合以前出台的危房改造、易地搬迁、教育资助、小额信贷、光伏扶贫等政策举措一并宣传好、利用好。

陈根的解读一下子让会议气氛活跃了起来，参会者都忍不住围绕新的政策措施发表一些意见。有的发感慨，赞扬党和国家政策好；有的表达了疑问：贫困户在县里住院看病费用结算最多付三千元，在市里住院看病结算最多付五千元，在省城住院结算最多付一万元，贫困户养鸡、养猪、养牛都给补贴，种庄稼也给补助……世上哪有这么好的政策啊！是真的吗？面对这些声音，陈根耐心地作了解释。"政策假不了，关键要落实好、利用好！"他要求大家下一步上门走访贫困户时做好宣传和信息收集工作，把信息搞准，把事情做细。

接着，就往后扶贫工作怎么抓的问题，陈根说了自己的意见。他说工作队刚来不久，情况还不是十分了解，村两委扶贫工作还是按过去的分工去做,包括危房改造和十五户易地搬迁、光伏电站建设、道路工程和扶贫车间建设等,原先谁负责还由谁去抓落实,工作队可以帮助协调推动。但眼前有几件紧迫的事是必须抓紧去做的。一是贫困户识别评估筛查要抓紧,解决"两该两不该"问题,把"该进的没有进、不该进的进了,该退出的没退、不该退出的退了"的问题尽快摸清,省建档立卡平台这一个月是开放的。陈根说,这个问题是翠山村脱贫攻坚工作最为关键的问题,上面批评,村民也有意见,每次检查翠山都垫底,连识别都搞不准,还怎么能做到精准施策呢?必须尽快解决!他建议分成三个组,他本人、廖书记和村主任各带一个核查组,村两委成员和驻村工作队人员分别插进三个组,每组包干六个村民小组的贫困户排查识别工作,每天碰一次头汇总情况,一个星期后拿出结果。他请廖书记列一个表,把贫困标准打印出来发到各组成员手上。二是要真正建立起村两委班子成员分片包干责任制,包片包户村干部既要联系贫困户也要对接好县直单位的帮扶干部,工作队将帮助村总支搞出一套细化了的责任制度来,另外还要建立两委帮扶工作周例会制。陈根说过他的意见后,请大家议一议。他还说工作队人员也将参与到两委分片包干之中。

廖结宏紧接着就表态道:"省派驻工作队就是来指导我们村工作的,再说,陈队长还是村党总支第一书记,往后我们村脱贫攻坚工作全听从陈队长的安排做,我们都听陈队长的……"廖结宏这是在代表村里定调子。

陈根说:"事情还是要大家商量着办,村里情况你们更清楚些……"

于是讨论热烈起来,大家都围绕陈根说的几点提了一些意见。徐有全在向廖结宏使眼色无果后,只得自己先开口了:"村干部包片责任制要正儿八经地搞!以前也有安排,但落实得不好,糊的时候多,"徐有全提高嗓门道,"所以一些贫困户对包片村干部多少有些意见。现在陈队长来了,他说也参加包片分工,我看应该重新分……"

"可以的,"陈根表态道,"我既可以包片也可以负责全村面上的扶贫工作……"

"陈队长是龙塘组人……"徐有全提示道,后面的话又咽了回去,只是向廖结宏使眼色。

"陈书记家在龙塘,熟悉那屋场的人家。"廖结宏终于开口了,"另外,徐墩组紧挨龙塘组,我看陈书记就包那两个屋场的几个村组吧,如何?"

"没问题,"陈根笑道,"你抓紧搞个安排计划,不要拖,明天就启动,新政宣传和走访调查一起进行……"

"我觉得贫困户识别筛查虽然可以搞,"见陈根不太难讲话,徐有全进一步说,"但建档立卡都已经搞了几年了,现在我看只能小调,不能大调整,不然村民就把我们前面做的事都否掉了,对村两委也不再信任了,这样不利于往后工作的开展……"

"只要是不符合贫困户条件、不精准的,属于'两该两不该'范围的,就要坚决调整!"陈根坚定地说,"这是各级都反复强调的,没有宽松的余地!否则精准扶贫就无从谈起!这个问题不用再争论了!"

会开了一上午,参会的人都说,这次会议的强度是以前没有过的。

骑着自行车上了一道坡，陈根便有点喘了，他惊异于自己今天如此容易疲劳。他于是跟身旁的小伙子徐兴昌说："有点累了，停下休息一会儿。"而后便将越野自行车就地放倒，在路边草皮地上坐下小憩。

陈根性子急，上午会后他就找到廖结宏商议，拿出了分组包片的初步方案。他接受廖结宏的提议，带着最年轻的支委、村文书徐兴昌包徐墩、龙塘两个自然村的五个片组和有易地安置户的沈坦屋场一个村民组；让工作队的朱文和宋斌两个小伙子分别跟着廖结宏和徐有全跑其他片组。忙完这些，他看时间还不到三点，便通知文书徐兴昌，说下午先跑几户。他没有开自己带来的那辆旧车，而是骑着事先备下的越野自行车。徐兴昌没带自行车，陈根便让他先骑宋斌的自行车，过后再设法去弄一辆。陈根说在村组小道上跑，还是骑自行车方便，既接地气又锻炼身体！

于是陈根骑车领着年轻人往徐墩屋场去。走之前他看了一下手机，在看清了时间的同时，也突然看到了老婆郁芸通过微信发过来的离婚协议文本，她还附上了一句话：希望尽快回复。他的头一下子便大了，虽然他早已预料到这一天会到来，但真的走到这一步的时候，他还是感受到了一种前所未有的压抑。他没有马上去看那份协议的内容，也不想仓促地做出回复，他准备将这事暂时搁下来，但他明显感到有种疲惫感袭来，以至于骑车上了小坡道便喘了起来，他知道这是心灵承压所导致的。他尽量让自己放松下来，抬起头把眼光放远，看松林杂木铺开的绿色景致及绿荫掩映之中有点杂乱的农舍,看阳光斜着透过松林时的神秘闪光,把思绪强行引到他所关心的坡脚下那个屋场的几户人家。于是感觉像是接通了地气似的,那点疲劳感渐渐传给了大地。他重新骑上车,速度不知不觉也加快了。风从他身边急急掠过,树木绿色的影子也快速闪过……

远远就看见了徐墩屋场。那里是翠湖岸边一片凸起的高地,住着四五十户人家。进了村便下了车,徐兴昌在前面引,他推着车紧跟着,在七扭八歪的村巷里穿行。他首先要去的就是因病致贫户徐水应家。

拐过几个村巷,他们来到了徐水应家院门前。院子里面是一幢红砖平瓦房和一幢两层小楼,水应、水根兄弟两户人家共用一个院子。水应长年患病,家境贫寒,住的是平房;水根在外务工,留老婆在家带孩子陪老人做家务,住小楼。院子的格局还是早已死去的他们的老父亲安排下的。现在,维系这个家不散的人便是他们的老母亲凤娥。

陈根停好车来到院门前,发现院门的门闩插着,还上了把锁。陈根问徐兴昌这户人在不在家,小徐说已经联系过了,家中有人的,随后拍了拍院门,唤了两声。良久,平房里有响动,凤娥从平房的木门里探出头来,问道:"谁呀?"

"扶贫工作队的陈书记来看望你。"徐兴昌大声介绍道。

"哦!陈书记来了!"凤娥急忙过来开门,走路还一瘸一拐的。

"大白天的,为何把门关得这么紧?"陈根问,"你的腿怎么搞的?"

凤娥翻翻她那患有轻度白内障的眼睛,压低了声调说:"村上那叫麻梗的泼皮,这些日子常来招惹我小儿媳云霞,动手动脚的,说些调戏的脏话! 我上前撵他走,他还把我一把推倒,腿都跌伤了! 缺德的东西,欺负我们可怜人家!"她边说边拿粗糙的手揩眼睛。

"还有这种事?"陈根愤怒地说,"回头我过问一下,让村里来处理这事,这还了得!"

"别、别惹他!"凤娥结结巴巴,胆怯地说,"他是狠人,到时候他恨我告状,要害死我的……"

"怕么事?! 有村两委为你们做主,莫怕! 还没了王法了!"陈根大声道。

"好了好了,进屋说话吧。"凤娥还是有点胆怯。

陈根进了院子,径直往那间平房而去,几步就进了屋子。屋内寂静一片,堂屋里显得很阴暗,抬头便能看到吊着蜘蛛网的横梁和黑色老瓦;墙壁多处剥落了,露着粉化的伤疤。一张着色很深的八仙桌配两把旧椅置于一幅中堂吊屏之下,两条落满灰尘的条凳静放墙边。尽管陈根并非第一次看到这种人家,但这回看见,还是从心底生发出一种酸楚的滋味来。

"怎么,水应和素梅都没在家?"陈根在此感觉到了一种可怕的宁静。

"素梅驮着男人去市里看病了。"凤娥低声说道。

"驮着",老人用了这个词。这词似乎象征着这个家庭的某个特点,据凤娥和徐墩屋场的人讲述,已经七八年了,水应的老婆素梅为治丈夫的病,驮着不能动的水应东奔西走,把这个家弄成现在这样一贫如洗了。

"什么时候能回来?"陈根问。

"不晓得,我估计天把就能回来,她身上带的钱不多。"凤娥揩了一把眼睛,"走,到那边水根家的楼房里去坐吧,这里连个坐的地方都没有。"

陈根跟着老人进到旁边的小楼里,感觉这里的条件的确要好一些,至少有了些生活气息。凤娥一边高声招呼云霞来倒茶,一边介绍水根和他媳妇云霞的情况。

"水根在湖州一家童装厂里做工,为了省钱三四年了都不曾回家一趟,寻的钱也都贴到这边的'无底洞'里了……"老人停了会儿,浑浊的老眼里泛着迷离的光,"可这样下去,他老婆不晓得能苦守得了啵……我担心哪,怕她守不了这样的日子跟人跑了——那个叫麻梗的泼皮天天都在打她的主意!苍蝇不叮无缝的蛋,她要不跟他搭腔,哪有现在的事?"

老人正说着,儿媳云霞从楼上下来,她听到了婆婆后面的几句话,绷着脸冲老人道:"妈,你跟人家干部胡说些什么?!谁说我跟那赖子搭腔了?他要来惹我有么法子?!"她边说边给陈根和徐兴昌泡了茶,然后坐到婆婆旁边的小凳上去,手捂着脸抽泣起来。"我容易吗?几年了,我一个人带着自己的和大哥的伢,还要做家务和农活,搞的钱都借给大哥去看病了,过的么日子呵……"

"好了,莫说了,算我瞎说好吧。"老人也跟着哽咽起来。

"莫再伤心了,"陈根望着老人皱巴巴的脸和云霞满脸的泪痕,心里也滚动起几缕伤感,"会好起来的,国家对像你们这样的因病致贫户,推出了有力度的帮扶措施,比如'351'和'180'扶助政策等,贫困户大病就医和慢性病治疗,国家都将拿大头,力度很大的!"

"可水应病成那样,看上去都快不行了……"老人又哽咽起来。

"生了大病就要到正规大医院去看,不能病急乱投医。"陈根劝慰她道,"我之前了解一些你家的情况,你儿媳虽然有决心为你儿子治病,可是不得法,为省钱总是到一些小医院甚至民间土医生那里去求医,反倒误了治病,还花了不少冤枉钱!"

"县里来的帮扶人也是这么说,素梅这回就是听了县里那个帮扶干部的话,下狠心驮着水应去了市里医院看病,去了两天了,不晓得怎么样……"

陈根点点头说:"你把水应生病的情况跟我说说,我回去跟省立医院的一位朋友咨询一下,看怎么治才好……"

老人于是絮絮叨叨把儿子的病情说了一通,陈根仔细地听。

"到大医院,哪有路子哪有钱呢?去了怕落脚地都没!"老人带着哭调道,"你看看,这个家还有什么?日子都过不出了哇!"

"您老莫着急,我来帮你们联系看看,会解决的!"陈根劝道,"等素梅和水应回来,我再过来详细说,为你们订个计划。"

陈根说罢,便起身道别。他推着车走出院门的时候,太阳已偏西了。他望着西天的暮霭,再回眸看一眼依然立于院门前目送自己离开的老人,内心有了某种沉重感。

走了一段,他回头问徐兴昌道:"这户村干部也常来吗?"

"原来是廖书记包的片,廖书记事情多,来得不一定多。"

"县里有干部帮扶吗?"

"有哇,是县文化委的一名干部,每月能来上一次。"

"像这样的贫困户,光上门宣讲政策、给他们理个方案或者给一点补助救济是解决不了问题的,只有给予具体实在的帮扶措施才会有效……"

"是的……"徐兴昌应道,"时候不早了,徐墩屋场还有十多户已建档立卡的,是不是再抓紧跑几户?"

"下面跑两户有争议的,"陈根说,"我听说这个屋场还有买了车和在城里买了房的建档立卡贫困户。"

"我引你去看看……"

郁芸应邀参加了汪逸风画展开幕式。汪逸风是她欣赏的才华横溢的画家,也是她改戏从画的美术老师,更是她的直接领导,她以为参加他的画展是件有意义的事。

开幕式结束,汪逸风不仅招呼她进厅观展,还特意请她晚上一起吃饭。郁芸一个劲地推辞,她知道今天的晚餐一定是个喝酒的大排场,她有点不适应。汪逸风却一再地留她:"别推了,帮帮忙,为我撑撑面子!中国美协还有本省、外省市的美术大家都来了,你也是画家,一起聊聊嘛!"

"你的面子还要我来撑?"郁芸笑嘻嘻地进了展厅。她知道汪逸风在乎她,不完全是因为绘画艺术。他两年前离了婚,近来对她一直有种特殊的眼光和表情,作为一个情感丰富的女人,她能读懂那种眼光和表情。不过她从内心是很欣赏他的气质和才华的,因而也乐意与他较深地相处,共同的语言和兴趣是维系他们经常性交往的基础和纽带。

展厅布置得既雅致又前卫,营造出意境高远的艺术氛围。数十幅油画是汪逸风近年的精品力作,不少还是获得过国展、省展大奖的作品。还有数十幅水彩画,融入了油画的创作技法,带来强烈的光影效果,颇有创新意味。郁芸在每一幅画前都要驻足凝望很久,仔细品味。不知过了多久,汪逸风笑盈盈地来到她身边,邀她参加晚宴。郁芸推托了半晌,最后还是拗不过汪逸风的盛情,勉强答应了。

晚宴规模很大,一个大厅里设了六张席桌,中间的主桌自然被领导和名家占据。郁芸被安排在主桌落座,应酬格外多。

今晚,她居然喝了酒,面颊绯红,言语增多,动作的幅度也增大了,不知是不是内心变化所带来的反应。她和京城来的几位大家谈得很投入,并且相互加了微信。汪逸风始终在关照着她。

散席时,汪逸风送过客人,匆匆安排好展厅夜间值守的人后,便急急忙忙过来招呼郁芸,扶她上了自己的车。

"去我的画室喝口茶、醒醒酒吧!"汪逸风边开车边说,"今晚你喝了不少,不要立刻回家睡觉,要活动活动。"

十几分钟后小车开进一个小区,在一幢单元楼前停下。汪逸风位于一二层楼的复式套房,足有二百平方米,内置车库,装潢豪华且有艺术气质;画室在一楼,有六七十平方米,除了一张巨大的画桌、一张茶道桌和几副支起的画架,便是四处挂着放着的他已完成或未完成的画作了。

"不愧是大画家的画室,有品位,有艺术氛围。"郁芸一进门就赞叹道。

"地方还是小了,伸展不开手脚。"汪逸风边说边拿紫砂壶加水煮茶。他请郁芸坐到茶桌边,开始展示他的茶道技艺:"作画累了，在这儿品上几口，还真是一种放松、一种享受，有时还能找到创作的灵感……"

"看来你还真是个有情调的艺术家，"郁芸接过他递来的小盏杯，一口就将小杯的茶喝干了，"懂得调节自己，释放性情……"她是由衷地这么说的，一直以来她都很欣赏他和他的生活。

"是啊，人要学会解脱自己、放松自己。"汪逸风马上附和道，"我生活的原则就是这样，适合的才要，不适合的就要摆脱，这样才能活出自己。"

郁芸默不作声，若有所思地喝着茶。汪逸风不断给她加，边操作边拿含义丰富的眼光瞄她，几次想说什么却欲言又止。

"其实，你也该有像我这样的决断。"汪逸风游移片刻，终于忍不住提起这个问题，"既然和他一起过得艰难，为何还要强行凑合？"

郁芸沉吟着。对方的言语显然触碰到了她的痛处。

"其实，你如此优秀，也有自己的精神世界，完全可以换一种更好的活法……"汪逸风见她如此表情，又加重了语调，"听说他又下乡驻点去了？他真的不考虑你的感受……"

郁芸的音调更低了："这事挺闹心的，别再提这件事了！"

接下去，两人都无语了。汪逸风一直望着她，不断为她加茶。郁芸有点机械地喝茶，目光间或与他专注痴迷的眼神碰撞一下，又很快地移开。她心里清楚，汪逸风早就对自己有想法，而她对这个人也心存好感，只是女性的矜持使她无法直面这样的话题。

"我一直觉得，我们如果在一起，还是很合适的。"汪逸风今晚借着酒兴，大胆地捅破了这层窗户纸，"有相同的爱好以及和谐的性情……”

"别、别说了。"郁芸羞涩地站起身。

"我真的从心底喜欢你……"汪逸风更进了一步。他起身走到郁芸跟前,先是握住她的手,继而一把将她揽入怀中。

郁芸一下子惊醒了,用力挣脱了汪逸风的怀抱。"不、不能这样!"她理理弄乱了的衣襟,"不早了,我得走了,回头再聊……"

逸风也恢复了理性,说:"好吧,回头再聊吧,我送你回去。"

三

陈根很晚才结束在徐墩屋场的走访。返回途中路过龙塘屋自然村时,他去自家的老宅里看了看,虽然他知道父亲早已离开龙塘屋场与外嫁江边小镇的妹妹一同生活了,但他还是想来看看这老房子,毕竟这屋里留下了太多有关他生活的记忆。这幢平房还是那个老样子,没有翻新,但也还不显得多么破败;步入院内,发现院子竟然是整理过的;再打开房门,屋里似乎也不零乱,也没看见灰尘和蜘蛛网什么的,说明老父亲有时还回来,整整屋子、院子什么的。

良久,他们才从屋子里出来,天已然黑下来了。待他们骑车回到村部,食堂已锁了门,工作队的朱文和宋斌不知为何也还没回来。陈根让徐兴昌回了家,自己泡了一盒方便面吃,而后便陷入沉重的心事之中。

屋子里很寂静,他呆坐在椅子上。今天的信息量很大,他感到心里有点沉重。他掏出手机,找到郁芸发来的那个离婚协议文本细读,渐渐陷入自己的心思中,不可避免地又联想起那些过往的日子。他的思维有点混沌,充斥脑际的,几乎全是这十多年自己进入城市后的那些情形……

是的,那时陈根想成为一名城里人的心愿是坚定而强烈的,尽管他学的专业是农业,但作为一名本科生,他还是具备了在城市落脚的机遇和条件。他当时一门心思要摆脱农村,成为一名有头有脸的城市人,不愿意大学毕业了还到农村去;他下决心要在省城里找份工作,为此东奔西走,到处投送简历,然而历时半年都没能如愿,他感叹一个学农的人如果不想下基层,还真难找到合适的岗位。后来他听取了别人的指点,拓宽视野投报一些所学专业之外的部门,这一招收到了效果,最终他竟然通过了省报社的笔试和面试,被其下属的子报农村版录用了,成了报业人,这是他始料未及的。后来才听说是省报农村版为强化其内容的专业性,需要一名学农科班出身且具有较好文笔的人加盟,而他所具备的省农学院优等生、曾获得过全省高校作文及论文奖的资历,恰好契合了报社的选人要求。他非常珍惜这份来之不易的工作,因而从一开始便非常投入,刻苦勤学,努力弥补新闻采编专业知识上的欠缺,两三年之后不仅成了一名合格的发稿编辑,有时还承担一些采访写稿的任务,写下了一些得到专业记者认可的稿件。后来省文化体制改革推开,省报业改革重组,组建成立了拥有六家子报和一家新闻网站的报业集团,省报农村版也改为《三农报》。此时的陈根被安排到记者部当了一名记者,分片负责他家乡所在市的"三农"题材新闻报道工作。此时,他的个人问题也得到了领导的关心,他与郁芸的相识,还是经系统内好心领导介绍的。

他清楚地记得,初识郁芸时是有幸福感的。第一次见郁芸时,他就被郁芸漂亮的外表和优雅的气质所吸引,他是用带点自卑感的目光去看她的。尽管她大自己三岁,但他没把这个放在心上,倒是担心这位条件优越的省城姑娘是否看得上自己这个在农村长大的乡下伢。不过,令他惊异并深感欣慰的是,这位有艺术气质的省城姑娘还真的相中了他,很快与他确立了恋爱关系,并在恋爱了一年之后就和他步入了婚姻的殿堂。他当时毫不怀疑地相信,这肯定是段美好的姻缘。

然而,对于漫长而又实在的婚姻生活而言,美好的愿景和预期并不一定都能变成美好的现实。当他真正和郁芸走到一起的时候,过近的距离立刻放大了彼此的差异,随着日子的推移,他发现自己与郁芸在生活习性、价值追求、兴趣爱好等方面存在太多的不同。郁芸是一位有着小资情调的城市女性,她内心敏感,对感情生活、婚姻生活的幸福感有自己的看法和追求。她似乎不喜欢男人是事业型的,更不能接受男人因为事业而轻视了家庭事务、淡化了情感生活,她更希望自己的丈夫是一个无微不至、情商很高的暖男。可是,他陈根偏偏不是这样的人,他的出身和经历使他深刻懂得男人的社会角色和地位是多么重要。他一个来自农村、没有任何根基的年轻人,在一座原本就不属于他甚至排斥他的大城市,想要像模像样地安身立命、立足起跳,就得靠打拼靠奋斗。所以,成家之后的他,在面对娇妻面对家庭时,仍将立业放在了第一位,其中自然有他的考虑、有他的道理了。

《三农报》独立成报后,迅速走上扩版、扩张之路,对稿件的要求无论是量上还是质上都提高了不少;每天除大量消息稿外,还需要推出经过精心策划的综合报道和经过精心采写的深度报道,稿件的时效性要求也提升了,有时需要在短时间内组织起整版的有分量的稿件。诚然,作为一份面向全省"三农"的报纸,要想获得较高的影响力,必须有大的信息量和持续高质量的深度报道作为支撑,记者自然要挑起重担了。那么作为报社记者,能否适应这种变化和要求,就要看自身的能力素质了。陈根虽是农大毕业生,但毕竟不是学文出身,以前在小型报社当个记者写点要求不高的稿子还能扛得起任务,但突然面对这样拔高要求的硬任务,他就感到有些吃力了。然而陈根是一个心性很高的人,他上进心强,不会轻易服软,他觉得既然入了这一行就得顶着困难把事情扛起来。他用勤奋来弥补先天的不足,主动承接采写任务,日夜忙于采稿写稿,稍有闲暇也都用在找资料自学恶补上,几乎放弃了所有休息时间,常常忙到深夜才去睡。这样的日子一天天过去,他的新闻专业能力确有提升,承接的任务也都能完成。不过,俗话说"隔行如隔山",尤其在写作领域,一个未受过正规训练的人,要想在短期内使自身专业素养有大的提升是很难的。陈根虽付出了很大努力,但其专业水平相较于记者部另两位出挑者,还是显得逊色不少。于是一年之后,记者部主任升任报社副主编后,报社将记者部主任的位置给了另一位与他同时来的记者!这自然对他打击不小,一段时间里他的情绪非常低落,甚至感觉不好意思见人。但他要强的心劲还一直保持着,他告诫自己不能消沉——他觉得自己没被认可是自己还不够努力、功夫还没到——于是调整好心态又投入事业中,而且比之前更主动更积极,自然也更用功了。不夸张地说,之后很长一段时日,他将全部的心思和时间用在了工作上,常常是日夜不分、工作日节假日不分,有素材线索便主动请缨下乡采访;没有素材线索,也常下去体验生活寻找线索,常常一去便是数日。当然,每次带回来的也都是一篇篇他自认为分量重的稿子……

不过,在埋头于事业园地里耕耘的同时,家庭园地却逐渐荒芜了。妻子郁芸对他的表现越来越不满,起先还只是埋怨,到后来便发展到争吵了。陈根一直尝试着去说服她,希望她能够理解工作、事业和社会角色地位对一个男人的重要性。然而,他的那些像在讲大道理的言语,在郁芸失落乃至愤懑的情绪面前总显得苍白无力。于是,家庭生活渐渐不和谐了,争吵不断地产生,争吵撕裂了情感;发展到后来,便是比争吵更可怕的冷战……

家庭生活不和谐,自然也会影响他工作的心情、写稿的情绪和干事的效率。特别是近几年,他开始有疲惫感了,甚至开始出错了。记得有一回,他竟然不慎将一位大领导的姓名及职务弄错了,引来很大的麻烦,招致上级领导的严厉批评。他的事业、仕途也变得不顺起来,又一次错过了提拔的机会……他真心感到,自己在这座城市里失去了打拼的动力和方向……

眼下,陈根望着手机屏幕呈现的冰冷的文字,不知该怎样回应,内心也如冰一般地凉。

夜渐渐浓了,屋内一片寂静,陈根内心却很烦躁,脑子里缠绕着各种矛盾的思绪。他披上外套走出屋去,想让清冷的乡风吹拂发烫的面颊。

乡夜是宁静的,缺月挂在天幕上静静地看着他。风吹拂树枝发出细碎的声响,同时捎来田地泥土的味道,偶尔响起的狗吠传递生活的气息,这让他似乎又找回了村庄生活那种感觉。他意识到自己现在身处家乡农村,他又回到了年轻时起步的地方,回到了他当初执意要离开的地方,这里让他既熟悉又陌生!是的,生活常出现各种轮回,生活本身就存有不少不确定性,生活也因此而显得丰富多彩!这是他新近的选择,这个选择让他换了一种环境、换了一种活法,也为自己清理一下思想、放松一下身心创造了条件。他认为这不是逃避,是让一成不变的人生也换一种姿态。他不知道郁芸对此是怎样认为的……

不知不觉,他已走出很远,清凉的夜风使他的情绪沉淀下来……

早晨起床,陈根感觉头有点晕,都是昨夜想得太多没睡好觉造成的。但他还是得早起,因为今天上户的任务还很重。于是,他将烦恼事打包放到脑袋角落里去,身心轻松地迎候新一天的阳光,心情也变得轻松许多。

吃早饭的时候,陈根与朱文和宋斌碰了一下昨天排查的情况,他们那两组抓得不够紧,太阳还未落山就被徐有全带到龙风公司喝酒去了,陈根委婉地批评了他们,两个年轻人嘴上虽接受心里却不大快活,认为队长有点小题大做了。

受到提醒的两个年轻人吃过饭便各自去找组长了,此时徐兴昌也来了,今天他也弄了辆自行车来。陈根与徐兴昌商议如何走访,并特地询问了龙塘屋场的几个贫困户特别是特困户龙庆元的情况。徐兴昌便将龙庆元家的情况向陈根进行了介绍:

龙庆元先前曾是翠山这一带有名的黄梅戏草台班子的班主,

他的"春台班"原本拥有十多人,其中包括他自己、他老婆、儿子、女儿以及老支书女儿等固定演员七到八人,演大戏时还可临时从周边其他戏班子借用演员。这个民间剧团有一应俱全的行头、道具、乐器,还有自己的可活动搭建舞台的设备以及可装载运送人员、设施的卡车。龙庆元自己就有较为高深的黄梅戏素养和表演功底,早年曾在县黄梅戏剧团培训过,并客串过演员,后来回乡拉起旗子自己搭班子演戏,渐渐红遍乡里及周边区域。每逢传统节日或子女婚嫁、升学等喜事,都有他的戏班子在场烘托氛围,而且常常受请太多、应接不暇。后来,他们开始走出去,先是在周边县、市,继而到江、浙,甚至远赴四川等地开辟演艺市场,凭着吃苦耐劳和诚信让利的作风站稳脚跟,年演出两三百场次!就这样,他们农闲时和传统节日回家演出,农忙时便赴外地演出,形成良性运转机制,年收入颇为丰厚。于是"春台班"逐渐名声在外,团里的人大抵都完全放弃了务农,而将田地流转给了别人种,收入却都不比别人差,各户的小洋楼也都建得比别人家漂亮、气派,很是令人羡慕。

然而,天有不测风云。2008 年 8 月,他的"春台班"正在四川攀枝花进行演出,突然而至的攀枝花地震给他们带来灭顶之灾。地震发生时他的团员正在午休,为晚上的演出养精蓄锐,结果十二个人中四死五伤——他的儿子、儿媳妇等四人不幸丢了性命,老婆和女儿受了重伤,他的女儿双腿断了,因伤势过重,最后不得已高位截肢,还有老支书的女儿等也都受了重伤。他自己因为联系业务带着两个人在外面跑而幸免于难。自那以后,不仅剧团没有了,还多了五个重伤员。虽然政府给予了抚恤和救济,但还是无法挽回龙庆元一步步走向贫困的命运。因为"春台班"毁了,他失去了收入渠道,断了经济来源。龙庆元多年没有做过农活了,已经丧失了这方面的能力了,家中几亩田地都流转出去了,租金和农补只能维持个口粮,可家中还有重伤的老婆和截肢的女儿需要供养,此前为给她们治疗已经耗尽了家财;另外,原来团中的几个重伤员,他也要给予一定的经济关照——毕竟是随他多年又是随他一同赴外地演出的,他不能完全甩手不管……于是,龙庆元家一天天贫困下去,由曾经的富裕户变成了村中最困难的人家!无奈之下,他只能放下身段提交了贫困申请,经村民小组会评议和村民代表会通过,成了建档立卡贫困户……

听了介绍,陈根唏嘘不已,同时在心里发问:这样的贫困户如何去帮?"走吧,去龙庆元家。"陈根说着,便拿着包出了门。两人一路快骑,很快到了龙塘屋场,在徐兴昌的引领下来到龙庆元家门前。

院门是虚掩的,说明龙庆元在家。这些年龙庆元很少出门,遭遇灾祸之后,他似乎也无心到外面找其他事情做。

陈根来到敞开的房门前,看到龙庆元闭着眼躺在一把可以前后摇晃的躺椅上,似乎在养神,又似乎在想什么心思。陈根轻轻呼一声,将龙庆元的眼睛呼开了。徐兴昌上前作了介绍,龙庆元有点兴奋地起身迎接。

"你的经历我听说了,很不幸,但你还是要振作起来!"陈根鼓励他道,"可以考虑做些事,就这样什么都不做靠领救济金,想脱贫是很难的!"

"我也不想这样,"龙庆元耷拉着脑袋说,"可我现在这样子,还能做么事呢?我待在家里都快成废人了!"

"所以你得出来做点事。"陈根继续劝道。

"我什么都不会，什么都做不了，"龙庆元伤感地说，"给老婆和女儿治伤还欠着债，如今老婆走了，女儿还坐着轮椅……"

"每个人都有自己的能力和长处，"陈根还在给他打气，"只要你还没老得不中用，只要你有手有脚脑子没坏，你就能想法子做点事。"

"我的长处就是唱戏，我除了还能唱几段戏外，什么都做不来了！"龙庆元重复说着这样的话，"大家都觉得我废脱了……"

陈根望着龙庆元痛苦的样子，停了半晌没出声。"那么，"沉思良久后，陈根又说道，"你是否考虑过继续唱戏呢？"

"还唱戏？"龙庆元惊诧地望着陈根，"我也不是没想过，可现在我的戏班子没了，什么都没了，我拿什么唱啊？想想就退回头了。"

"有没有想过把剧团重建起来？"陈根提醒他说。

"不敢想啊！我曾经向徐有全提过请村里帮我，结果被他骂了一顿，说我异想天开。后来我想想也是，我现在这个样子，哪还行呢？人和物都没有了，真的是两手空空啊……"龙庆元悲观地说。

"但是，你的名气和影响力还在，你在本地的市场也还在——这就是你再起来的资本呀！"陈根鼓励道，"只要把你龙庆元的名字和'春台班'的名号打出来，我想大家肯定还是愿意来看你的戏的！"

"我现在手头上只有地震后抢出来的戏本子和一些戏服什么的，其余设备都没了，怎么再起来啊？没钱又缺人，太难了！"龙庆元说。

"我们来为你想办法,"陈根进一步说,"过几天我去县宣传文化部门协调一下,看能不能争取点帮助,包括扶持政策、器材设备什么的。现在关键是你要把克服困难的信心树起来。"

"真的感谢陈队长啊！这是我这几年遇到的最实在最暖心的帮扶人！"龙庆元有点激动了,站起来握住陈根的手道,眼睛里似有泪光在闪烁,看得出来他心里还存有重起的念想。

"如果真的帮你把戏班子重建起来,你有信心靠唱戏走出困境吗?"陈根进一步问。

"就像你说的,这一带的市场还在,这些年过年过节,还有各家办喜事都要请外面的草台班子来演戏的,费用高不说,还不方便。我的团搞起来肯定有市场的,也会有好的收益的,这一点我是有信心的！只是……难哪……"龙庆元说着说着,眼神又黯淡下去。

"我们共同帮你克服。"陈根又安慰道,"你认为最难办的有哪些事?"

"还是人和钱嘛！"龙庆元回道,"真正讲,演员只有我一个了,原来团里几个配乐的这些年不知道跑哪去了,能否召得回来还是问号,器材、资金什么的都基本没有……"

"这样吧,你先把能找出来的东西都尽量找出来,包括那些行头和剧本什么的,其他等我协调过县里有关部门再说。"陈根最后说,"有困难是肯定的,关键是你有没有勇气克服它……"

从龙庆元家出来,徐兴昌问陈根:"为什么这么轻易就答应了这么难办的事? 这事十有八九是办不成的,到时没办成他可能又要怪你哟！去年市际交叉互查时说对帮扶工作不满意的,他是其中一户……"

陈根回道:"我们总得为他指条路子,而且要帮他走上路子,要不然他如何脱得了贫? 脱不了困境,每次检查他都会说不满意的!"

"可是……"

"可是什么? 有困难想办法嘛! 这两个片的那些个贫困户,哪一个脱贫没困难? 都很困难! 正因为难才要各级来帮扶嘛!"

徐兴昌点点头。他蓦地想起什么来,告诉陈书记,徐墩屋场的徐水应家打电话来,说上午素梅带水应回家了。陈根说把龙塘屋场剩下的几户访结束就去徐墩屋场徐水应家……

傍晚,陈根和徐兴昌骑车又来到了徐墩屋场,敲开了徐水应家的院门。来开门的还是水应老妈凤娥,老人冲陈根不自然地笑着。廖素梅随即也走出房子,黯黑的脸上满是显而易见的疲惫神情。可以猜想,昨晚这一家子人肯定经历了一番艰难的思想缠斗。

陈根随素梅进了那幢有点阴暗的平房,在仅摆放了几个条凳的堂屋坐下。老人去为陈根倒水,素梅则有点呆愣地坐在陈根对面。

"我昨天就来过了,"还是陈根先开的口,"到市里看病情况怎样?"

"谢谢陈书记关心。"素梅低声应道,"市里医生说水应这病拖得太久,现在恶化难治了,他们建议到省城大医院去!"

"今天中午我打电话咨询了省立医院的一位名医师,把水应的病情说了。这位医师说水应患的可能是中晚期骨结核,虽然因为耽误得太久有点难治,但不是绝症,最终是能治好的!"陈根安抚道,"只要相信科学,下决心到正规大医院就诊,就一定能治好! 不能再像以前那样，小看小治，甚至到处找野医寻偏方耽误病情了……"

"是的……可是……"素梅沉吟着，不知该如何表达她矛盾的心理。

"想好了吗？去省城大医院治疗吗？水应不是没救……"陈根追问道。

"我是想去，可水应他……"素梅一脸的无奈，"我是准备使出最后的力带他去，可家里也实在拿不出什么了……"

"我昨天已经向你婆妈介绍了省里新推出的'351'政策，无论住院费用是多少，出院结算时，你最多只用付一万元！咬咬牙也就过来了！"陈根耐心地劝道，"留得青山在，不怕没柴烧。人的病治好了，以后挣的钱就可还债了……"

凤娥老人端着一杯泡好的茶递给陈根，说道："就是一万元也难拿得出了，外面还欠着很多债呢！"

"哦，不不，一万元我看你们还是凑得出的，我来给你们算算吧！"陈根于是扳起手指头为这个家庭算扶贫政策下的收入，"你们一家三口一年A类低保金加起来有一万多一点；特色种养补贴这一块，老人在家养了三十只鸡，种了三亩多绿色稻米，可以获得三千元补贴；去年村里为你们家办理了一个小额信贷，资金投给了县里一家农业产业化龙头企业入股，一年可获三千元红利；另外，你们参与的户户联建光伏发电收益一年也有三四千元；再加上鸡、稻米出售收入，除去成本，也还有几千元。这样算来，你们家全年该有两万多元收入了。开支这一块，老人养老补贴有一千多元，孩子上小学有六百五十元教育资助，新农合村里代你们缴费，日常吃喝基本能自给,除去必要开支,全年紧一紧,省下一万元来应该还是能做到的……"

"这是算出来的账面钱,真要拿到手还要到下半年,"素梅回应道,"眼下我可是两手空空啊!"

"只要有就少不了,"陈根坚定地说,"一时拿不出,可以为你想办法预垫上……"

"别这样说,"听了陈根的话,徐兴昌着急了,不停地向陈根使眼色,"村里也没钱垫哪!"

"不用村里垫,我个人想办法!"陈根看一眼小徐,神情坚定地说。

"再说了,这还只是医疗费这一块,进得城去,先要看过门诊,等一段时间才能住上院,在城里吃、住都要开支的。"素梅深有体会地说,"前两天我带水应去市里看病,市里医生说水应这病不光要动大手术,手术后还要留在城里跟踪治疗、调理,很麻烦的,我听他这么说就吓得跑回来了。真要是这样的话,带一万块钱无论如何都是不够的……"

素梅这番话,倒是把陈根说沉默了。他沉吟片刻后说:"只要你下定决心带水应去省城治病,在省城生活、调养方面的事情,我来给你想办法。"

这时候,从里屋传来一串颤抖的声音,那是在里屋躺着的水应艰难发出的声音:"莫、莫再费钱了,欠一屁股债,这个家往后的日子还怎、怎么过下去? 家里还、还有两个孩子……"接着是重重的喘息声。

陈根很是诧异,没想到这个家庭里还弥漫着这么重的心理雾霾,这氛围沉重得让人透不过气来。他不由自主地起身进到里屋,坐到水应的床头,握着水应干枯了的手说:"还有治好的希望,为么要放弃呢?"

"出去这么多次了,哪一回有希望了?"水应含泪说,"再这么弄,这个家要被我这个废物拖垮了……"

陈根回到堂屋来,还是在素梅对面的条凳上坐下,专注地望着埋首沉思的素梅。他知道这个家庭里只有素梅是清醒而又坚强的,只有她能做出正确的选择。他把素梅喊到屋外来,轻声对她说:"素梅,这是最后的机会了,别犹豫了,抓紧准备,"陈根的语气很温和,"省城的医生我来帮你联系。我有个关系很好的高中同学在省立医院当主治医师,还正好是骨科的。另外到省城住院前的生活和出院后调养期的安排,我来给你想想办法,尽量让你少花钱。"

"真能有这样的好事吗?"素梅将信将疑地看着陈根,眼中贮满了泪。

"这个时候你要头脑清醒啊!不能犯糊涂啊!"陈根进一步提醒道,"水应病了这么久,有点糊涂了,你要耐心做好他的工作,要让他配合……"

陈根转身又与跟出屋来的凤娥说:"您老也要多开导您的儿子水应,再难也得挺过来!"陈根停了停,又说,"只是家务杂事您老得扛起来了!"

"那倒没事,我这把老骨头还能扛得动!"凤娥边揩泪水边说,"接送孙子放学上学我还行,那个三轮电瓶车我能开。家里就三亩多水田,我能顾得过来;我还能再种点菜、养几十只鸡什么的,这些我都做得动,只是看病真要靠你帮衬了,我给你磕头!"说着就要跪下。

"千万莫这样!"陈根连忙制止她,"放心,我会尽力的……"

郁芸昨晚一直很激动,回来后难以入睡,因此第二天起得很晚,并且有点无精打采。她跟单位领导打了电话,说身体不适请一天假。

她泡了杯牛奶,吃了几块面包,然后便坐在自己房间的书桌前发愣。好几年了,她和陈根分房睡,她的房间略大些,既是卧室又兼作画室,布置得既有生活味又有艺术味。她在书画桌上铺开宣纸,准备作一幅画。自打因伤转行之后,她的兴趣慢慢转到书画上来了,参加了一些培训班,在汪逸风等人的帮忙下拜了市内几位书画大家学艺。她悟性很强,不仅很快入了门,还获过一些奖项,被吸纳为省美协和书协的会员,经常参加一些书画展等活动,和汪逸风等画家们走得越来越近,这些也成了她精神生活的一个寄托。现在,她提笔面纸,却一时找不到任何灵感,便毫无兴致地搁了笔。

郁芸蓦地接到了好友俞艳的电话。俞艳问她可有空一起坐坐,她想起来昨天与俞艳有个约,于是高兴地说马上就去安排地点。她选择了一家集小吃与茶吧于一体的休闲会所,名曰"有意思",那里可以提供多种情调的隔间以及多种风味的茶点。

两人很快都来到会所,选了一个靠窗的包间,雅致又透风,还能看街上的景象。她们都要了一杯铁观音,又点了些瓜子、爆米花等零食。

"你好像瘦了。"郁芸望着俞艳说,"是工作太累还是过得不开心？"

"两方面都有吧。"俞艳毫不避讳地说，"医院给我压担子，明确我为骨二科护理组长，事情和责任都增加了！真羡慕你，工作有意思又轻松。"

"那是重用你呀！应该高兴才是！"郁芸笑道，"那么你说说看，日子怎么就不顺你心了呢？"

"还不是因为我家那位？"俞艳的神色变得严峻了，"提拔为党组成员进了局班子后人就变了，不怎么归家了，听说在外面还有了'小三'！"

郁芸劝道："有些传言未必可信，或许是忌妒者编的谎言。"

"无风不起浪呵！"俞艳绷着脸说，"近一年他确实有点反常，时常整夜不归家或者回来得很晚，然后编各种理由来忽悠我。有人私下跟我说他在外面有人。我准备去查这事，把情况搞清楚。"

"这些男人，没一个好东西！"郁芸愤愤地说，"还是先把情况搞清楚。你也别太背思想包袱，大不了就离婚！"

俞艳满脸苦色道："离婚可不是轻易说说的，这么多年了，哪能说离就离？再说，离婚对男人无所谓，但对女人的打击很大！……"

郁芸不知再说什么好了。她喝了口茶，将视线从俞艳脸上挪开，看楼下街面繁华的景象，若有所思。

"你呢？与陈根隔阂还那么深？打算怎么走下去？"俞艳把话题引到了郁芸身上。

"他还是那样，从不考虑我的感受，只顾行自己的事；结婚以来，除了头两年，他一直是这样！"郁芸还是那种语调。

"家庭责任心他还是有的,只是事业心、进取心太重,工作也确实忙了一些。不过他对你还是忠诚的,这一点最为可贵!"俞艳还是往好处说。

"什么叫家庭责任心?对妻子缺少关爱是责任心?这些年我何曾得到过他的抚慰和温暖?天天见他为别的事和其他人忙碌,从未带我出去旅游过,从未陪我逛过街,也没有陪我看过画展、逛过书店什么的,对我作画也缺乏观摩的耐心和欣赏的兴趣;老婆怀孕了,还像平常那样日夜不分地下乡、加班,把家务事全丢给怀有身孕的老婆,这叫有责任心?跟你说老实话,孩子掉了以后我就不想再理他了……"说起这个话题来,郁芸就有点喋喋不休。

"其实,只要不是原则性问题,都是可以沟通改进的。"俞艳的思想,相对而言还是保守一些。

"难以沟通,要不也不会走到今天这地步!"郁芸撇撇嘴说,"我和他心气都比较高,都不是那种善于与人耐心沟通的人。说实在的,前些年要不是他老父亲跟我们一起住,我们恐怕早吵翻离婚了。前年老爷子待不下去,回老家去了,我干脆也就跟他分床睡了,没再过什么夫妻生活了。他倒好,不跟我商量,就报名回家乡扶贫去了……"

"他下乡扶贫,是有意义的正当工作,也没什么好怨他的。"俞艳一直在劝导郁芸,"不过也该事先和你商量一下……"

"我想是有多种原因的。"郁芸说,"这些年别看他工作狂似的埋头于工作,但混得也不是很好,他也许是想换换环境,积累一点基层工作经历。正好报业集团对口帮扶的县就是他的家乡,他回乡搞扶贫,有人脉基础。"

"扶贫工作可不是短时间就能结束的,"俞艳的心思也陷入对方的困境之中,把自己的痛处给忘了,"你怎么处理好这种关系呢?"

"我不打算忍了,准备行动了!"郁芸此刻竟显得很冷静,"我已经把离婚协议书文本发给陈根了……"

"这么快就行动了?"俞艳惊异地问,"真的想好了吗?"

"我相信这会儿他正处于激烈的思想斗争中。"

"其实,还应该再慎重一些……"

"这么多年了,还要如何慎重?"郁芸不以为然,"我都四十出头了,到现在只拥有个空头婚姻,孩子什么的都没有,再这么拖下去,作为一个女人,我将丧失所有的资本,无法再重构未来了。"

"他怎么想? 有什么反应?"俞艳还有点惊讶,"他有没有什么意见?"

"他还没有回复,不知他怎么想。"郁芸说,"我想他不会拖得太久吧。"

厅堂里开始播放起伤感的歌曲,一位女歌手用沙哑的颤音诉说着自己的痛苦,营造出悲伤的情境。时间在她俩夹带着喟叹的交谈中悄悄流逝……

近午时分,郁芸点了几样茶点小吃,算作休闲式午餐了。

吃完茶点,郁芸再查看手机,发现微信中收到了一条重要信息。陈根对她发出的离婚协议给予了回复。

"果然,"郁芸对俞艳说,"他给我回话了!"

"怎么说的?"俞艳急切地问。

郁芸也不避讳,直接把回复内容说了:"陈根的意思有这样几点：第一，他同意这个协议，也就是同意离婚；第二，他不能马上签这个协议，现在他刚去农村搞扶贫工作，急忙签这个协议会有不良影响，对双方都不利；第三，看在十多年夫妻情分上，在他签这份协议之前，他要我帮助做一件事情，还说这需要一段时间，做完这件事，他就可以签协议了；第四，为了让我弄清请我做这件事情的原委和意义，他请我尽快驾车前往他帮扶的村子一趟。就这些。"

"这听上去有些道理，但又觉得有点奇怪。"俞艳说。

"是的，"郁芸也有点疑惑，"不知他要我帮助做什么……"

"那你是否答应去他那里看看呢？"俞艳问，"去一趟也好，也算是去看望了他，人也要有点人情味是不是？更何况还是夫妻呢！"

"我再想想吧……"郁芸若有所思地说。

四

将那个关于离婚协议所持意见的信息发给郁芸后，陈根觉得身心一下子轻松了许多。他怀着松弛的心态在等郁芸的答复，心存某种新的期待，因为以他对郁芸性格的了解，她应该不会拒不合作的。

上午为龙庆元家的事，他特地抽空去了县城一趟，跑了县委宣传部、县文化委和县扶贫办等几个部门，在县扶贫办他遇到了青禾米业的老总江启才。陈根与江总是老朋友了，早在青禾米业从一家小稻米加工厂起步时，陈根作为省报农村版的记者就曾采访报道过他们创业的事迹,对家乡的这家不起眼的乡镇企业的发展起到过激励和扩大影响的作用。后来青禾米业一直走公司加农户的路子,逐步发展壮大,陈根作为《三农报》的片区记者,又是面对家乡的涉农企业,一直紧密关注、跟踪报道,还曾在《三农报》上为其发过一篇几乎占据一整版的图文并茂的深度报道,为青禾米业成长为省级、国家级农业产业化企业起到了宣传推介、扩大影响的作用。当得知青禾米业是全县实施产业扶贫计划的骨干龙头企业时,陈根一下子来了灵感,主动提出去青禾米业看看。

江总见到他也很高兴,陪他在企业考察了一番,过后还把厂里领导班子和业务骨干找来与陈根一起进行了座谈。

"没想到我们县著名媒体人、大记者来家乡当扶贫队长了!这真是大好事啊!"江总热情洋溢地说道,"陈书记长期以来一直关注、关心我们企业,为我们做了大量宣传推介工作,对青禾米业的成长帮助很大!现在你来家乡挂职,对我们的指导帮助就更直接、更方便了!欢迎陈书记往后多来指导、多给予帮助……"江总的话并非客套,而是发自内心的。

"江总太客气!我这次是来找帮助找路子的!"陈根谦逊地说,言语也是发自内心的,"我来挂职不久,这段日子正在考虑翠山村产业如何发展的问题。翠山村农业基础条件很好,肥沃的农田也不少,但农民没把种田作为增收的路子,没把它当作重点产业来对待,多数是把田流转出去收点租金了事。但他们又没有其他路子!产业不发展,农民特别是贫困户增收脱贫就没途径。所以今天我看见江总,突然想过来看看,听听你们的意见,看看像翠山这种地方能否把农业产业化再做起来。"

"翠山那一片是我们县传统的产粮区,我去过多次,公司在那里也有一些订单。"江总很快应答道,"但那里的农民一直都是按传统方法搞种植,效益不高,费时费力又不来钱,对种田没兴趣就是很自然的了。要想再把种田当产业做,目前有这么两条路子:一条是搞规模化、机械化经营,降成本增效益;另一条是搞综合种养。"

陈根说:"规模化种植翠山也在搞,农田流转给了种粮大户,农民每年除了收点低廉的土地流转租金,就是给大户打点零工了!而由于播种、施肥、收割等都机械化,多数农民打零工的机会其实也不多!而且据我了解,这些年粮价上不去,农资及用工费用高,种田大户也抱怨收益不理想、日子不好过,农田租金年年压得很低,今年翠山那一片农田租金由每亩四百五十元压到四百元了,大户还爱接不接的……"

"是的,关键还是要从提高种田效益上想办法。"江总接上说,"近年来不少地方都在搞稻田综合种养,如稻田养鳝、稻虾连作、稻鸭共生等,这样既实现了绿色种植、提高了稻米品质,又大幅提高了收益!比如稻虾混养,据测算综合收益每亩比传统种植多四千元至六千元!而且其种出来的绿色稻米,我公司收购每百斤多出二十元!这样种田就有赚头了!"

"这的确是个路子!翠山村是有条件搞的。"陈根一下子来了精神,"但我想那里面肯定有技术含量,不是谁想搞就能搞的,肯定需要专家来培训指导。这就需要青禾公司来帮我们了。"

"青禾公司多年来一直走公司加农户的路子,近年又在两者间加上了合作社,也就是'公司+合作社+农户'模式。"江总解释道,

"像'稻鱼''稻鸭'这样的综合种养方式,还是要由专业合作社牵头为好,一家一户经营成本高、难度大、效益不高。合作社可以牵头二十户至百把户不等,农户以入股方式加入,效果很好,公司给合作社下稻米订单高价收购,虾、鸭等也由合作社负责销售,参股农户每年分红……现在不少地方都这么搞,青禾公司已与全县多个合作社签了订单!现在我们公司生产的稻鱼米、稻鸭米等绿色稻米已有十多个品种,在市场上都卖得很好,虽然价格高于其他传统耕作稻米,但销量很高——现在人们都在追求高品质生活!"

"今天来你这儿算来对了,确有收获!头脑中的路子清晰了不少!"陈根有点激动了,"下一步我请青禾公司到我们村给予具体帮助指导!"

"青禾公司只能到村做培训指导、预签订单等工作,成立合作社、组织生产经营还是要你们自己办。"江总笑道,"什么时候你们准备好了,公司可以组织专家到你们村开展免费培训并优先签订收购订单,之后还可以开展跟踪咨询服务。你现在要做的事,就是尽快找到牵头能人来组建专业合作社,可以是本地的,也可以是外来的和回乡创业的小老板,因为这是需要一定组织能力和一定投资的。"

"我听懂了,"陈根也笑道,"我回去想法子,回头再来请你们过去。"

其他人员也提了不少建议,座谈进行得很充分。中午陈根留在了企业吃饭……

吃过午饭,陈根带着满满的信息匆匆赶回村部,因为龙塘片贫困户走访工作还没全部完成,他想抓紧把剩下的几户跑了。他与朱文和宋斌两位年轻队员又一起交流了一下,了解他们俩所在的组上户走访和《扶贫手册》信息核对的情况,以对整个工作进展情况及时掌握。朱文说他和村主任徐有全这个组走访进行得不是很顺,徐有全性子火暴,还与老书记廖传印等几户发生了争吵。陈根恼怒地说:"这种态度怎么能做好帮扶工作呢?!"正说着,徐有全进屋来了,准备与朱文下午接着跑几户,见到陈根立马皱着眉头诉起苦来,说:"廖传印老书记这一户我实在没能力再联系了,廖老可能有点老糊涂了,几乎每次都要和我争吵几句。这一户很特殊,总是倚老卖老!请工作队直接联系对接吧,我没能力管了,再管下去恐怕还要拖村上的后腿——上次市级交叉互查他也提了'不满意'意见!"

陈根考虑了一下说道:"好吧,我去走访一下老书记,看看是个什么情况,回来再说!"陈根心里也想去看看老书记,当年廖老书记对他这位回乡青年很是看重,曾极力想留下他进村班子,只是自己一心想考大学进城去才没如老书记的愿。而今时过境迁,没想到老书记退下来后竟然成了贫困户,他想上门去详细了解一下老书记的贫困情况,考虑一下该如何帮他脱贫。老书记是很有名的党员贫困户,若能带头脱贫,对全村脱贫攻坚工作是个鼓舞。

说走就走,陈根带着朱文步行来到离村部不远的廖老书记家。廖老书记家还是青砖小瓦的平房,看上去很有年头了,这在翠山已不多见了。当了多年的村书记,自己却这么清贫,可见当年他的清廉了。廖传印热情地迎陈根进屋,屋子里很暗,也没什么像样的家具,八仙桌后面的墙壁上还是挂着一幅经年的毛主席呢装画像中堂画。方桌的两边是两把缺了扶手的发黑的老式木椅。其余墙根处,便只有几把矮椅加几个条凳了,不过屋里整理得倒很干净。

"到底还是回来了!"廖传印有点激动地说,"当年我就看出你是个当村书记的料!这不,还真成了村党总支第一书记了!"

"老书记,我这可是挂职,"陈根连忙解释道,"主要是来做扶贫工作。"

"干好了就留下别走了,家乡需要你这样的人才!"廖传印沉湎于自己的想法里,"当初我就想把你留下来,留下来接我的班!"

"是老书记高看我了!"陈根笑着说。

"我相信我的眼力,不会看走眼的!"廖传印越说越起劲了,"至少你比现在村班子里的这些人要强,否则村里也不会搞成现在这个样子……"

陈根沉吟着,没再沿着这个话题说下去。他仔细打量了一下房屋,重又找了个话题:"这些年过得怎样?怎么搞得这么清贫了呢?"

廖传印点燃一根烟,慢吞吞地说着他这些年的不幸遭遇,陈根有点怜悯地望着他那沟壑纵横的老脸,感到命运和岁月对这位老人的摧残太大了。十年前他还在当书记的时候,这个家庭还是生机勃勃的。短短十余年,这个家便成了村主任都不愿帮的贫困户了。他的女儿小英原本是黄梅戏"春台班"里的骨干演员,随龙庆元到处走南闯北,也曾为家里带来过不少收入。攀枝花地震使漂亮活泼的小英惨遭不幸,一根钢筋穿过了她的脑袋,钢筋拔出之后她便成了植物人,直到现在还躺在床上要人护理,成了这个家庭永久的痛!他的儿子廖新木离家出走,至今杳无音信。他的老伴秦秋枝自女儿重伤、儿子离家后精神受到打击，神情恍惚，近年又查出患了子宫癌，虽经治疗性命尚存，但身体虚弱得犹如一根秋草，一直病歪歪的。治病疗伤欠下的债一层层码起来，再加上沉重的心理负担，一齐压得他直不起腰来。

"秋枝婶最近还好吗？"陈根关心地问，以此打开交流的话题。

"她就那样，时好时孬，这些天又倒到床上了……"廖传印阴郁地说。

陈根问："她在哪间房休息？我去看看她。"

"不用、不用，她刚睡下，让她歇息吧。"廖传印说道。

陈根便又坐下来，歇了一会儿又问："小英谁来照顾呢？"

"主要还是你秋枝婶照顾，她要是病倒了就只能我照顾了。"廖传印依然低沉地说，"所以秋枝她还真的不能倒啊……"

"就没想着去做些改变吗？"

"怎么改变？这个家就这样了，还怎么改？"

"儿子呢？联系上了吗？"陈根关心地问道。陈根其实早听说了廖老儿子因与父亲闹矛盾离家出走一直不归的事。

"犯不着联系，我晓得那小子的性子，比牛还犟！"廖传印生硬地说，言语中充满失望的情绪。

陈根说："你总不能一直这样过下去，是不？"

"已经快十年过去了，一直都没个音信，恐怕真要像他当年说的，就是死在外面也不会回来了……"

说到这里，廖传印有点黯然神伤了，他不禁又想起九年前儿子廖新木愤怒地与自己争吵的情景。

那时廖传印还在村书记的位置上，手中有权，由于一贯的清廉,在群众中也颇有威望。儿子那时刚成年,年轻气盛,想做成一桩大事,改变一下家庭和自己的困境。然而,廖传印当时过于看重自己刚正清廉的形象,不想让人指着脊梁骨说自己利用职权为家人谋私利,所以儿子的很多想法都未能得到他的支持。起先儿子想承包村里的窑厂,他没有同意,因为窑厂承包竞争太过激烈,他怕自己强行干预会有不好的后果;后来儿子又想承包村里的当家塘搞养殖,他又没答应,因为搞养殖也是件很敏感的事,破坏了水质村人会责骂;之后儿子又想起要承包翠山脚下一片几百亩的坡地搞经果种植,而当时他因年龄原因任期将满,快要从村总书记岗位上退下来了,他又担心别人指责自己搞"夕阳效应",临退下来了还为自己谋利,于是又一次阻止了儿子的想法。但这回儿子不答应了,与他展开了一场轰轰烈烈的争吵,儿子说他太刻板太不讲情分,对儿子无情,对别人倒宽容得很!儿子最后说,在翠山他无法再待下去,他准备外出创业,哪怕死在外面都不想再回来!儿子的那番话至今还在他耳边嗡嗡作响,如同铁锤一般,时不时敲击着他脆弱的神经。

"儿子一直都没有音讯吗?"陈根问。

"也不是一点都没,"廖传印撇撇嘴说,"出走后的前几年,每到过年边上,他还能给他妈寄点钱来,地址却是变来变去的,一年是东莞,下一年又是深圳,后来又变成了福建,真搞不清他到底在哪做事。"

"最近的一次是在哪里?"陈根追问道。

"在福建泉州,那次他寄的钱多一些,不过已是五年前的事了,之后就没再寄过钱来家。"廖传印眼中流露出迷惘之情。

"之后就音信全无了?"陈根也有点迷茫了。

"是的,不知出了什么事。"廖老说。

"后来去找过吗?"

"托人去过,没找着下落……"

陈根沉默良久后说:"哪天我帮你去找他!"

"算了吧,这些日子我也想通了,找他干什么呢? 不回来就算了!"廖传印还是嘴硬,"他娘就是被这两个孩子给拖累病的!"说到这里,廖老书记眼圈红了。

"新木也是一时糊涂,我相信他会回来的。他可能需要一个台阶下。"陈根望着廖传印衰老憔悴的脸,动情地说。

"随他去吧,反正我这一家子都是等死的人了,还能好到哪里去?"廖老依然很悲观。近来,他头发白得快了,精神好像也日渐萎靡了;他不怎么出门,整日在这黑漆漆的老屋子里转悠。

"可是,你不能老这样下去。"陈根激励他道,"你是老党员,又是老书记,你自己要带头脱贫才是,首先你得有这个志向和决心!"

"我不中用了,光有决心有么用?!"廖传印撇撇嘴说。

"当然,村里和工作队也会帮你的! 我考虑了,首先村里会帮你争取并落实一些政策项目,比如为你争取慢性病和伤残补助,让你加入联户光伏发电站项目、小额信贷入股分红项目等;还可以帮助你利用自家田地搞些特色种养获得一些补助,或者用田地入股获取收益——村里现在正往这个方面努力,争取搞成一两个股份合作社。此外,我觉得你还应当出来做点事,挣点公益岗位工资……"

"我现在这个样子,还能有么用啊?"廖传印伤感地说,"除了在屋子里孬坐,不管么事都做不了啦!这个村里还有不少像我这样不中用的老人,都和我一样在等死!我比他们强不到哪去……"

"只要你愿做,难处总能克服的。"陈根继续安抚道,"另外,我会想办法把你儿子找回来!把新木找回来,你这个家就会好起来的……"

"你怎么找啊?难哪!"廖老还是难以相信,"再说他那驴脾气,能听得进你的话?"

"我想,应该没问题。"陈根很自信地说,"等我忙过这一阵子,我就动身去。我会找到他,也会说服他的,相信我。"

"我看够呛。"廖老虽然声调低了些,但眼睛有了光彩。

"另外,我还有个想法,想请你出来为村里建设做点事。"陈根试探性地说。

"请我?"廖老疑惑地说,"我这个样子还能为村里做事?"

"当然能!你当过村书记,威望高,又有组织能力,群众信得过!你应当利用你的影响力,带大家做点事情。"陈根肯定地说,"具体做什么,到时再跟你说……"

"你和他们那几个帮扶人真的不一样!"廖老眼中好像有泪光闪动。

从廖传印老书记家出来,陈根看时间还早,便决定再去龙庆元家一趟,他想尽快把上午去县宣传文化部门协调的成果告知龙庆元,好让他能尽快为重建"春台班"而行动起来。于是他返回工作队住地,又喊来了徐兴昌,两人骑上自行车又去了龙塘屋场。

来到龙庆元家,简单问候过之后,陈根便直奔主题道:"今天上午我为你上次说的事跑了趟县里，县文化委文化扶贫项目库里有不少文化扶贫政策措施。我把你的情况都跟他们说了，他们的表态也很积极……"

"他们能帮我什么呢？"龙庆元仍有点疑虑。

"能为你重建'春台班'提供支持啊！"陈根强调道，担心龙庆元又失了信心，"我觉得你要想走出困境，还是应当从头再来，把你的剧团重建起来，走你熟悉的路。"

"我也想啊！可是不知道从什么地方起步……"龙庆元忧虑地说，"不知他们能为我提供哪些具体的支持措施。"

"我为你争取了，县文化委准备把你列入全县五十个文化扶助重点贫困户，其中黄梅戏演艺这一块的扶助措施主要是提供音响器材、乐器道具；另外人员方面也有一些扶助措施，像帮助民营院团培训演员、安排黄梅戏院校实习生到基层民营院团实习，等等，这些措施对你肯定都是有帮助的。他们说对你是有了解的，你原来的'春台班'很有影响！只要你拉起几个人，把戏演起来，就可以到县里重新为剧团登记注册，成为在册的正规民营黄梅戏演出团体，享受上面下来的各项文化民生工程政策。"陈根耐心地说。他望着龙庆元那张愁云满布的脸，希望自己把话说得更实在些。

龙庆元的眼睛亮了。陈根的每一句话都说到了他的心坎上。不过，他脸上的愁云还是没完全散去。他疑惑地说："我还是不晓得从哪里开始起步。我已经背了不少债了，起步资金哪里来呢？人嘛，死的死、残的残，哪里还拉得起来呢？"

"终归是有办法的。"陈根劝抚道，"起步资金可以申请扶贫小额贷款，这是国家专门为贫困户安排的金融扶持措施，最高可以贷五万,使用期三年,而且不用担保、抵押,国家贴息,不收任何额外费用。三年后你肯定能够还上。至于人员嘛,可以多方努力了。原先你团里的老人,没受伤或者受伤痊愈的,可以联系看看,如果能用可以再用。村里和周边也有一些平常喜欢唱黄梅戏的好苗子,可以选两三个送县剧团培训一下再用。县文化委文化股的人还跟我说,滨江这个地方民营班团很多,还有一些人是不固定在哪一个团的'游走型'演员,你只要有戏演,也可以从他们之中临时聘请。此外,我再到县、市文化部门和省、市黄梅戏校去为你争取一些实习生来。这样,人的问题也是有可能解决的……"

龙庆元开始点头了:"真的要谢谢你了,你为我想得这么深这么细!你都说到这个地步了,不管多难,我都得试试!"

"只要你把剧团拉起来,我就可以到文化部门为你争取扶助政策,帮你克服人员、器材、经费等困难!"陈根鼓励他道,"只要你把戏演起来,你又有些名气,就不愁没有收入。另外,你的团还可以争取参与全县'政府买服务'项目招标,承担'送戏下乡、送戏进校园专场演出'任务,每一场政府都给补贴!……"

龙庆元揩着眼睛,似乎有些激动了,双手握住陈根的手,说道:"谢谢陈队长!你又让我看到了希望!说实在的,自打那次天灾之后,我就一直活得这么窝囊,不光是自己一副熊样,还真心对不住人哪!人家跟着我出去唱戏做营生,结果却丢了性命、残了身体,我呢,又不能给他们什么补偿和关照,我心里真的是有愧呀!我真的心有不甘哪!可我这些年弄成了这副穷样,连站起来的力气都没有啊!要不是家中还有一个残疾的女儿要我照顾,我真的就一死了之了!眼下你、你又让我看到亮光了……"

"是党和国家的政策好,我只不过是执行者啊!"陈根也被龙庆元的话打动了,"这样吧,如果你觉得我的建议可行的话,你就先在家默默想想,拿出个初步想法,过两天我们再在一起议一下,看具体怎么搞,如何?"

"行啊!你受累了!"龙庆元被陈根搀扶着站起身来,双手还是握着陈根的手不放,"我会好好合计的,我先把那些抢出来的戏本子找出来看看……"

从龙庆元家出来,日头已经偏西了。但陈根还想再访两户,因为他心里急呀,从这几天走访的情况看,这里的每一个贫困户都有自己的问题和难处,想帮助他们脱贫都是不容易的。时间不等人,他得尽快摸清所有贫困户的情况。他问徐兴昌,龙塘屋场这一片还有哪些户没有走访到?徐兴昌说,与龙塘屋场同一片的沈坦屋场还有两户没去,一个是吃低保的外号叫"虫子"的懒散户沈志勇,另一个是"因学致贫"的沈古林。随即将这两户的情况进行了一番介绍。陈根说现在就上那两户看看去。

沈坦屋场坐落在被人称作痢痢坡的一块坦地上,与龙塘屋场属一个村民组,两屋场仅一箭之遥,是个仅有二十来户人家的小屋场。虽然屋场的历史也不短,但这些年因其背靠的山坡石漠化加重,坡土日益疏松,农户生存环境日益严峻,相继有十来户人家告别沈氏祖堂,搬到龙塘屋场居住了;所剩的十来户,这两年也被村里列为易地搬迁户,这个屋场不久将消失。但几个沈氏老户似乎不愿离开祖堂,易地搬迁工作很难做。

他们在窄曲坎坷的山路上颠了十来分钟才艰难地来到沈坦屋场。他们先来到"虫子"家,却只见到"虫子"那不仅耳背而且脑子糊涂的老娘独坐屋里,老人听不清问话,也说不清言语,没法交流,两人四下看了一番后便出得门来,往沈古林家去。沈古林的神情有些呆滞,一副贫病交加的模样。六年前他儿子沈新桥第一次参加高考未被录取,想进城再复读一年,但沈古林硬是没同意,主因是家境贫寒无力支付儿子进城复读的费用。当时他身患肾病,不仅不能再去工地做工挣钱,而且因为治病掏空了家财,此外,还有一小女尚在上小学,负担一重重地压着他。可儿子新桥却不理解,父子俩发生争吵,最终吵翻了,沈新桥一气之下离家出走外出打工了,一直没回来过。精准扶贫工程实施后,沈古林被评为村里的贫困户,小女沈新妹因此享受了教育扶贫政策的关照,终于能够读完初中,即将迎来高考;而此时沈古林又犯起了愁,因为现在小女若考上大学或没考上还想复读,他都无力支持她再念了,现在他的慢性肾病已严重到需要定期透析的程度,自己治病是因为享受扶贫政策照顾才勉强能对付,哪还有余力支持女儿深造呢?他真担心六年前发生在他和儿子之间的矛盾又一次发生在他和女儿之间,这真的让他无法再承受!所以近来他总是忧心忡忡,在面对陈根的时候似乎还有点神志不清,甚至说他不如死掉算了……陈根费了很大的劲才终于摸到沈古林的痛结,于是有针对性地安慰了他,告诉他在国家大力实施脱贫工程的大环境下,他的这个问题不是不能解决的,并承诺一定帮他解决女儿升学问题。沈古林这才变得开朗了一些……

出了沈古林家,天色已完全暗了下来,陈根的心里也似乎暗了下来,他在想,像沈古林这样已然妻离子散的孤老,面临生活重压,且又身患重病,几乎没有了劳动能力,对日子没有了热情,甚至想到以死回避,该如何让他重拾生活的信心和热情呢?

陈根陷入沉思,回来的路他感到更颠簸了……

五

上午,根据陈根的提议,廖结宏书记又召集了村两委扩大会议,重点是研究商议村脱贫攻坚工作。参加会议的是村两委班子成员、各村民组长、扶贫工作队成员以及县包保单位有关负责人等。这种形式规模的会,省工作队来之前从来没开过,即便是小范围的村两委会以往也很少开,一年也不过两三回,村书记、主任在县里、镇里开过会或接受任务回来,都只是向在村部便民服务大厅坐班的两委成员交代几句,然后各自分头去落实,至于工作进展和落实得好不好,只待镇里或县里检查反馈后才晓得。陈根带工作队来到之后,他认为这样安排落实任务的方法过于随意简单,不能将上面的精神要求很好地贯彻下去,容易造成工作浮在面上、落实不全面不到位等诸多问题;同时下面存在的问题和相关的意见建议也不能及时反馈上来,这对于推进脱贫攻坚这样艰巨繁重的工作来说显然不适合。所以他在发现这个问题后便提出建立这个以村两委班子成员为主体的例会制度,每两周或遇重要事情便召集开会,每次根据需要确定在村两委成员之外还扩大到什么范围。今天是陈根来翠山后第二次召开这样的会,扩大的范围也比上一次宽,讨论的事情涉及面也更广。

会议由廖结宏书记主持,他依然坚定地把陈根推到最前面,扶贫的事一律听陈根安排,他只是搭个台子。今日商讨的几个议题仍是陈根列出的,首先讨论的是前些日子布置的建档立卡贫困户"两该两不该"筛查情况及《扶贫手册》纠错补漏工作情况。先是由前次会上安排的几个小组分别汇报分片核查情况,而后把情况汇总再进行讨论。从几个组汇总的情况看,这个村错漏率确实很高,存在的问题不小,有的人家在城里买了房、买了小车隐瞒不报居然也被列为建档立卡贫困户,而有一些非贫困户因家庭成员患癌症或慢性病导致家境很贫寒,反而没被列入。两者都涉及十多户。陈根让大家先讨论,看如何处理这些问题。但大家相互看看,都很诡秘地不出声,似乎都清楚这里面的利害关系。冷清了一会儿,徐有全见情况有些不妙便率先开了口。

"我看动作不要搞得太大,如果一个村一下子清理调换十几、二十几户,会在全镇甚至全县引起不小的震动!"徐有全慢吞吞地说,"依我看,除了那三四户买房买车不符合硬杠子条件的清理掉,其余户只要出入不大就算了。其实据我了解,县里其他一些村也没做到那么精准……"徐有全看到汇总名单中有一多半都是他当初安排的亲朋户,所以决定抢先发声定调子。

徐有全这么一说,其他几个支委也跟着附和起来。

陈根没有直接说出自己对这件事的观点,而是先谈了他对精准扶贫的认识。他说:"……中国当下组织开展的脱贫攻坚行动是人类历史上从未有过的最大规模的扶贫行动,这一壮举在消除中国广袤国土上的绝对贫困现象的同时,也必将载入全人类的史册!党中央要求我们'精准扶贫',做到扶贫对象精准、项目安排精准、资金使用精准、措施到位精准、因村派人精准、脱贫成效精准,我们投入了这么巨大的人力物力精力,就是为了落实这'六个精准'。如果我们村连贫困户的准确识别都做不到,把不该纳入的纳入了,该纳入的却没有纳入,还有贫困户《扶贫手册》的填写错漏百出,那么我们又怎么能做到精准扶贫呢?我们的这些做法和留存下来的资料又怎么能经得起历史检验呢?说重一点,这不仅是愧疚的问题,而且是能否向党和国家、广大人民群众交代的问题,简直就是犯罪!……"

听陈根这么说,廖结宏意识到该有自己的态度了。"陈书记说得对,做事情就应该认真!"廖结宏说,"我觉得,既然对照标准核查出了这么多不符合的户,就该让他们全部退出来,让符合条件的进去。"

徐有全不解地望着廖结宏,他觉得眼前这个一直以来没什么原则性的人自打省派工作队进驻村里以后,就变得有点令人捉摸不透了,好像在玩什么心计似的。莫非他真的不担心自己家的两户亲戚也被清理掉?

"一下动这么多,怕不好向村民交代吧?"徐有全仍在坚持,"大家会骂村两委的,以前是怎么工作的?镇里恐怕也没面子……"

"没关系,错了就改!下一步我们再分头去做解释和政策宣讲工作!"陈根这下说得很明白,"群众最怕捂着盒子摇,最恨不公平。不然今后工作也没法做。"

大家对这个问题讨论了一阵子,包保单位负责同志也发表了意见,最终都基本认同了陈根的观点。陈根于是拿出了确定清理调整的意见,同时决定分几个班子会同县直单位包保责任人,对全村贫困户的《扶贫手册》进行信息比对、重新填写。

与会者都感受到了压力。没想到这个城里来的队长有这么大的倔劲！

接下来是第二个议题，讨论特困户帮扶和贫困户增收问题。各小组分别汇报了分片上户掌握的情况。陈根着重谈了自己走访徐水应、龙庆元、廖传印、沈志勇、沈古林等几个特困户的情况和感受，他觉得要帮助这样的贫困户脱贫，没有特别有力的措施是难有效果的，为此他要求县包保单位帮扶干部和村里包片蹲点干部不能仅仅满足于每月上户宣传一下扶贫政策，还要更深更密地下沉到各户，动脑筋制定一户一方案、一人一措施，真正为他们找到一些脱贫的方法和路子。他还特别谈了自己准备为徐水应、龙庆元户采取的措施，他希望县文化委作为翠山村的包保单位，能为像龙庆元这样的人家提供些支持。"我总感到，我们村为贫困户带来增收的手段和路子还是太少！我希望大家多谈谈这方面的想法和措施。"陈根提醒道。

随后，廖结宏和徐有全分别谈了各自负责片区的贫困户帮扶情况，但都没有什么让人印象深刻的措施。匆匆介绍过上户情况后，两人便都将说话重点放到各自负责抓的重点工程上来，分别就村光伏扶贫电站建设和畅通工程十六公里道路建设推进情况重点做了汇报。从介绍的情况看，这两项"扶贫十大工程"在翠山村的项目，推进速度都很快，村建五百千瓦光伏电站已基本完工，若能赶在伏天来临前投入发电，将给受益的三四十户每户年增收几千元；畅通工程今年在翠山有两个路段，一条通湖区，另一条通山里，能连起几个村组。

"仅有这些还不够哇,村民特别是贫困户增收路子还是太少,"陈根紧跟着说道,"既没有工厂招收他们务工,又没有大规模现代农业和特色种养业吸收劳动力,这种状况怎么去帮贫困户啊!"

"原来村里倒是有个扶贫车间,是个生产藤椅和藤条家具的厂,县里给了几十万元才搞起来的,后来开倒了……"廖结宏说,但说到这里又把下面的话咽回去了。

"怎么倒的呢?扶贫车间上面是有优惠政策的哦!"陈根追问道。

"缺乏有办企业经验的人才……"徐有全赶忙解释道,但语焉不详。廖结宏也不好再深入说下去,怕触碰了徐有全的痛处。

"这些天我也对翠山村如何发展做了些调研,我发现翠山村还是有条件发展特色种养业的,"陈根没有深究办厂的事,而是想把自己的想法说出来,"湖边滩地上的大片水田可以推广效益更高的绿色稻米种植,西北边的山坡旱地可以搞经济作物种植。前些天,我走访了县里著名企业青禾米业,它是国家级的农业产业化龙头企业,也是县里扶贫开发指定企业,他们采取'公司+合作社+农户'模式在本县及周边产稻区推行'稻鱼''稻鸭'等绿色稻米综合种养,效益非常好!"接着他将前两天在青禾米业座谈时江总说的话复述了一遍,然后说,"我觉得翠山村的临湖片也是可以尝试走这路子的。"

"这的确是条好路子!"廖结宏马上应道,"是该想点办法,不能总是獾子钻土洞——走原路!以前是我脑筋不活络。"

"别的地方能搞翠山也能搞,"徐有全说,"我不客气地说,翠山村的产业现在就是死水一潭,这跟村主要领导死脑筋有关!说实在的,再不想办法,寻点新路子,往后我们村恐怕捡屎吃都赶不上热的了!"

其他人都表示可以试试。

"既然大家都赞同搞,现在就要开始做准备。"陈根总结大伙的意见说,"但我也想过了,这事真要搞起来,其实也并不容易。别的不说,光是找到几个有投资能力和组织能力的种粮能人出来挑头成立合作社,就很不容易!所以从今天起,我们两委班子成员都要到各片去摸底、做工作,看能不能找到这样的人。一方面动员在村的能人出来挑头;另一方面把眼光放到外面去,摸摸底,看看有没有在外的本村能人愿意回乡挑头创业。此外也可以招外面的能人来村创建合作社。从现在起,我们就要抓紧做这方面工作,每名班子成员都要想办法去做,争取尽快找出来……"接着,在廖结宏的主持下,经过商议,摸底和外联的任务都落到了各个班子成员身上。

议完了种田的事,陈根又转了一个方向,提议山场开发的事情。他说:"除了水田,还有山场旱地可以开发。山脚那些坡岗旱地面积不小,完全可以搞开发啊!前不久我去县扶贫办了解到,本县后山乡镇已有不少村通过土地流转和招商,开发现代农业,种植油茶、薄壳山核桃、油牡丹等作物,有的还开发成了旅游景点,为贫困户找了务工增收的新路子!"

"那些坡地上有不少油松,每年割油也能为村带来两万元钱收入。"徐有全说,割油的那家公司是他联系的。

"割油是低产出的落后做法,"陈根说,"有些树因为操作不当割口深了,割油过后就死了。另外,还有一些树得了线虫病也要伐的……”

廖结宏和徐有全对陈根如此了解情况很是佩服,他们没想到这个城里人回来后做了这么多功课。“那片山地,村里也有不少产权的,以前老书记在位时就想发包,为村集体经济创点收,可是一直没找到来投资开发的人……”廖结宏说。

“大家都来想想办法,总能找到路子的,”陈根说,“有难处就缩着不动,如何找到路子? 也可招引外人来村开发! 过些日子,我带队出去跑跑,顺便去找一下廖传印老书记的儿子。”

陈根话没说完,手机铃声响了,他一看是郁芸打来的,于是把会议总结了一下,结束了第一阶段会议;但让与会人员留下来讨论最后一个议题,自己出去打个电话,回来接着开会。

陈根打完电话后心情久久平静不了,他没想到与自己隔阂如此之深的妻子居然如此爽快地答应了他的要求,专门请假自驾来翠山,而且如此快便成行了。他越发相信,郁芸是会答应接下来他所提出的要求的,尽管接受这一任务也并非容易的事。

一刻钟后陈根回到会议室接着开会,商议在翠山村建农民文化乐园和居家养老中心的事。陈根首先谈了为什么提议要建这两个设施、对村里有什么好处、如何才能建得起来等问题。他说扶贫不光要扶物质生活上的贫,也要扶精神文化上的贫,扶志和扶智要结合,现在村里一半以上的人都外出务工了,留在村里的多是上了年纪的人,他们的生活简单孤寂,几乎没有什么精神文化生活,有的种种地、接接上学的伢,地流转出去的除了接伢就是在小屋子里干坐,有的孤老在家出事了竟然没人发现。解决村人文化生活贫瘠和"老有所乐、老有所养"问题,也应该是扶贫的一个重要方面。谈了认识之后又谈想法,他说前些日子跑了县委宣传部、县文化委、县民政部门,了解到有文化乐园项目、居家养老服务站项目正在接受申报,他认为翠山村应抓紧确定建设思想,积极申报争取。

大家都认为陈根说得在理,以前因为忙着抓扶贫工作整改,虽然听说有这些项目,也没精力去过问。现在陈队长提出来了,都觉得有争取的必要。只是文化乐园如何建、建什么标准的,还需要再议一议。

陈根说了自己的意见,他认为可参照省级农民文化乐园"1234"的标准建设,以前他当记者的时候报道过别的县农村建园的情况,也就是建"一场",即农民文化活动广场;"两堂",即礼堂和讲堂;"三室",即图书室、文化活动室、远程教育室;"四墙",即含有村情村史、道德教育、乡规民约、发展规划内容的宣传墙。建的同时还应与本地的传统文化相融合,将翠山一带的传统文化精华放进去,可考虑再建"一台一馆",建了这些设施,就能为将来建设"美丽乡村"打下基础。

"什么'一台一馆'?"廖结宏问。

"'一台'就是'戏台子',即乡村大舞台;本地人爱看黄梅戏,未来村里可能还有戏班子,要让村民有地方看戏,有地方自己参与唱戏。'一馆'是指'挑花展示馆',这事我想了很长时间,觉得还是该搞。'滨江挑花'这项传统工艺早已被列入国家级'非遗'名录了,而我们翠山这一带又是'滨江挑花'发源地的核心地带,有不少挑花传人,镇文化馆老馆长秦老还是省里认定的挑花传人呢!

秦老原是我们翠山人，我和他很熟，当年我还写过介绍他的文章发在《三农报》上。前几日我抽空去了他家一趟，谈了很多，发现他家里还保存有自明清以来各个历史时期各种样式的挑花样品，足足有两大木箱呢！他跟我说自己年纪大了，如果村里真建起了展馆，他愿意把藏品捐献给村里……"

"原来你早就在做功课了！"徐有全有点阴阳怪气地说，"一个贫困村建那个馆有么用呢？"

"当然有用！"陈根提高嗓音说，"不仅能丰富我们文化乐园的文化内涵，集中展示我们的传统艺术，还能为本村人提供观赏和培训的场所。其实，这个项目前景好得很，如果有组织成规模地发展起来，还能成为我们村创收的一个产业呢！对村里今后发展旅游也有好处！"

"呵呵，经你这么一说，我们还挖到金矿了！"徐有全冷嘲道，"这么个穷村，拿什么来搞哦！"

"想做总能想到办法！"陈根没理会，继续说道，"另一个要做的事，就是建居家养老服务站了，也就是日间照料中心。我从民政部门了解到，县里有统一的规划设计。不过我初步想，这个日间照料中心应该与村农民文化乐园建在一起，这样能够相互利用，增强整体功能，使设施功能作用达到最大化……将来以这些设施为基础，再考虑去建省级或者市级美丽乡村中心村，翠山村就上台阶了……"

"这样的计划，要投入很多钱的，"廖结宏书记有点担心地说，"场子拉得太大，是否实现得了呢？"

"是呵，关键是钱难找！"村主任徐有全也担心道，"像我们这样的贫困村,让大家集资办事是不可能的。"

"难处是有的,关键要设法去争取,特别是各级的项目资金,"陈根的思维要开阔些,"我们村是县里的贫困大村,相信上面会有所倾斜吧!关键你要有规划和想法,事情都是人干出来的,不去争,什么都不会有,什么都做不成,是不是?"

"你所在单位省报业集团是不是也可以支持一些哦?"廖结宏笑道,他这么一说,大伙也都跟着笑起来。

"应该是没有问题的。"陈根也笑道,"我准备近期回去一趟,向单位领导汇报一下工作和未来的打算,争取一些支持!我想几十万元应该是有把握的!"

"这么一说,还真把大家的心说热了!"廖结宏说。

"就是要大家都热起心来,事情才好办。"陈根望着廖结宏说,"廖书记,你看我这个提议怎么样?翠山村搞不搞?"

"大家刚才说的其实都表态了,赞同搞……"廖结宏仍笑呵呵地说。

"那好,文书要把这些都记下哦,这可是村两委研究决定的!"陈根特意提醒道,"现在关键是前期工作要尽快启动,两条腿走路,一个是规划设计方案,请廖书记牵个头,工作队朱文参与,去和乡规划办以及县宣传文化部门对接一下,争取尽早拿出方案。另一个我想,要搞这么大的建设项目得有人有班子专门做这事,我建议成立一个村民理事会,负责按规划抓建设……"

"有些村是这么个做法。"徐有全说,"我提个牵头人选吧,麻梗、皮子做这个事都行,以前办过厂也做过不少工程,能拉起一批人来……"

陈根心里一紧,他想起来前些天在徐墩屋场徐水应家听水应娘提到过这个人。他没多问麻梗的情况,而是冷静地说:"这个理事会牵头人应该公道正派、德高望重,村民信得过,同时要有很强的组织协调和办事能力。"

"上哪去找这种十全十美的人?"徐有全见陈根否了自己的提议有点恼火,"我们翠山可能难找吧。"

"我提一个人大家看看行不行,"陈根停顿了一下,接着说,"就是廖传印老书记! 他基本符合我刚才提的条件。"

"年纪大了点。"廖结宏说。

"他是贫困户,自己都顾不过来自己了!"徐有全撇撇嘴说,"而且还有点死脑筋!"

其他班子成员却都觉得很合适。陈根没有强行定,而是请大家会后再议一议,有更合适的人选还可以再提。

会议一直开到午饭时分。

郁芸开车进翠山村部的时候已是下午两点钟了。陈根、廖书记及工作队两个年轻人都来到村部门口迎接她。郁芸直接将车停在村部大院里,然后有点腼腆地下车,与大家打了招呼,陈根殷勤地帮着她从后备厢里拿出行李,引她往工作队住处去。刚进到屋里,郁芸便将带来的礼品分发给前来的村干部和工作队员,几个人笑盈盈地说着客气话。

陈根给郁芸打了盆热水,体贴地说:"揩把脸,然后休息一下吧。"

郁芸红着脸说:"休息倒不用,我想知道,你打算让我完成什么任务。"

"不急,你在我床上稍躺一会儿,之后再行动不迟。"陈根说罢,挥挥手把众人带出屋去。

一行人又回到村部便民大厅里坐,这是他们平常上班的地方。这时候,村干部们的嘴都没闲着,纷纷夸陈队长老婆漂亮、气质好,不愧是大城市里的人……

约莫一小时过去,陈根敲开了住所房门,轻声问:"休息得怎样?"

"挺好的……"郁芸回道。

"走,我带你到一个农户家看看去。"陈根说。

"去农户家?"郁芸有点不解。

"对,一个非常凄惨的贫困户家。"陈根进一步说。

"跟我下一步行动有关吗?"郁芸也进一步问。

陈根说:"是的,看过后我再跟你细说。"

郁芸没再说什么,随陈根而去。陈根让她上了自己的那辆旧车,自己驾车向徐墩屋场而去。路上他简要介绍了徐水应家的情况,郁芸一路无语,但头脑中不断有复杂的念头掠过。

很快就到了徐墩自然村。村巷窄,小车开不进,陈根便将车停在一棵大树下的空敞处。郁芸跟在陈根身后,不知陈根到底想干什么,心里直犯嘀咕。刚到徐水应家院门前,就听到一阵凄厉的哭喊声。陈根带郁芸走进屋去,看见素梅和水应娘凤娥都在哭诉着什么。

"……你就这样狠心!想走就走!……我为你看病驮你这么多年,吃了几多辛苦,可你倒好,不想活了就去寻死,对得住我不?

对得住一把年纪了还在做农活送伢上学的老娘不?!"素梅瘫坐在水应床前,身上还粘着黄泥。

"我死脱就一了百了了,这个家就没拖累了! 莫、莫再为我这看不好的病添债了! 再这么拖累下去,这个家被压得翻不过身了……"水应还是在结结巴巴自说自话。

陈根把素梅喊过来,问到底出什么事了。素梅哽咽着说:"水应刚才趁我和他妈去做事的空当,从床上爬下来,又爬出屋子和院子,一直爬到不远处的那口塘边,准备寻短见,被村上人看见了,跑来招呼我……我和我婆妈刚把他搞回家……"

陈根和郁芸都震惊了,郁芸忍不住先问:"为什么要这样?!"

素梅说:"他死心了,觉得自己的病治不好,治病就是浪费钱,不想再治疗了;他不想再拖累这个家,想一死了之,断了我们给他治病的念想……"

"是什么病啊? 绝症?"郁芸不解地问,"干吗如此绝望?"

"不是绝症,是中晚期骨结核,这病应该是能治好的,是以前治疗方法不对,耽误了病情。"陈根解释道。

"能治好就得坚决治啊!"郁芸惊呼道。

"他们这个家太穷了,真是一贫如洗啊! 都是水应这病给闹的!"陈根又解释道,"慢慢地就拖到眼前这个地步了。以后再跟你细说。"

"再穷,病也得看哪!"郁芸好像明白了一些,"病人头脑是模糊的,家里人可要头脑清醒。"

陈根向素梅介绍了郁芸,素梅客气地且带着些惭愧的表情与郁芸打了招呼:"还惊动了书记家的上我这来!"

"该下决心了,素梅!"陈根对素梅说,他知道这个家最清醒的人就是素梅了,"水应的病只有到省城大医院才能看得好,这一点你不能再犹豫了,再难这回也得去了!"

"有哪些难处?"郁芸也关心起来,"光是缺钱吗?"

陈根说:"缺钱是主要的。但还有其他困难,比如到城里人生地不熟的,一时住不上院,或者出院后还要观察治疗和调养什么的,钱又不够,生活难过……"

郁芸沉吟片刻后,说:"这些……我们也许能帮点忙的……"

陈根以含笑的表情望着她。他真心想听到郁芸说出这样的话,这也是他带她到现场来的目的。他和郁芸生活了多年,虽然相处得一直不和谐,但他知道郁芸心底还是善良的。

歇了一会儿,陈根对素梅和满脸泪痕的凤娥说道:"去省城就医的钱我已经给你们借到了,是以我的名义担保的,明天可以交给你们,不用急着还,今后有钱再还就行。省立医院的医师,我也初步联系好了,放心好了!素梅你负责把水应的工作做通,明天上午做准备,最好明天下午就能够起身去,明天下午不行的话,最迟后天上午要动身,到了省城我们再想办法。这回你们坐我的小车去,你看如何?"

素梅感激地望着陈根,愣了半晌才点头应承。她站起身握住陈根的手,激动得有点说不出话来。郁芸似乎也被陈根的话感动了,她若有所思地望着陈根,欲言又止。

"那么,就这样讲定了!你们抓紧准备,"陈根强调道,"我先走了,还要再看一户人家,明天我再过来,到时希望不要再有波折。郁芸,我们走吧。"说完,和郁芸离开了,素梅将他们送出很远……

"再带你去看一户，"陈根等郁芸上了车后说，"你在省城文化部门工作，或许能帮到他呢！帮他其实也是帮我工作……"

"我能帮什么呢？"郁芸疑惑地说，"他是做么事的？"

"我们这地方，以前有一些唱黄梅戏的小剧团很活跃，当地人叫草台班子，这一户以前就是干这个的，后来不幸遭了灾……"陈根紧接着将龙庆元的遭遇详细说了。

"真是挺不幸的！"郁芸感叹道。陈根的介绍让郁芸对了解龙庆元户产生了些兴趣。

陈根将车开到了龙塘屋场，带郁芸进了龙庆元家。陈根向龙庆元介绍了郁芸，龙庆元非常感激陈根这么真心对他，客气地招呼两人进屋坐。

"房子好气派，"郁芸惊奇地说，"这哪像贫困户家的房子！"

"这房子是他遭灾之前造的，"陈根连忙解释道，"现在他是住着洋楼的贫困户，不仅没什么收入，家中还有个高位截肢失去劳动能力的女儿，欠了一堆债。"

"真是挺不幸的！"郁芸同情地望着龙庆元，"看看你女儿，她在家吗？"

"在呀。"龙庆元说着，朝屋里喊了一声，女儿翠玉便双臂自推轮椅出来了。翠玉其实很阳光，脸上堆着笑容，看不出一点愁苦的样子。她客气地与来人打招呼，声音铜铃般好听。

"是个演戏的料，可惜了！"郁芸以专业的语气说道，"往后怎么生活？"

"听我爸说，他准备听陈叔的建议，把我们的小剧团重建起来，我可以帮助做一些配乐、配唱之类的事情；要是遇到有残疾人角色的戏,我还可以演的……"翠玉以山雀般清脆的嗓音说,"我男友原来也在我们团的,地震中他受了重伤,肋骨断了好几根,伤治好了又做不得重活,没的事做,也成了靠政府救济的贫困户!我们一直想着,一个是重度残疾人,一个是深度贫困户,往后在一起怎么过啊!所以就一直没办婚事,也没钱办。昨天他听说我爸要重新建团,他高兴坏了,恨不得马上就过来。"

"能重建得起来吗?"郁芸望着陈根说。

"正在为他们想办法,大家帮是有可能的。带你来看看,也是为了今后能帮他点什么忙。"陈根转过脸来,指着郁芸对龙庆元父女说,"她可是专业人士,以前在省黄梅戏三团当过黄梅戏演员,后来改行到了省城文化馆,也还是做群众文艺工作。"

"那太好了,这么说我就更有信心了!"龙庆元说,"你上次来我家说过以后,我就开始做准备工作了!我把以前的戏本子和曲谱子什么的都找出来了,还有几箱子戏服也都找出来了,虽然损坏了一些,但还是可以用的,幸亏当时没扔掉。另外,我又联系了原来班底几个受伤的人。翠玉的对象小勇是可以再演的,另外还有两个搞乐器的,伤早治好了,但这些年也没有找到什么像样的事情做,都愿意再回来做事。现在最大的难题就是可以用的演员少,还有缺舞台设备。"

"我们还在联系,"翠玉快人快语,"本村和周围村有几个平常喜欢唱的,有意加进来,就是水平差点,需要培训……"

"能挣得来钱吗?"郁芸问,"新组的团七拼八凑的水平不够,演的戏还会有人看吗?要是挣不来钱,反而更会致贫。"

"市场还是有的,我们这里是黄梅戏故乡,大家都喜欢看戏,"

龙庆元回道,"我前些年在外面闯出的市场也还没有完全丢掉,虽说时间隔得长了一点,但还时不时有经纪人给我来电话订戏。"农村人家过节办喜事什么的,都喜欢花钱请当地的戏班子唱大戏!我的戏班子倒掉后的这几年,我这一片的市场都被周边乡镇的戏班子给占了,不过大家还是惦记着我的,好多人说更喜欢看我的戏班子演戏。所以我真是想尽快把我的班子重拉起来……"

陈根接上说:"舞台设备倒还可以解决一些,现在好多村都搞文化乐园建设,搭建了戏台子,我们翠山也准备搞,已经开会研究过了;移动的台子投入一些资金也能搞起来。人的问题是最大的问题,也是最关键最难解决的。我觉得一方面你们自己先联系,把过去的资源都用上;另一方面我们也为你帮帮忙。"陈根停顿了一会儿,眼光扫了郁芸一下道,"郁芸你考虑一下,看看能不能给他一点帮助,比如为他们水平不够的人搞点短期培训;还有请帮忙联系一下省黄梅戏校,他们每年的实习生是否能安排几个到这里来。你们是一个系统的,说话管用一些!另外,我记得你们文化馆经常搞戏迷票友大赛,有些人比专业水平的人也不差多少,看看能否从中动员一两个到乡村来客串搞一点演出?"

郁芸说:"我回去联系看看,现在还不好说。"

翠玉直率地说:"其实,郁芸姐你自己都可以给我们做指导的……"

郁芸笑笑说:"我在省城上班,哪行呢?"

"还有一条路子,"龙庆元说,"这一带还有演艺经纪人公司,他们手下有流动性的演员,哪里有戏演就受聘于哪个团,戏演完就走,给钱就行。以前我演员力量不够的时候也请过。"

陈根说:"那只能做补充,最好还是要建起固定的班子。"

六

郁芸问陈根眼下公公是否在村里,陈根虽感到有些诧异,但也有些感动,他似乎知道她这么问的用意。陈根告诉她,父亲自打离开省城回家乡后就去了本县的江边小镇,与妹妹一同生活去了,眼下没在村里。郁芸听后也没再说什么。

沉默半晌,陈根对郁芸说已安排她晚上到村妇联主任家歇息,郁芸说不想麻烦人家,自己带了车很方便,还是到镇上找家旅店住,明天再过来,晚饭也到镇上随便吃点。陈根了解郁芸的性子,她想好的主意很难改变,于是顺着她的意思说,还是由他开车送她去镇上,明早再去接她,好在只有六七公里的路程。郁芸没说什么,算是同意了。

他们很快在镇上找了一家旅馆并在附近小餐馆吃了晚饭。陈根送郁芸进到房间里,他没有马上离开的意思,而是面对郁芸坐下来。郁芸晓得陈根有事跟她说,所以心领神会地与他面对面坐着。

"你让我过来,就是为了让我看看那两个贫困户吗?"郁芸心里知道陈根肯定有什么事要自己帮忙,但她故意这么问。

"不仅仅是看看,"陈根说,"还想让你为他们做一些事。"

"为那个姓龙的?"郁芸说,"不是说过了吗?我得先回去摸摸情况。"

陈根说:"主要是帮帮水应和素梅那一户。"

郁芸问:"我该怎么做?"

陈根想了想,然后正经地说:"素梅带水应去省城看病,一时恐怕住不上院,出院以后还要留在省城跟踪复诊、康复调养一段时日,他们没那个经济能力住旅馆或者多次在省城翠山之间往返!我想这段时间拉他们一把,让他们就住我们家,我那个房间空着也是空着。这样能为他们省下不少钱,他们再也消耗不起了……"

郁芸没有马上表态,她若有所思地望着脚下,不经意地摆弄着手指。

"拉他们一把吧!那个家太悲惨了!如果这次治不了,那个家也就完了。"陈根继续劝说道,"虽然现在有不少健康医疗扶贫政策,但像他们这样的贫困户,如果没人帮助,政策也难落实到他们身上的。"

"也就是说,"郁芸慢吞吞地说,"我将和那对丈夫病重的贫困夫妻在我家过一段时日了?"

"是的,帮帮他们!"陈根说,"做饭、洗衣什么的可以叫素梅做,她是个挺能干的农村主妇。另外,贴点水电,其余的花费他们可以自理……"

"这是我们分手的条件之一?"郁芸抬头望着陈根道。

"不能这样理解。"陈根解释说,"要心里情愿,从救人积德帮助人的角度去想。这跟我们之间的事没多大关联。不过,我还是希望你能帮我一个忙!"

"帮你一个忙?"郁芸睁大了眼。

"是的,权当帮我一个忙,这户是我重点帮扶户……"陈根肯定地说。

"你小看我了。"郁芸反倒批评他了,"为什么不是我在救济人呢?"

"好、好的！我同意你说的！"陈根马上附和道。

"明天就动身去?"郁芸问。

"对,明天就动身,不能再拖了！"陈根应道,"我也送他们一道去。"

"你也开车去?"

"是的,让他们两人坐我的车,所带的东西就放在你车上。我开车去回来也方便些。"陈根说。

郁芸停顿了片刻。她没有说出不同意见,也就等于接受了陈根的安排。良久,她才又轻声问:"那个姓龙的贫困户,你还想让我再做点什么呢?"也许是因为自身经历的缘故,她对龙庆元户格外关注。

"那个戏班子重建主要还是人的问题,下午都已经说了。这方面可以尽量为他想点办法。"陈根说,"如果真能动员一两个高水平的戏迷票友加盟,哪怕是召唤式不定期的也好;或者争取到黄梅戏学校毕业的实习生去他那实习,对他都是帮助——哪怕只是短暂的几周、几个月都可以的。"

"我可以试试,但难度会很大。"郁芸低调又谨慎地说,"这里可是贫困的农村啊,各方面条件都不好,谁愿意来这里受苦呢?"

"不不,这里其实自然风景很好,有山有水、空气清新,民风淳朴、绿色青翠,是很好的养生和乡村旅游之地。"陈根努力想改变她对翠山的印象,"我下一步计划就是开发这里的山水资源,引进人才搞现代种植业,同时结合开发旅游业。城里一些人近年不是经常到乡村去旅游嘛！你回去也可以帮助做些宣传，或许有些喜欢黄梅戏又喜欢自然山水的票友，真的愿意来体验一下这不同风味的生活呢！一边赏景，一边唱戏，多好啊！"

"你点子多。"郁芸笑道，"我发现你下村以后真的有些变化了……"

"哦，是吗？"陈根很有意味地应道，"变得怎样了？"

"比在城里开朗些，"郁芸说，"说话做事也好像务实了一些。"

"也许是质朴务实的村民唤回了我身上的某些特质——因为我之前其实就是个村民……"陈根的脸有点红了。

"我会去为龙庆元户多想办法的。这个人和他戏班子的遭遇太过悲惨了，我们这些搞文化的，理应帮帮他；不光是你说的那些方面，其他方面能帮上的都可以考虑，包括剧本创作、作曲和导演等方面都可以帮的。"郁芸很真诚地说，"我以前是演员，现在又在做群众文化工作，我可以考虑为他做一点事情……"

郁芸的话令陈根深感意外，他没想到郁芸会有如此诚挚的态度。看来请她过来是对的，比在电话或微信中叙说效果要好得多。

"谢谢你了！"陈根似乎被感动了，"如果这个戏班子能够被扶起，也就能扶起很多颗痛苦绝望的心……"

"先别谢，事情有了进展再说。"郁芸轻声说道。

谈得很顺利，也很融洽，这是近年两人交流史上不多见的情形，两人都没提及那份离婚协议。

陈根长舒了一口气。"你早点休息吧，"在渐渐少了言语之后，陈根起身说道，"明早我开车来接你。"

郁芸微笑着送他出门。

第二天上午,陈根早早便开车到镇上把郁芸接到村里,然后安排村妇联主任陈晓萍带郁芸到村翠山脚下几处自然景点去转转。自己则开车又去了徐墩屋场,见到素梅和凤娥时,陈根笑容可掬,他从包里拿出一个纸包递给素梅说:"这是我为你借的两万元钱,你先拿着,作预备金。"

"这、这怎么好意思……"素梅脸涨得通红,一脸的愧意。

"这没什么,先救急,今后有钱了再还就是了。"陈根说,"你家里面卡上还有钱的话,今天上午就一并取来,带在身上。"

素梅含泪地点着头,千言万语涌上心头,竟不知说什么好。

"多备一点有好处,住院时有些钱要先交,出院时再结算返还。"陈根鼓励道,"昨晚我和老婆说好了,这回你们去省城,除了住院,其余日子都住在我家里!"

"住你家?!"素梅惊愕地瞪大了眼,"这、这怎么好意思呢?"

"是的,家里有间客房。"陈根详细地说,"不过素梅,你得挤点时间挑起洗衣、做饭、买菜等家务,郁芸做家务一直不太行……"

"这还用说? 事情肯定是我来做嘛!"素梅断然道,"住你家,还要妹子来服侍我们,那我还是人吗?!"素梅有点哽咽地说,"我这是前世修得好哇! 遇上了你这样的好人、贵人,这是老天要救水应哪!"

"快别这么说,"陈根劝道,"我是专职来扶贫的,你又是我的重点帮扶户,我有责任来帮助你!"

"好人哪!"凤娥也在一旁感叹,"我家水应这回要是真的有救了,我来世给你做牛做马服侍你……"

"老妈妈，快别这么说，"陈根说，"要感谢的是党和国家的好政策！"

"好政策，也要你这样的好人来执行啊……"素梅说。

"这样吧，"陈根打断了她俩的话，"你们抓紧准备，把该带的都准备好，下午两点钟我们出发，我和郁芸两部车送你们。"

"好啊好啊！"素梅激动得不知如何表达了。

"就这么讲定了，我还得回村部去，和村班子几个人还有工作队的两个人把这几天的工作交代一下。"陈根说过，便开着他那辆旧车离开了。

回到村部，陈根把村两委主要人员和工作队的小朱、小宋都叫来一起说事。他首先告诉廖结宏："重点的几项工作要抓紧，一天都不能耽误。首先是村文化乐园的规划和项目书要抓紧做，不然就要错过今年文化强县专项资金扶持项目的申报了，这件事要到镇上请镇领导出个面。"

"好吧，这事我和有全主任明天就去办。"廖结宏说，"昨天下午我去镇上报材料，碰到书记和镇长，我先做了汇报，镇领导说会全力支持。"

陈根高兴地连说了几个"好"后，又道："另外，就是几个重点工程，也要抓紧办。特别是联户光伏电站，关系到几十家贫困户今年的收入！我听说过了今年十月，国家收购电价每度要降一毛钱了，这就会有损失，所以进度上要抓紧了！"

"我一直在跟进，"徐有全说，"目前进展还可以，下个月并网应该没有问题，能赶上夏日发电的。"

"还有就是建档立卡和扶贫手册补漏纠错工作也要抓紧，下周市级和县级交叉互查都要过来,我们村这一块以往检查扣分多,这次可不能再落后了!"

廖结宏说:"你来以后,经过这些天狠抓,这件事进展很快,大的问题都已整改,该调整的都在调整,还存在一些小问题。"

这时候,妇联主任陈晓萍带着郁芸回来了。陈根将下午出发的计划安排跟郁芸说了,郁芸表示赞同。陈根让她去准备一下行李。郁芸说没什么准备的,东西都放在车上了。

中饭之后,陈根和郁芸只小憩了一会儿,便和村两委及工作队一众人道了别,俩人各自开着自己的车朝徐墩屋场方向而去。

一向门前冷清的水应家今天竟然聚了不少人,他们听水应娘凤娥说,水应将要被省工作队队长接到省城看病,并住在队长在省城的家中,很觉稀奇,都来看看热闹。

素梅和凤娥把一堆东西放上了郁芸的车,而后再驮着水应从屋里出来,惹得周围人一片唏嘘。素梅背水应的这个情形他们其实看过很多回,只不过这一回,他们觉得格外新奇,他们一直目送着素梅夫妇上了陈根的那辆旧"北京现代"……

七

到了省城,夜幕已经降临。

陈根和郁芸没顾得上吃饭,就把车停好,拎着一堆行李,带素梅和水应进了自己家门,把他们安顿在客房里。

"打搅了!真、真是太打搅你们了!"素梅红着脸,局促地说,好像手脚都没个合适的位置放。

"没关系,放心住下来。"陈根安慰她道,"这个小区生活还方便,周边就有饭店、商场和菜市场,实在来不及做饭的话,还可以叫外卖。"说着,他拿出手机拨了一个号码,直接订了四份快餐。

"素梅,别这样,其实也没什么,你们就把这当旅馆,心里也就踏实了。安下心来,看病要紧。"郁芸也发话了。

"房子和床都小了点,两个人睡有点挤。"陈根对素梅说,"等我回村了,你可以睡我书房里的床。"

"不小了啊,"素梅连忙说,"这和住旅店比要省下来多少钱哪!只是给你们添麻烦了!"

"别再说客气话了。"陈根说,"这里离省立医院也不远了,明天我就带你们去省立医院看病。"

"医生都联系好了?"素梅问。

陈根说:"是的,他是我高中时的同学,现在是省立医院主治医生。我跟他预约了,明天就是他的班,先去看门诊,看病情如何再做治疗决定。"

"我把卫生间整理了一下,挪出了一块地,"郁芸过来对素梅说,"你们的脸盆、脚盆、毛巾和洗浴巾都专用另放,这样我们相互都不影响,卫生才有保障!"

"添麻烦了!"素梅连声应道,"妹子,我们乡下人邋遢,在你们这里住,好多事要你们教的,有么事没做好妹子你就直说,我们改……"

"素梅你莫担心,也没什么教的。"郁芸赶忙解释说,"稍微注意一下就可以了,越是看病的人越要注意卫生,这对你们有好处的。"

"素梅你理一理东西,早点洗洗歇息了。"陈根说,"把明天要用的贫困户资料包,还有身份证什么的都准备好,明天看病有用的。"

"好的,"素梅点头道,"我这些资料,医院看了能认账?"

"全省资料都是联网的,正规定点医院电脑里都查得到,这个你尽管放心。"陈根说,"别担心,明天我送你过去。"

"我也送你去。"郁芸跟着说道,"我来联系一下俞艳,看看明天上午是不是她的班,她要是当班就请她引导一下,方便得多。"

这时快递送餐来了,于是他们各自吃过饭,素梅又收拾忙乱过一阵后,他们便回到已安排好的房间里休息了。

翌日一早,陈根和郁芸便开车送水应夫妇去了医院。大医院的人就是多,这是素梅从未见识过的。她背着水应进到门诊楼大厅里时,就被纷至沓来的人搞得有点眼花了。她把水应放在大厅一侧的排椅上,有点木讷地望着出出进进的人,不知如何行动。幸好不多时,停车归来的陈根和接到郁芸电话的俞艳都赶到了。俞艳在郁芸的介绍下,与素梅及水应见了面,陈根向俞艳简单介绍了水应的情况。

"我去给你租个轮椅吧,"俞艳对素梅说,"你这样背病人太不方便。"

"最好能买个轮椅,钱也不是很多。"陈根接上说,"今后还要常用,人也会轻松很多。"

"对的对的。"俞艳点头对陈根道,"我先去拿轮椅,你带素梅去挂号办就医卡,让郁芸在这看着水应一会儿。"

"好吧,先把手续办了。"陈根对素梅说道,"素梅你把资料拿了跟我去。办好手续后抓紧去看专家门诊,邵益民是知名专家,预约的人肯定也不少,要耐点心。"

办好手续,陈根把素梅和水应带到五楼骨科候诊厅,输入了专家预约号后静等。四五十分钟之后,终于轮到了水应,陈根陪素梅推着轮椅一起进去,让郁芸留在门外等候。邵医生问得很细,素梅也答得很细。问过之后,邵医生便开始动手进行骨骼触诊,之后又让陈根和素梅扶水应上了一个台子,又做了一番拿检查。

"几个检查还是要去做的,先去查血,再做 CT,再不行还得做核磁共振。"邵医生说着便开了单子,"检查做好了,再把结果拿到我这里来。"

陈根和素梅拿了单子出来,陈根叫郁芸先照看一下轮椅上的水应,自己带着素梅到窗口去办缴费手续,办完手续几个人又急火火地推着水应去三楼和一楼做相关检查。

排队是对人耐心的考验;而对于素梅的考验,不仅是耐心,还有心理承受力,她还要为未知的检查结果担心。这种心理负担更易使人疲惫。她有点迷糊地站着,看见那些走动着的、头戴白帽、身着白大褂的人,便有点心悸。她觉得水应的命运就掌握在他们这些人手中,他们检查出的结果以及给出的结论,都左右着水应今后的路数。

素梅的脸色有点难看,没有血色,腿好像有点乏力、有点抖,慢慢地眼前模糊了,像是进入了一个梦幻的世界,渐渐地,腿一软瘫倒在地上……

"素梅,你怎么啦?"陈根把倒在地上的素梅扶起来,"你太累了,到旁边的椅子上休息一下。"

"哦,我没事,"素梅不好意思地说,"我就是想得太多,我……"

"你心理负担太重,"郁芸也劝道,"莫想太多,一切都会好起来的。"

临近中午时分,几个检查才全部做完,并拿到了检查结果。几个人抓紧带着检查结果去见邵医生,郁芸照例陪着水应在门外等候。邵医生为等这个号破例没有下班,他长时间反复看片子和单子,皱着眉头不出声,使得素梅和陈根越发地着急了。

"怎么样? 益民……"陈根忍不住问道。

"骨结核快晚期了,救当然还是有救的。"邵医生神情凝重,"不过病情很重,相当麻烦,主关节部位可能有骨质病变,要做骨清理和置入手术,术后还要进行相当长时间的恢复性治疗。"

"医生啊,你可得为他想想办法!"素梅一下子急了。

"准备住院,准备做手术。"邵医生没再细说了,"不过现在床位太紧张了,恐怕要等几天呀!"

"能不能快点呢? 他可是重点贫困户啊!"陈根说。

"我尽量想想办法吧。"邵医生说,"住院后还要再做一次深入全面的检查,然后再拿一个治疗方案。"

"一定要你负责治疗啊!"陈根说。

"好吧,我收治的病人我负责。"邵医生说。

陈根对素梅说:"回去按邵医生说的准备。"说过,让素梅先出去,他要和邵医生说句话。

陈根是想约邵益民等几个同学晚上吃饭。

　　下午，陈根去了省政府扶贫办，先向督查督办处领导简要汇报了工作，之后就健康扶贫有关政策怎么执行、贫困户在省城公立医院就医政策怎么享受进行了咨询。处领导给予了明晰的答复，说相关政策落实机制早已布置，执行不会有问题，各医院会按照机制去合规操作的。随后他又去了产业扶贫处，了解当前正在全省实施的产业扶贫政策和信息，特别是特色种养和现代农业方面的扶持政策。扶贫办人员都忙，他拿到了一些资料后便离开了。而后又驱车去了报业集团，打算将自己一个月来在村驻点情况向单位领导做个汇报，同时也就村里实施的项目寻求一下单位领导的支持。

　　集团刘总见到陈根很高兴，问了一些基本情况。陈根汇报说翠山村有五千多人口，近两千户，建档立卡贫困户就有三百多户，扶贫任务很重！他先讲了贫困户建档立卡基础工作情况、扶贫工作机制建立情况等基本情况，又详细说了脱贫攻坚"十大工程"项目争取、落实产业扶贫计划、开展贫困户针对性精准帮扶措施安排等工作，他对情况很熟，汇报得也很细。刘总对陈根的表现给予了肯定和鼓励，之后又问他还有哪些困难、问题和要求。陈根说希望单位在文化扶贫方面给予更多支持。刘总让他把需要支持的项目说具体点，等下次开班子会好作为议题提交研究。陈根想了想，提了几条：一是请单位给一些资金方面的支持，具体数额由集团研究定，建议的数额是三十万至五十万；二是利用集团的影响力做一些协调工作，推动文化强省项目资金落户翠山村，特别是给文化乐园项目以支持；三是请集团为翠山村联系、争取一些文化设备、资金等;四是发挥集团网站网络建设方面的优势,为翠山村文化乐园的远程电教、农户电商服务方面做些工作……

刘总把他说的几点都记下了,说一定提交班子会进行研究,还说近期准备带队去翠山村开展一次调研慰问。刘总最后留他吃饭,陈根说时间还早,他还要去跑几个部门,下次回来再一起吃饭。于是便离开单位去找郁芸商量晚上请客的事了。

郁芸下午没去单位,而是带着素梅去熟悉自家周边的环境。她领着素梅去了周边的商场、药店还有菜市场,买了轮椅还有一些生活必需品及蔬菜,逛了一两个小时才回到家中。

"从明天开始,你就独自上街跑了,都熟悉了吗?"郁芸问。

"差不多吧,这一片什么都有,我反正不跑远。"素梅说,"家里的事我来做,陈书记跟我说过了。"

素梅进了客房,心情变得沉重起来。上午的诊疗,让她知道了水应病情的严重性和治好水应这个病的艰巨性,整个下午她都觉得心坎上压着块石头。后面会怎么样,她有了太多的担忧……

"别想太多!"郁芸看见素梅忧心忡忡的样子,安慰道,"医生说了,病治得好!耐心等几天,住上了院,开始治疗,心里慢慢就踏实了。"

这时候陈根回家来了,见素梅一脸的忧虑便想着安慰她几句。他把去扶贫办的情况简单说了一下,意在告诉她大病治疗按"351"政策"一站即时结算",费用已经没有问题。"现在你该放下心来了,邵医生说了,水应这病能治好,只是人要吃点苦,要动个大一点的手术,恢复治疗时间长。治好了病,日子还有的过!"

素梅经陈根这么一说,心情也放松了不少。她轻轻点点头,脸上好像也有了笑容。陈根又笑道："耐心等几天，住上院就好了，今晚我再去跟邵医生叮嘱一下。你在这服侍水应，要是懒得做饭可以叫外卖，我和郁芸今晚出去有应酬。"说完就去客厅找郁芸了。

"你都请了哪些人？"郁芸问。

陈根说："邵益民，张秋平、俞艳夫妇，农科院的章文斌，都是同学和熟人。邵益民是我高中同学，秋平和文斌是大学同学，以前常聚，近来我下去了，好久没在一起聚过了。俞艳是你好友，所以特地把她也叫上了。"

郁芸听他这么说，便跟着他出去了。陈根开车，路上一如既往地堵，等赶到预订的酒店时，客人早已先于他们到达了。郁芸和俞艳高兴地到一边说话去了，陈根和三位同学坐在沙发上开始热聊起来。

"说实话，我真的很敬佩你对农村贫困户的这种真心的态度，"邵益民说道，"没有真感情和责任感是难做到的。"

"我本身就是当地的农村人嘛，都是老乡嘛！"陈根不好意思地说，"又是选派扶贫干部，说实话，下去之后见到那一个个情况不同的贫困户，还真有点压力呀！"

"陈根哪，看来你还真的是全身心投入了。"张秋平笑呵呵地说。

"既然去了，就得投入，"陈根说，"我是农家出身，玩不来虚的。我申请下农村是想换一种生活方式，这些年我总觉得自己还没有完全适应城里的环境和生活，农村人的心智一时难以改变。巧的是集团的帮扶单位是在我的家乡，这使得我有机会重新回到我起始的地方。"

"你离开农村已经很久了,现在的农村与你当时离开时的不一样了,"邵益民说,"家乡那一块,我知道并不好做事,干点成绩出来更不易,更何况是去当村党总支第一书记,是去扶贫,不好做啊!"

"不管怎么说,我是想谋求一些改变的,"陈根有点激动地说,"回到家乡好,那里我熟,我想我能做点事出来的!"

"你是个做事专注而且非常投入的人,我相信你是能做出成绩的,"张秋平说,"但愿这能为你以后在单位的进步带来一些政治资本。"

陈根不好意思地说:"这可不是我的心态!我申请下去可不是为了镀金捞资本,而是换一种姿态生活,看看哪种方式更能激发自己的能动性。这次我下村驻点,看到那些贫困户或贫困现象,我想的都是我能为他们做些什么,能为他们带来什么改变,至于自己会怎么样,从没想过……我希望利用我的资源为他们脱贫做点什么,当然包括我的同学资源了,比如邵医生这回给予的帮助就非常有价值。"

"放心好了,我一定全力支持你!"邵益民说,"你这次带过来的这一户,虽然治疗起来有点麻烦,但我会尽全力的。"

陈根说:"我也代表素梅和水应谢谢你!"

菜很快上来了,他让服务员开了瓶红酒,给各位斟上说:"好久没聚过了,来点红酒助助兴吧,我私人请客,小饮几杯红酒应该没什么问题。"

于是,他们边喝边聊,气氛渐渐热闹起来。陈根就势把翠山村的情况说了,他说经过一个多月的调研了解,感觉这个村之所以为贫困村,主要是产业发展和集体经济都很落后,另外,农人精神文化生活太贫瘠太单调! 他说他驻村的这三年,将围绕这两个重点也是难点来工作,争取有看得见的改观。几个人都认同陈根的计划,认为对农村农民而言,精神文化生活的帮扶与物质生产的帮扶同等重要。

"这当然需要很多方面的支持," 陈根说,"作为省里派下去的干部,我得尽量利用我在省城的资源。比如秋平,你现在所处的位置,手中有权,就可以多给些支持哦! 比如文化项目以及文化设备、人才方面的支持。"

"说具体点," 张秋平笑道,"文化项目需要基层报上来审核,审核后才能报批,文化人才不知指哪方面?"

陈根于是将文化乐园项目资金申报和贫困户龙庆元重建剧团急需演艺人员和设备的情况详细地说了。张秋平听后说:"这个问题,明后天我带你去省文改办、群艺处和省黄梅戏校等几个地方跑跑。另外,你们市里的文化系统也能给予一些支持的,比如市文改办、市黄梅戏校也可以做些安排的。要不要我来打招呼?"

"那当然更好了!" 陈根高兴地说,"来来来,我敬你一杯!"

"这没什么,老同学嘛,应该的!" 张秋平拿起杯子也一口干了,"只要你在下面干出政绩,回来得到重用,我能做什么就一定为你做什么!"

"我压根儿就没这么想过!" 陈根赶忙解释道,"能做点事得到老百姓和大家的肯定就可以了。"

"听你介绍,翠山应该是个挺不错的发展特色产业的地方。" 章文斌说。

"是的,但是没有很好地利用起来哟!"陈根说,"我现在为翠山焦虑的,还是那个村的产业发展和集体经济,有那么好的条件,长期是一片空白!前两年借国家扶贫政策搞了两个小型光伏电站起来,总算是有了自己的实体;这两年我想利用好的自然条件发展特色种养和现代农业。你是省农科院的,这方面的项目和信息肯定不少,能否给予一点帮助呢?"

章文斌说:"项目和信息都有不少,关键你要哪方面的?"

陈根说:"翠山有两片区域,沿湖一片是优质水田,可种植优质水稻,这一片我们准备与滨江县国家级农业产业化龙头企业'青禾米业'合作,加入他们推出的订单农业体系,发展绿色有机稻米种植。另外就是丘岗旱地片区,这一片坡地很多也抛荒了。我想这一区块要是能上一个现代农业开发项目,不仅能很好地把所有土地都有效利用起来,还能为村劳动力特别是贫困户找到务工增收的途径。不知你们农科院有没有这方面的项目……"

"项目很多,"章文斌说,"根据你的描述,那一片坡岗地可以集中连片种植油茶、油用牡丹等木本油料植物,既能观赏又有经济效益。另外,有一个农科院正在全省农业县寻找落脚地的项目……"章文斌说到这又停下了。

"什么项目?"陈根着急地问,"别这么吞吞吐吐的。"

"你们那里的自然环境怎么样?"章文斌问,"有没有工业污染的情况?"

"环境完全是纯天然的,"陈根答道,"周边没有任何工厂,山清水秀。"

"省农科院正在寻找一个酵素生产项目的落脚地,从果蔬种植到建厂加工一条龙,是三产融合的大项目啊,我怕你们那里拿不下……"

"是你们带人来投资,还是我们自己投资?"陈根问。

"是外省来跟我们搞合作的项目,由项目承接地负责投资和提供土地等要素,对方只以技术投资入股、提供种苗等。"

陈根兴奋地说:"回头我再上你那里细谈,把项目情况搞清楚……"

"好了,说点别的吧,"邵益民打断了陈根的话,趁势也敬了他一杯,"还有两位女士在这里,你也和她们喝喝酒,聊聊其他事。"

"过一阵我们一起去看看,"俞艳说,"我还是比较喜欢纯天然的环境的!"

于是大家又聊起了乡村旅游话题……

八

昨晚陈根没控制住情绪,喝得有点高,上午起得有点迟。

吃过早饭,陈根把昨晚邵益民的话跟素梅说了:"他昨天把怎么治疗水应详细地跟我说了,我觉得是很费事的!"陈根有意将治病的艰巨复杂性说给她听,好让她有思想准备,"……先要做一个手术,去除病灶;由于水应的病拖得长,骨坏死较多,去掉的部分也就多,因而要从其他部位取好骨重新置入。然后就是高强度的抗结核治疗,也就是化疗,需要三种以上的抗结核药同时联用一段时间,这对身体尤其是肝脏损害较大,不知水应能否承受得住。这之后,还要采用中西医结合的方法,进行很长一段时间的调理治疗,同时配以充足的营养支持,以促进恢复……总之,很麻烦,你和水应都要有思想准备。"

"再难也得扛啊!"素梅咬牙道,"真要扛不过去,那也只好认命了!"

"相信你们能扛下来。"陈根转而又鼓励道,"我说这些是让你们提前做好思想准备,不要再出现之前的一些令人担忧的事……"

素梅久久地望着陈根,想说什么话,但又没说。

"还有什么事吗?"陈根看出她似乎有话想说。

"你和郁芸妹子怎么分房睡呢?"素梅还是将她的疑惑说出了口。

陈根望着素梅,一时语塞了,半晌才含糊地说:"唔,习惯了……"说着,尴尬地笑笑。

素梅也不好追问,若有所思地收拾碗筷。

"今天我还要跑几个部门,"陈根为转移尴尬话题而说道,"中午可能也不回来吃饭,你和郁芸在家吃吧。"说着,拿着自己的黑包出了门。

陈根原本约了张秋平,今天上午去文化厅了解些惠农文化项目及文化人才支农方面的政策,争取一些文化方面的支持。但昨晚章文斌说的那些现代农业产业信息让他想得越来越多,甚至有了想即刻行动的冲动,但昨晚对这个内容聊得不细致,他想再去仔细了解一下。所以上午他还是决定先去省农科院找章文斌聊聊,然后再去文化部门。

他与章文斌联系了,幸好他上午还有时间,于是便开车前去了。

找章文斌的人还真不少，都是全省各地农业部门的，也有一些操不同口音的村干部。章文斌给陈根泡了杯茶，然后找了一沓资料给陈根看，说处理完手头上的事再来与他细聊。陈根便耐下性子翻阅那些资料。那其实是几份项目说明书，其中就有章文斌昨晚说的酵素生产项目、油茶种植加工项目和油牡丹种植项目，陈根认真翻阅，渐渐便起了兴趣。

不知过了多久，章文斌回来了，不停地表达着歉意。陈根说没关系，他正好也要学一学这些未知的东西。

"这几个都是既有经济效益又有观赏价值的项目，契合你建美丽乡村的路子。"章文斌说。

"该如何落地实施呢？"

"除了那个外省来寻求我们合作的酵素生产项目，其余的我们农科院便可以提供指导和服务。"

"我恰恰对酵素这个项目有兴趣，"陈根说，"但不知如何去跟他们合作。"

"这是云南一家农经生物开发公司的特色项目，他们以技术入股，从种植到加工再到销售全程提供技术指导和服务，种植的主要植物是红梨（也叫血梨）、高品质黄桃和黑葡萄，以这些特质果实为原料生产酵素，苗木种子还有酵素生产线设备及酵素产品销售渠道全都由他们提供，其余土地、场地、用工等均由承接合作方提供。你手上那项目说明书也说得很清楚，你要真想做这件事，需要有个实体来承接。"

"是啊，需要很像样的一个实体来承接操作，"陈根忧虑地说，

"村里虽然也成立了一个产业开发公司,但资金也只有县里给每个贫困村下拨的两百万元产业发展基金,到现在还不晓得往哪投,村主任他们提议把钱投在邻村的一个现代农业园项目上,每年收点红利,我和村书记都没答应,想用这笔钱做点属于这个村自己的正事,发展自己的产业。但除此之外就没其他的财力了。"

"两百万元肯定是不够的。"章文斌说,"想要拿下这个项目,至少也要有千多亩的种植规模,土地流转、平整及农基设施这一块就是一笔很大的投资,此外还要建加工厂,支付农工的费用等,你想想没个像样的实体,怎么运作?"

"看来只有去招商引资了。"陈根说。

"这是条路子,"章文斌说,"但时间上要抓紧哪,迟了这项目可能就跑到其他地方落地了。"

"这项目还这么抢手吗?"陈根笑着说。

"是的,现在搞脱贫攻坚和乡村旅游,很多乡村都想上这类三产融合的项目! 不瞒你说,最近就有好几家来找我帮助他们联系。"

"招投资人本就不容易,现在又要在短时间内招来,这就难到我了……"陈根面露难色。

"真有难处的话我也可以考虑为你们推荐合作人的,"章文斌沉吟半晌道,"最近与我联系的老总中也有适合的……"

"有合适的就请搭个桥,"陈根立马说道,"都有些什么老板呢?"

"有一个挺好的,还是我们农大的校友,名叫孙林,他比我们高几届,是你们隔壁县人。"章文斌停了会儿,又接着说,"他这段日子常上我这来洽谈,想拿到酵素项目成为合伙人。"

"哦,农大老校友?"陈根疑问道,"怎么成为投资人的?"

"孙林大学毕业后就在他家乡县农委下面的种子公司工作,几年后种子公司搞改革,他便离开公司下海了,头几年主要做他熟悉的种子生意,在江浙还办有农产品深加工企业,近几年转到经营现代农业和乡村旅游类项目上来,在周边几个省都有基地,是个小有名气的老板。"章文斌介绍说。

"哦,看来已是个很不错的老板了!"陈根饶有兴致地说,"你和他一直有联系?"

"他是这两年才和我联系上的,之前他主要在江浙搞开发,近两年他把项目做到了本省,才经常主动来省农科院联系业务寻找机会,渐渐地与我就熟了。"章文斌细说道,"这两年他跑我这比较多,主要是来找项目,另外就是争取技术支持,他的摊子铺得不小,不少是农业开发和乡村旅游融合的项目。"

"要是能把他引到我们翠山去,那倒是很好的事!"陈根来了兴趣。

"是的,有这个可能,他有资金有经验,在各地投资。"章文斌说,"他前不久从我这得知了酵素原料种植和加工项目后特别有兴趣,希望我能把项目推荐给他,说过两天还要过来找我,但项目到哪里落脚还没说。我原先是倾向于给他干的,后来听说你也想要才游移了。你可以和他谈谈,说不定他愿意领着这个项目到翠山去投资呢!这样的话,我不仅能做到两不得罪,还能把我的同学、校友联合起来做成一件有意义的事,多好呢!"

"这的确是很好的主意!"陈根笑道,"他什么时候能来?"

"他只说近期来,没说具体日子,"章文斌眼睛一亮说,"这样吧,我今天就打电话给他,叫他明天赶过来谈酵素项目,同时会会老校友。我们三人小聚一下,你再谈合作的事。"

"他能赶得来吗?"

"他说他公司总部今年已搬回省内了,离得不远,能赶得来。"章文斌说,"就是迟一两天也没关系,我们等等他也行哟。"

"最好明天就能聚,"陈根笑道,"我身上任务多,我还要去为村上老书记找他离家的儿子。另外,我是个急性子,遇事巴不得尽早有结果。"

"我也是,我抓紧联系他,尽量争取让他明天过来。"

"明天我做东,我来接待。"陈根心头热乎了,说话也带了热度。

"你别急着要做东,谁做东都行。"章文斌笑着说,"这项目真要是去了你那里,往后会常去你那里让你做东的,一开始就要去考察,看气候、土壤等条件是不是适合,要去考察、检测后才知道!"

"真到了那一步就好了。"陈根也笑着回道,"我乐意常做东的!"

章文斌给陈根推介的那位校友孙总果然在翌日应约来到了省城,陈根接到通知表示很高兴做东接待。他在上次同学聚餐的那个酒店订了个包间,从家里带了两瓶红酒,早早就过去等候了。

正午时分,章文斌如约引着孙林来了,陈根感觉这位孙总是个精明人,个子高高,浓眉大眼,见了陈根就像见了熟人似的热情地招呼,没有一点生分感。三人坐下便马上聊了起来,都很健谈。

"我们既是校友,也可以说是老乡了,因为我俩虽然身处相邻两县,但都是同一个市的!"孙林朝陈根笑道,气氛一开始便很融洽。

"是的,从省际来看,的确是老乡,放在全国更是的!"陈根也笑着回道,"不过你是学长,比我们早入社会,经历丰富,而且还闯出了一番事业,很有成就,令人佩服!"

孙林笑道:"都是逼出来的,十多年前县种子公司搞市场化取向改革,手上捧的泥饭碗被打碎了,我不出来也不行! 好在我科班出身,既有专业知识又有同学资源,下海经营农林方面的项目遇到的难处就要少很多。"

"能否把你办的这几个项目都简单介绍一下,也让我学学?"陈根说。

"我在浙江有个三百亩的白茶种植和加工基地,效益很好;在福建泉州有块四百来亩的中药材种植基地,还有个烘干厂,效益也很好;在江苏结合美丽乡村建设,在一个村建了一个集苗圃、花卉、经果、大棚采摘、游园观光于一体的美丽乡村旅游点,成为周边城市居民休闲观光的好去处。近年在我家乡也建有一处把石斛、油茶种植与旅游结合的点。这些就不细说了。"孙林简要地介绍道,"今日我来主要还是谈酵素原材料种植项目的,这个项目属朝阳产业,而且是"三产"融合,很有特色,未来市场需求也很广,又能跟乡村旅游很好地结合,我非常看好,愿意为此投资,还望章校友帮忙协调……"

"你拿这个项目,打算在哪里落地呢?"章文斌问,这也是陈根关心的问题。

"我打算把这项目带到家乡去，"孙林思虑片刻道，"因为上这个项目没个五百至千亩旱地规模恐怕难有好效益，这样的用地规模在我们这样的欠发达省才可能实现，江苏浙江及福建等省使用土地都较紧，难具备这条件。另外，在用工上，这边也容易招到一些……"

"能否考虑来我们县呢？"陈根试探地问道，"我挂职的那个村，有不少抛荒的坡地，流转千把亩旱地不成问题；另外那一片山地自然风光和人文底蕴都不错，可以结合旅游项目争取国家支持的。"

孙林马上回道："是可以考虑的。我在家乡已上了一个项目，不一定要再上。另外，我县的山都很高，连片的地也不容易得，滨江县的旱地资源比我们县多，如果你那里有条件，我是可以考虑带项目去的。不过事先要去考察一番，看是不是有条件做这事。"

"那就欢迎你去我们翠山村投资，那里山清水秀，欢迎你尽快成行前去考察！"陈根听言后，蓦地激动起来了，"我们村是贫困村，搞产业开发有很多支持政策的！你去我们那里投资，也是支持脱贫攻坚和乡村振兴事业呀！"

"如果你们谈妥了，考察的事我来组织，"章文斌高兴地说，"我负责将云南技术入股方、本地投资方还有省农科院这几方约好，一起到陈书记你们村去调研考察，争取尽快将这个好项目落地。"

意见基本达成一致，这时候菜已经上来了，陈根高兴地招呼他们上桌吃饭，一高兴要了瓶白酒，想把情绪和氛围弄得更热烈些。

"你要真去了翠山，怎么经营这个项目？"章文斌问孙林道。

"当然还是采用股份合作的形式为好,云南那边以技术入股,村上以集体资产入股,老百姓以流转土地入股,先付土地租金,年终经营好了就分红!我之前的其他几个基地项目都是这么经营的。"孙总侃侃地说,"这些年我在几个不同的地方搞现代农业项目,我有条最基本的经验,就是经营这些项目,你只有让当地村和老百姓都能得到实惠、增加收入,才能让项目做得好做得长远!"

"这话我赞同!尤其在贫困村,更要多些让利,特别是对贫困户。"陈根着重说道,"如果我把上面给贫困村的两百万产业引导资金投进去入股,那么合作社每年将拿出6%的收益返补贫困户!这就是在做产业扶贫的善事!"

"这些政策我都知道,我都能做到!我在家乡的那个项目也是在贫困村做的。"孙林说,"享受了扶贫政策支持,就得为扶贫做些实在事,这没问题!我非常荣幸能为扶贫事业做些贡献!"

"孙总境界很高呀!来,敬你一杯!"陈根说着一口将半盅酒干了,"这个项目真要在我们村落了地,将对我村扶贫工作带来极大帮助。首先是很好地解决了山地抛荒问题;其次是为农户特别是一些贫困户带来了务工增收的机会,将来还能与美好乡村建设结合发展乡村旅游业……"

"我决定要做的事,一定会认真去做好!要不我也做不成今天的规模!"孙林进一步说道。

"我想起一件事,想问一下孙总,"陈根的脸已喝红了,但言语思维都还清晰,"刚才我听你说,你在福建泉州一带有经营?"

"是的,在泉州我有一个药材种植基地,经营得还不错,我有个团队在那边,我也常过去。"孙总说。

"不知你是否认识一个人?"陈根试探地问,其实也没抱多大指望,最近他只要碰到东莞、福建及泉州过来的人,他都不忘问一下。

"谁呀?说说看。"孙林说。

"一个叫廖新木的,我们那个村老书记的儿子,他曾在泉州打过工,还办过厂。我上两个星期曾根据他父母提供的线索派人到东莞和泉州去找过,可惜没找到。"陈根说。

"我手下有个叫'廖兴木'的人,好像也是你们这一带的,不知是不是你要找的人,名字有一点不同。"孙总说。

"是吗?"陈根激动起来了,"请孙总说说他的情况。"

"我一开始是在泉州老乡会上认识他的,都是 A 城人嘛,在福建都是老乡!"孙总不紧不慢地说,"他的经历还是很复杂很艰辛的,他最早是在东莞打工,后来又转到泉州一家瓷砖厂做工,从工人做起,一直做到班组长,几年后有了点积累心思大了,就抽身出来挑头办自己的瓷砖厂。我认识他的时候他就是瓷砖厂的老总,不仅老乡年会上要碰面,有时也相约小范围聚聚。可他的好日子不长,不多久他的厂子因为环保不达标等原因被强令关停,工厂最终倒闭了,他也为此欠下几百万的银行债务,他四处找人借钱还债,也找到了我门下,我看在老乡的面上借给了他一些钱,他很感激,之后便常来我这里。后来我在那里上了个药材种植项目,需要用到经理人,我看他办过实体有经营头脑,便聘他做这个基地的经理,给他三十万年薪,就这样他成了我管理团队的人,一直干到现在。"

"经历蛮坎坷的啊!"陈根感慨道,"不知债还清没有……"

孙总说："据我私下了解，他在为我做事之外，还兼做电商生意。我见他身负重债，也就睁只眼闭只眼了。估计现在债应该还得差不多了。"

陈根说："这个人一定就是我们老书记的儿子，也是我正在找的人。我想见见他，尽快！"

孙林说："是去福建还是让他过来？"

陈根说："还是我过去见他，烦请孙总带我过去。"

孙林说："这么急吗？"

陈根说："是的，明日就去。"

陈根心里急，第二天便拉上孙林坐上了去福建泉州的高铁。一路上，孙林都在给陈根讲廖新木这些年在南方的艰辛经历。

傍晚时分才到达孙总的药材种植场，见到了前来迎接的经理廖新木。陈根立马便认出了廖新木——尽管多年未见，但老书记儿子大体的样子他头脑中还是有印象的——于是没等孙总介绍，陈根便主动上前和廖新木打招呼了。这时候孙总上前来对陈根作了详细介绍……

农场总部设施很好，办公的、住宿的、进餐的都一应俱全。孙林带陈根和廖新木来到自己的办公室坐下，沏了茶，准备谈一些事情。

陈根忍不住先与廖新木聊了起来："离开家快十年了吧？就没想过要回家看看吗？"

"我混成现在这个样子，哪有脸回去呢？"廖新木面带惭愧地说。

"你已是拿年薪的总经理了,怎么没脸回去呢?"陈根鼓励道。

"一个欠了债的总经理,哪好意思提?"廖新木撇撇嘴说。

"现在还欠着债吗?"陈根关心地问,"什么时候能还清?"

"还得差不多了,今年应该能还清。"廖新木说。

"这么多年没回家,你就没考虑一下你爸妈的感受?"陈根说。

廖新木愣了一下,而后轻轻地说:"我在不在家他无所谓的!"

"你在外有了这么多历练,怎么到现在还不能理解你爸呢?"陈根板着脸说,"你爸以前对你那样,完全是顾及了他在村里面的身份和角色;他是村书记,他不仅要以身作则,带头先正己,还要尽量避瓜田李下之嫌,不让人在背后说他风凉话影响他的威信,他如果同意把村里受人关注的有利可图的大项目给了自己的儿子,别人会怎么说他?"

"书记家的子女就低人一等,有生路都不能去争?"廖新木不以为然。

"并不是低人一等,而是当干部不得不做出些牺牲,而干部家的子女有时也不得不受点委屈,这没办法。"陈根进一步解释道。

"要是这样,倒不如不当这个书记。"廖新木愤愤地说,"当了多年村书记,把自己搞得家徒四壁,还把儿子搞得灰头土脸,这叫什么事儿……"

"你不能这样看问题,"陈根打断了他的话,"你应该为有这样清正的父亲而感到自豪才对!"

"难有这种感觉。"新木放低了声调,"但我意识到必须离开,我不能因为爸当村书记而把自己一生的机会都耽误了,我不做那种傻人!"

"但你也不能好多年不回呀，"陈根提高了声调，"这样对他对你妈都不公，对你的将来也未必有什么好处！他们毕竟生了你、养了你呀！"

气氛显得有点紧张了，三个人都不出声了。

"我并不是不想回去，我没回家也不是心里不念挂家里人，我出来打工的头几年，我每年都还寄钱回去……"廖新木听陈根这么说，心头一下子软了下来，努力地解释着什么，"但出来打拼这些年，我也的确太艰难了！头几年拼命地做，还跳过几回槽，身无定所，感觉自己就是条没地方靠岸的小船！总算积了点钱就想办件大事，毕竟自己是赌气跑出来的，心里总是烧着一把火，总想证明自己是块做大事的料！可心思大又行得急，栽了！到现在还没爬起来，孤身一人漂泊着，也没心思和精力去成个家！我是为着一张脸跑出来的，我现在这个样子又怎么好意思回去？"

"你还是没有从当年的那个心结里走出来！快十年过去了，村已不是当年那个村了，变化很大！你该回去看看，看看你爸，看看……"陈根放缓了声调，语气显得低沉又柔软，"他老了，早已不当书记了，老伴又得了重病，还要照料仍是植物人的女儿，日子真的很艰难啊，可现在你又这样对他……"

"我妈得了什么重病？"廖新木惊愕地问。

"子宫癌，近两年的事！不过还好，发现得早，及时治疗了，但身体已经很虚弱了，时常地卧床。"陈根说。

"怎么会呢？妈的身体一直很好的，怎么就变成这样了呢?！"廖新木显然受了刺激，眼睛泛红了。

陈根说："你走之后，她承受的生活和心理压力都过大，容易生病……"

"是的,是我该死,是我太倔强!"廖新木突然趴在桌上痛哭起来,"我对不起老娘,我……"

"好啦,现在觉悟到还来得及。"陈根劝道,"现在是时候回去看看你年迈的父母了,要不然你将铸成大错,到时弥补都来不及了!"

"是该回去看看!"孙林也说道,"陈书记这次专程来找你,就是给你带机会来的!"接下去,孙林把与陈根结识的过程以及与陈根谈合作业务的细节都说了一遍,"说实话,我觉得这里面还真是有点缘分的!"

"是蛮有机缘的,我和孙总能够结识本已是有机缘的,通过孙总又找到你,更是很巧的机缘了!"陈根颇有感触地说,"孙总在路上跟我谈了想法,他准备投资这个酵素原料种植项目,并同意我的请求打算把这个项目放在我们翠山村!这可是一个很好的'三产'融合产业扶贫项目呀!经营这个项目需要有这方面经验的人才过去,你正好是翠山人,又是孙总手下一个有经验的经理人,你如果愿意,他准备派你过去。你的想法呢?"

良久,廖新木才道:"我能行吗?我身上还有很多问题没处理好……"

"你先考虑,不急于回答,有问题不碍事,一起来想法子解决。"孙林站起身说,"时候不早了,去食堂吃晚饭,晚上我们整两盅,边喝边聊。"

天色已黑下来,三人在食堂的一个小包间坐下来,菜和酒也很快上了桌,孙总亲自给陈根和廖新木的分酒器里斟上酒,而后热忱地招呼三人将小杯满上,举杯道:"今天是个好日子,为我们今后的合作干一杯!"三人都干了一小杯。孙林继续说道:"我已经下决心拿下这个酵素项目,如果条件合适,我也打算把这个项目放到翠山村去!"

"感谢孙总信任!"陈根端杯回敬了孙总一杯,"你把这个项目放到翠山,你家乡人会对你有意见啵?"

"我原准备把这个项目放到我家乡去的,但经过这两天与陈书记接触,你的真诚和扶贫热情打动了我,我觉得项目放在翠山可能更合适些!"孙总喝下一小杯后,停了停,又说,"我已经在家乡建了个种植场,我家乡人可没你陈根这样的见识和热情,他们好像总以怀疑的眼光看我,总以为我在搞他们的钱,嘿嘿……"

"谢谢你!我们会珍惜这个机会,认真把事办成办好的!"陈根又站起来敬了孙总一杯,"我这一趟来得太有意义了!既得到了项目,又得到了人——寻到了老书记的儿子!"

"我肯定是要回家一趟看看父母的。"廖新木回应道,"至于是不是回村做项目我还没想好,我还没把债完全还清,我这个样子回去会不会给家里添负担?这些年我一直在躲债,找我其实很难的,我真不想把我的麻烦带回翠山去。"

"这个问题不大,你的债务已经处理得差不多了,剩下那一点点我给你先垫上都行,不会让你带债回家乡做事的。"孙林接上说,"我觉得要是项目落在翠山,派你去抓经营是最好人选,对各方都有利,安排其他人去我还真不放心。"

"谢谢孙总这么看重我。"廖新木也敬了孙总一杯,"不过我怎么好意思让孙总为我承担这么多呢?另外,这边的种植场也离不开我呀。"

孙总笑道："放你走,这边接手的人的确也是个问题,但我会设法解决的。你放心,你去家乡还是干项目总经理,我会放权让你干的,重大决策我们一起谋划拿出方案,重要事项你跟我说一下,以你的意见为主,日常的事你做主我认账,跟在这边做事时一样!"

"这样你应该面子上不亏了,"陈根笑着对新木说,"既回家照顾了父母,又干了事业!这样的安排多好哇!这是孙总照顾你,也是你的造化。"

"一起干这么长时间了,我信任他。"孙总说。

"让我再想想吧……"廖新木还是这么说。

九

廖结宏在家边喝茶边听黄梅戏。近来他的心情不错,自打陈根带着工作队驻村之后,他感到身上的压力一下子减轻了许多,很多事都由陈根在前面顶着,挨批挨刮也比之前少了很多,扶贫工作乃至村发展及治理等工作的谋划,他也不用多费脑筋,常常是爱动脑子想点子的陈根队长率先提出,而且每每比自己想的要超前、周全得多,自己只需略加评议,而后表示同意即可。另外,由于自己巧借了陈根及工作队的力量,着实对徐有全那派人形成了压制,感觉他们这段日子一下子老实了许多,无论会上还是会后,都不敢公开对研究定下的事唱反调了,村两委的工作氛围和谐了不少。看来这段时间,自己事事把陈根顶在前面的策略是对的。

廖结宏正听得投入,忍不住随之哼唱起来的时候,徐有全竟然又上门来了。近来,这个过去老跟自己过不去的家伙常主动上门与自己协调立场并套近乎,看来这段日子他与自己的心情不同,可能感受到了某种压力吧。

"哟,好有闲心,像是捡到便宜似的!"徐有全不自然地笑道。

"你怎么又有空过来了?"廖结宏为徐有全泡了杯茶。

"我真不知道你如何能惬意得起来!"徐有全脸上的笑意没有了,"你一个当书记的,样样事都缩在后头,让一个挂职的人老是上前,日子久了你这书记的名头还有吗? 再这么下去,你老不做主,你这个当书记的没大事干,天天在家闲着?!"

"莫把话讲得这么难听!"廖结宏晓得他今天是带情绪来的,"我也不是样样事都不问,但扶贫的事还是要听他的,人家下来就是干这个的!"

"人家骑你头上拉屎你也总说好!"徐有全的怒气上来了,"贫困户筛查清退一下砍下我俩十多个亲朋户,一点不给我们面子,现在外面都在说我俩优亲厚友,搞得我里外不是人! 其实这种事哪个村没有? 人家搞筛查大都象征性地调几户,哪像我们村这样大动干戈?!"

"错了改过来也好,要是不调整的话,人家背地里也要说话的!"

"你就晓得耍滑头! 总是跟在他后面啊,下一步他把你我都不当人了,看你还笑得出来不!"

"莫讲得那么严重,你想多了,他一个新来的,要把工作搞好,最终还不是要依靠村两委一班人?"廖结宏没受对方情绪影响。

"不是我想得多，而是你想得简单了。"徐有全仍然愤愤地说，"他总是拿我们的利益开刀，下一步还不知道要把我们挤到什么角落里去。"

"这话怎么说？我们还有么利益？"

"不晓得陈根跟你说过没有，这两天我从朱文和宋斌那里得知，他准备把文化乐园和养老服务站建设在老村部迎风墩那一片场地上。那里我俩都有老房子啊，让我们白拆吗？"

"他没跟我细说过。"廖结宏说，"不过，要建也只有那里合适一些；老房子怎么搞，可以再议。"

"议个屁！"徐有全提高嗓门道，"现在可是一户一宅的政策！"

"总有办法解决的。"廖结宏缺少底气地说。

"还有，上次会上陈根也说了，他准备请廖传印出来负责村民理事会的事！"徐有全似乎越发愤懑了，"村里多少有能力的人他不用，偏要请那个贫困户老人出来做事，是什么用意呢？"

"什么用意？"

"他是不是想利用老书记的威望来压你我？你也晓得，那个老头性子倔得很！当初他就对我有成见，要不是他压着，我何至于现在这个样？"徐有全说到这，感到说漏了嘴，便马上转了向，"他不喜欢我的原因，我猜想，可能是不满我那远房侄子皮子办的龙凤公司包了村上的工程和基建材料。其实他是偏听了别人的挑唆！另外，把老书记硬拉出来做大事，把你这个现任书记放一边，这不显得你这个书记无能吗？"

"那倒没什么，你又想多了！村民理事会是经办具体事的，现在很多村都是请威望高的老人出来搞村民理事会！"廖结宏头脑仍很冷静,他明白徐有全真正担心的是廖传印真的管事后,那两处大工程的基建用工用料恐怕不会用皮子的。这些年来,皮子的龙凤公司基本上垄断了翠山及周边的沙石料供应,这是廖传印最看不惯的,当年他还在位时就与之产生过矛盾。

"廖传印当年就喜欢陈根,是准备培养陈根接任书记的,他们当年的关系就很不一般哪!这回人家一来就要重用廖老书记,你真的不觉得这里面藏着什么用心?"徐有全进一步地说。

"你心思太重了,管他什么用心呢!他们俩还能联合起来谋我们的反?"廖结宏不以为然道,"村民理事会好多村都有,都是请有威望的老人出来挑头,好多具体事由村干部做其实不好做……"

"你呀,鼻脓流到嘴边了都不晓得嗍一口,老顺着他,你越这样,他越不把你当回事!"徐有全接着说,"我听朱文说,他还想追查上面下拨的建村扶贫车间的五十万元款项是怎么用的,为么事村扶贫车间总是没效益,这不是对我俩过去办的事不信任吗?!"

"扶贫车间当时上马的确是匆忙了些,你听信皮子的话让他的兄弟麻梗出来当村产业开发公司经理挑头办藤椅厂,我起初是不同意的,后来是碍于你的面子才松了口。结果呢?一年比一年亏得厉害,到现在居然搞歇业了!怎么弄成这样我们也不太清楚,陈根想查就让工作队去查吧,把事情搞清楚也好。"

"到时我们面子上可挂不住哇,毕竟是你我拍板的!到时打起板子来,你也跑不了,不好受的!"

"天塌不下来,我又没把好处弄家来,怕么事?"

"你莫把他姓陈的想得太好,他可不是个省油的灯。我的几个熟人到省城了解了,姓陈的在单位也是个不得志的蹩脚货,老得不到重用才想起来回家乡混几年日子,可见也是个难打交道的主儿!"徐有全撇撇嘴说,脸上挂着神秘的笑,"另外,他夫妻关系紧张,和老婆都闹到快离婚了!难怪那么热心帮水应看病,还把人接到省城家里住下,这也太反常了,原来是看上了水应的弟媳妇云霞那美人儿……"

"你裤裆里拉胡琴——扯蛋(淡)!"廖结宏白了他一眼道,"你何以晓得人家是动了水根老婆歪心的?"

"我是听麻梗说的,麻梗说他几次撞见陈队长上门打扰云霞。"

"人家那是上户做水应贫困户工作的。"廖结宏说,"恐怕是麻梗想动云霞的歪心思吧!我听陈根也说过这事,要村上管一管麻梗!"

"人家也是去搞帮助的,他陈根去得,麻梗为么事去不得?都说对方有歪心思,到底谁的心思歪还不一定呢,呵呵……"

徐有全一阵笑后,掏出烟来递给廖结宏一根,自己把烟点上,猛吸一口,吐出一连串烟圈来,半晌又说道:"往后,我不管你是什么态度,反正他要是再坏我的事、损害我的利益,我可不再忍气吞声了!"

廖结宏没有应答,他安静地抽着烟。他感觉得到,往后的日子或许不会太平了……

水应在房间里断断续续地呻吟,疼痛一直在折磨着他。

郁芸和素梅在客厅里坐着,似乎都陷入自己的心思里。但水应的呻吟声不时地把她们从心事里拉回来,给她们内心都增添了不少压抑和不安。

素梅焦虑地说:"这几日水应吵着你了!"

"没事,只是你们越来越苦了。"郁芸皱眉道,"水应这病怎么拖到现在呢? 如果早治,并不很难的……"

"说来话长,"素梅叹道,"为他治病我心都操碎了! 不过还是我手脚太小,眼光太短,没找对路子! 心用了不少,反而把病给耽误了!"素梅停顿了一会儿,接着便以叙述的方式宣泄内心淤积的痛楚与哀怨,既是回答郁芸的问话,也像是为了解脱自己的一种独白:

"他这病好几年前就得了,起初只是脚关节骨那里起了个包,我们都以为是做事时扭伤了脚筋,就没大在意,只是晚上抹些酒顺着脚筋骨推拿一阵,就当是治疗了。可那个包不仅没消掉,过段时间膝关节那里也生了个包,这时候就有些担心了。再往后就开始痛了,人有时还发低烧,晓得是得病了。乡下人命不金贵,有个小病小灾的想点土法子治治也就算了。我打听到离我们村十多里路的土桥镇有个老人有治伤消肿的偏方医术,收费也不高,为了省钱,我就扶着水应隔几日去一次,一连去了二十来次,也开了几十服水药吃,病没见好,过了一段日子,还加重了! ……"

"那时候就该到正规医院去看看!"郁芸也随她的话语焦急起来。

"是的,有人劝我带水应去大医院看病,"素梅接着说,"我也有这个想法。可当时水应他爸还没死,患了严重的风湿病,瘫在床上,之前为他爸治病,家里已基本掏空了,再挤出钱来让水应去大城市医院看病,真的没有那个能力了! 跟水应妈商议,决定还是去县医院看。那时水应已经不能够自己走了，我是背着水应，楼上楼下地跑，最后还是住院治疗了……"

"早该这样！"郁芸小声说。

"在县医院住了将近一个月，天天都打好多针，病情得到控制，几个地方的肿包都消了。出院的时候，医生说回家除了要坚持打一段时间的针外，还要配合中药治疗，开了几个方子。我们都以为水应的病这回算是治好了，再加上这次治病花了四五万元，新农合报了百分之六十多后，还是欠了一万多块钱债，家里着实困难，水应就不愿再花钱吃药打针，回家后就没按医生说的做。过了半年，病复发了，不仅原来的地方又有了肿包，屁股下的大关节上也生了包！没办法，我只好又背着水应去了县医院。县医院医生责怪我们糊涂，不按医生说的做，复发了再送过来已经非常麻烦！医生建议我们去市里的大医院……"

"生活艰难的时候，容易让人变得糊涂。"郁芸插了一句话。

"事情到了这地步，我哪还有能力再去城市里的大医院呢？我已经欠了水应姐姐、弟弟等几个亲戚很多的钱，水应他爸好像也越来越不行了，那时候，哪还下得了决心借钱去城市大医院看病哪！正愁断肠的时候，听人说江南那边有个乡野医生很有门道，不少人得了怪病都在那边找这个土医生治好了，就又动了这方面的心思。"

"又犯糊涂了！"郁芸说道，"不过你也确实太难了！"

"……去江南可不比在这边走路，要过江，进到山里，都是我背着水应走弯弯曲曲的山里小路……那个乡医家房子不小，屋里四处堆放着草药。乡医留着花白的长胡子，看上去像个道士。他说不要相信医院，看病全靠仪器！他说他看病是老祖宗传下来的真功,都是冲着病根子去的,能治病断根的,经他治过的癌症病人都好了! 他端坐在木椅上,很有老仙医的派头。给水应把脉看舌过后,他拿出一盒子自己制的黑色药膏抹在水应腿脚上,然后用推拿、热敷的法子给水应用功。我和水应住在离那个山野小村不太远的镇上,在一家便宜的私人小旅店住着,每天我背水应来回要走好几里山路去找那土医生看病,每日都是同样的疗法,回来时带十来服中药。每次回去都要待个三五天,去过四五趟。除了能缓解一些疼痛,病也没见有什么好转……"

郁芸专注地望着素梅,似乎被这个乡下女人执着的精神以及神态所吸引。这个常年背着病入膏肓的丈夫东奔西走四处求医的女人,一身皱巴巴的、褪了色的衣服,裹着一个纤弱的身子,看上去有点弱不禁风,一张布有锈斑似的脸,毫无掩饰地展示着她的营养不良,这一切都不免让人生发恻隐之心。然而那清癯的面庞分明又透出一种刚毅,让人产生敬意。这是个坚强而又执着的女人!

"那一年也真是多灾多难! 水应他爸的病越来越重,没多久就死了,留下一屁股的债。有人说,是我那屋子风水不好招来的病魔,要请道士来杀杀晦气,也给水应治治病。那时候我的脑子也真叫糊涂,我心里火急火燎,又找不到好的法子。水应他娘请道士来的时候,我就像见了救星一样。那道士手拿一把剑,从屋里杀到屋外,又念咒又烧符的,弄得纸灰到处飘。在屋里忙过后,又把水应翻过来翻过去的,用剑挑纸灰撒在水应身上,还给水应灌了纸灰水,把水应整得像断了气一样……后来,水应娘又请道士来舞了几回……"

素梅好像说累了,她停了下来,眼睛里已贮了泪水,痛苦的回忆有时比亲历还令人难受。郁芸长时间望着她,感觉她并不壮实的胸怀里,装的全是对家庭、对丈夫的责任;哪怕是跌跌撞撞地往前走,也不放下压在瘦弱身上的担子。她哪来的这种精神头呢?

"水应的病就这样拖下来了,拖了好几年,水应就再也爬不起来了,吃喝拉撒全都在床上。再往后,政府就开始搞精准扶贫了,我们家被村里确定为贫困户,救济补助也多起来,日子好歹还能挨着过下去。但水应的病一日重似一日,再拖下去就是等死。县里来的帮扶干部每次来都劝我带水应去大医院看病,可家里太难了,再加上水应已经死心,对上医院治病已经不抱指望了,他担心老这么折腾,把家给拖倒了!我也就一直下不了决心。还是陈书记会做工作,他说的那些话,句句都叫人心动。"

"你真不容易!"郁芸感慨道,"不能怪你糊涂,你的难处太大了!"郁芸是真心这么说的。虽然素梅只是简略地说了这几年的几个节点、几段历程,但她能够想得到这个瘦弱的乡下女人,挨过这几年的日子都经受了怎样的艰难。她只是乡下的一个小媳妇,没什么资源,也没什么人来帮她,连她病重的男人都已死心了,她却还在坚持!

"是挺难的,日子在把我和水应往死路上逼!不过说实在的,我一直没死心。我的想法是,只要医生没说没的救的话,我就得想办法给水应治,再苦再难都得挺过来,我不能眼睁睁地看着男人等死!男人走了,这个家就塌了半边!老天有眼,让我们赶上了国家的好政策,又遇上了陈书记和你这样的贵人、好人!"

郁芸又一次长久地打量着素梅,感到眼前这个看上去很虚弱的女人,真的是用她瘦弱的肩扛起了快要坍塌的家和丈夫。她把自己的命运和丈夫的命运真正绑在了一起,仿佛将自己整个融入丈夫的身躯里去,拼尽全力将丈夫支撑起来!现在,命运之神似乎已开始眷顾她了……

"没有你的坚持,恐怕就没有今天的机遇了。"郁芸很有感触地说,"你一直没有抱怨过吗?有没有为最坏的打算考虑过?"

"抱怨也有过,可事后想想觉得没有什么用。既然嫁过来成了一家人,就得接受这个家所有的东西,好的孬的都要接受,然后尽力往好的方面想,尽量不去抱怨。有时我一个人的时候就常常往深处想,我想抱怨没的用的,多做比埋怨要管用。我和水应有时也嚷嚷,过后很快就好了,我把心都交给水应和这个家了……"

这时候,水应的呻吟声又起了,素梅赶紧起身过去,她的呵护可以减轻水应的痛苦。而她刚才的那些话,却给郁芸以触动……

十

首次谈话后,陈根感觉没谈透彻,之后又找机会单独与廖新木长谈过一回,廖新木决定尽快回一趟家,这其实也是他内心越来越强烈的愿望。两日后他暂别了孙总,随陈根一起踏上了回乡的旅程。在回来的路上,陈根又围绕着劝其回乡创业的话题进行了深谈。

陈根说:"新木啊,这次省农科院推荐、孙总已接手的这个项目对翠山来说是一次难得的机会,我好不容易劝动了孙总把项目放到翠山,而你又是翠山人,多么难得的机会啊!"接着陈根又不嫌啰唆地详细介绍孙总已拿下的那个酵素原料种植和加工项目。陈根认为那个项目很适合翠山：翠山有优良的自然生态条件，有大片的丘岗土地，这些土地连着碧波荡漾的翠湖，湖光山色交相辉映，风景如画；翠山人文资源也很丰富。酵素原料所需植物，需要在这样天然的、无丝毫污染的环境里生长，而这些植物的花果又可成为自然美景。这些因素的组合，便可打造出融现代种植、旅游观光为一体的现代农业乡村观光园。这个项目真要搞起来，不仅能有效利用闲置土地，产生好的经济效益，还能改善环境，提升村民生活质量。更重要的是，还能为很多贫困户、闲劳力带来务工增收的岗位，一举多得啊！陈根说到后来，有点激动了。

"投入也很大啊！"廖新木说，"既要建园，又要建厂。"

"可以联合投资，村产业开发公司可以与孙总的公司联合投资入股，上面给贫困村拨的产业发展资金还在那里。"陈根倒有信心，"另外，贫困村发展旅游产业，国家也有扶持政策，可以争取基础投资、平台建设等项目资金的。孙总已做出了决定，我觉得你不需要再考虑太多了……"

"我还要考虑考虑。"廖新木笑笑说，"我在泉州除了负责经营孙总的大园子，另外还有自己的小园子，去年才搞的，主要种植黄蜀葵和贝母两样，效益怎样还要看今年的收成……我不知道能否处理好这些事……"

在省城下高铁，才中午时分，陈根便不想再耽误，想今日便赶回翠山去。出来多日了，他心中装着很多事，更何况这次他将带着一个重要人物回去，心情很急迫，想尽快给老书记一家带来惊喜。他领着廖新木来家与郁芸、素梅等见过面，也引来她们的惊奇和感慨。一起吃过午饭后,陈根便开着自己的那辆旧车匆匆往翠山赶。一路上,陈根仍在与新木谈翠山脱贫攻坚和未来发展的事。当然,他也把老书记廖传印这些年的情况讲给新木听,好让他对即将到来的父子重逢有个心理准备。

三个小时在热情的谈话中过去了,陈根的车很快开到了翠山村。廖新木心情紧张起来,真有点近乡情更怯的感觉了。陈根先把车开到村部,将廖新木介绍给了廖结宏、徐有全、徐兴昌等人。陈根对廖新木的介绍带有一些赏识的意味,他把省农科院推荐的项目以及与孙林公司合作的想法也一起说了。说了一会儿话后,陈根提议几位主要村干部一道去老书记家,送廖新木回家,陈根把这当成村里的一件大事来安排了。

几个人于是都上了陈根的车,很快便来到了老支书家门前。

廖新木有点怯怯地跟在陈根的身后进到屋里,见到老父亲时满心惭愧地用带点颤抖的声音喊了一声"爸",之后满腹的话语竟然都堵在了嗓子眼里出不来。"爸,我……回来了,我……"

"哦,是、是新木吗?……"老支书廖传印见到多年未见的儿子,尽管努力抑制自己激动的心情,双手还是有些发抖。

"是、是我,爸,是我回来了!"廖新木也是战栗地应着,"我妈呢? 在里屋吗?"说着就急着要往里屋去。这时候听到声音的秦秋枝颤巍巍地从里屋出来,见到儿子就一把抱住了,母子俩发自心底的带着哭音的问候及诉说让在场的每个人都为之动容。

"回来就好,回来就好……"一旁的廖传印一个劲地重复着这句话,双目中似有泪花在闪动。

过了很长时间,廖新木才艰难地让自己平静下来。他把母亲扶进里屋躺下，才又回到堂屋里来。他的眼眶已经湿润了，却不知如何表达心情。半晌，他又喊了一声"爸"，然后搂着父亲的肩膀道："儿子不孝，请原谅！"

"算了，算了，村里这么多领导都在这，莫再哭哭啼啼的了。"廖传印轻轻拍拍儿子的背，说道，"以后不管去哪，不管做么事，都多念到家、多念到父母就行了……"

廖老随即请陈根等人入座，并倒茶递烟："谢谢你了，陈书记！让你费心了！不好意思哦！"

"不谢，应该的！"陈根安慰道，"下一步我们还准备请您出来为村里做点事呢！"

"是不是上回你说的，让我牵头组建村民理事会，建文化乐园、挑花馆和居家养老中心的事？"廖传印也恢复了平静，毕竟是面对村里的干部们，他也得克制住自己的情绪，于是就势将话题转到工作上来了。

"是的。"陈根说。

"谢谢你们还这么信任我。"廖传印又有点激动了，"我已经想了一个大概，我先来跟你们说说……"

"现在暂时不说，过几日请您到村两委会上去说！"陈根打断道，"您儿子新木今天回家了，您和儿子好好说说话！"

"谢谢！谢谢！"廖老只是一个劲地这么说。

"廖老，您一把年纪了，老伴身体又不好，家里的难事又多，还能做得了这么复杂繁重的事？"徐有全特意问道，"您如果做不了，或者不想做，也可以由其他人来做的。"

"村里领导这么看得起我、信任我，我也不能老端架子不是？

陈书记为这事都来我这里好几回了!"廖传印回道,"我头脑还清楚,另外我老伴最近身体有所好转,她也能下地做事了,眼下儿子又回来了……我相信我这把老骨头还能派上用场的!我不能辜负了陈书记、结宏书记,还有村两委其他干部对我的信任……"

"老书记还是觉悟高!"陈根说,"我们看好您的!"

"老支书的儿子回来了,脱贫就没有问题了,"廖结宏笑道,"争取早点拿掉贫困户名头,党员干部带头脱贫嘛!"

"是啊,是啊!"廖传印说,"当过书记的还当贫困户,我这老脸也常常是挂不住啊!"

"但这也是您的光荣点——您是清正廉洁的好书记!"陈根说。

"怪我,怪我!"廖新木在一旁自言自语道。

龙庆元这些天一直处于亢奋状态。自打陈根队长与他谈过几次重建"春台班"剧团的事之后,他的心绪就一直难以平静下来了,这一提议点燃了他心中的希望之火。尽管已沉寂了八九年,但他还是在努力找寻过往的一些东西。他把能找到的都找出来了,包括剧本、曲谱、乐器、戏服,还有差点被当作废铁卖掉的已经不怎么完整的戏台架子等。他还在努力找回九年前那种演戏时的感觉,经常对着剧本不由自主地唱上几段,甚至做上几个动作,感到自己的技艺似乎还没完全荒废掉,似乎还有能力重返舞台。

他积极配合落实陈根队长的建议,开始"招兵买马"。他除了时常把原本就在他团里的两名乐器手招来议事,还联系到了村里和周边几名有一定功底的戏迷,准备不久就尝试着排一个他以前多次演的传统小戏,主角准备花钱从演艺服务公司聘一个短期演员来演。

此外,他还努力恢复与外面经纪人的联系。以前开拓省外市场时,他与江、浙、赣、川等地的很多演艺经纪人建立了稳固的业务关系,他的"春台班"都是通过这些演艺经纪人而获得演出业务的。他与这些人不仅有经济联系,时间长了,还建立起了深厚的友情。不过毕竟时间已经过去了近十年,因为长时间缺少联系,有的已经联系不上了,有的已经转行去做别的事情了。但仍然有一些人对他龙庆元很热情、讲感情,听说他龙庆元将重振"春台班"都表示支持,希望他能够回来。浙江台州的那位苏老板还答应借几万元钱给他,以后可从演艺收入中扣还。这些重建的关系,又使他的信心增强了不少。

是的,他真的准备好好再干一场。他在村里的帮助下成功地办了五万元的小额信贷手续,资金不久就可下来。他横下一条心,真的向台州的苏老板暂借了五万元钱。他打算把台架整理修补一番,添置台帘、幕布等。

现在他面临的最大难处便是缺演员,这使他很着急,靠聘请演员可以对付一两个戏,但长久持续的演出就不行了。戏迷们目前也只能演演配角,要想演主角挑大梁,需要时间培训,这太难了。

龙庆元正在家中发愁的时候,陈根又突然出现在了他家门口,他像见到救星似的将陈队长迎进屋。他将自己这些天来所做的事,连同自己的想法,一股脑儿向陈队长做了汇报,最后忍不住问道:"不知陈书记去省里,有没有带来能够帮得上我的好消息?"

"被毁掉的东西恢复起来总是不容易的。"陈根不急于回答他的问题,"你在短时间内做了这么多事很不简单,也足见你的能力和底子了。"

"还是受了你的鼓励啊!"龙庆元有点不好意思地说,"要不我哪来这么大的勇气和热情呢?"

陈根喝了口茶,停了一会儿,想想如何让龙庆元保持住这种热情:"这回去省里,人的事情上是有一些收获的——省戏校答应安排一至两名本地籍的戏校生来你这儿实习一到两个月。另外,省厅也答应协调一下市戏校,看能否安排一名本地的实习生来你这儿实习。"

"这太好了!"龙庆元说,"不过,就一个多月吗?"

"是的,"陈根说,"这就已经很不容易了,这一个多月你要包实习学生的吃住,但可以不付报酬。"

"这没问题,我家房子很大,提供吃住也应该!"龙庆元拍拍胸道,"什么时候能来呢?"

"快的话,两星期之后就能到。"陈根说,"所以你要好好利用这一个多月的时间,尽量排出一两个戏来,而且能够上演。"

"一定努力。"龙庆元搓手道,"那培训的事呢?"

"培训要等到秋季开学,可选派两人跟班学,一定要基础条件好、年轻一些的。时间可以是一个月,也可以是一个学期;时间长的话,可能就要缴一点学费。"陈根停了停,又说道,"你这段时间要注意挑选苗子,最好要经过排戏的检验。"

龙庆元道:"不知有没有从省城戏迷中动员到人过来……"

"这个目前有难度,"陈根解释道,"因为这需要时间做工作,从县里戏迷票友中选人来可能更现实一点,到时我们去和县文化馆对接一下。"

龙庆元又道:"目前还缺一些器材,如果能争取到县里支持就好了。"

"这个我可以为你向文化部门去争取,可能性是有的。"陈根应承道,"明天上午在村里开个两委碰头会,研究一下农业园项目的事,下午我准备去县里跑几个部门,包括文化部门,到时你随我一起去。"

"好的,谢谢陈书记!"龙庆元满脸感激之情。

"不用谢,关键你自己要抓紧,先把戏编出来,争取尽快能够上演,这样就能获得在县文化委的登记注册权,成了县在册的民营院团,就可以参与政府购买服务的送戏下乡招标了!另外,我还有个建议,"陈根进一步地说,"过几天县里送戏下乡到我们村,你看能否抓紧排一个简单的折子戏,利用他们的舞台设备上台演一下呢?也算是你'春台班'重新开张嘛!"

"我想应该是可以的吧,我从演艺公司聘的那两个演员,一男一女明天就到,到时我来安排一下。"

"这很好! 如果能上演,去县文化委说话就好得多了。"陈根说。

十一

吃过午饭,陈根驾车带着廖结宏和龙庆元两人往城里去了。他原计划是和村里书记、主任还有龙庆元一道去的,但徐有全主任可能是因为上午开会时受了什么气,借故身体不适不愿去,他只能带两人前去了。

上午村两委碰头会确实开得有些火药味,围绕着文化乐园、居家养老中心规划选址、翠山现代农业产业园项目、村民理事会成立及人选等几个问题进行了热烈的讨论,特别是文化乐园选址问题,徐有全有不同意见,他认为选址老村部迎风墩,拆迁任务重,工作量大,难操作,不如另辟新地建;另外,他也不同意请老书记廖传印出来挑头组建村民理事会,认为他身体不好,又是贫困户,不太合适,建议另选他人,并提议让龙风公司的皮子或者麻梗来牵头。但经过热烈讨论,最后还是陈根的意见占了上风,主要是陈根说的都在理上,全都是为村公共利益着想而不带任何私利。比如为何将文化乐园、挑花馆和养老中心建在一起并选址迎风墩,主要是方便各自然屋场村民前来活动,迎风墩自然村处在各自然村道交会的路口,是老村部所在地,交通便、人气旺、利用率高,与现在的村部又离得近,将来作为"美丽乡村"中心村建设点也很合适。另外,这个点还能很好地与翠园项目衔接,形成一条观光线。至于请廖传印为村民理事会牵头人,理由更充足,也更有说服力,无论能力、口碑、威望、号召力、信任度及过往业绩都不是皮子那些人所能比的,而陈根的表达又很充分到位,加之廖结宏的支持,徐有全等人也只能保留意见。但显然徐有全已经生气了,从上次清理调整建档立卡贫困户开始,他就憋着一肚子气了。

陈根意识到,在翠山要干成一些事,今后还会遇到很多阻力,必须事先多做耐心细致的思想工作。但几个重点项目前期工作必须同步进行,向上汇报争取支持的工作不能等,所以下午陈根还是带上了几份项目草案以及一沓附件材料往城里赶了。

进了县城，陈根先把龙庆元送到县文化馆，让他先与文化馆的同志谈谈如何从县里获得支持，特别是"春台班"如何能够招揽到人才的事。自己则抽身去跑几个重点部门。

陈根和廖结宏一道先去了县民政局，主要是询问一下翠山村是否被县里列入了村级居家养老中心建设范围，这个项目若能争取到，可获得五十万元建设资金。此前镇、村两级都为能挤进这个盘子做了很多争取工作；陈根每次进城开会或办事都要来民政部门说说，这次来终于有了好消息，翠山村确定已在第一批 30 个贫困村之列。陈根和廖结宏都很高兴，乐呵呵地离开了。之后两人又一道去了县农委，主要是咨询一下开发现代种植业国家有什么扶持鼓励政策，同时也将拟议中的翠园开发项目向县农委报备一下，为将来争取政策支持打下基础。县农委负责人不仅对翠山村这个项目表示了支持，还告诉他们大力发展特色种养业、开发贫困村特色产业，是滨江这个农业大县扶贫工作的主攻方向，这两年将会出台很多鼓励和扶持政策；县里还有个现代农业产业发展引导资金，贫困村发展产业可以优先安排！从县农委出来，陈根和廖结宏心里亮堂了不少。他们又马不停蹄地去了县旅游局，了解发展现代乡村旅游业方面县里有什么规划和扶持政策，这一趟又有收获，他们了解到，县里为促进旅游业发展，前几年也搞了一个发展旅游业专项资金，年规模千万元，这几年与扶贫工作结合得很紧，支持贫困村发展乡村旅游，只要项目搞起来，就可以优先安排。

从旅游局回来，时候不早了，陈根觉得收获很多。这时他接到镇党委书记汪伟给他发来的短信，说县里的会已结束，约了一同来开会的县文化委马主任正往文化委大楼赶。陈根马上带廖结宏往文化委而去。

县文化委四楼小会议室里，翠山镇党委汪书记、翠山村的陈根及廖结宏两位书记、贫困户龙庆元、县文化委主任和分管主任、有关科室负责人围桌而坐，气氛和谐，像在开一个沟通交流情况的座谈会。汪书记先简要介绍了翠山镇公共文化服务体系建设情况，认为翠山镇这一块总体还很滞后，希望得到县文化部门更多支持。然后，就请陈根汇报翠山村农民文化乐园建设项目规划。陈根将项目书草案也递给了马主任，而后便认真介绍规划设想。马主任翻看一阵资料后，表示支持："起点要尽量高一点，虽然你们申报的是市级乐园示范点，但应按照省级乐园示范点的起码标准，也就是按照'1234'标准去建设，把全村文化公共服务设施全纳入。刚才简单翻看了你们的资料，给我印象深的是，你们能够想到把地方特色文化元素融合进去，把'三室'中的文化活动室与挑花展示馆合并一体建设，这非常好，既丰富了文化室内涵，又将优秀传统文化通过老百姓喜闻乐见的形式呈现出来。"

陈根说："只是起点高，投资也就大，还需要文化部门的大力支持！"

"支持是肯定的，推广农民文化乐园建设是我们省的一项特色举措，省里推进的力度会加大，最终要全面推开的。"马主任进一步说，"各级宣传文化主管部门都会给予支持的，一般都是以奖代补的形式，也就是说你不能等着资金到才动，要先创造条件动起来，上面'看花浇水'，省、市、县各级文化专项资金发放大都是这种模式。"

陈根颔首道:"我们很快就会动起来的。但我们是贫困村,村财力有限,重点还是要靠各方支持……"

"这是自然的,"马主任同意陈根的观点,"你们把申报市级乐园的项目书做好,马上就要开始项目申报工作了。另外,你们也要去县委宣传部汇报一下,最终要他们定!"

"这没问题,我负责去汇报。"汪伟书记接过话语道,"听说中宣部还有一项支持偏远贫困村文化建设的项目,给了我们县十个村的名额,不知是否到县里了,到时还望支持一下翠山村。"

"你消息真灵啊!"马主任笑道,"那个主要是支持乡村文化大院建设的项目,包括乡村大舞台建设等内容。"

"这个项目我们正需要啊,也是我们文化乐园建设的重点内容!"陈根激动起来说,"还望马主任多多支持!"

"当然要考虑呀! 但我们还得从全县考虑问题,"马主任笑道,"这个项目还没提交县文化强县领导小组研究,到研究的时候再说……"

谈过文化乐园的事后,陈根又提起了龙庆元重组剧团的事,恳请县文化部门给予他帮助。

"现在进展如何?"马主任一边问,一边叫分管主任将县文管办负责人喊来,因为民营剧团这一块的管理与服务由县文管办负责。

"刚动起来,真的很难啊,缺人又缺设备……"龙庆元随即诉起苦来,将自己面临的困难详细地诉说了一通。

"现在你关键是要尽快把班子拉起来,把戏演起来,这样才能在我们这儿注册为民营团,在册的剧团才能获得支持,主要是给你演出、参赛和政府购买送戏下乡服务等方面的支持。"马主任说。

"人的问题,你看能否仿照我们抽调干部下乡挂职、抽调教师支教这样的方式,从县剧团抽那么一至两人到他们团挂演员呢?权当下乡锻炼,哪怕是轮转的也行。"陈根进一步建议道。

"长期搞恐怕不行,县剧团人手也缺。"马主任说,"县里马上要搞'千名干部下基层扶贫专班'行动,县文化系统分了六个名额任务,首批下到贫困村四个月,我们可以从县剧团派一人下去,你们和县委组织部、扶贫办对接好,把这个人要到翠山村去,有戏唱时可以参加演出,无戏唱时就待在专班里做扶贫工作,一举两得,对演员来说也是一种别样的体验生活。"

"这是个好主意!"陈根应道,"明天我去组织部和县扶贫办一趟。"

"器材和设备,让文化股和文管办想想办法,看能否支持一下。"马主任对着文管办主任说道,"关键是县里面的会演等,如果能够参加就好。"

"最近县里要搞小戏展演活动,全县所有在册剧团都可申报参演,以民营团为主,"文管办张主任着重说道,"很快就要征集剧目了,以现代题材、扶贫题材为主。获奖者,县委县政府发证书和奖金,还可以推荐参加省里、市里的小戏展演,如能得奖,将获得丰厚奖励。"

"是吗?那要抓紧了!争取能够参加!"陈根对龙庆元说,"回去就做准备,请人编剧。"

"正好我女儿最近在写本子,"龙庆元说,"她以前也写过本子的,现在截肢不能活动了,就待在家写本子、写曲子。"

"这很好,叫她写个扶贫题材的戏!"陈根道,"翠山扶贫这么大动静,是有东西可写的、可演的……"

"你看,县文化部门对你们这么支持,你们一定要对接好、配合好!"汪伟书记说,"关键是要把事情做好,不能搞虚的。"

在文化委谈完事,汪伟书记有事先离去了,陈根觉得还有时间,便带着廖结宏等去了青禾米业公司,他还想为翠山村发展稻田综合种养寻求青禾米业帮助……

这几日,郁芸与素梅的交谈,使郁芸对素梅这位乡下媳妇有了新的印象和认识。过去郁芸对农村女人的印象是模糊的,觉得农村女人似乎都属于逆来顺受的一类,过着粗糙的、没有情调和品位的生活。她甚至觉得,她的老公陈根之所以有那样的家庭生活态度,压根不懂得营造、维护家庭生活情调,可能就是因为出身农村,长期受那种粗糙环境熏陶。然而现在,当她如此近距离地接触到素梅时,她对农村女人的认识在悄悄发生改变。

虽然接触时间不长,郁芸真的已经从内心觉得,素梅是个不简单的女人,这个乡下媳妇的坚韧意志和她对家庭的责任心,都让郁芸很感佩。她觉得不是所有的人都能有这样的胸怀和担当的;恐怕很多城里女人都难有这样的品质——尽管她们自认为自己是文化素质很高的女性。此外,郁芸还隐约感到,素梅对水应的这种表现,不仅是源自一种家庭责任感,而且含有一种很朴素也很深厚的感情。这从素梅对这些年她与水应共同生活的描述中,从对水应为人的描述中,从素梅隐忍坚持、死不放手的行为中都似乎能感觉得到。农村人也有他们丰富的情感世界……

　　思想认识对态度和行动是有影响的。如果说此前郁芸同意帮助这个农户来省城看病是为了答应陈根提出的条件的话，那么现在，她帮助素梅则是出于主动了。所以，素梅接到水应可以入院的通知后，郁芸主动提出要送素梅和水应去医院办入院手续。

　　今天一早，郁芸就向单位请了假，同时还与俞艳联系好，请她出面帮助一下这对贫困户夫妇。俞艳是她的闺密，且对郁芸如此助人的行为很欣赏，很乐意出面提供帮助。

　　一大早郁芸就打理好自己的车子准备送水应去医院。她先协助素梅把水应弄上车，然后又帮素梅将一些住院要用的东西放到车上，而后给俞艳发了个信息，才驾车前往。到达医院门口停好车，又帮助素梅将水应扶到轮椅上，领着他们与俞艳接头。

　　医院的人一如既往地多，得亏有俞艳的引领，才使素梅不至于被如织的人流弄花了眼睛搞乱了手脚。俞艳和郁芸带着素梅、水应先去了邵益民主任处开了一系列单子后，俞艳又领着他们去几个窗口办手续。这期间俞艳还不断接到电话，有事等她处理，她急火火地跑去处理一通后，又赶回来帮助素梅，弄得脸上都出了汗珠。待一切办妥，已是一个多小时过去，水应终于入住了病房。

　　"正好是我负责的那个片，放心，会安排好的。等一会儿五楼护理部会派值班护士告诉你注意事项的。邵医生还开了两项检查的单子，全部检查做好把结果给邵医生，争取早点诊断、早点进入治疗。"俞艳告诉素梅。

　　俞艳事务多，把剩下的事交给郁芸了。郁芸带着素梅在护士的指点下把床位找到，推着水应进了病房。素梅嘴甜，她请同房的病友留心照看一下轮椅上的水应，自己则随郁芸下楼去小车里拿住院所需的东西。在下到一楼的时候,素梅突然又一头栽倒了,这下可把郁芸难倒了,身单力薄的郁芸费了很大力才搀她到排椅上坐下,无奈之下,郁芸只得掐素梅的人中穴、按太阳穴。过了好一会儿,素梅自己清醒过来了。

"你别乱动,在这儿稍坐,我去给你拿瓶饮料来,你可能有点低血糖。"郁芸说过,就去院内车库里找她的车子了。

素梅坐在一楼大厅的排椅上,看眼前人影晃动,恍如梦境。尽管她心里焦急,但四肢无力。她悲伤地想,这次来省城里看病,得亏陈书记夫妇帮助,要不是他们陪同,还不晓得是什么样的后果!可是以自己目前的状况,还能带着水应回家吗?

十二

廖新木这回准备在家多待几日。多年未曾回家,他心存愧疚,他打算这回留在家好好陪陪父母亲,帮助料理一些家务,协助服侍小英妹子,特别要与隔阂很深的父亲好好聊聊。前几日,经陈书记他们那么一说,他对回家乡经营那个项目也已心动了。

"陈队长这次招来的是一个'三产'融合的大项目,"廖新木说,"不仅有现代种植业,还要投资办一个酵素加工厂,前景很好,一般人接不下来的!他还是有些办法的,通过招商引资设法和孙总对接上了,还一直追到泉州!看来这个陈队长还真是个干实事的人!……"

"是的,他是个做实事的人,我很早的时候就看好他了!"廖传印说，"既然他看上你了，你可以考虑回来做这件事，也助他一臂之力嘛……"

"我也在考虑，我对那个项目还不了解；另外，那项目要动起来也还有些条件要满足，省农科院还要来考察呢！另外，我在泉州还有一些问题要处理，"廖新木说，"回去我再跟孙总商量一下，看看接下来怎么弄，不过我现在倾向于回来做这事了。"

廖老听儿子这么说，心里暖暖的："翠山有福气啊，来了这么好的一个队长！这项目要真的搞成了，对村集体经济有大好处，特别是能解决土地抛荒问题，为村里人特别是贫困户找到一个务工增加收入的地方。这样村里扶贫就有一个好抓手了。"

"看来你是很看好他、肯定他的哟！"

"是的。所以他请我出来牵头成立村民理事会，搞文化乐园和居家养老中心建设，我没推辞。现在，他又想上翠园这个项目，搞现代农业开发，可以看出他心中是有个大计划的……"

"这个村也该有点变化了，"廖新木有点动情地说，"听说是文化乐园、乡村文化大院和居家养老站一起建？"

"是的，听他说等乐园建好后，还将以这个为基础搞美丽乡村示范点建设，把迎风墩自然村建成美丽乡村！"廖传印说，"他心里确实有大计划！"

"这是很好的设想，"廖新木赞道，"我回去和孙总商量一下，打算为这个项目也捐点钱！"

"那就好！"廖传印以赞许的目光望着儿子，觉得儿子成熟了，看来人还是要独自到外面闯闯才能进步。

父子正说着话的时候，陈根笑盈盈地进屋来。见这对父子如此融洽,陈根心头一暖,笑道:"谈得热火,看来谈妥什么事了!"

父子俩于是都站起来和陈根打招呼,秋枝婶也从后屋出来为陈根泡茶;儿子回家来后,她的精神状况和身体情况都似乎一下子好了很多,今天一早就去乡场上买了鱼肉来,又下到自家菜地取了不少新鲜菜,准备为儿子做一桌好菜。她尤为感激陈根,现在一听见陈根来了,便立马出来招呼,离吃饭时间还早就招呼陈根留下吃午饭了。陈根解释说自己今天还有很多事不能留下吃饭:"这几日最好还是你们一家子人好好聚聚,特别是新木,你得好好陪陪爸妈,了解家里的情况,听听他们的心声,考虑一下今后为家里为村里做些什么! 前几天说的那个项目考虑得怎么样了?"

廖新木说:"我是想干的,不过项目大,我还得回去和孙总再商量一下,我在那边要是脱手了,孙总也得安排人接,另外我到这边来如何操作也需要明确,总之有许多事都需要交代的。我明天就回泉州去。"

陈根说:"要抓紧啊! 过几日省农科院就要过来考察投资环境了!"

廖新木说:"我抓紧回去商量,争取尽快把结果带过来。"

陈根说:"都是搞种植业,回乡创业,我以为你应该更有底气一些,地熟人更熟嘛! 更重要的是你或许能找到一种为家乡打拼的激情。"

接着话题又转到村文化乐园及居家养老服务站建设上来,陈根介绍说,乐园规划镇里已审批下来了;前几日去县里汇报争取支持,也得到了几个关键部门的积极回应,现在是到了该动起来的时候了。第一批争取资金很快就能到位。"

"既然这样,就可以动了,"廖传印说,"明天我就召集开个村民理事会,先把拆迁和工程的事议一下。"

"今天,我接到我单位报业集团的通知,说是月底前,集团老总将带一个班子和一些赞助资金,还有一些实物等来翠山村,一是来看望慰问单位派驻的扶贫工作队,二是对帮扶点翠山村给一些支持。我想,我们先抓紧把乐园前期工作推一下,争取在他们来之前有个开始启动的样子。"

"是的是的,不能给人以空口说白话的印象。"廖传印也赞同道。

"脱贫攻坚和乡村振兴是一体的、实实在在的事,"陈根进一步说,"我们这个村需要一个让人开展文化娱乐活动的地方,既要把物质生活的贫扶了,也要去扶精神上的贫。"

离开老支书家的时候,陈根内心既有某种欣慰的感觉,又夹杂着某种莫名的沉重感。让他欣慰的是,他终于为廖传印老人找回了儿子,让两位心苦的老人重燃生活的希望!而让他心沉的是,翠山还有不少像老支书、沈古林这样的老人,他们缺少生活的质量和热度,身心都很脆弱,很容易重返困境——有时只需生一场病、摔上一跤或是一个想不开的举动。老人辛苦了一辈子,他们其实已经不起晚年的风雨吹打了,他们的晚年需要晴朗的天气。

此时,他突然又想到了父亲。是的,父亲也是一位老人,因为他性情开朗,所以多年以来尚未面临什么困境。但是他看似豁达的外表下,是否也有晦暗和潮湿的东西生存呢?现在他主动去帮阿妹家带伢,是否也为了逃避过一种孤寡的生活呢?陈根内心生发出一种愧意,他觉得过往的日子里,自己对父亲确有很多对不住之处。

他考取大学两年后母亲就过世了,两个姐姐又相继嫁到了外乡,父亲一人孤单在家;后来他在省城落了户、成了家,为改变父亲孤独生活的状况,他好不容易才做通父亲的工作,把孤单的父亲接到省城与自己一起生活。然而生活充满着变数,他费了很大劲才让父亲渐渐适应了城里的生活,可偏偏他与妻子的矛盾也在加深,争吵不断;勉强适应了城里生活的父亲,无法忍受这样的生活环境,坚持要重回农村老家来。他没办法,只好于三年前满怀愧疚地将老父亲送回了家乡翠山。

他正想着父亲的时候手机响了,是朱文打来,告诉他说,他的老父亲回村里看他来了! 陈根闻言,好一阵激动,心想俗话说得好,人不经念,念谁谁就到。他加快步子往村部的住处赶。待他来到村部时,看见老父陈海保站在村部大门边笑容可掬地迎他。

素梅带水应住进医院后,郁芸这几日倒感到有些空虚和寂寞了;前几日,她们聊得很不错,现在家中又突然没了人气,她一时间还真难以适应。不过郁芸是孤独惯了的人,她很快便将心理调回到之前的状态。

自打从翠山回来,黄梅戏的诱惑便一直在牵扯着她的心思。她真切地感受到了黄梅戏故乡的人们对黄梅戏艺术的那份执着。龙庆元那不凡的经历,给她的脑海里留下了色彩沉重的一笔。有意无意间,她竟然不时地回望起自己从艺的那些经历,似乎也找回了一些当年痴迷于黄梅戏艺术的激情了……

所以这段日子,她一方面老在回想,回想自己当年参演的那些剧目,回想自己离开的情形;另一方面开始为龙庆元做一些事情。这几日她上班的主要精力,都用在寻找近几年省里举办的黄梅戏票友大赛获奖者上。她把几年的资料都设法找了出来,然后找到其中反复参与并获奖者;她一个个与他(她)们通话,有的甚至与之见面交流。这些人中最为熟悉的,当然还是俞艳了。

俞艳喜欢黄梅戏。她和俞艳成为无所不谈的好友,并非因为同学而是因为黄梅戏。那得追溯到她还在省黄梅戏三团当演员的时候,俞艳作为郁芸的粉丝经常观看郁芸出演的剧目,并经常于台下主动与郁芸交流,日久便成为能够交心的好友了。俞艳与张秋平认识而最终结为夫妻,也是因为这段带有某种罗曼蒂克意味的黄梅戏缘。

那时张秋平还只是文化系统一名没什么名头的小干部,因工作分工原因,与各黄梅戏院团联系很紧,时常深入各院团了解情况、联系工作。张秋平是很有眼光的,他对容颜姣好又气质优雅的郁芸很有好感,也曾大胆地追求过。但很无奈,郁芸却看不上这个虽八面玲珑却并不踏实的小伙子。但用心追求者,常常有意想不到的收获,由于俞艳时常与郁芸碰面交流,张秋平也得以与俞艳相识,且获得经常碰面的机会;最后东方不亮西方亮,张秋平最终捕获了俞艳的心。

现在一晃已十多年过去了,各自的境遇都发生了不小的变化。令郁芸迷惘的是,她和俞艳的婚姻不约而同地来到了一个十字路口……

但是,俞艳是真正的戏迷票友,郁芸知道她是真心喜欢黄梅戏的。这些年,俞艳的生活并不轻松,也许黄梅戏可以成为减缓她心理压力的一个外部因素。

于是,郁芸准备再次找俞艳谈谈心,看她有没有兴趣利用业余时间投身黄梅戏演艺事业。

她拨通了俞艳的电话,约她下班后一起吃饭聊聊,俞艳答应过来聚聚,今天不是她的班,她相对轻松一些。下班后,她们如约在"有意思"餐馆相聚了。她们先要了两杯铁观音茶。

"水应怎么样啦?"郁芸先问道,"治疗还顺利吗? 我这几天没过去……"

"还顺利,检查已经结束了,会诊也都搞过了,"俞艳简要介绍道,"估计明后天就要手术了!"

"这些日子你家那位好点了吗?"郁芸转了话题,她知道俞艳能听懂自己话中的意思。

"更不像话了!"俞艳愤然道,"跟那不要脸的'小妖精'处得更热了!"

"你怎么晓得? 你见到过吗?"郁芸说。

"我没抓到过现行,但我晓得他和那妖精在一起! ——他比以前更少归家了!"俞艳怒不可遏,"我晓得那妖精是谁! 再这样下去,我会采取行动的,你瞧好了,我会杀了那个妖精! 你瞧好了……"

"千万别这样,这样做不值啊!"郁芸劝道,"大不了离婚嘛,何必逼自己呢? 你那样做会毁了自己的!"

"离婚? 没那么容易!"俞艳说,"我会让他不好过的,我毁了自己,也要毁了他!"

"你千万不能这样……"

"他这些年由于太顺了,所以变得有些轻狂! 提拔了、升官了,就有些忘乎所以了;为贪图享乐,什么样的事都敢做,包括很多对不起我的事! 但我也会让他之前所得都归于零的!"俞艳咬着牙说。

郁芸听了这番话,心中一阵发冷。她无声地望着俞艳很长时间。她不想把这个话题继续下去了,恰在此时服务员拿菜谱来让她们点菜。点菜过后,两人一时都没了言语,彼此不经意地碰了一下眼神。室内灯光幽暗,柔曲轻绕,营造出一种迷离的情境。两个深陷婚姻危机的孤独的女人,为排解孤寂而在这悠闲场所小聚,将话题弄得很沉重。

"其实,相较而言,我倒觉得你家陈根更实在一些。"俞艳竟然把话题引到陈根身上来。

"何以见得呢?"

"陈根虽然初看上去人有点冷,但感觉他不假不虚,做人做事都沉得下来,也稳得下来。"

"那么,"郁芸有点不解了,"你家秋平难道就不稳了? 不沉稳的人还能被提拔做大干部?"

"他们这样的人,嘿嘿,"俞艳竟然用的是"他们",似乎是指那一类人了,"其实就像是飘在城市浮华里的叶片,别看有地位有名头挺能混,但总是飘着的、靠不住的! ……"

"你这有点偏激了,有点'恨屋及乌'的感觉了。"郁芸笑道。

"我说实在的,"俞艳坚持道,"我了解他,他和他的那帮朋友没什么实在的追求和事业心! 不像陈根能沉得下去。"

"看来你对陈根的印象挺好,每次都替他说话。"

"我说实在的,"俞艳认真地说,"你看他下去才几个月,他做了多少事?你应该比我清楚。别的不说,对那重病户,不沾亲带故的,他能像对待家中亲人一样接到家中帮助他们看病!从这件事上我就能看出一个人的心地有多实在!像这样真心对待一个以前不熟识的乡下人的人,我真的不相信他能对自己的家人不好……"

"你这话的意思,我和他感情不睦,倒是我的责任喽?"郁芸有点不悦了,对方的言语深深触动了她。

"我不是那意思。"俞艳生硬地解释道,"我是说,你们之间肯定有不少误会,肯定有……"

这样的话题,似乎又难以继续下去了。这时服务员开始上菜了。俞艳随即笑着请仿佛受了惊吓的郁芸吃菜。她们毕竟是多年的好友,对聊天的话语彼此都不会太放在心上。

埋头吃过一阵,郁芸又将话题转到演艺上来,她向俞艳介绍了想助龙庆元重建剧团的想法,对龙庆元重建剧团目前遇到的困难也着重说了。之后郁芸便用探问的口气,问俞艳对此的想法。

"我现在肯定不行的,我还在上班,而且很忙,"俞艳回道,"就是抽几天都很难,虽然我非常喜欢唱黄梅戏,也很想上台去试试。"

"可以利用休假过去看看,"郁芸说,"可能的话,也可上台客串一下。"

"等我退休了,这倒是个首选!"俞艳笑道。

十三

翠山村这两日很风光,迎来了两个重要团体。一个是省农科院考察组,考察翠山村是否具备酵素原料种植基地项目落地条件,考察组由陈根大学同学章文斌主任带队,包括几位农科项目经理人(含云南合作方)和农经专家,这个项目对气候环境和土壤要求都较高,考察组工作很认真,用了一整天时间细看多问,还带了土壤准备回去检验。从反馈的信息看,考察组对翠山村的自然环境和条件评价很好,初步认为具备了项目落地的条件。章文斌还让村里做好签约的相关准备。陈根心情大好。

另一个是两日之后来村的省报业集团慰问团,集团老总刘应祥亲自带着党委一班人来对口帮扶的翠山村对接脱贫攻坚工作,同时看望慰问下派的扶贫工作队专干。刘总一行先去县里拜会了县里几位主要领导,而后在县委宣传部、县扶贫办及翠山镇党委等单位相关领导陪同下来到翠山村。在村里开了个简单的座谈会,会上陈根介绍了驻村工作队几个月来的工作情况,并就下一步提振村级经济发展、提升脱贫工作质量和村民生活质量等谈了想法。刘总对工作队的工作给予了充分肯定,特别对陈根所提的工作思路很是赞赏,之后刘总代表集团党委宣布向翠山村捐资三十万元,用以支持翠山村文化乐园和扶贫驿站建设,并搞了一个简单的捐赠仪式。会后,一行人先后到青禾米业支持创立的生态稻米种植基地、村农民文化乐园及居家养老服务站、拟议中的翠山现代农业生态园等几个项目建设现场进行了考察,集团党委一行人看过之后,对这种产业与文化扶贫同步实施的思路和做法有了更直观的感受,都表示支持与肯定。

刘总尤其对村文化乐园中的"挑花展示馆"有兴趣,仔细问了挑花及建挑花馆的情况。陈根便将滨江挑花的产生和传承情况作了介绍。陈根告诉刘总，相传滨江挑花始于唐代，最早是在麻布上挑制敬神的敬褡专供祭祀用，后逐渐发展转化成实用装饰艺术品，主要以青蓝色线和手纺白色老布为材料，用多种针法挑出反映自然风景、图腾纹样和民风民俗的图案，制成实用装饰艺术品应用于生活，多作为妇女的头巾、服饰、围裙及小儿褓褓、围兜、抱裙、鞋帽等的装饰，慢慢地，又用于男性汗巾、腰带、褡裢等。挑花的特点是乡土味浓、俗中见雅；针法独特、正反成趣；花中套花、清白相融。滨江挑花的特点有人延伸诠释为"表里如一"之诚信和"一青二白"之清净。滨江挑花已被列入国家级非物质文化遗产。现代挑花的应用实际上还可以不断拓展，既可用于服饰，也可用于其他装饰，还可做成旅游纪念品。翠山建挑花馆的目的是把这个金字招牌保护好、利用好，下一步还准备深入开发利用这一资源，等村里建成童装车间、开发了乡村旅游，再将挑花与之相融合，搞更多的开发……刘总很认真地听了介绍，肯定了陈根的思路，表示报业集团将配合做好对挑花及其开发应用的宣传；同时表示将运用集团影响力，为村里争取更多财物和文化等方面的支持。

慰问团一行在村食堂里吃过中饭，下午上门看望慰问了龙庆元、沈古林、廖传印等几个贫困户后，便赶到县里参加一个由县委安排的座谈活动了。

龙庆元近来像打了鸡血似的一直处于亢奋之中，日夜都在思虑重建"春台班"之事，也取得了一些进展。原在团里的两位乐器手已经归位，省、市黄梅戏校各安排了一名实习生过来了，一男一女，都是本县籍的学生。他们不要报酬，吃住在龙庆元家。他还诚邀县文化馆和镇文化站推荐的有一定功底的黄梅戏票友前来加盟,也是一男一女,他俩都很体谅龙庆元,表示等龙庆元的戏班有收入了再考虑报酬的事。另外,县文化委从县剧团抽调下派从事"扶贫专班"工作的人员也将来翠山,到时也将加入"春台班"演出团队。这样他生拉硬凑,总算凑成了一个小型演艺团;尽管不及原来那个团的质量水平,而且不太稳定,但好歹重新起步了。他把过去残留的设备、服装和本子都找了出来,又新购了几样乐器,并获取了县文化委支持的音响设备,开始在他的院子里排起戏来。先排过去演过的老本子,为参与不久后的首演做准备。

所以这段时间,龙庆元一直高高兴兴地忙着,因为他的"春台班"即将登台演出了,这可是九年前被地震震碎的梦首次得以重圆哪!他花了一周时间,将原先他最擅长的本子《打猪草》进行了重排,剧本、曲子还有服装等都准备全了,他亲自导演,夜以继日地组织排练,终于把这个剧目排出了他以前熟悉的味道。只是演员唱功和默契程度还不及以前,但演出的基本水平还是有的。为了节省一点开支,他亲自上阵,饰演了一个配角。戏是小戏,表演时间大约二十分钟,但这就足够了。

另外,毕竟是九年之后的重新登台,他面对父老乡亲们自然还得说说心声,因而也费力准备了一个稿子,脑子里把内容记下,到时再临场发挥一下,想引起大家的共鸣和关注。

现在龙庆元正抓紧利用最后的一点时间,组织最后一次排练。配乐人手还不够,他提前跟县剧团进行了对接,并把曲谱什么的提前给了他们,到时请他们安排人手给予帮助,利用他们的字幕仪和扩音器先配制好,到时安排调制播放。眼下在他家的那个大院子里，一班人正在进行最后的排练，锣鼓喧天，引来不少乡亲在门前围观，七嘴八舌地表达着各自的看法。但龙庆元没在意这些，他又当导演又当演员，跑来跑去喊个不停，短短二十分钟的一个小戏，竟让他忙出一身汗。不过这也是没办法的事，演员多是新手，以前唱几个段子还可以，但要真正参与到一个戏中，唱念做打都要上，还有对剧情的理解把握、与其他演员的相互配合等都要到位，就有点难了。龙庆元除了耐心地、翔实地加以指导、引导，还能怎样呢？

排练结束后，龙庆元又面对几名演员详细地交代了半天，指出了每一位需要改进和加强的地方，这才让他们收工吃午饭。饭就在他的家里吃，他请了人来烧饭炒菜。此前龙庆元已经和这个临时凑起的班子的每一位都谈过心，说好了在"春台班"尚没有收入之时，只管食宿不发工资，等剧团有了收入后再考虑报酬问题。演员及配乐手们都能理解，说实在的，他们都很看重龙庆元"春台班"的名头，他们也相信龙庆元的能力和人品，相信不久的将来龙庆元能够重整旗鼓、重振"春台班"声望。

龙庆元准备去吃饭的时候，恰好接到了县剧团领队的电话，说他们的演出车已到了村里，因为这回有混编演出的安排，还要共同使用配乐、字幕仪等设备，需要与龙团长商量一下衔接事宜。龙庆元午饭没时间吃了，他与正在吃饭的剧组人员打了个招呼，叫他们抓紧把饭吃完，然后赶到演出地参与化装排练和音响调试工作，自己则随便抓了一个馍馍，边走边吃，往演出地赶。

龙庆元赶到时，县团已将演出车打开，几个人正在紧张地忙活。他与领队张副团长打了个招呼，接着便谈演出的事。张团长将今天演出的节目单拿了一份给龙庆元。"暖场舞安排了你们两个男女对唱的段子,等一会儿把前后对接的事谈一下;你的戏安排在最后。"

两个多小时很快就过去,准备工作也已就绪。舞台音响放起了音乐和黄梅段子,营造出热闹欢快的气氛。舞台前此刻已坐满了人,还有一些人没带凳子,干脆就站着。一些孩子也像过节一般,在人堆里穿梭。

陈根会同村两委一班人到来之后演出就开始了。男女主持人专业的开场语迅速抓住了人们的注意力;红红火火的开场舞,快节奏、切换式的连续出场,立刻就将欢乐氛围烘托了出来;随后是县剧团推出的黄梅戏龙腔经典剧目《描药方》,经典的唱腔加成熟的表演,把每一位观戏者的思想感情都带到了那悲凄的剧情之中。

之后,便是龙庆元"春台班"登台表演时间。演戏之前,龙庆元走上舞台,发表了一段感情真挚的告白。大致意思是,过去他的"春台班"承蒙村人和周边群众的支持,发展得很好,成了远近闻名的戏班子!他一直心存感激!遭灾之后的这些年,他痛苦、迷惘,几达崩溃的边缘,多亏省工作队陈队长还有村里很多人的鼓励、帮助,让他终于又能重返舞台,让他又看到了希望和前景,他一定不负众望,把"春台班"恢复起来,为村人带来熟悉又快乐的文化生活。龙庆元动情的言语引来一阵热烈的掌声。他的剧组临场发挥也很不错,将《打猪草》这出老戏演得有了接近专业的水平,演出结束谢幕时,引来阵阵热烈的掌声!

龙庆元凭借这出《打猪草》宣告了他的"春台班"的回归!

陈根在演出结束后,向龙庆元表达了祝贺。而村里人高兴的是,今后他们又能经常看到本土味道的黄梅戏了。

　　水应的手术做完了,手术很大,也很复杂。手术先要把水应右侧髋、膝两处关节已经被结核病菌破坏掉的病骨切除干净,再通过关节镜灌洗和清理,将软骨碎片脱落到关节腔内形成的游离体清除。在基本清除后的基础上,再从左侧取髋骨植入(目的是让植入的骨头和原来所剩正常的骨头慢慢长在一起,最后融为一体)。素梅一开始听到手术介绍后很害怕,也很担忧,不敢签字。但医生说手术虽很复杂,但医院设备先进,医师操作水平高,手术的安全系数很高,不会出现大的风险,素梅才惴惴地签了字。

　　手术很成功,邵医生手术后对素梅说,一切很顺利,而且从手术情况看,病情比预想的要好,骨损坏程度还没到不可恢复的地步,通过植入培养还能恢复行动的。听了邵医生的话,素梅感到眼前豁然洞开了一片曙色,多年来一直压在她心头的巨石一下子落了地,她脸上也终于露出了如同阳光一般的微笑。

　　不过经历这么大手术的水应也透支了几乎全部的精气,面色苍白,双目紧闭。素梅望着如死了一般躺着的水应,真切地感到接下来还有诸多很艰难的事在等着她。医生告诉了她接下来的治疗方案,首先是支持疗法,也就是要给水应充分的营养,蛋白质、维生素和热量都要充足;其次就是进行抗结核菌治疗,同时给予三种抗结核菌药物,且要坚持很长一段时间。素梅不知道水应能否支撑得下来。

　　她有点痴愣地望着水应,眼前幻化出水应微笑着从床上爬起来的样子。素梅正愣神的时候,郁芸出现在她跟前。素梅从幻觉中回过神来,看见郁芸眼前一亮。

"我刚到邵医生那里问了情况,他说情况很好,这下该放心了!"郁芸这么说,也是为了鼓励素梅。

"心还是放不下来,"素梅还是很忧心,"接下来大强度的化疗,不晓得水应能不能挺得过来。医生说,水应以前在县医院搞过一次大强度抗菌治疗,后来又反弹了,身体的抗药性强,要同时用三种抗结核菌药! 他病得太久了,身子虚呀! 不晓得他扛得住啵……"

"应该是能扛得住的。"郁芸安慰她道,"抗结核的所谓化疗,与抗癌症的化疗不同,不杀死正常细胞,只是对肝脏有影响,医院在施治的同时也会采取保护肝脏措施的。"

"会有很长时间的,这一段化疗过后还要进行中西医配合调养治疗,住院待不了那么长的时间,又不能回乡下去,只能又麻烦你了!"素梅望着郁芸,一脸的惭愧之色。

"没关系,别见外就好。既然来了,就要把病治好,别再反复了。"郁芸继续安慰她道。

说话间,俞艳就出现在了病房里,她是来给水应吊水的。俞艳说:"水应身上有两处上了钢板,髋部打了石膏固定,这段时间行动将很不方便。"

"这些钢板、石膏何时能拆?"

"石膏至少三个月,钢板要一年才能下,还要有一次手术的!"俞艳解释说,"至少在城里待三个月,剩下的时间可以回家治疗保养,一年以后回来动手术取钢板。"

"要这么长时间啊?"素梅惊诧地说。

"是的,病拖得太久,多处感染,动了大手术,能有今天这样的状况就很不错了!"俞艳把吊水弄好,准备离开,又转身对郁芸说,"你是不是到我当班的值班室里面坐坐?"

"好的。"郁芸遂与素梅道了别,随俞艳去了。

郁芸看到俞艳脸色不好,问道:"怎么了? 又没睡好觉吗?"

"哪能睡得好?!"俞艳给郁芸倒了杯茶,"我家那一位太不像话了,这些日子越发不归家了! 准又是和那妖精搞在一起!"

郁芸劝道:"真不行就离婚吧,这样凑合有什么意思?"

"没那么容易! 就是离婚,我也得让他付出代价!"俞艳语调虽然很轻,但内容透着刚烈之劲,"那小妖精我已经摸准了她的习惯、她的行踪,我会惩罚她的——我会杀了她的!"

"你千万别冲动,别干傻事!"郁芸闻言吓了一跳,她知道俞艳的性子,她这么说,还真有可能这么去做。

"什么傻不傻的? 我要是干忍了,才真是傻子!"俞艳愤怒道,"我为什么要夹着尾巴做人? 我要让那两个人都付出代价!"

郁芸不知说什么好了。她感到有股透骨的寒意掠过脊背。

"多么无聊啊,这些城里的有头面的人! 富足了、有权了就去寻欢作乐,不顾家庭、婚姻感情是否因此破裂! 离婚比出趟差都容易!"俞艳愤慨地吐露心语,"依我看,还不如人家农村夫妻! 你瞧人家素梅,丈夫已是在生存线上挣扎的人了,她还是那样不离不弃! 这是有感情有责任的表现,这也是一种素养!"

"素梅的确难能可贵,这也是我愿意帮她的原因,"郁芸说,"不过农村里也有不负责任的,不是都和素梅一样。"

"但肯定比城里少,"俞艳喊道,"你瞧现在,养小三的还少吗?"

郁芸没再出声。她觉得无法再安慰俞艳了,她已经怒不可遏。郁芸隐隐感到可能有什么事要发生。俞艳性子刚,她可能做出某种惊人的事……

十四

陈根想起来该去看看老书记廖传印了。因为报业集团刘总来村考察时也察看了文化乐园建设,陈根记得廖老介绍情况时说目前工程推进上遇到一些阻力和困难,但当刘总追问时,廖老又没细说,似有难言之隐。陈根觉得自己该去把情况了解清楚,同时对村民理事会的运作情况也更详细地了解一下,看能否帮助解决一些问题。

陈根来到廖老家时,看见廖老正在一个本子上写写画画,见陈根到来感到有些意外,赶忙停了手中的活为陈根泡茶。陈根说不用客气,这次来主要是谈谈心,所以没有带工作队人员和村干部,一个人来了。秋枝婶听见陈根的声音也连忙从里屋出来为陈根泡茶。

"怎么样哦?你选的这些人都调动得好吗?"陈根主动问道。

"理事会的人都没问题,毕竟都是精挑细选的,全是些老实能干、没私心的人。"廖传印停了停说,"只是现在事都不好做。要在这村里做成一桩事,真的不容易,阻力太大!所以你今天就是不来,我也要去找你的。"

"难怪你跟集团刘总说遇到了困难!"陈根说,"能跟我说说吗?"

廖老想了想,说道:"是工程施工队遇到了麻烦。"

陈根不解地问:"施工队不是经过镇项目办招标确定的吗?记得你还跟我说过这支中标的工程队很不错的,怎么现在又有麻烦了?"

廖传印沉吟片刻,说:"中标的这家结友公司的确很不错,在镇招标'篮子'里的二十来个公司中是最有实力的;这个队有经验,工程质量很好,在镇里中标的次数也不少。"

陈根说:"既然这样,那就督促他们抓紧施工,理事会帮助他们解决困难把事办好就是,还有么事难呢?"

廖传印说:"现在的问题是他们不能安心施工,他们受到了本地恶势力的干扰;村里有狠人头想强霸这个工程,说是要么把工程转包给他们公司,要么工程施工得用他们一部分人、工程用料什么的都由他们提供!"

"还有这种事?是哪个狠人头?"陈根吃惊地问。

"就是村上皮子、麻梗开的龙风公司。"廖传印回道,"这些年,他们几乎独霸了这一片的建筑用工和用料市场,如果在镇里中标了当然没的说,用工用料都是他们的,但他们常常偷工减料;如中标的不是他们,就采取这种对付结友公司的办法强揽工程,谁做房子要是不用他们的人和料,谁的房子就做不顺畅甚至做不起来;他们那一班人真的像他们公司名字——'龙卷风'一样,天天上门搅得你头发昏眼发花!"

"这还了得,没王法了?"陈根愤怒地说,"镇上村上都没人管吗?"

"没人敢管！镇上村上他们都有后台！"

"村上谁是后台？"

"徐有全！"廖老想了想，还是说出来了，"徐有全是皮子的表姐夫，自他当上村主任后对他们可关照不少，听说村委会还与他们签了个什么协议，好像是由龙风公司出资兴建村扶贫车间厂房，村里的基建项目都由他们包下之类的。"

"真有这个协议？"陈根惊诧道，"这种违规的东西他徐有全敢签？"

"外面是这么传的，协议没公开过。"廖传印解释道，"这里面的关系其实很复杂，当年徐有全能当上主任，也靠皮子、麻梗一伙人搞关系拉票。"

"你们村民理事会是由村民选出来的办事机构，要为全村人福祉利益着想，大可不必理会皮子、麻梗他们！你跟结友公司工程队说，工程不得转包，一切按中标的合同来，也坚决不用龙风公司的人和料！龙风公司要是闹事，你跟我说，我去找镇里甚至县里，我不信他们能一手遮天！"

"我不会理他们！只要我还是村民理事会负责人，我就得对村里项目负责，为大家利益着想！他们的用工用料都太贵，他们纯粹是为了搞钱。"

"你跟刘总说工程遇到了阻力，除了这个，还有哪些？"陈根又问道。

"除了用工用料问题就是拆迁工作了，文化乐园选址在迎风墩，那里原是老村部所在地，廖结宏书记、徐有全主任，还有其他两位村两委成员都有旧房在那里，都需要征拆！现在政策是一户一宅,他们都已有新宅了,拆了就拆了,不可能补屋基安置了。他们互相都硬抵着,好像都不愿拆了!工作受阻了……"

"我晓得了,这是村两委会上早就定下的事,村干部不带头,群众怎么跟?"陈根坚定地说,"过两天再开个两委会,我来着重说说,做做工作,会搞通的!还有刚才讲的强揽工程的事,我也要说!我还准备找徐有全谈谈,他一个村主任,怎么跟那些混混一个觉悟?"

"这一届的村两委班子,素质觉悟都不怎么高啊!"廖传印颇有感触地说,"不多久就要搞换届了,回头找机会我和你好好谈谈我的想法!"

"今天也可以呀!"

"今天时候不早了,"廖传印笑道,"我俩是不是到迎风墩看看工程现场?我把一些村干部的屋指给你看看,另外到现场说我的想法更直观些。"

"好吧,找机会好好聊聊。"陈根诚恳地说,"其实,我一直想听听您老对村子治理和扶贫等方面的经验看法还有意见建议等。"

两人出屋门后仍边走边聊。

"过些日子你儿子新木就要回翠山来投资创业了,他已经在电话中跟我说了,说他与公司合伙人孙总谈好了,同意来翠山投资翠园项目,从事高端生态农业开发。"陈根高兴地说。

"他也跟我说了,"廖传印应道,"是我建议他把合伙人孙总也拉过来一道从事经营开发,而且把孙总放在前面,他只做办事的经理。"

"为么事呢?"

"以免人家又生议论,说老子搞工程,儿子搞承包,村里的大项目又集到一家子里了!"廖传印有点担心地说,"翠山这地方复杂,人多嘴杂闲言碎语多,村班子也复杂,你晓得我性格的,我不想总被别人议论!我答应出来做点事,是不想辜负你陈书记的看重和好意;我相信你,这个村班子里只有你能带领大家做成一些事的。"

"您总是这么小心翼翼,"陈根笑道,"其实只要心正身子正就不怕别人说什么。感谢您对我这么信任、看重。"

"我一直看重你,十几年前就看好你!"

"谢谢老书记!还要你多教我哟!"陈根诚恳地说,"省农科院还有云南项目总部也都来了通知,认为翠山各方面条件都适合上这个酵素项目,同意合作。现在投资人又有了,关键是村里怎么运作了,先得把土地流转集中工作做好了,过两天准备开个村民代表大会动员一下,到时老书记如有空也请参加。"

"看吧,我其实也不懂什么。"

"您有威望啊!"

村民代表会照例在村部三楼大会议室召开,这次重点是商议山场发包和农户山地流转的事。

村两委班子几位主要成员坐在台上。会还是由廖结宏主持,陈根做主题讲话通报情况。他首先说了开这次会的目的,然后详细介绍了投资开发山场、建现代种植园的规划方案。

"翠山南边山脚下的那一片坡地很大,有几百亩村集体油松林,更多的是乡亲们家里的旱作地。村集体林这些年只靠每年割油收点小钱,总体收益不高。属于各户的那些旱作地这些年种的东西杂乱，还有不少抛荒了。这一大片地要是有大户投资搞集中开发，建成有更高经济价值和观赏价值的现代种植园，会有很好的前途！现在很多地方都在搞这种开发……"

陈根话没说完，台下便嚷嚷开了：

"我们这穷地方，谁来投资搞开发呢？"

"还是先把贫困帽子摘了再想着干别的吧！"

陈根针对大伙关心的问题，说："我们不能坐等摘了帽再想去创业——那样永远也摆脱不了贫困，只有靠创业才能摆脱贫困！前不久我们跟省农科院联系了，争取到了一个很有发展前景的酵素原料种植加工项目；初步想法是重新开发翠山南脚的那片地，种植更有观赏和经济价值的可供生产酵素的血梨和黄桃，作为酵素生产原料基地，同时还投资建设酵素生产加工厂！基地加工厂，可以带动本村很多人务工，还可以为村集体经济增长做贡献！"村人不懂酵素是何物，陈根便又很费力地做了介绍。

"说得很神乎，"台下有村民还在嚷嚷，"投资肯定不小，可谁来投哇？"

"有能耐的，都可以站出来！"廖结宏插话帮腔道，"没能耐，但有地的，也可以用你家的土地入股，每年可以分红。"

"投资是不小，包括土地平整耕作、道路开通、苗木投放、平常维护等。"陈根解释说，"当然需要有一定资本的老总才有能力投。村里的经营开发公司是发包方，已经把工作做在了前头，就是通过招商引资，让外面的有能力的老总来投资。前不久我们一直在做这方面工作，已经成功招到了一位老板来投资，这是一家有实力的专门从事农业产业化的公司，在全国多地都建有基地！公司里还有我们村出去的一位高管,他受公司指派来我们翠山村负责这里的业务……他就是老书记廖传印的儿子廖新木。下面就请廖新木老总上台来给大伙说几句!"

廖新木走上台的时候,引发会场一阵躁动,大家在下面交头接耳地议论着什么。廖新木不慌不忙地走上台去,大方地发言道:"大家应该还认得我,我是廖新木,是村里老书记廖传印的儿子。我爸当书记时很重名声,生怕大家说他谋私,我这做儿子的想承包村里的地都不能得到他的同意,所以我也只能外出打拼了。这些年我和其他在外打工的人一样,什么样的苦差事都做过,最后还是回到土地上来,在一位姓孙的大老总手下做事,经营苗圃、药材等种植项目。感谢陈书记费了很大力气找到了孙总、找到了我,让孙总有机会投资这个好项目,也让我有机会来家乡经营这个项目。刚才陈书记把这个开发项目的好处都说得很清楚了。酵素是现在很时兴的保健品,市场销路很好,产品附加值高,大家上网搜就能看得到;如果我们把这个项目搞成了,不仅能让村上一些闲劳力特别是贫困户劳力找到一份事做,增加收入,还能增添一处观赏的景点,将来可以发展乡村旅游,也能让村集体经济多一份收入,一举多得。我们准备搞成一个名叫翠园的现代农业开发公司。以上,当然要得到村里和乡亲们的同意和支持才行。"

"怎么个支持法呢?"有人在喊,"是要我们出钱还是出地?"话语中仍然透着明显的不信任。

"不是出钱,也不是出地——那些都是老思想了。"廖新木一点都不恼,仍从容地说,"我昨天听陈根书记说,政府在安排推进农村'三变'工作,其中有一变就是'农民变股民',这可是未来农村发展的一个方向哪！就拿开发这个种植园项目来说吧，那一片山地有千余亩，土地经营权有村里集体的，也有乡亲个人的。村里可以把山地和山林资源作价入股，年终分红就是村集体收入了；乡亲个人的土地，也可流转作价入股，交由公司统一经营，年终分红也可得红利，这不就是资产变资本、农民变股民了吗？大家最终都得利，公司投资人也获利发展了，这是多赢哪。"

"要是你亏了呢？"村民疑问道。

"亏了，也要保证土地流转租金支付，这是底线，也是每个参股农户每年最低的保障收入。说实话，这个项目投入大，回报慢，头两三年是投资期，肯定要亏，但三年后是可以见效益能分红的！"廖新木答道，"不会让村民吃亏的。希望在园区里有土地的乡亲给予配合、积极参与。现在你们在地里种的东西效益是不高的，有的恐怕还抛荒在那里了，如果流转出来参股可能会有成倍的效益。项目建议书还有相关手续，都是要提交镇流转办审批的，你们的权益都是有保障的。我也是本村人，虽然在外面创业，但终究是要回翠山的，我不会做亏欠乡亲的事，要不今后还怎么在翠山见父老乡亲？好了，我就说这些，还有什么疑问我们会下再好好交流。"

廖新木的话引起了大伙的共鸣，台下大家头碰头嗡嗡地议论起来。陈根继续做动员工作。他说刚才廖新木虽然说话很简单，但句句都是实情，特别是有关农村"三变"，的确是政府正在推进的工作，是扩大农民增收渠道的改革新举措，有利于农民增收，是为农民利益着想的好事。今后农民的土地经营权、房屋所有权都可折价入股，参与多种经营，入股分红，增加收入。

接下去，参会的人又陆续提了一些问题，陈根都一一做了回

答。陈根的话,来开会的人似乎都听进去了。村民代表大会开出
了预期效果。

下一步就是怎么与各家各户对接做工作了。陈根觉得要加快
节奏,尽快完成土地租用、资产入股等各项工作。陈根和廖结宏商
议了一下,宣布村民代表会议散会,但请村两委成员和廖新木及孙
总留下,继续商议翠园事项。这个会主要是安排分工问题,有时间
的话还要商讨一下文化乐园建设中拆迁遇到的几个难题。

十五

村两委临时碰头会开得不是很成功,拆迁所遇问题还是没有
解决,特别是村主任徐有全抵触情绪强烈。徐有全已在村当家塘
边另辟新址盖了一幢小楼,按理这套老宅是应该让出来的;但徐有
全认为老宅是其父辈传下来的,有他家祖传风水,不愿拆,还说村
里很多户都有两套宅基地,包括村书记廖结宏及其他两名支委,一
户一宅政策不能只对他徐有全使用,也管不了很久以前就已既成
事实的事,只能管以后的事,而廖结宏等人也一直垂头不出声,于
是就僵在那里。陈根觉得事情拖不起,他提议先动工建"两堂三
室"、戏台子及养老服务站,广场面积扩展问题留待以后再解决。

吃过午饭,陈根决定去县城联系对接几个事情。一是将村文
化乐园项目书送去,以尽快申请省、市、县文化专项资金。二是带
上龙庆元,为他的剧团在县里注册,使之正式成为全县在册民营黄
梅戏剧团,将来可以享受到县里相关政策支持,同时为他报名参加

全县小戏展演活动。另外,如果有时间,还要去青禾公司一趟,目前村上旱地的开发利用问题已经初步解决了,稻田综合开发利用也要抓紧了,这可是村上发展产业、村民增收的两个主要途径啊。

陈根照例开着自己的那辆旧车进城去,一路上都在听龙庆元说剧团如何运转的事。自从上次成功演出之后,龙庆元建立了信心,做事的效率也提升了不少。

"我女儿把她的扶贫题材的本子拿出来了。"龙庆元有点得意地说,"我认真看了,感觉还真不错,有血有肉的,完全可以排成戏参加县里的小戏展演的!"

"哦,没想到龙翠玉还真有这份才气!"陈根鼓励道,"扶贫题材的本子不好写的,不知写的什么内容?"

"她是以你的经历为素材写的戏,名字叫《徐书记扶贫》,写得不错啊!但主要是陈书记做得好,有东西写!"

"这怎么可以啊?上回我不是跟你说过了嘛,不要写我!"陈根马上就反对了,"外面不晓得的,还以为是我安排你写的,搞个人宣传,这不好!"

"没关系的,这是在演戏,又没有你的姓名,我们也不会对外说是根据你的事迹来编剧的。"龙庆元解释道。

"这样还是觉得不好,换个题材,以老书记廖传印不顾年高和家庭困难事多仍承担村里重担为题材写一个,同时以他一生清廉作为背景。"

"这也的确是个好题材,"龙庆元说,"但如果现在才写,就有可能赶不上县里的小戏展演了。眼前拿出来的这个扶贫的本子还是不错的,我正想请人谱曲,另外还缺少一个导演,准备今天下午去县文化委请求帮助。"

"听我的，还是改成写老书记的戏！"陈根坚持道，"离小戏展演还有三十多天，抓紧一点，应该是来得及的。老书记那个题材很好，因为自身廉洁与儿子闹翻了；在位时忙于工作，老伴得了脑瘤都不知；退下来后，女儿遭了天灾瘫在床上，治好了脑瘤的老伴又患了癌，最后竟然成了贫困户！如今年事已高，又面临家庭困难，却还在为村里做事，不仅自己带头脱贫，还为全村脱贫和美丽乡村建设忙碌，牵头村民理事会工作！你说这样好的题材你都不想去写，反倒要写我这个刚刚做了一点事的人，这不是舍重就轻嘛！而且还有可能让我遭遇非议，何苦呢？"

龙庆元被陈根说得直抓头："怎么弄呢？真的已经来不及了！"

陈根说："来得及，来得及。这样好不好，今天先去把参演的名报了，回头我再和你们父女俩一起坐下来好好商议一下剧情，再让翠玉姑娘动笔写。当然，要抓紧一点，有一些唱词可以借用前面那个本子，然后再去找人谱曲。导演的事，这次其实都可以先请好。不过，请导演可是要花钱的呀。戏名就叫《老支书》，这次可以报上名。"

龙庆元只得接受陈根的意见。不过经陈根这么一说，他也从内心认可了这个新题材。他一直以为自己欠老书记太多，无以回报，这次如果能为他写个戏并能成功获演，也算是对老书记一点安慰式的报答了。想到这里，他便愉快地说："好吧，我听陈书记的。我龙庆元这个团要不是你提议、帮忙，哪能搞得起来呢？再说，陈书记比我站得高、想得深，我佩服……"

"先别说这些客套话。"陈根打断了他的话,"说实在的,时间也的确有点紧,你得抓紧再抓紧啊,不要错过了这次机会。"

不知不觉间就进了县城,车径直开到了县文化委。虽然事先没有约,但碰巧文化委马主任在单位。陈根简要地汇报了翠山村农民文化乐园建设进展情况,然后将项目书和专项扶持资金申请一并递给了马主任。马主任将文管办和文化股负责人叫来,再把陈根递交的资料转递给二位,并叮嘱要认真对待,按政策规定尽快纳入初选盘子,准备提交研究。

陈根上次来汇报时,知道民营剧团管理与服务在县里是归文化委的文管办负责,于是赶紧把龙庆元建团及演出情况做了介绍,并提出将"春台班"登记注册纳入县统一管理的要求。马主任很快给予了肯定的答复,并让文管办张主任去办理。

马主任说:"上次就知道了翠山村这个龙团长不简单、有故事。最近又听说这个团还与县团同台演了节目,反响也很好。这样有积极性的民营黄梅戏剧团,县文化委应该大力扶持!"

"他还准备参加全县小戏展演活动,"陈根进一步推介道,"本子都拿出来了,现代题材,很接地气的,名字叫《老支书》。"接着简单地介绍了剧情。

马主任说:"这很好,我们正在征集剧目,报名的有十多个了,你抓紧去办个手续!"

龙庆元于是随张主任去办手续了。陈根留下来又向马主任汇报了他在文化乐园建设和扶持龙庆元剧团重建中遇到的一些困难、希望得到的支持等方面的问题。

"有些内容你上次来好像也提了。这样吧,你搞个申报材料,加盖镇和村的公章报上来,我提交主任办公会研究一下。"马主任回答道,"翠山村是我们文化扶贫的重点村,应当给予重点支持!开个会统一意见,有好处的,或许支持的力度比你所提的还要大一些呢!"

龙庆元办完了注册,笑眯眯地回来了,兴奋地说:"我的'春台班'黄梅戏剧团是县里第二十个民营剧团!"

"祝贺你! 你终于又走上了这条路! 从今以后你得抓紧排戏演戏,不能辜负了马主任、张主任他们对你的帮助和期望!"陈根鼓励道。

马主任也鼓励道:"不容易啊! 遭了那样的变故,你还能再回来,这很不简单,你得好好珍惜,多出几个精品!"

"领导们的帮助和鼓励我自然会永记心间的!"龙庆元发自内心地说,"请放心,我会用心去做的! 小戏展演也报上了,报的是《老支书》。"

"好好演,争取今年就能加入政府购买服务'送戏下乡'的投标!"陈根这话其实是说给马主任听的。

从县城回到村里,陈根心里仍记挂着廖传印父子,所以他没怎么休息就又去了廖老家。一方面想与廖新木商量一下何时去省农科院签投资协议的事;另一方面想告知廖老书记,文化乐园用地拆迁的阻力一时还不能排除,还需要他用心智去排解一些随时可能发生的矛盾和纠葛。

来到廖传印家,他看到廖老闭目瘫坐在堂屋的那把旧躺椅上,一副疲倦的样子。陈根轻唤了几声才将老人喊醒。廖老说:"村上麻梗带几个狠人下午又到迎风墩乐园工地闹事,闹了一下午,他们硬要结友公司施工队把工程转包给他们,说这是村里的老规矩!双方差点打起来。我只好去村部找你,可你又不在村里,我只有拽廖结宏还有工作队朱文、宋斌一起过去,当时徐有全也在,他也随我们一道去了现场。"廖传印缓缓地说,似乎是被下午的纷争耗尽了精力。

"结果怎样呢?"陈根关心地问。

"廖结宏书记这回态度倒硬得很,他把你和省工作队顶在前面,说这是陈队长和省工作队抓的项目,跟村上别的工程不一样,请他们不要搅和、不要干涉。他们哪听得进这些话?闹腾了很长时间……"

"他们还是提那些无理要求?"

"是的,我当然不会妥协的!要是他们来施工,村里这项目要多花好多冤枉钱!这是强打强卖啊!"

"最主要的是把风气搞坏了!往后谁还敢来帮我们这个贫困村?"陈根越听越气愤,"最后是怎么收场的?"

"最后一直没出声的徐有全说话了,他其实也没多说,就是让他们回去。"廖传印很有意味地说,"麻梗那伙人好像很听话似的就离开了……"

"廖结宏书记说话不管用吗?"陈根说。

"廖书记嗓子喊哑了还不如徐有全几句话。"廖传印说,"我真不晓得这里面是根么子筋!"

"徐主任为么事不早说话呢?"陈根不解地问,"真不知道他们之间是么关系!"

"这个村班子哦!"廖传印摇着头,欲言又止。

"你怎么看待村班子的?"陈根见廖传印这副表情,进一步问道。

"村两委班子对一个村的发展有多重要不用我多说,你该是明白的。"廖传印先说了一句,沉吟片刻,又接着说,"可我们村这届班子,照直说实在不怎么样!不仅没做什么事,还带来一些坏毛病、坏风气!"

"说具体点。您是这里的老人又是老书记,对这里可不是一般地熟,看人见事都肯定准,"陈根说,"我真的很想听听您的看法和建议。"

"廖结宏其实也不是块很好的当书记的料,魄力、能力可能都差了些,原则性也不是很强,耳朵根子软,当书记这些年一直都没能很好地把两委一班人团结好,遇到大事都是争争吵吵的,意见难统一,成事很难。"

"那么当初怎么把他选上接班的呢?"

"说来也怪我啊,当了多年村书记没有培养出好的接班人来,"廖传印自责道,"当初也是没有更好的人选,加上廖结宏在镇上县上都有人,镇上就把他给推上去了。一开始他也还跟得上,有村主任帮衬,事情也能推得开;后来慢慢就显得后劲不足了,特别是三年前那个在村海选中靠拉票上来的徐有全当了村主任后,他就越发吃不住这个村的班子了。徐有全在班子里拉上几个人处处跟他作对,班子内耗越来越重,成事更难了,一些权力也落到徐有全手上了。你来到翠山,等于撑了廖结宏一把,他也很聪明主动靠上你;徐有全也知趣地作了退让,要不然你的一些工作主张也不会那么顺利地推开来的。不过我想,这也只是暂时的,时间长了,徐有全那班人还是会跳出来争他们的利益的,这次乐园基地拆迁只是一个例子,今后还会有更多这样的事,你得有思想准备。"

听廖老这么说,陈根又严肃地问:"徐有全到底是什么背景啊?"

"也谈不上有什么大不了的背景。他原先也就是村里一个小混混,早年他初中毕业没上高中就回来了,比你回村要早很多年。然后就变着法子做生意,先是办了个小酒厂,招了几个人四处收酒瓶回来灌假酒对外卖,酒厂搞了几年赚了些钱后,被工商部门打假查封了,他被罚了款,还差点遭了牢狱之灾!酒厂没了后,他又拉上一伙人办起了一个建材公司,经营运送沙石料和建房做屋,几年工夫就做大了,他的老婆还开起了一家大电器店,生意也是越来越红火。渐渐地,他也就成了翠山这一带的大户。他很会处关系,不仅在本村拢了一批人跟在身后头,还把镇里的几个领导哄得很好,有领导还跟我打招呼,说他脑子灵活,让他进村班子对村今后发展有好处。可我那时并不看好他,在我手上就一直没让他进。"

"哦,徐有全进班子是你退下来以后的事。"陈根说。

"是的,是我退下来好几年以后的事。"廖传印摇摇头说,"我也真是个很呆板的人。"

"不能说呆板,"陈根说,"应该说你是个很正派的人。"

"我没想到徐有全日后能通过海选当上村主任。这方面他确实有能耐!在翠山有一批人为他拉关系,像皮子、麻梗这些人都是死心塌地跟着他依着他的人;他虽然当上主任后就把公司转给别人了,看上去没在那些实体里任职,但我总觉得那些实体就跟他办的一样……在翠山,你没把他摸顺,想把事办好会遇到不少麻烦的。廖结宏这些年吃他的亏不少啊!"

"他也不可能一手遮天! 党组织还是领导一切的!"陈根说,"你在乐园基建这件事上敢斗争做得对,廖结宏书记好像也没跟着他跑。"

"但是,总是这样缠来磨去的,效率还是出不来,做点事太难了! 我在想,很快村两委要换届了,你作为挂职第一书记也有很大的建议权,为了村班子今后有战斗力,能把工作很好地推开,你该在这方面多考虑哟!"

陈根明白了老书记的用意。他深有感触地说:"是的,一个村,特别是像我们这样的贫困村,要是没有一个坚强有力的好班子团结带领大伙去做事,是很难改变面貌的!"

"就是这个理呀!"廖传印颔首道,"村里班子这个样子我也有责任,当初没有培养好接班人,退下来后也没怎么提出意见和建议。不过,老天有眼,我当年看中的人时隔多年后又回村当领导了——看见你回村来,我的心思才又活起来了! 当初我是真想把你留下来培养成接班人的,你有文化,像你爸老海保一样德行好,敢说敢干有魄力;我想先培养你入党,再入村两委班子锻炼几年,凭你的文化和能力,几年之后就能接上班。只可惜你坚定地要去城里发展,我也不好耽误你的前程。但你终究还是回来了,我相信你是能给这个村带来改变的……"

"我只是个省城派下来挂职的干部,而且主要任务是指导帮助村上做脱贫攻坚工作,只有三年的时间,您不能对我有太高的期望!"

"三年也不短哪,相当于一任村干哪!而且你又是第一书记,脱贫攻坚牵动村里各个方面的事,你要是把这些都牵连起来抓,是能做成很多事的!我相信我当年的眼光,我是看好你的,也愿意尽我这把老力来助你!"廖传印说得有点激动了,"况且你眼下的势头也不差,你提的计划路子都很好,大家都赞成搞!还有村书记廖结宏很倚重你维护你——当然,他是为了跟徐有全斗才这样——你可以放开来大干一场的!你和结宏联手,徐有全也会让着你的,像迎风墩拆迁的事,你只要做通廖结宏的工作,让他带头拆,徐有全他们也坚持不下去的!马上搞村两委换届了,徐有全好多事也不敢横来!这也是我敢跟那班人斗的原因!下一步我建议利用村两委换届机会争取把班子调整优化一下。村班子里最近新进了两个人,都是大学生返乡的,这两个年轻人我看都很不错,有点像你当年那个样子,有文化有脑子,也有干劲,关键是心眼正。比如那个常陪你去村民组的小伙子徐兴昌就很不错,很有头脑;还有那个新来的扶贫专干陈小强,好像也很精明,都是很好的苗子!我们乡村要是能把这些人才都留下来,振兴才有望。"廖传印说兴奋了。

陈根好像很受启发似的一直很专注地听。他相信这位当年口碑很好的老书记身上,一定有很多值得他学习的地方。

"老头子啊,你是早已退下来的人了,要注意莫去得罪徐有全那些人!"这时候秋枝婶悄悄从里屋出来了,天生怕事的她这些日子一直在为老伴担心,刚才她在里屋听到堂屋俩人的谈话,忍不住出来插话了,"那些狠人得罪不起的,身边有一大班子跟着,说不定哪天害你一下,你这把老骨头就散了架了!……"

"婶子你放心,只要有党组织在,就翻不了天的!"陈根安慰她道。

"放心吧,我会有分寸的!"廖传印也宽慰她道,"你回里屋休息去吧。"于是起身扶老伴进了里屋。

"新木没在家?"待廖老回到堂屋,陈根问道。

"他和孙总一道去访几个土地流转大户了。"廖传印说,"找他有事?"

"是的,跟他们商量一下外出签约的事。"

"一时半会儿等不来他们,"廖传印说,"我带你去寻他,顺便出去走走。"

于是他们一同走出屋门,走出屋场,走上通往山场的村道。清新的空气扑面而来,眼前豁然开阔了,泛青的田畴默默延伸,连接起远方的山场;缓坡之后,青翠的山峦连绵逶迤,连片的松杉密布其间;夕晖之中,翠山的景色真的如她的名字一般让人心旷神怡。

"其实现在,农村也还是不错的地方,你瞧瞧这里的环境和景色,"廖传印突然深有感触地说,"国家的政策这么好,如果有得力的人在这里经营,用好政策,今后还会更好!只是现在,农村人气不足。"

"是的,国家也看到这个问题,正制定政策把各方面资源往农村引……"陈根应道。

"主要是人哪!人空了,人气没了,乡间哪来的生气?"

"是的,"陈根说,"可这也不是一时半会儿能解决的。"

"我不晓得你在省城有多大的作为。"廖传印突然说道,"其实我总觉得你在家乡山村做事会更有作为,翠山真的需要你这样的人回来——现在的农村比城市更需要你们这样有文化能作为的年富力强的人。"

陈根不知怎样应答这样的问题,他非常感激老书记能一直这么看重自己,但又不知如何表达心情,笑道:"这三年我会在这里好好干的!"

"我说的意思是更长远一点的,"廖传印进一步说,"扶贫工作队结束之后,你是否可以考虑留下来继续在这里挂职?"

陈根不知如何回答了。但老书记这句话无疑唤醒了他心中复杂的情愫。"还是先把眼前脱贫攻坚的工作干好吧……"陈根说。

与廖新木谈过去省农科院签约的事,天已经黑下来了,陈根去村街的小饭店里炒了几个菜,陪孙总、廖新木和老书记一起小酌了几杯,而后才都红着脸各自回去。

来到村部,陈根见便民大厅里还亮着灯,便没回宿舍进了大厅,见新来的扶贫信息员陈小强在电脑前忙着搞材料。

"小强,这么晚了还在加班?"陈根关心地招呼道。

"陈书记好!"陈小强应道,"镇扶贫办要各村连夜把最近村里扶贫项目进度情况报去,县里催着要。"

"完成情况还好吗?"陈根问。

"这个月情况还好,"陈小强笑答,"材料已经搞好了,我出一份给陈书记看看。"说过,便操作打印。

陈根快速看过材料,表扬小强材料搞得不错:"有一定文字功底,你在大学学的是什么?"

"我是学农的,植保专业,"陈小强说,"没上过写作专业,现在是边干边学吧。"

"大学毕业几年了?"陈根又问道,"怎么想起来回农村工作?"

陈小强说:"毕业两年多了,投了很多份简历,一直没找到适合的工作,考了两年研究生也没考上,就想着干脆回乡来创业吧,自己学农的,回农村还能更好地把所学的知识用上。我现在一边在村里工作,一边在物色自己的项目。"

"实际上,你这个想法也不差,"陈根鼓励道,"现在年轻人都想往城市里钻,为找一份工作真是煞费苦心、扎堆恶拼,哪怕找的工作并不适合、所学非所用也在所不惜,这是何必呢?"

"陈书记也有这样的感慨?"陈小强笑道,"我是深有感触的,这些年碰了多少钉哪!"

"我年轻的时候也跟你们一样,向往大城市,费了很多周折才找了一份自己并不擅长的工作,现在看来也未必对路!"陈根也感慨道,"其实农村也是广阔天地,现在的农村也是充满机会的,像你们这样学业对路的年轻人是能够大有作为的!"

陈小强闻言受到感染,也有点激动了:"是的,我的好几位同学都有这种想法,都回乡找路子去了。"

"都是本土的?"陈根颇有兴味地追问道,"你家也是翠山的?"

"是的,"陈小强有点自豪地说,"我和陈书记应该是本家。"

陈根停顿片刻,若有所思地说:"是呵,廖传印老书记说得对,农村需要你们这些人才回归呀! 你们回归了,乡村振兴才有希望哪!"

陈小强问陈根刚才那份材料能否上报,陈根答复可以,陈小强便转身去电脑前操作了。

"有机会你把你那几位归乡的同学约过来,我想认识一下他们。"陈根大声说道。

"陈书记对我们还这么有兴趣?"陈小强笑道,"其实我们都是些很不成熟的毛头小伙。"

"是的,看到你们,我就联想到我年轻的时候,那时候我也面临着一些选择,现在我以反思的态度来看那次不够成熟的选择……"陈根还沉湎于他过往的经历中,又接着问,"你爸妈对你回村来做事怎么想的? 他们同意你回农村吗?"

"爸妈是不大同意,他们还不太想得通,花这么多钱和精力供我念书,到头来还是回到村里来做事,心理上、面子上好像都有点过不去。"陈小强如实说,"可他们也没什么好办法和点子来帮我,只能随我了。"

陈根沉吟片刻后,又问道:"翠山村除了考上大学的,与你一起读高中的同学有多少?"

陈小强回道:"有十来个吧! 考上大学的就四五个,还有两个第二年复读考上的,其余的都外出务工了。"

陈根紧跟着又问道:"沈坦屋场沈古林的儿子沈新桥和你年龄差不多,你们是同学吗?"

"是的,是我同学,"陈小强立马答道,"他当年没有考上大学,想第二年复读再考,可惜他家贫供不起,老爸不同意,就外出务工了。"

"你和他有联系吗?"陈根又问。

"前几年还有联系,"陈小强回忆道,"他在外混得不好,起初是在建筑工地上做工,没做多久就出了事故,摔伤了腰腿;之后找到一家养殖公司帮人做事,这一两年没联系过了,不知他现在怎样了。"

"唔……"陈根若有所思地沉吟半晌才又道,"这样吧,你尽快设法与沈新桥联系上,然后将他的近况和联系方式告诉我,我们工作队再跟他接触。沈古林是因学致贫的贫困户,且是易地搬迁户,而他自己又患病难以自立。通过他儿子,看看能否找到一条脱贫的路。"

"一定办到!"陈小强应道,"不过沈新桥情况也不妙哇,前几年他跟我说,他受伤了不想拖累家里,所以就一直没回家来。"

"他毕竟年轻,又有文化,在当今时代肯定能克服困难找到机会的。你先联系吧。"

陈根目送小强离开后便关上大厅的门,也走进夜幕里。他没往宿舍去,而是不知不觉走上了村道。此刻,他想借乡夜的清风梳理一下纷乱的思绪。

缺月挂在澄碧幽邃的天幕上静静地看着他。夜色朦胧,含着乡村神秘的气息。间或响起的狗吠及零星细碎的虫鸣,反衬着乡夜特有的静谧。夜风携乡土清新的气息柔和地吹,轻拂他发热的面颊。这是他熟悉又陌生的乡土之夜。多年没有在夜里亲近乡土了,这里的味道和气息突然令他感到特别亲切。沿着铺上了水泥的村道缓缓走过去,他感受到了家乡小村的变与不变。在城市陆离的灯火海洋里游得疲惫的心灵,在家乡恬静的夜色里似乎找到了暂时停泊的港湾。

十六

水应终于挺过了第一阶段抗感染高强度治疗,没有被连续高强度的抗生素所击倒。食欲在恢复,疼痛在减轻,精神头也在恢复。

素梅终于将一颗悬着的心放下了,对日子的信心也大增。当然高强度的治疗还在进行,除了抗生化疗外,还开始配以中医辅助治疗调养,中西医结合使得治疗开始变得丰富多样了。这一阶段的治疗医生说估计还要持续十多天。

现在,素梅也不感到孤独无助了,因为水应不像以前那样一言不发,有时也跟她说说话了,这使她感觉到了阵阵暖意。她总是尽可能多地与水应交流,常常主动寻找话题,目的是想激起他对生活的信心和热情……

陈根笑容满面地来了,素梅的眼睛一亮,激动地说:"陈书记,你怎么来了?你这么忙……"

"早就该来看看水应和你了,一直忙村里的大事,抽不出时间!"陈根将带来的营养礼品递给了素梅,"怎么样?听邵医生说治疗情况还不错哦!"

"是的,还不错。"素梅感慨地说,"真的好难哪,这些日子我哪里睡得好觉啊,时常惊得爬起来,生怕他绷不住了!手术后的这段日子,一开始他吃不下,吃了就吐出来;过后能吃了,又吃得很少,直到现在才有好转。"

"好转了就好，一定得有耐心哪！古人说，病来如山倒，病去如抽丝嘛！"说过又凑过去问水应道："水应，感觉怎么样？"

"好多了，不怎么疼了，也不发烧了，精神头也强了些！"水应说。

"会越来越好的！"陈根说，"我说嘛，要相信科学！你这病不是绝症，能治得好。"

"是你救了我，救了我们一家！"水应说。

"莫这样说，依我看，是当今精准扶贫政策救了你！是你相信了科学才救了自己！是你家素梅吃了大苦救了你！"

水应没再出声了，只是静听素梅和陈书记谈话。

陈根说："今天，我是带村主任和准备投资现代种植业项目的几位老总来省农科院谈项目签协议的。他们还在那边谈，我抽空出来看看你们。"

素梅又表达了一番谢意，而后关心地问："是谁在我们村投资呢？"

"是廖老书记的儿子廖新木引着合伙人来投资生态种植业。"陈根说。

"陈书记真有办法！"素梅道，"你费劲把他找回来，不仅圆了老书记的心愿，还为村里找到了财路！"

"也是运气好，好事碰上就来一串！"陈根笑道，"所以很多事，你只有努力去做，才会遇上机会。就像你为水应治病，你不过来，哪有机会呢？过来了，就遇到了这么多好人和好机会不是？"

"说得是啊！"素梅笑道，"不过还是你有能耐，这些年老书记托人找儿子都没音讯，你是怎么找到的？"

"现在是信息社会,只要你用心用情,哪有人找不到的?"陈根笑呵呵地说,"这些日子我们找到了好几个多年没音讯原以为跑丢了的人,包括沈古林的儿子新桥……"

"我弟水根呢? 你与他联系了吗?"水应问。

"也联系了,"陈根回道,"他现在在浙江湖州的一家童装厂做工,村上有好几个人都在那里。我最近正设法动员他们回乡创业,把家乡的扶贫车间撑起来。"

"他们愿意回吗?"素梅问,"他们之前是不愿回来的,怕回来找不到事做。"

"不知道,试试吧,"陈根答道,"我想请他们先回来看看,增强他们的信心,村里现在正在发生变化哟!"

接下来陈根又将健康扶贫的几个政策跟他们说了才离开病房。

他回到了家里,内心似有一种莫名的眷恋之类的情愫在萌生。下乡之前,天天在这里,有种无所谓甚至厌倦的心理;现在离别时间长了,倒生出恋意来了,可见人还是有念旧情结的。

老婆不在家,屋子里冷冰冰的。他内心陡生几分寂寥感,想到与郁芸达成的协议,想到不久的将来将要离别这一切,内心陡然拉开一大片空白。他拿起水瓶想倒点水喝,但水瓶空空,没有热水,这加强了他心中的凄凉感。他痴愣地坐在沙发上,神情有点恍惚。他望着对面墙上挂着的郁芸的艺术照片,心中五味杂陈,同时又生发出一份久违了的依恋之情来。毕竟共同生活了十几年,在面临可以预期的分手结局时,这种情愫会悄无声息地爬上心头。其实也不奇怪,只是它所带来的酸涩滋味,使人格外难耐。

陈根正沉湎于伤感中时,房门一声响,郁芸开门进来了。她眼睛一亮,脱口说道:"哎,你怎么回来了?"她说过这话后,觉得不妥,便又补了一句,"这时候你不是正忙着吗?"

"是的,事情的确多,我是回来办事的。"陈根并没有在意郁芸的问话是否妥帖,略带笑意地说道,"我带村上几个人去省农科院签项目,顺便来看看水应和素梅,也回家来转转,好多天都没回来了。"

郁芸含笑地点点头,她也没在意陈根没有说到回来看看她。这种话语的风格在前些年就已形成了,彼此都已习惯,都不觉得有什么冷意了。

"还没吃午饭吧?"郁芸坐到陈根一侧的沙发上去,关切地问道,"没吃的话,我去准备一下。"这句问话倒显出几分暖意来。

"不用不用,"陈根赶紧阻拦道,"中午在外面饭店吃,村里还有几个人也要吃饭的,他们一上午恐怕谈不好,下午还要接着谈。"陈根停了一会儿,又接上一句道,"我看,你也别忙了,跟我们一道吃去吧。"

"我就不去了吧,都不怎么熟,再说……"郁芸推辞道。

"大都是你熟悉的人,上次你去村里时都见过的,"陈根解释道,"村书记和村主任,还有唱戏的龙庆元,还有两个人是投资搞开发的年轻老总。"

"就是那个龙团长吗?"郁芸似乎对此有了点兴趣。

"是的是的,上回你去他家见过的。"

"他来做什么呢?"

"他过来请一个戏的导演,"陈根说,"这个戏对他很重要,准备参加县里不久后举办的小戏展演。"

"通过谁找？找到了吗？"郁芸突然关心起来。

"还没，我准备下午带他去找一下老同学张秋平，请他帮个忙。"

"如果找不到的话，我可以为他想想办法。"郁芸竟然主动说了这话，令陈根颇感意外。

"那当然好啦！"陈根笑道，"那就一块去吃饭，顺便聊聊。"

郁芸点头同意了，遂随着陈根出门去，坐上陈根的车去了饭店。

不多时，一干人等都上了桌。陈根将桌上的人都一一介绍了一遍，特别将孙总和廖新木着重介绍了。龙庆元见到郁芸显得很激动，主动招呼并介绍自己，当得知郁芸还认识自己时，更是显得异常兴奋。他有演戏的天赋，言语自然有一些夸张了。

其他几个人也都夸了郁芸一通。郁芸有意把话题引开，于是问龙庆元："听说你的剧团真的恢复了？还演了戏？"

"是的，是的，"龙庆元一个劲地点头道，"这也是陈队长帮忙的结果，没有他鼓励扶持、为我想办法，哪恢复得起来哦！"

"听陈根讲，你又准备排一个戏？"郁芸接着问。

"是的，为县里小戏展演搞的，我女儿翠玉写的本子，以我们村退下来的老书记的事迹为题材——就是他爸啊！"龙庆元手指了指廖新木说，"现在缺个有经验的导演，因为这是新本子，又是现实题材的戏，我没搞过，也没这方面的经验；要是平常演演倒也罢了，现在要参赛就需要一个高水平的导演了，这次来就是为这事。"

陈根接上话茬道："庆元哪，刚才在家里，郁芸说愿意为这事出点力,她以前是从这行当里出来的,认得不少人,你觉得如何?"

"那是再好不过了,求之不得啊!"龙庆元欢呼似的说。

"我下午联系一下我原来待过的省三团的老团长、我的老领导冯英,他是国家级导演,现在退休了。不过像他这样的大导演退休了也很忙,我先联系一下,看他有没有时间;如果有时间,我带你去他家一趟,当面请!"

"像他这样的大导演,报酬肯定要得高吧?"龙庆元担心地问。

"报酬可能要给一点,但跟他说说是可以照顾一下的;他人蛮好的,很讲义气的。如果说是为扶贫,他或许还不要钱呢!"郁芸说。

"下午我也过去,我去跟他说,请他帮助一下扶贫对象。"陈根说。

"我这真是前世修得好啊!怎么有这么好的运气,遇上这么好的人呢?"龙庆元说道。

于是,几个人高高兴兴地入席吃饭。陈根听了孙总和廖新木上午谈项目的情况,对签下初步协议甚为欣悦,他鼓励了他们一番,同时要求他们接受对方邀请,去技术入股方公司的总部考察一下。

"好的,下午我们就赶到他们云南的总部去看看,过后再转到他们湖南、江西的合作基地考察一下,也是为了掌握第一手情况,学习他们的经验。"孙林说。

"我也一同去看看。"村主任徐有全说,他一向是很喜欢赶热闹的人。

"那恐怕不成,"陈根说,"马上村两委换届,这两天镇里要派班子到翠山考察,两委班子成员都被通知不能远走哦!"

陈根没在城里过夜,带着村书记廖结宏、村主任徐有全还有龙庆元连夜往翠山赶,因为他们接到镇里通知,明天镇党委派两委换届考察组进驻翠山村考察村两委班子。这当然是大事,他虽然是挂职的,不在考察之列,但他作为主要负责人仍是被征求意见的对象,因为他未来三年还在这里工作,他的意见对村两委班子人选的确定有一定的影响。

他这一趟跑省城运气不错,主要任务都完成了。现代农业园项目协议已达成,进入了投资前的考察阶段。为龙庆元请导演的事也很凑巧,获得了老团长冯英的同意,而且未提过高的条件。过几日他就将赴翠山执导小戏《老支书》,龙庆元自然非常高兴,他似乎看到了这部戏良好的前景;因为有大导演的加盟,必然也能吸引名作曲家的参与,戏的品位会有大的提升,参展获奖的可能也大为提升了。

不过,廖结宏和徐有全的心理却复杂得多,因为村两委换届对他俩来说,无疑是一场考核和考验,能否还由他俩带班子,他俩心里都清楚其实是很不好说的,因为在陈根来村之前,村班子的不团结和低效率在全镇是出了名的。虽然陈根来翠山挂职之后,这一切都有了改变,但陈根来村里时间毕竟不长,镇党委对他俩的印象肯定不会因这短暂的改变而有多大改变,做出调整是概率很大的事。但如何调整?他们都难以猜测,要看这次考察大家对他俩的评价了,此外,陈根对他俩的评价也有一定分量。所以,他俩心里其实是很不踏实的。

　　比起廖结宏来,徐有全显得更忧心忡忡。他心里隐隐有一种感觉,觉得此次村两委改选他凶多吉少。他清楚镇里主要领导对他的态度,也知道他在陈根心目中是什么形象,仅凭镇班子里两个副职为他说话,似乎很难起到强有力的扶持作用。所以回来后的这个晚上,他真的没有睡好觉。他想得很多,也很深,他认为还有时间去做一些工作,应及早行动笼络一批村党员代表和村民代表,在接下来的两轮推举中占得人缘;同时也得设法改变一下自己在陈根心目中的印象,他准备在一些事情上做点让步。

　　徐有全一早便来到工作队的住处,找到了陈根。

　　"这么早过来,有急事?"陈根问。

　　"急事倒没有。"徐有全故作镇静地说,"这几日我都在为村乐园建设拆迁的事思量,我心里也挺难的。"

　　"哦,那事我的态度已很明确了,你应该是清楚的。"陈根说。

　　"我的意思是,"徐有全掏出一根烟来点上,"我还是让让步,同意村里拆我那老宅,就算我为村里建设做个贡献吧,我……"

　　"怎么突然想通了?"

　　"是的,谁叫我是村里主要干部呢! 当干部就要做牺牲嘛!"徐有全特意显出一种高姿态的样子。

　　"对啊,当村干部的,如果都不带头守规矩、支持村里建设,还怎么叫村里其他人去按规定行事呢?"

　　"其实我是有难处的,我家原本人多,我家老爷子是后过来和我一起过的,可以算作两户,有两处屋基不算多。"徐有全拼命解释道,"你瞧廖结宏,他家有多少人? 他都占了两处屋基,他还是书记……"

"那天开会过后,他就跟我说把屋基让出来,现在已经拆了!"陈根说。

"哦!"徐有全吸了口冷气,很震惊的样子,"他这人就是鬼精,会上说硬话,会后又反过来做,他这么做不是针对我吗? 显得他多大义、我多自私! 这种人真的难处啊,当面一套背后一套,我讨厌这种鬼点子多的人! 这些年我跟他搞不好,你该晓得原因了。"

"与人共事,心胸都应开阔一点,别总这么相互猜测、相互提防、相互掣肘,这样怎么处得好关系? 难怪这些年你们总是处不好,当然也就难一起做成事了!"

"你别总怪我,"徐有全有点不舒服了,"其实他那人才是小心眼!"

陈根叹了口气,他知道很难说服眼前这个人,眼界决定了这个人的高度。但陈根还是想做点他的工作,解决一些眼下的问题。

"那个龙风建筑公司总是在找工程中标公司工程队和村民理事会的麻烦,想强揽工程,还强逼进他们的沙石料,真是强打强卖霸道惯了! 听说村上的建筑工程大都被他们垄断了?"陈根说到这里,有点愤怒了,"听说龙风公司皮子、麻梗那帮人还很听你的话,你可得管管这事,不能再让他们这样霸道下去了!"

"可别这样说,这个公司跟我没关系,"徐有全赶紧解释道,"之所以把村上工程给他们做,是因为前几年他们出资建了村里的扶贫车间厂房和一条村道水泥路,村里没有给足他们钱。当时村里没钱给,他们说村上如果真没钱不付钱也行,但要把扶贫车间给他们承包,另外把村上的工程都给他们做,我就答应他们了,是一个口头承诺,没有文字的东西。"

"村两委有没有开会研究,有没有记录?"陈根有点诧异地问。

"开没开会不记得了,反正村两委多数都支持,还请我给他们回应,所以造成印象好像他们都听我的。"

"这样的大事,却这样随便地处理。"陈根摇摇头,"如此随便,怎么能做成事情呢?结果是扶贫车间开倒了,还给村里建设留下诸多后遗症!"

"没办法,当时村上确实没钱,只能想这些法子。当时也没料到他们会把扶贫车间办倒了!"

"不负责任什么事都办不起来,听说那个厂用甲醛超标的次料甚至假料生产藤椅和其他家具,一直没人去管,虽然一开始很红火,赚了一些钱,可最后被打假了,毁了厂子不说,还毁了名声!政府给的五十万元扶贫车间建设资金也打了水漂!你们居然没有被问责!"

"问什么责?又不是我们叫他们造假的!企业被罚就是问责了!再说此一时彼一时,当时有当时的情况,好多村企业都有做劣质产品的情况。"

"这不是理由!这种情况要尽快做出处理!要开个村两委会研究一下,形成一个处理意见。我初步意见是原扶贫车间要实现资产负债剥离,交到村里重启,还清村里欠建筑公司的款,收回那个'把全村工程都交他们做'的不成文的承诺,一码归一码!"

"这里面情况很复杂,搞成两清并不容易……"

"再复杂也要搞清,村里的扶贫车间一定要重启,我觉得办个童装车间还是很好的,能够实现;现在村上已有多人在浙江湖州织里镇从事童装加工业,有几个人想回来做,这样就能带动本土一批人进车间。这件事，你作为村主任应该主动考虑。"

徐有全似乎没有感觉到陈根的敌意，陈根只是想解决遗留问题而不是像有人鼓噪的那样要查自己的问题，尽管他将面临很棘手的选择，想从那个里面把自己完全摘出来也不容易，但这个时候他也只能做些让步了。他只能接受陈根的说法，并设法去做一些事，包括去说服皮子和麻梗……

徐有全很快又将话题掉转到他这次的来意上。"我建议这次换届，村书记的位置要调整！"徐有全开始说自己的真实意图了，"能力差、统不住不说，还爱耍小点子，谁跟他都难处！镇里来人考察时，我也要说的！"

"这是你的权力，"陈根说，"但也要客观公正地评价人。"

"我当然会实话实说。"

"你放弃老宅是想好了的吧？"陈根有点怀疑徐有全放弃老宅的动机。

"当然，"徐有全趁机标榜道，"我这人其实是有觉悟的。作为村里领导，为了村里建设做点牺牲也是应该的！这些年我只是一直被廖结宏压着才做不成事，要不我是能干成一些大事的！所以你陈书记来挂职，限制了廖结宏那种小人，敢做事也会做事，我是非常敬重也非常支持你的。"

"有觉悟就好……"陈根望着徐有全，觉得眼前这个人心池里的水很深。

"还望陈书记跟镇考察组客观地说说我。"徐有全终于把话说白了。

陈根明白了徐有全的来意，他感觉到这个人对两委换届是有想法的。

与徐有全谈过后，陈根又陷入了对这个村两委班子未来建设的深度思索中。按说他只是一个挂职干部，短期任职，不必为此多费心思。但他觉得自己为扶贫而来，肩负重任，没有一个好的两委班子，自己无法很好地完成使命。他是个责任心强的人，到哪都有一种很强的使命感，就像他在报社时不知疲倦地投入工作那样；更何况眼下他已全身心投入自己的角色中去了，他没法不去操心、悠然置之度外，他必须在面对镇党委考察组时，谈出自己客观合理的公正意见，使之有利于这个村未来工作的运转。

镇考察组在上午九点钟的时候如期而至，由镇党委副书记带队。程序都是既定的，开个简短的会，搞个民主测评之后，便进入个别谈话。谈话安排范围广，除现有两委班子成员必谈外，还安排了村民组长、村民理事会成员、种养业大户及村民代表等，搞了一整天，午饭后都没有休息，直到日头落山，似乎还没谈完，明天还要接着约谈村小组长和村民代表等。

陈根谈得很认真，他直言不讳地谈了自己的意见。他总体观点是，翠山村的班子这次是一定要调整的，班子成员年龄结构不合理，严重老化，缺乏生气，而且思想保守，又不团结，缺乏战斗力。他推荐了三位年轻人，一位是大学毕业回乡任职现为村文书的徐兴昌，另一位便是廖新木，认为这两人都可在村班子中任职；此外，新来的扶贫专干陈小强也可以作为村干部的培养对象。对村书记、村主任人选他也谈了自己的意见。

这次村两委班子换届非常重要，未来三年扶贫工作成效以及翠山村的前途，将由新班子引领把控；而翠山村能否在两年之后成功地摘掉贫困村的帽子,村里拉开的建设摊子能否完美收官,都取决于这帮人的努力和智慧;他陈根的挂职成果,也仰仗于有一个好的班子高效、良好运转,所以马虎不得。

晚上,心情不平难以休息的廖结宏也来到了陈根房里,他也想和陈根交流一下思想;陈根知道自己不知不觉已成了他们两人争取的对象。陈根已隐隐感觉到,徐有全和廖结宏围绕着村"一把手"职位的争夺已在悄悄进行中,村子里真的有股暗流在涌动。

十七

尽管这些日子班子人心有点浮,但陈根还是提议将村两委班子半月会开了,因为最近的几件事确实需要商议处理。

陈根一早便来到村部大厅里,和来得较早的村书记廖结宏、村主任徐有全、村文书徐兴昌谈了一会儿贫困户扶贫包资料更新的事。徐兴昌汇报说,刚接到镇里转县里的通知,省、市脱贫攻坚巡察组最近都要来滨江县检查。省组抽查四个村,每村查一百户;市组一周后也要来,抽查六个村,检查项目包括十七个大项,当然最重要的还是帮扶的成效和贫困户的满意度。陈根说正好可以在两委会上布置一下准备工作,同时也借机将上次县里查出的上户走访和扶贫手册、扶贫包资料错漏及更新不及时等问题一并安排督促整改。

会开起来了,依然是廖结宏主持、陈根主讲的模式,陈根首先就省、市巡察脱贫攻坚工作谈了自己的看法。他说,上个月,翠山村在县里巡查中得分不算高,在全县排名也只在中流,主要问题是走访上户宣传政策及解决问题还有不到位的地方,扶贫手册和贫困户扶贫包存在资料漏缺、信息更新不及时的情况,贫困户中还有对帮扶人有意见的。这是村两委班子组织力还不够,分片包干责任未完全落实造成的。另外,在项目推进上,居家养老中心、综合文化服务中心建设进度也不快,主要是拆迁上前期拖了后腿,十五户易地搬迁户安置房建设也停滞了;产业扶贫方面,翠山现代种植园项目推进也不快,扶贫车间整改重启工作也一直拖着。这些都是短板,都是当前要抓紧的事。所以这回各位村干部都要把各自负责的片上的工作切实抓起来,要真正深入每一户,把镇里下发的《帮扶责任人工作清单》上的十几条要求过一遍,特别是各自的联系户,要用两三天时间都过一遍;要联系县帮扶单位,让他们这几天也来村里入户走访;发现的问题,能当场解决的就当场解决,解决不了的就带回来研究,看如何解决。

谈到重点工程项目推进时,陈根随即将那天与徐有全商谈时的几点意见更为详细地说了。大家讨论很热烈,都认为应当废除之前那个不成文的让龙风公司垄断本村工程的规定,尽快恢复市场化路子,而且要形成一个意见通知皮子的龙风公司。另外,关于原扶贫车间资产剥离重启问题,决定成立一个工作组,由廖结宏牵头负责,工作队朱文、村文书徐兴昌参加,另请镇扶贫办、财政所派专员指导督办。

会开得紧凑,也很有成效,任务交代得很明确。散会后,两委班子人员各自领一项任务而去了。陈根散会后准备去综合文化服务中心,也就是文化乐园项目工地看看进展情况,然后再到易地搬迁项目场地去看看。

陈根先来到廖传印家，廖老正在家和几个村民理事会成员商量什么事，见陈根来了，一并将情况和当前问题都汇报了。陈根听后，对他们给予了鼓励，同时让他们带着去现场看问题。

现场的拆迁工作已全部完成，养老服务站和戏台子已动工建设。他们准备将原有的老祠堂装修改造为礼堂，讲堂和"三室"的基础刚刚搭起。

"资金还是存在问题，"廖传印领着陈根边走边说，"上面给的项目资金也是紧巴巴的。"

陈根说："是啊，还得抓紧去筹钱，没钱进度是快不起来的。不过别担心，几级文化部门的专项资金已有眉目了，审批正在路上，估计月余就能到了。还是一步步来，先得按标准把养老服务站房子和戏台子做好，这是项目资金规定要有的东西，一定要高质量做好，到时上面是要来审计的。'三室'和'两堂'也要建得像个样子，符合基本要求。广场和文化墙怎么建，过些日子我去上面请专家过来看看，设计一下；现在就是文化墙的内容要认真收集整理，并安排设计好，包括村情村史、村庄发展规划、村规民约、村庄独有的文化等五个方面的内容，我可以请文化人来帮你们写画，但基本资料要收集整理好啊。一步步做扎实，就有条件向上争取钱！进文化乐园的这条路，前不久与县交通部门对接了，项目资金下个月也能到，又可以动工建了……"

听了陈根的话，理事会几个人都兴奋起来。"有陈书记在这撑着，我们都有信心把事情做起来！"廖传印赞道，"前一段拆迁，要不是陈书记亲自做工作，哪还搞得动哦！前两天我从陈书记那里得到徐有全同意拆屋的消息,我立马就组织人去拆了这最后一幢老屋,一天就拆掉了,生怕再生变故哇!"

"老书记做事效率就是高!"陈根也回赞道,"要不是您老牵头这个理事会去做工作,这个园子哪有今天这样的进展呢!当初我请您出来做事是请对人了!龙庆元最近搞了个戏宣传一下你,也是选对题材了!"

"千万别宣传我,"廖传印红着脸说,"我还没做成什么事就宣传我,别人还以为我出来做点事是图名呢!"

"没关系,是演戏,又不是新闻报道,不直接点真名的!"陈根赶忙解释道,"以您的事迹为素材创作的这个戏,重点是宣传基层干部和扶贫工作,已经开始排了,过两天省里的大导演也要来!"

"陈书记抓事情真是有板有眼的,"廖传印钦佩地说,"龙庆元这么个贫困户,硬是让你给引上了一条好道!"

"这是我来这里的任务,"陈根笑道,"我是想把这里的每一户贫困户都引上一条好道,这样我的任务就完成了,要不然我就失职了。"

看过文化乐园建设,陈根觉得时间还早,便准备去看看易地搬迁项目进展情况,然后再去访几个贫困户。他喊来徐兴昌,一同去工作队住地。陈根骑上自己的那辆自行车,让徐兴昌骑朱文的自行车,一道出发了。

先来到易地搬迁新建房工地,这里离迎风墩仅有一箭之遥。推车上了一道很长的坡,他们便来到一块已经被平整的三亩多的高地。这里计划建十五套易地搬迁安置房,项目工程主要由徐有全牵头负责,徐兴昌也参与。陈根和徐兴昌把车子停放好,而后沿着业已开挖的地基一路巡看。

徐兴昌介绍着情况："这里安排了十五户,每户人均不能超二十五平方米,这是上面规定的。这十五户主要是徐墩村民组湖洼地的五户、龙塘组相邻的沈坦屋场的十户。这些户现有住房要么发水时被淹,要么下大雨时易遭泥石流威胁。"

陈根说："我晓得,我看过名单。沈坦屋场就是沈古林家那一片吧?"

徐兴昌说："是的,已遭过一次泥石流威胁了。"

陈根说："这个工程要加快进度! 到现在还只是刚打基,年内能完工吗?"

徐兴昌说："这个工程一直不顺:年初雨水多,一直开不了工;后来开工了,资金又跟不上来,就又停工了一段时间。"

陈根说："这工程不是有专项资金吗? 资金怎会跟不上? 被挪用了?"

徐兴昌说："这个不清楚,反正搞搞停停,一直不顺。"

陈根说："是谁施工的?"

徐兴昌说："还不是皮子的那个龙凤公司。"

陈根说："我也有责任! 该挤时间多来过问的!"

陈根面对屋基沉默良久,面色有些凝重,而后对徐兴昌说："走吧,去沈坦屋场看看……"

骑车来到沈坦屋场,陈根没有先入户,而是绕着这只有十来户人家的小屋场转了一圈,之后面对屋场背后的那个山坡凝视很久,若有所思的样子。

"那个工程真要抓紧哦!"陈根说,不知是说给徐兴昌听,还是说给自己听。

　　陈根和徐兴昌先来到沈古林家，看到沈古林的气色明显比以前好多了，言语也比以前多了些。陈根先告知他两个好消息：一个是，村上与县妇联积极对接，为他女儿沈新妹争取到了一个"春蕾计划"扶助名额，每年可为她上学资助三千元；另一个是，通过积极向县关工委联系申请，也成功将沈新妹的名字列入"脱贫攻坚、关工助学"大名单之中了，她如果考上大学，将获得一万元的资助！沈古林听后激动万分，紧握陈根的手，反复结巴地说着一个"谢"字，眼泪不知不觉也出来了。随后陈根起身查看他的房子，边看边问沈古林房子有没有发现安全方面的问题。沈古林说，前不久屋后坡有块石头滚下来。砸裂了屋的后壁。陈根看过面色凝重，若有所思，但没说什么。

　　接着陈根和徐兴昌又来到相邻的虫子家，绕其房屋转了一圈。这些日子陈根找虫子谈过几回话，既劝他出来做点事，用劳动脱贫，又劝他配合易地搬迁，但效果都不明显，虫子还是把那句"我做不来事"挂在嘴上，看来他的惰性已深入骨子里了。陈根领徐兴昌进了院子，感觉屋子出奇地静，似乎没什么人气。他喊了两声也没喊出人来，准备离开的时候，老人秀凤奶拎着一篮子青菜进了院子，看到有人她连忙放下篮子，招呼来客进屋去坐。陈根问虫子在不在家，老人说他不在家，有可能又去哪里打牌混日子了，陈根摇摇头，想说什么又没说出口。他抬头仔细打量了这幢老屋，隐隐地感到有某种潜在的危险藏在里面。于是他劝老人不要太溺爱虫子，也该找点事让他做做，另外要积极为搬迁做准备。老人揩着眼泪说她真的说不动他，也找不到什么事给他做，她也焦心自己走了之后这孩子怎么过。

离开虫子家的时候,陈根心里也很沉重,特别是看到秀凤奶倚着院门一直望他离开,他的眼泪也差点出来了。这时他又想起了另一位老人,水应的母亲廖凤娥,他有些日子没去看她了。于是他带着徐兴昌骑车向徐墩自然村而去。

凤娥见到陈根很兴奋,忙不迭地倒茶让座、问这问那。

"水应怎样了?"凤娥最想获得的还是有关水应的信息。

"治疗很顺利,估计再过十来天就能出院了。"陈根挑选了一些乐观阳光的字眼描述道,"不过由于他的病拖得太久,病得深,恢复起来也就慢,就是出了院也还得在省城待一晌,进行中西医综合性恢复治疗。别急,最终水应的病是会治好的,至于恢复得怎么样,就看他后期的康复治疗了。"

"只要能治好就行!"凤娥揩眼泪了,这是幸福和伤感交织的泪水。

"家里生活还好吗?孩子念书怎么样?您老身体还好吗?"

"都还好!伢念书都是我接送,上面给的钱都到了位,我都签了验收单子放在家里的扶贫包里。这边生活不成问题的,都还对付得过去,我就是焦虑水应和素梅那边,有时想得晚上都睡不着觉啊!"

"我把情况告诉了您,从现在起就不要多想了。"陈根安慰道。接着他让凤娥把家中的扶贫包拿出来,往帮扶手册上记了一些扶贫措施,并查看了各项扶助款到位情况。做完这些,他又问道:"小儿媳妇最近怎么样?村上那个泼皮还来招惹她吗?"

"就是不消停啊!"凤娥苦着脸说,"云霞自己倒没闹什么,只是那个泼皮麻梗时不时就过来缠她……"话没说完,从东边小楼那边传来一阵吵闹声。凤娥站起身对陈根说:"你们先在这坐一会,我过去看看。"说过便急急地出了房门。

过了一会,陈根发觉吵闹声不仅没停歇,反而更大了,便也赶过去看看究竟。刚进小楼堂屋,他就见麻梗横头翚颈地推搡凤娥,凤娥在他面前显得苍老羸弱,但仍和他对喊。突然间,麻梗一掌将凤娥推倒在地,凤娥头碰到墙根,嘴角流血。陈根大喝一声"住手!",横在麻梗面前。

"你还是男人吗? 打一个身小体弱的老人,你良心被狗吃了?!"陈根愤怒地吼道。

"你少管闲事! 谁叫她总拦着我和云霞好?"麻梗好像很有理似的。

"别人家的媳妇,跟你好什么? 脸皮怎么这么厚,还好意思说出来!"

"屁! 她男人在外有相好的了,她又不是不晓得,要不怎么老不回家?"麻梗还是一副横相,"云霞喜欢我,我又是光棍儿一个,我俩好有么事不行? 只许她老公在外找女人快活,就不许她和我快活?"

"你别胡搅蛮缠! 人家是有家庭的人,你破坏人家家庭还讲蛮理,你滚回去听候处理!"陈根大声斥责道。他不想与麻梗多纠缠,赶紧将凤娥扶起来,让云霞扶老人进里屋床上歇息,自己打电话叫村部派人带车过来,准备接老人去镇卫生院检查。

麻梗见状,知道自己闯了祸,想开溜,但嘴上还不服软:"好,我走,你等着,有你好看的,坏我好事的人都没有好下场!"

陈根没理会麻梗,他旋即报了警。他觉得该给麻梗一点教训,不然那泼皮不晓得天高地厚,凤娥一家也不得安宁。

郁芸没有食言,她真的陪老团长冯英一同去了翠山村。一路上,郁芸把龙庆元及其"春台班"的情况又一次向冯团作了介绍。冯老团长年已七旬,但精神气质都很好,看不出七十的年龄,还能承受高强度的工作,难怪他退休后比退休前似乎还要忙。这次他的确是被龙庆元的经历和陈根夫妇的诚意所打动。尤其是郁芸,以前就是他的得意弟子,后来不幸受伤才离开演艺界,当时他作为团长其实也是心存愧意的。这次答应龙庆元的请求,多少也是看在她的面子上。

郁芸边开车边交谈,显得很热情,似乎怕冷落了老团长,毕竟一位有声望的资深艺术家,去为一家乡村民营剧团的剧目做导演,这的确是放下了架子。当然这是为了文化扶贫事业,自然又带上了另一层意义。而对于郁芸来说,她也觉得此行很特别,她一个省城里的文化工作者,又何曾这样近距离地与基层农人合作过呢?又何曾被一位乡村艺人的经历打动过呢?

她这是短时间内第二次来到这块贫穷之地了。此前她对乡村的印象是模糊而又粗糙的,也不知道在偏僻乡村里还有如此执着经营的民营黄梅戏剧团。是的,她的确是被这个乡村艺人的故事打动了,也被他对黄梅戏的痴迷所感染,他的经历不知不觉间唤醒了她内心里一度沉睡的演艺情。

她把车直接开到了龙庆元家的大院子门口,刚下车就听到了从大院中传出的黄梅乐和黄梅腔。她引导着冯英走进院子,陈根和龙庆元在门口热情迎候，相互介绍过后，冯英便立刻进入了角色。他问编剧在不在，他要听剧情介绍和创作意图，尽管之前他已看过剧本。他想更深入地了解这出戏的思想。

龙庆元将冯英等人引进堂屋大厅里坐下，倒了茶水，然后到里屋去喊女儿翠玉。院子里的练习依然在进行，带有乡土韵味的黄梅音阵阵飘过来，冯英感叹这么个小村庄里竟然有如此浓的黄梅戏氛围。龙翠玉推着轮椅来到客厅，笑容满面地与客人打了招呼。当龙庆元介绍说她就是编剧时，冯英很是诧异。他难以相信一个残疾人能够完成这样的任务。陈根介绍过她的经历后，冯英毫不掩饰地表达了他的敬意。

"不简单！你的经历本身就是一则励志故事，可以入戏！"冯英感慨道。

"冯老师过奖了。"翠玉谦逊地说，"我就是喜欢黄梅戏，现在老天夺了我的双腿，我还有两只手，还可以写戏！多亏了上面派陈书记来我们村，在他的鼓励和帮助下，我们'春台班'起死回生，让我有了写戏参赛的机会和条件。"

"说得也很好！不简单！"冯英很喜欢这位残疾女孩子，接下来他认真听取翠玉谈《老支书》的创作意图和体会。

"……老支书当了多年书记，家里却一贫如洗，又被重伤的女儿拖着，越发难度日，可他还是扛过来了！后来他儿子不理解他出走了，他就更难了……不过到现在他还在为村里面做公益事……"

冯英、郁芸，还有屋里其他人都为之动容。接下来冯导便开始与翠玉商议起剧本里的一些细节。

"还是先安顿下来吧，细节回头再讨论，"龙庆元建议道，"反正就住在我家,要待一些日子的。"

　　冯英便听了龙庆元的建议,跟着提着他的行李的龙庆元上了二楼。郁芸准备当天就赶回省城,因为她利用双休出来,还没有向单位请假。她来这里一是送冯导,二是想看看这出戏的初排。

　　"等一会儿要把戏排一遍给冯导看看,"翠玉对郁芸说,"这还是我们自己的东西,不成熟,要冯导指点修改的!"

　　"那好,我想看一遍感受一下。"郁芸笑道,"我年轻时也在省剧团待过,你们的戏让我想起了以前的日子……"

　　"那太好了,你也可以提意见做指导的!"翠玉高兴地说。

　　说话间冯英从楼上走下来,笑道:"翠玉,把你的想法再跟我说说。"看来冯英很重视与翠玉的交流。

　　谈话又回到剧本上来。谈过一阵,龙庆元建议还是先去看看已完成初排的戏,边看边谈本子。冯英觉得有道理,便与大家一同来到院子里。院子大,排戏有条件,加之天气晴朗,坐在院子里看排练,冯英感到别有一番风味。在他的执导经历中,何曾有过这样的体验?这种新鲜感激发了他对在这里指导戏的兴趣。

　　经过一番忙碌,龙庆元登场了。在这个戏里,由他出任老书记。在冯英面前,他这位"老演员"竟然有点紧张了。不过他功底深厚的唱腔,还是一下子抓住了大家的注意力……

十八

　　这几天陈根都在为廖凤娥的伤势担忧,他担心这个已经很不幸的家庭再遭不测。如果在水应尚未摆脱困局的情况下，其母又倒下去，那这个贫困家庭该如何摆脱贫困呢？

不过幸运的是，从县医院传来消息，凤娥是筋骨扭伤，伤势并不十分严重，治疗几日就可以出院回家，这让陈根心头的石头落了地。消息是凤娥小儿媳云霞带回来的，这两日她一直陪护在婆妈身边，且将原本由老人负责的接送孩子上学、照料孩子生活的事，安排给了她的亲戚。对这件事云霞内心深感愧疚，这对她内心产生了很大冲击。

但是风波还没有结束，麻梗因为打人被拘留了，麻梗被带走的时候放了狠话，说派出所的人也不敢把他怎么样，他很快就会出来，他出来后要实施报复！陈根要凤娥做好防备。昨天陈根在村两委碰头会上也说了这事，眼下县里正在布置"扫黑除恶"工作，陈根的意见是，如果还有谁通过恶劣手段欺负百姓，特别是欺负贫困户，就一定将其作为"扫黑除恶"对象向上报，同时将麻梗作为本村重点盯防的对象。大家对陈根的意见都没说什么不同意见，只有徐有全为麻梗说了几句开脱的话，不赞同将麻梗作为"扫黑除恶"对象上报，认为这样有损村子的形象。

陈根心里清楚，徐有全和麻梗、皮子等人看来确实像村人说的那样有非常特殊的关系，他现在真的有点为这个村两委换届能否顺利进行而担忧了。他觉得该去做点工作，找村班子成员谈谈，于是先去找廖结宏了。

廖结宏这几日情绪也不高，来村部上班也不正常。这会儿他正在自家的菜园里忙活。陈根进屋后没见到人，等了好一会儿才见廖结宏拎着一蛇皮袋菜回来。

"上班提不起劲,在家做事倒劲杠杠的!"陈根话语里带刺,"你最近可是有点散漫啊!"

廖结宏有点不好意思了,自嘲地说:"我这干部快当到头的人,还那么用功做么事?老伴重感冒,我这两日得在家照顾她。"

"老伴生病你在家照顾一下可以理解,"陈根安抚他道,"不过你说你干部当到头了,是你自己瞎想的,还是听人胡说的?"

"好几个人都这么说。"廖结宏表现出不自信。

"你也是个老村干部了,这些谣言你也信?"陈根着意提醒他道。

廖结宏接着说:"自我感觉能力还是欠缺了一些,如果有比我强的人入选,我是愿意让贤的。不过如果是要我让位给徐有全那样的人,我就有点心堵了!我虽然能力不强,但德行还是好过徐有全的。"

"你要相信组织,不要瞎想。"陈根说,"党内民主是要讲规矩的,这就靠你这位总支书记的魄力和组织力了!你最大的缺点就是魄力不够,作为班长没把党组织的统领作用发挥好!"

"这话怎么说?"廖结宏没有弄明白陈根话语的意思,"我是真心想团结他们,把关系都搞好,好一起做事,我做了好多让步的!"

"问题恰恰就在这!"陈根解释说,"党总支是领导村各项工作的核心,你是党总支书记,就该把好这个关,该统的就要统,该坚持的就要坚持,不能搞无原则的让步,因为这样搞时间长了,党组织就没有威信了,你作为党组织负责人也就没有魄力了。这些年你之所以很多事不能拍板,就是拍板了也常被推翻,不是别人有多能,而是你太迁就!比如说,贫困户建档立卡工作是多么重要,你居然同意了有那么多优亲厚友情况的方案通过；还有，你居然对龙凤公司垄断村里建筑工程、强卖建材的村委会承诺睁只眼闭只眼！再这样下去，你这村书记恐怕真要当到头了！"

廖结宏有点吃惊地望着陈根，沉吟良久道："没法子，皮子、麻梗都是这地界上的狠人头，他们身后还跟着一群狠人，你不让他们搞，这个村日日都不得安宁！"

陈根说："越是这样越要加大力度管，你不管，将来村组织还能管得了什么？那个麻梗，我不照样通知了镇派出所抓他？"

"抓了也没用，很快就会放出来！"廖结宏说，"说不定还会报复！"

"我倒要看看他出来后还能把我陈根怎么样！"陈根坚定地说，"他要再作恶，就作为'扫黑除恶'对象往上报！我不信真没王法了！"

廖结宏颔首不语，不知是否有所领悟。

"眼下又到了关键时候！"陈根继续说道，"你必须履行党组织负责人的职责，发挥党组织领导作用，把换届工作真正抓起来、组织好，我了解到徐有全正笼络一班人在搞拉票贿选之类的活动，你作为总支书记有责任制止这种行为，不能再让一些人扰乱秩序、浑水摸鱼了！"

"是这个理，我心里也清楚。按镇里定的方案来吧，我会认真去做的。"廖结宏不自然地笑着，"说实在的，我其实也是想积极一点，我也想做点事，如果还要我干的话，我会比以前更积极一些。"

陈根道："在任一天就要负一天的责！都是本地人，为官一任，造福一方。"

廖结宏突然嗫嚅起来："你这些话提醒我一件事,不知当说不当说。"

"有事,特别是重大的事就不要藏着掖着,你可是村书记啊!"

"上面正在布置'扫黑除恶'斗争,镇里的两次会都是我和兴昌去开的,列了一些'黑'和'恶'的表现,要各村回来排查报线索。我们村……我们村……"廖结宏又嗫嚅起来。

"你回来怎么没有布置呢?"陈根疑惑地问,"我们村组织排查没?"

"其实,对照上面所列的那些表现,我觉得翠山是有的!"廖结宏终于硬气起来,道,"那皮子、麻梗的龙凤建筑公司就是一个恶势力,这几年除了强打强卖、欺行霸市,还干了不少坏事、造了很多孽!他们手下有一批狠人横行乡里,不听他们的话、不买他们的建材、不接受他们施工的,什么工程都会被搅得做不成,主人甚至被打个半死,有两人被打残了也只给点小钱了事!还有麻梗等几个泼皮,专门调戏、侵害留守小媳妇……这样的公司真够得上是黑恶势力啊!但是报不报呢?我心里又在打鼓,报上去万一没收拾干净,或者短时间又被放出来,或者被'保护伞'护了下来,那翠山又会被搞得鸡飞狗跳!"

"有证据吗?证据好收集吗?"陈根问。

"证据能收集到的,人证、物证都能找到。"

"有证据就应该上报,让上面来调查!"陈根说。

"以村总支的名义上报,要在会上过,怕有人反对!"

"谁反对?有多少人反对?"

"徐有全会反对,村两委班子里也有一两个紧跟徐有全的。"

"不行就表决，少数服从多数！"陈根坚定地说，"为了翠山有个美好未来，不割掉这块烂疤怎么成啊？"

"谁提议？"廖结宏仍很游移。

"你要是觉得不好提，我来提！"陈根很坚决，"不过报上去之后，你就要抓紧收集证据了。"

廖传印这些日子为文化乐园和居家养老服务站工程日夜操劳，老迈的身体有点不适，流感趁机侵袭了他。但老人还是硬撑着，在村卫生室挂过水后，就继续为乐园建设忙东跑西。

廖新木将自己原先在家时的那间房清理出来了，为了能与父母多一些相处的时间，这些日子尽管忙，公司也租了用房，廖新木还是决定先住在家里。他越来越觉得过去多年自己有愧于父母，当下他想给予父母亲某种形式的补偿，最好的方式便是多与老人相处。房子还是老旧的平房（这在翠山村已经不多见了），虽然廖新木也有自己的宅基地，但他现在没时间去考虑建房的事。

翠园项目书已签订半个多月了，实施起来却并不容易，土地流转要分别与村集体和各家各户签订协议，还要对土地进行平整改造，水利、道路、用电等一系列设施也要同步综合建设。这些不仅要投入资金，还要投入大量精力、人力。孙总已经按照之前跟他说的，任命他为翠园项目经理人，全权负责翠园的生产经营管理，泉州那边的药材种植园，孙总已安排其他人负责。廖新木将自家的那个小药材种植园也转租给了其他人，自己带了一个三人小团队过来，先租用一个农户的闲置房屋作为公司办公及人员生活场所，下一步还将建翠园门房和办公用房等设施。

这会儿,中饭之后,这对父子又在堂屋坐下了。母亲下厨房洗碗收拾去了,他为老父泡了杯茶,陪着他在堂屋坐下。

"要不要送你去县里或镇上的医院看看?"新木关心地问道,"我看你这感冒十多天都没见好,是不是村卫生室用药不对? 去医院治疗一下,开点药,或许要好一点,你这把年纪了,有病不能硬扛!"

"不用、不用,小病没必要搞这么大动静,"廖传印摆摆手道,"现在感冒都要这么长时间才得好,去医院也一样,我身上的事情还多得很呢! 几个活动室才刚起个底,养老服务站房子框架才弄起来,要在国庆节之前完工还困难得很呢!"

"有些事可以叫理事会其他人做,你只要布置一下就行。"廖新木劝道,"你这么大年纪了,没有必要事事都亲自挑头。"

"不放心哪! 很多事我要不盯紧,还真就动不起来或者动不到位。"廖老咳了几声,接着说,"理事会那些人年纪都那么大了,都是前怕狼后怕虎的,我要不挑头,好多事还真搞不动。"

"也真是个劳作的命!"廖新木笑道,"退下来了还跟在职时一样忙!"

廖传印说:"我就是这德行,答应做的事就得做好;他们看得起我,让我出来做点事,我总不能让他们失望吧。"

正说话间,陈根和廖结宏一道进门来了。

"我是听说老书记病了,特意和结宏一道来看看你。"陈根说着将带来的礼物放到桌上,"看来老书记感冒不轻啊,要不要送医院看看?"

"不用了,小毛病,吃点药过几日就好了,我每年都要感冒几次。"廖老赶忙解释说。

"您老忙事情,也要注意身体哦,毕竟年岁不饶人了!"廖结宏也关心地说道,"乐园建设现在到了关键时候。"

"是的是的,"廖传印马上接着说,"再有一个月,养老服务中心、'三室两堂'的土建工程就能完工了,广场和文化墙就可以开始设计建设了。屋做起来,里面还是空的,还有好多事等着去做呢!"

接着廖老把最近的建设进展和遇到的问题都详细地说了,尽管不时伴以咳嗽声,但一直显得很兴奋。

"下一步我们村两委再专门就你提的这些问题开会商议,三个臭皮匠,顶个诸葛亮,总会有法子解决的。把居家养老服务中心和中心村文化乐园还有挑花展示馆放在一起建、一起管理和使用,目的是把两者的功能综合利用,提高使用效率,建成以后一定会有好的效益。再与那个孙林公司投资建的翠园配套起来,还真能成为这一带乡村建设的一个亮点,为下一步在那里创建省级'美丽乡村'示范点打一个好基础。"陈根也有点兴奋了。

"新木哇,你这一块进展如何?"廖结宏问,"我和陈书记今天主要还是来听听你的情况的,刚才我们去那块场地看了,好像还没见什么动静。"

"协议签的时间不长,现在还在做前期工作。"廖新木说,"感谢村领导关心,我还以为村里把协议一签就不关心了呢!徐有全主任这些日子来都不来了,他可是这个项目的牵头负责人之一啊!没承想两位书记还是记着翠园项目的。"

"这是什么话?"陈根说,"这个项目是翠山的重点产业项目,费了那么大力才搞起来,怎么可能不重视?这个可是"三产"融合的好项目啊,搞成了、搞得好,不仅产业覆盖升级了,推出种植业深加工高附加值产品,还能带动乡村旅游服务等"三产"发展!翠山村日后退出贫困村序列也指望这些项目,你可得用心去谋划,村里肯定是全力以赴支持的!我和廖书记商量了,以后廖书记和徐兴昌文书还有工作队的朱文将直接联系服务这个项目,我也会时常来的。"

"那就太好了!"廖新木有点激动地说,"起步真是太难了,需要村两委伸手协助的事太多了!目前农户流转入股的土地,加村集体入股的山地近千亩,应该也是一个不小的规模了,我们准备用七八百亩种特色水果,包括黄桃、红梨等,为生产酵素培植原材料;另外的地也可搞一些鲜花种植,这样今后这个园就好看了。"

陈根点头道:"万事开头难,刚开始起步肯定有许多问题需要解决,这也是我们来这里看看的原因。"

"是的,目前技术管理人员都到位了,但大量人力组织还在后头,另外像平整土地、水利工程、苗木引进栽种等都需要人力和资金,更需要村里的支持。"

廖结宏说:"这些都没有问题,你把要村里支持帮助的事搞一个清单,我们回去研究,一定尽村里最大的力解决。"

陈根也紧接着说:"需要投工投劳,这是好事,可帮助村民就业,可以多用贫困户的劳动力,给他们多寻一条增收的路子。至于资金紧问题,前不久村两委会已经研究决定了,将上面拨付本贫困村的产业引导资金拿出150万来以村产业开发公司的名义投资入股你们公司,不久我们再商谈一个分红计划方案,再签个合作协议。"

"我们可是把宝押在你这里了，"廖结宏也跟着说，"你可得用心啦！"

"有陈书记坐镇，你别愁没人帮衬！"廖传印也忍不住插进来一句，"我们理事会操办的乐园项目遇到的难事、急事比你那项目还要多，特别是拆迁和钱的事，陈书记从来都不推，都是主动来问，帮助解决！要钱的事，我晓得，不容易啊！"

"那是村里的大事，又是我倡议要搞的，我这当第一书记的还怎么推！"陈根笑道，"做任何事都是有难度的，更何况是在贫困村搞建设呢？"

"人人都像你这样想就好了！"老书记又感慨道，"没想到啊，我们父子两个人各自都扛起了一副重担……理解的，认为我们父子俩在为村里做事；不理解的，也许觉得我们又在占村里的便宜、找村里的好处！"

陈根说："行得正就不怕别人说，为村民做了好事，最终都会得到认可的，别考虑太多了！"

素梅今天要领水应出院了。大医院病床紧张，如果没有住院治疗的必要，都得让出床位。已经一个多月了，尽管石膏还没拆掉，但毕竟已转入常规药物治疗阶段了，就不需要再住院了。出院时把还要继续用的药开了，在家打针、吃药、调理，社区卫生院就能满足这种治疗要求。

郁芸一大早便开车去医院接素梅和水应，她开车去主要还是接他们的物品和药品，至于病人，已安排医院救护车送回家来，除了素梅,还有两名护士护送。郁芸已经与素梅商议好了,水应出院后还像入院之前一样住在郁芸家中。因为水应这次手术有多个创口,有的打上了石膏,有的打上了钢板,每月还要到医院接受检查或疗效观察,每次观察都要拍一次片子,看创骨、置入骨生长情况和固定物是否在位,三个月后还要来医院撤石膏等,另外恢复性调理及用药等,也要听取主治医生阶段性的安排。所以水应目前还不能回到农村的家中,只能留城暂住。还要住多久,只能等医生给出意见后再作决定。

郁芸对此倒并不觉得有什么麻烦,她劝素梅不要急,等把病治得差不多了再回家去;在省城各方面条件都要好得多,农村人来一趟不容易,能遇上这么好的医疗条件也不容易,要接受以前的教训,病没治好前不要轻易回去。郁芸一席话,说得素梅心里暖暖的,她自然又反复表达着谢意。郁芸则尽力宽慰她,以消除她可能存在的心理障碍。郁芸还告诉素梅,俞艳已经答应为水应出院后的护理给予指导和服务,包括用药、饮食等,她还可以亲自过来,要是当班忙了不能过来,可以请街道小区诊室人员过来。郁芸的话和俞艳的态度,又让素梅感动。

水应又是被素梅背着进到房间的,费了很大劲,因为水应髋关节上了钢板螺钉、膝关节、踝关节等处打了石膏,暂时坐不了轮椅。进屋之后素梅脸色发白,又一次差点晕倒,幸亏郁芸和随车护士及时帮忙,才将水应安放到床上去。放下水应之后,素梅喘着粗气,满脸虚汗。一个多月的陪护,生活作息无规律,睡眠又无保障,素梅显然比之前更加虚脱了。郁芸赶紧泡了一杯蜂蜜牛奶让素梅喝下去,才见素梅脸色有一些好转。而她又马上站起来,为水应调整身姿,用温软的话语跟水应低声说话。这一幕让郁芸看了非常感动,不知不觉主动帮素梅做起事来,跑上跑下搬运从医院拿过来的东西,也忙得满头是汗。

把一切安顿好之后,郁芸和素梅在客厅里相视而笑。

"我去做饭,"素梅歇了半晌,说话了,"不晓得家里有没有菜?"

"菜还真没去买,这两天我随市美协组织的采风团天天下去,没在家吃饭。"郁芸不好意思地说,"今天你也累了,午饭就不要做了,随我出去吃饭,我刚好有个饭局,有个画家中午请我吃饭,你可以随我去,还可以带点好菜回来给水应吃,这样不是很好吗?"

素梅说:"我一个乡下女人,没见过世面,那种场合我怎么好去呢?"

郁芸说:"没关系,只有几个人,都是朋友,我介绍一下就行了,他们人都很好的。吃过午饭我开车送你回来,然后我再过去与他们会合。"

素梅不好意思地说:"那不是给你添麻烦了,还影响你们搞活动?"

郁芸说:"没多大影响的,你不用客气,也不必拘谨,去了你就知道了,他们都是朋友,你会放得开的。"

素梅只好点点头,她真的有点不适应这种应酬。

郁芸道:"你去准备一下,随后就下楼等,我去开车。"说过便出门了。

素梅跟着郁芸进了一家在她看来很豪华的酒店,在服务生的引导下进了一个包间,屋里早已有六七个衣着装扮都很奇异的男女在说笑,见郁芸进来,都兴奋地打招呼。郁芸将素梅介绍给他们,说她是最淳朴的乡村女人,正在做着"中国好人"们做的事。"如果你们哪位艺术家有意以此为题材进行艺术创作,我和素梅愿意配合。"郁芸笑呵呵地说。

"你说些什么呀? 怪难为情的!"素梅红着脸拉拉郁芸的手,"妹子别这么说,我就是个再普通不过的乡下女人。"

"别不好意思,你其实一点也不普通!"郁芸拍拍素梅的肩说。

这个时候有个长发秃顶的男人挨过来,跟素梅握了一下手。他自我介绍说他叫汪逸风,是一名画家,经常以乡土题材作画。"下次一定找机会采访你,搞点创作……"他说。

素梅不知该说什么好。整个饭局,素梅都是在混沌的状态中过来的,不知怎么吃的,吃了些什么,说了些什么。待郁芸将她送回家来,她才从迷离的神志中清醒过来。

郁芸走后,素梅立刻便投入对房间的整理中。之后又去菜市场上买菜,买完菜回来,又开始收拾洗抹等工作,忙忙碌碌,一刻也没停下。这中间俞艳安排的医护人员来给水应换药护理,并带来了街道卫生室的一名医务人员,把眼前的护理忙完,又把今后要做的事一并交代了,诸如打针、服药、量血压、测心律、小幅度活动筋骨等,这是为了建立起离院后的护理卫生秩序,非常重要,素梅听得很认真,她认真记下了每种药的用时、用法和用量,也用心记录下了每一位能给水应施治的护理者的联系方式,她知道关键时候这些都能起作用。

等她忙完了一堆杂活,天就已经黑下来。她做好了饭菜,服侍水应把饭吃下去,自己也进点食,再把厨房的事忙完,终于能够歇下来了，这时候她才感到有点疲惫了。她靠在客厅的沙发上，不知不觉就睡着了。

不知过了多久，郁芸回家来，把她从迷蒙的梦境中拉回来。跟着郁芸进门的，还有一个男人，就是中午饭店里认识的那个秃顶男人汪逸风。郁芸与素梅简单说了几句话，紧随着郁芸的画家也吐着酒气与素梅打了招呼，然后一同进了郁芸的房间。素梅虽满腹狐疑，但也没过多去猜想。

素梅坐在客厅里，为水应准备晚上要吃的药，等一会儿还要拿到炉子上去煎，中西医结合是这一段治疗的主要手段。她先为屋里的两个人烧了点开水，烧了开水再去煎药。

过了一会儿汪画家出来了，走路有点颠歪，郁芸也跟着出来了，她准备开车送汪逸风回家。汪逸风像来时一样搂着郁芸的肩，两人一同下楼去。

素梅内心感到五味杂陈。她坐回到沙发上，像木人一样呆了，半晌才想起来去给水应煎药。

十九

翠山村两委换届工作在没有发生大的波动的情况下完成了。这很不容易，因为两委班子成员变动还是不小的。村总支书记和村委会主任由徐兴昌"一肩挑"了，廖结宏年龄大了干不满一届且能力、魄力都不足，留在班子里任总支副书记了。徐有全没有被提名为村两委班子人选，镇里认为翠山村两委班子长期不团结、内耗严重、工作效率低下的主要责任在徐有全,他大局意识差,总是斤斤计较个人得失和利益,是矛盾和麻烦的发起源,所以这次镇党委从调换村主任候选人入手,下决心改变这个班子。被提名为村总支书记和村委会主任的徐兴昌是位充满朝气的年轻人,这位 80 后大学毕业生放弃了留在城市工作的机会,回乡来当了大学生村干部,后来被村聘为扶贫专干,前不久老文书退了,他又接手了村文书工作。小伙子工作很投入,很有精气神,口才和文笔都很不错,村里的扶贫档案、党务档案等都是他负责搞起来的,各种材料也都出自他的手,是个具有培养前途的后生。镇里从培养人的愿望出发,同时也是依据村换届年轻化要求,最终同意推荐他为村班子带头人。没想到小伙子还很有人缘和影响力,居然高票当选了!成为全镇最年轻的村总支书记和村民委员会主任。小伙子当选后,自信心和积极性都很高,分别找陈根、廖结宏等谈了心思、交了底子,表示要继续把他俩既当长辈又当领导,会在他俩指导下全身心投入工作,不管什么难事急事他都会勇猛精进。紧接着他按照陈根的意思,很主动地对几个正在进行的重点项目进行了调研,了解掌握项目实施情况和遇到的重点难点问题。他很快就拿出了自己的施政计划,并在首次召集的村新当选的两委会上做了陈述,大家都给予了他积极评价。

陈根当然也是高兴的,毕竟这个班子排除了一些容易产生矛盾的不和谐因素,加之调整后班子成员年轻化了,未来的活力肯定更强了。尤其是对于扶贫这项工作而言,班子的积极性和活力是最重要的保障。过去那种由上面推着走的情况可能会有所改观,重点项目的推进也可能更有力度。他在这里虽然挂职第一书记,但他的工作成效关键还是要仰仗两委一班人的努力。他是个要强的人，凡他投身做的事总想把它干得很出色。前段日子，他总觉得这个村班子的合力和执行力受了某种阻碍，总有一种力量使不出来的感觉。现在，班子有了大的改变，不仅两委主要负责人换了，党总支换了两名委员，村委会还吸纳了廖新木、陈小强，加入了新生力量；这样，村两委班子总共八个编全部配齐，且四十岁以下人员占了一半，再加上又新进了两个年轻的扶贫信息员，总体结构更年轻了，想必是会有些积极变化的。

当然，不高兴的人也肯定是存在的。从村班子里退出来的徐有全便是对换届最有意见的人。他原本寄希望能接替廖结宏当上书记的，并一度认为自己很有把握，结果却被调出了村两委班子。他就像一个往上迅猛弹跳触碰了坚硬的顶板重摔下来的人一样，充满着委屈、不满、怨恨、不服等相交织的复杂心情。他一连数日闭门不出，该移交的工作也没有移交，这对村里下一步工作，特别是对扶贫工作的传接很不利。

陈根觉得这样下去不行，为了村委会各方面工作的衔接，特别是一些重点工作和项目不被耽误，需要找他好好谈谈。陈根准备亲自前往，开导一下他。于是陈根抽空来到了徐有全家的院门口，按了一下电铃，又敲打了几下那扇考究的铜门。徐有全家很豪华，三层洋楼足有 300 平方米，全是欧式装潢；所有外墙面均贴有高档瓷砖和大理石，并配有玻璃阳光房。院子也大，足有 200 平方米，院墙三面均贴着高档瓷砖；院门和房子大门都是新潮的定制铜门。难怪人家都说徐有全有经济实力。他老婆在村上开了个店面做电器生意，大儿子在镇上开了公司做建材生意，小儿子是县城里颇有名的包工头,据说村里皮子、麻梗的龙风公司跟他两个儿子都有千丝万缕的联系。

半晌,徐有全才缓缓把门打开,见是陈根造访便送上了几句风凉话,没让座,也没沏茶,一副不欢迎的样子。陈根没放心里,找地方坐下,准备开展他的思想工作,但陈根显然高估了自己做思想工作的能力,同时也高估了徐有全的思想境界,谈话从一开始便陷入了僵局;不管陈根怎样引导,都无法将话题进行下去,结局只能是不欢而散。

工作没做通,陈根只得起身告辞。徐有全也没有送他。

这边,徐有全望着陈根走远,心中渐渐生出一股莫名的怒气和恨意来。他把自己近一时期遭受的霉运都归结到这个人身上了。是的,在这个人来翠山之前,他徐有全在村里可是响当当的举足轻重的人物,他的权威和影响至少不输于廖结宏;村中事务他至少可做一半的主,有时还胜过那个憨坨子老廖,而老廖在很多事、很多场合也要让他三分,大事要事也不敢不征求他的意见。他比老廖年轻七八岁,外人都认为他徐有全在不久的将来肯定要接廖结宏的班;他自己也做好了有朝一日接替廖结宏的心理和工作上的准备。可是变化却来得如此突然,陈根的到来打破了这种原本有利于自己的平衡,老廖好像一下子找到了坚实的依靠,一下子向陈根靠了上去,借此对他徐有全形成了压制。而日渐显得单薄的他,为了应付这种压制,也只能学着老廖去迎靠这位第一书记。一时间,这个挂职的第一书记似乎变成村里真正的一把手了。而他徐有全的影响力渐渐没有了,说的话已经没有老廖那么管用了。到今天别说接书记的班,竟然连村班子成员的位置都被拿掉了。这一切的霉运都是这个省城来的干部带来的！他破了自己上升的势头，扶了老廖、拉了徐兴昌、压了自己！他因此开始恨这个人了……

他的恨意慢慢转化成了怒气，他心潮起伏，真想做点什么事来发泄一下心中的积怨。他不想在家里闷坐，因为胸中有股火在燃烧。他带上院门，信步沿村道走出去。

沿着泛白的水泥村道不知走了多久，远远地就看到丘岗高地上离群独处的一排古典风格的考究的房屋，配有围得很大的高大院墙和门楼，那里是龙凤建筑公司的房屋。他下意识将自己的脚步往那里引……

进了龙凤公司，皮子等一众人今天都在，包括放出来不久的麻梗。他们仍然像迎接什么大人物似的热忱接待徐有全。

"大主任今天怎么有空来我这坐了？"皮子献媚似的笑道，"往日你的脚可金贵得很，想请你来喝餐酒都难请得到！"

"莫喊什么主任了，我这主任帽子已被他们算计掉了！"徐有全话中带着火气。

"是哪些人算计的？让兄弟几个去收拾他们！"皮子拍案道。

"你装么子孬！用得着说吗？还不是那个挂职的和廖孬子，还有那个姓徐的嫩伢子，他们几个串通了镇上干部算计的！是我疏忽了，我……"徐有全激动得有点口吃了。

"是的，大哥你也太马虎了些，你该早有准备、早点行动！要用钱用物什么的你招呼我一声就行！"皮子丧气地说。

"也不是没动作，现在风声紧了，前些年的那些动作没敢去做！现在说什么都迟了！"徐有全泄了气似的说，"我今天来是想给你们打个招呼，往后没有我罩着，你们的日子也很难，要小心了！"

"我怕个啥?!"皮子又拍了桌子,"他们能把我怎样?!"

"那个姓陈的,不仅把我给你们的包村上工程的承诺给废了,而且前不久在村两委会上又提议,把你们公司还有麻梗几个人列为'扫黑除恶'对象,作为线索报上去……"

"他敢动我?!"皮子忽地站了起来,"我不废了姓陈的才怪!"

徐有全仍然不动声色地说:"过一阵上面可能就要派人下来调查了,你们要注意了,得做一些准备才是!特别是你麻梗……"

"老子明天就去废了他!"麻梗激动地喊道,"他害我被关了七天,现在还想让我去坐牢,老子要打断他的腿!老子……"

徐有全没有说什么阻拦的话。他晚上留在公司大食堂里喝了酒,趁着酒兴,又把皮子、麻梗的情绪烤烈了……

县里举办的民营黄梅戏剧团小戏展演活动如期举行了。

龙庆元的现代题材新编黄梅戏《老支书》顺利通过了全县民营黄梅戏剧团小戏展演预选,正式成为展演活动十个参演剧目之一。现在他带着他的剧目班子,信心满满地赶往县城报到。他的班底是豪华的,由省里著名黄梅戏专家冯英担纲导演,又通过冯导请了名家作曲,一切都有了专业团的阵势。县里的展演筹备组对此次活动也格外重视,聘请省、市著名演员和知名专家当评委,而这些评委当然也都认识并敬重冯英,这对龙庆元的参演剧目在客观上形成了有利条件。

镇里对这次活动也特别重视,对龙庆元团编排的剧目能够通过预选入围参展特别高兴,因为翠山镇正努力打造文化名镇,并力争获得"全省民间文化艺术之乡"的名号;这个剧目的入选无疑对这一事业有着积极的推动作用。所以镇里出台了奖励措施,对龙庆元剧目入选给予五千元的补助性奖励,并承诺如能夺得好的名次,镇里也将给予与县奖同等数额的奖金。这对龙庆元无疑又是一种鞭策。

县里镇里都重视,村里自然更加重视;虽然没有给予资金上的鼓励,但在组织参展上给予了很大支持。村里包了一辆中巴车,由陈根带队送到县里。到县城后,陈根又带着龙庆元还有冯英,去了县文化委,拜会了几位领导,并通过文化委的帮助,无偿租用了县剧团的音响设备和排练场进行排练。住宿也是村里出面帮助解决的。这些暖心举措,使团里的每一个人的心里都暖暖的;尤其是龙庆元,感激之情溢于言表,并将这份情融入他的排练之中。

签也抽得不错,抽到了晚场。晚上出演,观众来得多,更容易激发调动演员的情绪。当晚的演出,剧场内座无虚席。陈根和冯英等一干人早早就争取到了有利位置,怀着激动的心情等待《老支书》开演。这个剧目排在晚场第一个出演。

大幕徐徐拉开之后,在悠扬而又清纯的序曲之中,由龙庆元饰演的老支书背对观众,面向电子大屏幕中郁葱的翠山,一边以低沉的、浑厚的缓慢唱腔抒怀,一边渐渐转向观众,深沉地回顾自己曾作为一名村支书,同时又作为一个丈夫、一个父亲的得与失、悲与欢,以及后来成为贫困户需要国家来扶助的痛楚心路。

当支书十余载两袖清风,
守规矩讲原则不厚亲朋;
妻病重儿远走家庭伤痛,

竟成了贫困户满面愧容。

工作队请出山为村理事，
找回了当年情精神充实；
靠自己志脱贫心中起誓，
不畏老不惧累苦干坚持！

　　这一段唱腔一下子抓住了台下观众的情绪，把观众带入剧情。陈根也被龙庆元的唱腔打动了，他没想到平常看上去很疲软，甚至有点婆婆妈妈的龙庆元，竟然能唱出这样动人心弦、直逼人心的好段子！他认可了龙庆元的演艺能力，钦佩他对角色的把握能力，更佩服冯英的执导能力。是的，龙庆元对角色看来是理解的。戏以老支书过往清正经历为背景，着重演绎他落贫不甘贫，同时不计得失、克服女儿瘫痪老伴重病均需要照顾的家庭困难，毅然担起村民理事会牵头人的重务，为村重点工程建设殚精竭虑的奉献精神。龙庆元以他对老支书的理解倾注了浓浓的感情，塑造了老支书立体鲜活的形象。戏虽然不长，只有短短二十几分钟，但剧情起伏又抓人，既深沉厚重，又有满满的正能量。

　　演出结束，热烈的掌声经久不息。这出戏无疑取得了成功，无论从内容层面还是演出层面，都给人以深刻的印象。

　　展演活动持续了两天，演了三场，反响热烈。最终的评奖结果揭晓后，陈根、龙庆元和冯英等颇为惊喜，《老支书》居然获得了第一名！

　　龙庆元成功啦！他将获得以县委、县政府的名义颁发的奖牌、证书以及一万元奖金,还将获得政府购买服务的参与竞标资格!颁奖仪式上,龙庆元接过奖牌、证书时热泪盈眶。半年多前,他还是个村干部们不愿扶的贫困户,而现在一条宽阔的路就铺到了他的脚下。颁奖结束,县电视台记者采访他时,他滔滔不绝说了很多感激的话,又说了一堆发自内心的感慨,尤其是对扶贫工作的感慨。

陈根带着龙庆元的剧团回到镇里时,镇里为《老支书》剧组专门开了一个座谈会;镇里兑现了之前的承诺,也配发了一万元奖金。

之后陈根带着龙庆元《老支书》剧组回到了村里。村里也为龙庆元开了一个座谈会,同时决定,花五千元钱请龙庆元的剧组为全村人演一场《老支书》,就算村里给龙庆元剧组的奖励。

演出就在村文化乐园里尚未完全竣工的乡村大舞台上进行。舞台虽未竣工,但经过整理已能完成一次简易的演出。陈根想借此一方面扩大一下龙庆元"春台班"的影响,另一方面也想让村人了解一下文化乐园的作用。陈根特地请来廖传印老支书,将他安排在前排中间,靠自己和徐兴昌、廖结宏而坐;另外还请来了正忙于翠园建设的廖新木一同观看。

剧目开演前,陈根上台讲了话,他高声喊着对乡亲们说:"今天上演的这个戏,刚刚在县里举办的民营黄梅戏剧团小戏展演中获得了第一名的好成绩,受到了县里和镇里的表彰!出演这个戏的是我们村龙庆元的'春台班'。大家都知道,龙庆元遭天灾之后就成了我们村有名的贫困户,前不久他在各方支持鼓励下,克服重重困难,勇敢地恢复了他的'春台班',为他本人今后脱贫闯出了一条属于自己的路子！上次大家已经看过一回他恢复'春台班'后的第一个折子戏了，这回他又以我们村老书记的事迹为素材，创作了现代题材黄梅戏《老支书》，受到一致好评，也成功宣传了我们村和村里的老支书，为我们村争得了荣誉！让我们以热烈的掌声，对龙庆元和他的'春台班'表示祝贺和感谢！"

陈根带头鼓起掌来，台下旋即响起了热烈的掌声。有人高呼龙庆元的名字，让他上台说几句。

"等会让龙庆元上台说，我先把话说完。"陈根笑呵呵地说，"今天我们之所以把龙庆元向乡亲们的汇报演出安排在还没有建好的文化乐园里的乡村大舞台上，是想让大家提前感受一下建这个园子的好处！另外为建这个乐园，我们的老支书不顾年高，放下自己家里的很多事，挑头村民理事会，全身心投入这个园子的建设事务中，让我们十分感谢和钦佩；《老支书》这部戏演的也正是老支书的事迹，所以把汇报演出安排在这里是很有意义的！我不多说了，下面请龙庆元上台说几句！"

因为即将登台演出，所以龙庆元是带妆上台的。他激动地向热情欢迎他的乡亲们抱拳致谢，然后用有点颤抖的声音说道："大家都晓得，我龙庆元是龙塘屋场的贫困户，是很多村干部都不愿包、不愿帮、不愿跑的贫困户，虽然我对他们发过不少牢骚，但我心里并不怪他们，因为我知道他们要是包了我这一户，就完不成帮扶的任务，他们找不到一条能够让我脱贫的路。因为我打小就随草台班子出去卖唱，回来又建了自己的剧团'春台班'，我没有务农的本事，也没有做其他事的本事。天灾砸了我的饭碗，就像一块大石头压在了我的身上，我翻不了身，还欠了村上好几户人家天大的情:我对不起老支书,他的女儿随我的'春台班'出去,回来却成了植物人,拖累老支书这么多年;我也对不起其他几个随我的'春台班'出去却断送了性命的人! 虽然是天灾造的孽,但这块心病一直让我愧疚难当!"说到这里,龙庆元哽咽了,但他没敢用衣袖去拭眼泪,怕破坏了戏妆。他停顿了片刻,又接着说道:"好在我的运气好、命好,我遇上了贵人,省里来的陈书记愿意做我的帮扶人,他给我指了一条道。他不光为我指了道,还帮着我扶着我往这条道上走,他为我恢复重建'春台班'亲自出马,帮我跑部门、找演员、搞器材、筹经费、请导演,做了很多实实在在的事! 可以说我的'春台班'能重建起来、我的戏能重演起来,完全得亏了陈书记! 是他让我有了新生,让我看到了依靠自己脱贫的希望……"

"龙团长,别老说我! 这都是我该做的! 谁叫我是扶贫队长呢?"陈根在台下有点听不下去了,扯着嗓子向台上喊道,"还是多说说这部戏吧!"

"好吧好吧,说这部戏!"龙庆元听到了陈书记的呼喊,"这部戏的题材也是陈书记提出建议的,我也觉得以老书记的事为题材确实有东西演,也很有意义! 我让女儿翠玉写了本子,没想到还真成功了,获得了好名次! 我觉得是老书记做得好、事感人,才使这部戏成功的! 戏到底唱得如何? 我在这里就不再啰唆了,还是看戏吧。感谢乡亲们看得起,来得这么满,庆元这里谢过了!"

龙庆元向台下乡亲深鞠了一躬,便退到台下去了。

接下来的演出虽然没有县剧场的音响和舞台效果,但效果也很不错,尤其是台下观众的热情是前所未有的。

这个村的村民们又一次被龙庆元的唱腔感染了。

郁芸这几个晚上都没出去,吃过晚饭便与素梅在客厅里闲坐、谈心。

今晚,素梅把碗洗了、把厨房收拾干净后,便又和郁芸在客厅里对坐了。电视机是打开的,她们谈话间偶尔瞥几眼,电视画面似乎成了她们谈心的衬景了。

这段日子,随着水应病情的稳定向好,素梅在做好服务和家务之余,也有了一些空闲时间,她又操起她擅长的挑花手艺,挑绣制作工艺品。眼下,她一边在一块用篾条框绷直的土布上飞针走线,一边与郁芸闲聊着。

"你这是在绣花吗?"郁芸好奇地问。

"不,这不是绣花,这叫挑花,比绣花要复杂得多。"素梅说。

"我怎么看不出有什么不一样呀?"

"仔细看就能看出不同了。"素梅笑道,"挑花的针法和绣花不一样,绣花只顾正面不顾反面,正面有图案,反面线是乱的;挑花正面有图,反面也有和正面一样的图案,所以针法就多,有挑针、钻针、游针和织针,挑针里面又分单面'十'字针和双面'十'字针,复杂得很!完成一件工艺品耗时费力……"

郁芸拿过素梅手中正在挑的作品正反面看看:"果真与绣花不一样!责这么大的力制成这个作品有么价值呢?"

素梅笑笑说:"听说这个工艺古老得很,还被评为国家级'非遗',挑出来的东西都被县里的挑花制品公司收购了,他们装裱过后当作艺术品对外卖,价格还卖得很高。"

"哦,这工艺还是国家级非物质文化遗产? 真看不出这东西还是个宝贝。"郁芸表现出浓厚的兴趣,"你是什么时候学会挑花的?"

"我学得早,年轻的时候就学了,那时候挑花刚入了国家级'非遗',镇上紧跟着办了几期培训班,从各个村挑选手巧的女人参加,说是培养挑花传人,学会了这手艺往后在家里挑作品往外卖就能赚钱!我在村里打毛线衣是出了名的,都说我手巧,就被村上选去培训了两个月,培训以后就被县上列为挑花传承人了。"

"你还真不简单!还是国家级'非遗'的传承人!"郁芸惊诧道,"那你凭着这手艺就能挣很多钱了!"

素梅笑道:"也没挣到多少钱。挑花这东西费时费力,制成一件成本高,只能作装饰品,每件卖的价格都很高,小的几百元,大的几千元,还有几万元的!县里几家挑花制作公司卖挑花装饰品都卖得不好,我们接到的任务也不多,平常自己挑的毛品卖得也少,没挣到什么钱。再加上这些年为给水应治病,也没多少空闲去挑了。"

郁芸说:"但这门手艺你还是不要丢了!这好东西往后肯定有人投资搞开发的,到时你们这些传人就成了宝贝!"

素梅笑道:"我一直没,只要有空就不忘拿出来挑几针;挑的东西没人收的话,我就当作头巾、腰带、手巾用。"

郁芸专注地看素梅怎么走针:"这布和线好像都是专门的料?"

素梅说:"是的,布是我们乡下老织布机织的白老布,线一般用的是青蓝色的棉线,白底青花,有一股'土'味。"

郁芸说:"不,我倒不觉得土气,而是觉得别有一股雅味。"

"……"

"俞艳有些日子没来了，"素梅调换了话题，"她这些日子很忙吧？"

"俞艳出事了。"郁芸阴沉沉地说，"前几天她为了报复她丈夫的'小三'，向那个不要脸的小女人泼了硫酸，还打了那女人，被拘留起来了！"

"是吗?!"素梅大为震惊，瞪大眼睛地问道，"什么'小三'啊？"

"就是她丈夫在婚外找的小女人！"郁芸解释道，"农村人叫'野老婆'吧？这种事情现在不少见。"

"情况严重吗？几时能放出来？"素梅停下了手中的针线。

"还好，不算严重，身体有一处被烧伤，俞艳不知道会不会负刑事责任，一切要看那个小女人的态度，是起诉还是转民事调解。"

"俞艳那么一个心善的好人，怎么会做那种狠事呢?!"素梅叹道，"一定是对方把她逼急了，让她没法忍受了。"

"也许是。"郁芸应道，"现在的一些'小三'还强势得很呢！另外，俞艳的老公也太过分了，我认为他应该算是主要责任者！俞艳这么做，可能也是为报复她老公的。她曾跟我说过，要让她老公难看！"

素梅深叹一口气道："你没劝劝她？这是做傻事啊！"

郁芸说："我劝过她，但是没用啊。其实我多次劝她干脆离婚算了，可她就是听不进，非要与他闹个鱼死网破的，何必呢？"

"都是在一起过日子，做么事不能在一块好好谈谈呢？"素梅真的无法理解这样的事，"硬要生出一些事来！要是像我和水应一样，那还不晓得会怎么样呢！"

"像你和水应这样的夫妻,该被评为中国好夫妻了,你素梅也该被评为中国好人、中国好媳妇!"

"可别这样夸我。"素梅有点不好意思了,"能做夫妻,这是千年修得的缘分,就该这样相待;好生对待另一半,也是为了自己这一半,这才是一个家!要不然要家做么事?"

电视里正播着一部电视剧,是一部城市婚姻爱情题材的电视剧。一对夫妻正在为婚外情的事情激烈争吵,这剧情像是在为她们的谈话营造氛围。

"我其实是在做一个传统女人该做的事,丈夫病重了就该想办法把他救过来,这也是在救这个家。这不能说我是好人、做好事,不能这么说!这是该做的事,我其实也是为自己为这个家!家好了,我才会好。"

郁芸感受到了素梅头脑中"家"的意识,家的意义和价值在她头脑中是那样明晰、那样崇高,郁芸觉得这一点是自己该认真琢磨思考的,有了这种意识,家才像一条扎实的船,不惧风雨。

电视剧的剧情在进一步发展,那对曾经热恋过的夫妻开始讨论离婚的事宜了,而围绕孩子的争夺又让他们吵得不可开交。那个家庭就像一叶扁舟,在巨浪中颠簸不停。

"芸妹子,我有句话想问,可又不敢问。"素梅停了停,终于说了这话。

"你说吧,没事的。"郁芸回道,她似乎猜到素梅要问什么。因为那晚,汪逸风酒后失态的举动被素梅看到了,素梅心中不会没有疑问。

"你、你和陈书记之间真、真的出了问题?"素梅嗫嚅着说,"我看到你和那个画家关系好得很,有点……有点……"

"那天他是喝多了酒,有点失态。"郁芸解释说。

"要是你平常不对他好,他喝了酒也不会那样对你的……"素梅进一步说,"再说我没看到你和陈书记那样过,你们一直分房睡的……"

郁芸沉吟片刻,她喝了口水,眼睛望着电视屏幕。她看到电视剧中那个离婚的女人争到了孩子,正抹着眼泪,牵着孩子走……

"我和陈根之间是出了点问题,"郁芸阴沉沉地说,"但责任不在我,是他太不顾家、不顾我了!"郁芸没有再往下细说。

"其实不能光看到男人总在外面忙就说他不顾家,很多男人虽说在外面忙事情,但心里还是想着家的!还有一些男人说不来好听的话哄老婆,可人却实在,心里是为老婆的,我家水应就是这样的人。"素梅像是在谈自己的感受和认识,又似乎在用自己的感言影响郁芸。

郁芸没有应声,但她的思维已被素梅的言语牵引了过去,不再乱跑。

"我不相信像陈书记那样有善心的人会不顾自己的家、不顾自己的老婆!"素梅终于斗胆道出了心里话,"他能像对待家人一样对待我们这样的贫苦人,把我们接到自己家里来,还为我们借钱!他对自家人能差吗?!他可能只是心气高、要强,把精力都用在工作上了……"

郁芸依旧默不作声,但她听清了素梅的话,似乎也明了素梅的意思。

"他在外忙工作,又不是忙享乐,又不是在外面有别人;他忙工作看起来是为自己,可实际上也是对家好……"素梅进入了自己的思维模式,"我一个乡下妇人其实不懂什么的,不过我认准了一点,男人心好、大的方面好就是好男人,有点小毛病不算什么! 我认定陈书记肯定是不错的男人! 这样的男人该珍惜才是,为了家也是为了自己,就像我无论如何都不会丢开水应一样! 所以不能说我对水应好,就是中国好人,其实也是为自己……"

"你说的也许有道理,"郁芸终于应道,"但我这个家庭跟你们的不一样,回头我再跟你细说。"

素梅想起来该给水应吃药了,便去了水应的房间。

二十

时令已是仲夏,植物都在疯狂地生长,这是一年中最旺盛的季节。陈根觉得有些项目,特别是有关种植业的项目,应该抢抓节气,加快推进。所以近些日子,他与徐兴昌商量分头督办重点项目。这几日他带着廖结宏、工作队朱文天天跑翠园,帮助协调解决一些问题。

翠园项目进展总体是顺利的。仿巨石的宏大门楼已经建起来,横跨进园大路;"巨石"之中其实是空心的房子,供管理员和门卫使用。大门之后,辟有介绍翠园的小广场,一块块竖起的牌子围成一圈,介绍翠园的文化内涵、园内植物观赏和使用价值以及酵素的功用等内容。牌子做得考究雅致,颇有文化气息,而内容显然也是请了县内文化高手来写的,既有关于翠山所蕴含的传统文化内涵的描述,也有园内种植物雪梨、黄桃、大棚葡萄等的介绍,还有对这个园子和即将建设的酵素加工厂未来的展望。图文并茂,很是吸人眼球。一条水泥路沿缓坡而上,路的两侧是已经平整的几片空地,据介绍是准备种植各种特色花卉的。

陈根领着廖结宏、朱文进了园门,看到每天都有新进展很是高兴。另外,他还看到,村里安排的一些贫困户劳力正在园内土地上劳作,有的在整理土地,有的在开挖土沟。再放眼远处的丘岗,一些人在砍伐已染了松材线虫病的油松。

他和廖结宏等人边走边看,不时指点和议论几句,有时走到地中间,停下来和正在劳作的农人聊上两句,问他们干这活儿行不行,有多少报酬,等等。廖新木赶过来了,他着重说了这些日子里的进展:"总体还顺利,但还是有不少问题,比如像样一点的劳动力还是不够,村里壮劳力都在外面,剩下的这些老人、有残疾和疾病的贫困户劳力,做事效率不高,村里还是要帮我组织一些人手,否则土地整理进度太慢,耽误桃、梨树苗栽种……"

陈根说:"劳动力问题,我们会为你解决的,有事情做不愁找不到人! 回头我和兴昌书记说一下,这段时间把这事作为重点。"

"酵素工厂也决定马上投资上马,"廖新木接着说,"不过厂房的事要尽快落实下来。要么给地我们新建,要么有现成的厂房,我们租用。"

陈根说:"这个问题我们带回去再商议一下。我有个想法,原村小学教育改革合并走以后,那里的设施一直闲置着没有用,是可以经过改造用于建酵素厂的。那里既有房屋又有院子,改造后肯定好用的! 我不知那产权是村里的还是县教育部门的,如果是教育局的,我去协调一下,签个协议给点租金也行。"

廖新木说:"行哦,回头我们找个时间过去看看,争取尽快定下来。"

"我明天就去办这事,争取尽早定下。我看应该问题不大。"陈根说。

廖新木陪陈根一行一路往坡上走,来到松林砍伐现场。"这片油松林是村集体入股的地,有五六百亩啊!这林子松材线虫病严重得很,按上面要求要尽快伐了,改种果林。"

陈根问:"这片地要改过来恐怕也很费事吧?"

廖新木说:"是的,要重新翻整、松土施肥,颇费工夫!"

不知不觉,大家走到松林边的一片大棚区域,大棚里的葡萄采用可控滴灌技术浇水施肥,每个棚的地下还留有石头状的音箱,音箱里居然飘出黄梅戏曲来。

"这很有创意,也很有情调,"陈根赞许道,"这是你想到的吗?在大棚里安上音箱放乐曲是否有助于葡萄生长?"

"这个还没考证过,"廖新木笑道,"是我想到安这个地下音箱的,主要还是营造一种雅致情调,增添一些文化气息,为将来发展乡村旅游,打造有特色的景点,增添个性化元素——这里是黄梅戏之乡嘛!"

"你想得还挺远!"陈根又赞道,"搞事业就得敢想,有创意才有特色,也才有新路!我俩还真想到一起去了!"

"是的,我们这个翠园,就该往那个方向努力,不能太单一了。"

走过大棚区,陈根又看到了一片已整好的土地,靠路的这边立了块写着"红梨园"字样的精美牌子,且有一段介绍黄桃的文字。陈根手指空地问:"这一大片就是今后的红梨园子?"

"是的,这只是其中一块,还有两块地没整理出来。"廖新木答道。

"什么时候栽种呢?"陈根又问。

"这是引进的名贵品种,树苗什么的都还没到。栽种则要看时令了,省农科院的人说,黄桃和红梨的栽植恐怕要等到秋末冬初时节了。"

"黄桃园呢?"

"是在下面的那一大块地,还没整出来,牌子也就没立;面积与红梨园差不多,也有三百多亩。"

"明年桃花、梨花盛开的时候,这里就好看了,"陈根笑着说,"我看到时可以组织一次游园赏花活动,请县里、镇里一些群众文艺组织前来捧场、营造氛围!"

廖新木说:"不过要村里和镇里都出面组织才有影响!"

他们边走边谈,便走出了翠园,沿山道而上了。不知不觉就来到了清风寺所在地。但见庙宇为成片的竹林掩映,显得清幽宁静;风吹过来,搅起雨音般沙沙碎响,带来阵阵绿叶清香,把人带进大自然的清静与清纯之中。陈根领着几个人拾级而上,叹道:"好一处清静、美妙之地啊!这个庙宇坐落在你翠园边,实际上也是为这个园子带来了亮色和文气呢!"

"是的,这其实很难得的,这是天助我们哟!"廖新木开心地说,"这个庙据说有一千多年了,是滨江县内最早的寺庙之一;庙里的签据香客说灵验得很,所以这里的香火一直旺盛得很!与庙相距不远,大约十米,原先还有一处李白读书草堂,相传是大诗人李白来此游历时小住读书作诗的地方。这就更增加了这里的文化气息了!"

"是很难得!可惜遗迹已经没了。"陈根说。

廖新木说:"我想投点钱重建一个,不知要办什么手续?"

陈根说:"改日我为此事到县文化部门去咨询一下,这也是今后发展旅游业的需要啊。"

他们徒步走了好几里路,几乎把翠园一期转了一圈,边走边讨论问题,有些问题就在交谈中答复和解决了。

回到翠园仿巨石门楼的房间里,陈根一行和廖新木又边喝茶边谈了一阵,陈根把几个关键事项又梳理了一遍,做了强调;特别是加快投资办厂进度问题,因为这关系到这个园子未来能否走上"三产"融合的高效之路,关系到这个园子未来的前景有多大。

谈了一阵,陈根起身准备离开,他心里还惦记着另一件事。他把廖结宏和工作队员朱文留在这里继续讨论问题,自己起身去了徐墩屋场。

陈根担心的事是,素梅的婆妈和水应弟媳是不是会遭到麻梗的报复和进一步的骚扰。他得到消息,麻梗已经被放出来了;以麻梗那副无赖嘴脸,难保他不对这两个弱女子施以报复。所以这几日他准备多过去看看,多给一些宽慰和提醒,让她们学会保护自己。

陈根于是开车去了徐墩屋场。来到这个他熟悉的院落时,院子、屋子里都显得很寂静,仿佛无人居住似的。他将车停在那棵大树下,然后径直来到有点破败的院门前,进了冷冰冰的院子,还像往常一样,先去了那幢老旧的青砖老瓦平房。房门虽未关,但屋里没有人。他又踅向相邻的小楼房,见堂轩里廖凤娥老人正和小儿媳云霞对坐着说话,声音很小。陈根敲了敲敞着的门,引来了她们的目光。凤娥立刻高兴起来,招呼陈根坐。

陈根告诉她,水应在省城治疗情况比预想的还要好,现在已经出院进行恢复性治疗。医生说如果恢复得好,今后还可以成为劳力。凤娥听后,当然很高兴,同时问水应何时能够回来。陈根告诉她还有一段时间,等石膏拆了,还要进行康复治疗和锻炼。然后再经过检查,看恢复得怎样,才能定什么时候回来。他告诉老人不要急,水应的病是多年积下的,会有一个较长的治疗过程。凤娥听懂了陈根的话,回应了一些唔叹。

陈根于是调换了话题,问那个麻梗这几日有没有来骚扰了,老人立马现出满脸的愁云,说已经来过两回了,要不是她顶上老命拽着,恐怕云霞就被欺负了!她刚才还在跟云霞说,叫她去娘家待一阵。陈根说不要这样怕他,总躲着也不是个办法;首先是不要理睬他,他如果要流氓就打村部的电话,会有人过来帮的。

陈根努力地安抚她,并试图让她相信,这世道绝不会是恶人的天下。他告诉老人,当前全国正在开展"扫黑除恶"专项行动,县里面也已经开始行动了,老人这才安定了一些。

陈根把方方面面的情况都问了,并反复叮嘱了一些防范的话,方才起身离开。刚走出院门,迎头便碰上了准备进院子的麻梗。陈根瞪着眼问道:"你怎么又来了?"

麻梗反问道:"你能来,我就不能来?"

陈根说:"我是该户的帮扶村干部,代表组织来走访!你呢?

是来骚扰的!"

麻梗朝陈根啐了一口,怒道:"放你娘的狗屁!凭么事说我骚扰?!我看你才是骚扰!老子已经听人说了,你小子一肚子坏水,把我还有我们公司都告到上面去了。你干吗老坏我们的事?成心和我们过不去?!老子早就想揍你了!你给老子让开,要不老子废了你!"

陈根听言,怒不可遏,大吼一声:"我代表村两委、代表扶贫工作队警告你,立即离开这里,否则将有严重后果!"

麻梗突然挥来一记重拳,击中陈根的面部,然后又飞起一脚踢倒了陈根,麻梗还不甘心,冲上前朝地上的陈根猛踩狠踢一阵,然后扬长而去。

廖凤娥和曹云霞从屋里冲出来,扶起倒在血泊中的陈根。老人痛声哭喊,叫云霞马上打电话给村部、给徐兴昌书记⋯⋯

陈根被及时送进了县医院,经检查,伤得很重:脸部严重瘀肿,头部因倒地时撞上硬物颅骨破裂并伴有轻度脑震荡,胸部肋骨两处断裂,好在未伤到脏器。

陈根被打,惊动了省、市、县各级领导,他们均作出重要指示,要求滨江县迅速组织力量缉拿并严惩凶手,同时做好受伤干部的治疗护理和心理疏导工作,确保受伤扶贫干部身心健康,确保翠山村扶贫工作不间断、群众思想情绪稳定、社会秩序和谐。

麻梗打人之后潜逃,但很快便被缉拿归案。此案遂被确定为全县"扫黑除恶"重点案件,给予从重从快处理;麻梗、皮子的龙凤公司也被列为重点线索单位,很快将展开调查,皮子等几人已被重点管控。

来医院看望陈根的人一拨接一拨。县里、市里的领导都陆续地来了,报业集团的刘总带一班人也前来看望了,并给了一笔营养补助费;镇村干部及部分群众也连续不断自发前来慰问。特别是县综治维稳领导小组的领导,还将他列为见义勇为的典型,带着慰问金前来探望慰问,让陈根很是感动。

但陈根躺在病床上心里是很急躁的,他还在操心村里的扶贫工作。但他一时又动弹不得,稍一扭身,胸口就是一阵剧痛;他不得不在床上继续躺下去,不知何时才能下床、出院。他只得分别向徐兴昌、廖结宏还有工作队成员反复交代一些重点工作事项。他特别叮嘱朱文这期间要把工作队的工作全面担起来,并详细告知他一些需要注意的地方。

表面上看,他的确是不寂寞的,不仅不断有人前来探望,镇里还按照县委组织部的要求安排了专人来护理他。尽管病房里总是不乏人员流动,他内心还是感受到了某种难以言传的寂寞。他是个运转惯了的人,突然让身体静止下来,自然难以适应,思想也会代替身体来高速运转,尤其是在他独处又清醒的时候……

他只能时常用手机联系徐兴昌、廖结宏还有廖新木、廖传印等人,问近些日子工作进展和需要解决的问题。当然,也还有一些人主动前来看望他,同时谈一些事情。譬如龙庆元就来过好几回,主动汇报他近期演出的情况。

这会儿龙庆元又跑过来了,还为陈根准备了山药猪骨汤,说是特地请人为陈根做的,好让他早点康复。

"《老支书》这部戏又被省文化厅选作全省调演节目了。"龙庆元既是为了来看望陈书记,又是为了与陈书记分享他的喜悦,他认为这样的好消息是会给陈书记带来某种慰藉的,能让他的伤好得快些。

"哦,那太好了!"陈根高兴地说,想动一动身子,但一阵疼痛阻止了他,"是谁把你推上去的?"

"是县文化委,自打在上次展演中获得头奖后,县文化委就一直在推这部戏。"龙庆元有点自豪地说,"不仅向市里省里推了,还向文化部推了!"

"这戏题材好,有思想内涵,又有生活原型,接地气!"陈根欣慰地说,"你还可以再打磨,完全可能搞出一个精品来;以前排这戏,时间紧了,又是临时换的题材,可能匆忙了一些,再加工打磨,效果肯定会更好!"

"这里面有你一份大功劳的,"龙庆元不忘再感谢几句,"这回我也要听你的话,认真打磨一下,其实冯导也是这个意见,他走的时候还特意提了这一点;不过冯导他很忙,不能总待在这指导,他提了不少意见,我会按他提的再认真打磨的。"

"这样就很好!"陈根高兴地说,"这回参加全省调演,如果获了奖,影响更大,奖励也更重!你要争取获奖,这有利于以后剧团做大!"

"请书记放心,我会争取的。"龙庆元握着陈根的手说。

龙庆元在陈根的一再劝说下,才依依不舍地离去。陈根不想让他在这里耽误太多的时间,这里镇村的照顾安排已经很到位了。

之后又有一些人来看望他。有县直部门领导,也有翠山村里的人。令陈根感到欣喜温暖却又觉惭愧的是,年迈的父亲突然出现在他眼前。

"你小子，出了这么大的事，也不告诉我一声！"老海保假装埋怨，其实内心痛惜，"我还是听别人说的，为么事不跟我说一声呢？"

"是怕您老人家着急呀，您一把年纪了，我不想让您为我急坏了身子！"陈根慢吞吞地解释道。

"你总是这样莽撞，做事情冲来冲去，从不顾有什么危险！"老汉痛惜地说，"那个无赖，你要跟他硬来做么事？！"

"那家伙，多次去骚扰人家贫困户，我作为扶贫队长，哪忍得了？不治了他，我工作也无法做！"陈根进一步解释道，"我吃点亏不要紧，关键是让那个可怜的人家安稳了！"

"还是那个犟性子，做起事来就不要命，"老人叹道，"出了院到我那里好好养一段时间。"

"那哪行啊？到时还要让您老来服侍我！您这么大年纪了，本应该我来给您养老的，哪能倒过来呢？"陈根愧疚地说。

老人沉吟片刻道："郁芸知道吗？有没有告诉她？"

"暂时还没有。"陈根低声道，"她又不能为我解决什么问题，过早告诉她还增添她的不安。"

"你该跟她说一声，毕竟是你老婆。"老人很认真地说，看得出他内心有着某种复杂的情绪，"你说是你的用意，她怎么样又是另一回事。"

这回陈根沉吟了片刻，他明显感到年迈的父亲还在为他的日子、家庭操心，甚至是担忧。

"都这么大人了，还是不能让人省心。"老海保又叹道，"我都是七八十岁的人了，也该让我看到我们老陈家的出息和香火。"

听了这话，陈根又觉得惭愧了。他望着老父亲那一脸的皱褶，内心翻动着酸涩的滋味。这些年来自己也的确没有给老父亲带去什么开心快乐的事，带给他的都是忧虑和不安。老人家热切期盼的家族香火，自己看来一时也无力去续了，至少短期内看不到什么希望。想到这里，他心头泛起一阵酸楚，眼角也贮满了泪水。

连日来素梅的话一直萦绕在郁芸的脑海，也触发郁芸的一些思考。这段时日，郁芸总是显得有些心不在焉，她总是在不经意间就回想起了她过往的日子，那些和陈根共同度过的日子。她常常想到一些支离破碎的画面，也不知不觉地咀嚼着一些过去被忽略的细节，渐渐也感觉到了一些与以往不一样的味道。她好像是在试着用另一种视角去看陈根以及与他共处的日子，每次似乎都有素梅的话语在引导。郁芸觉得自己现在竟然很乐意与素梅谈心了。

现在郁芸收到了陈根发来的微信后，又与素梅一起聊了起来。她把陈根被打的事跟素梅说了，她觉得应该让素梅也知道这件事。

"我准备明天去滨江县看望他。"郁芸说，"事情已经发生好几天了，我该去看看他，看情形怎样，也给他一点安慰。他在那里打拼，的确不容易，我没想到他会遭到这样的对待。"

"要不是水应这边走不开，我也想回去看望他，为他做点事！"素梅激动地说，"他是我们的恩人！村子大也有恶人，麻梗那挨千刀的下手打这样的好人，天理不容！也活该不会有好下场！"

"你就算了，水应一刻也离不开你！"郁芸劝道。

"是的,没办法,"素梅表情惭愧,"只是我心里有点过意不去。"

"有你这份心就够了,"郁芸安慰道,"我会把你的心意带过去的。"

"他是为我家的事被人打的,我们家欠他的太多!"素梅还在说,更像是自言自语了。

"他还是那德行,"郁芸接上说,"做起事来什么都不顾!那个无赖,没必要跟他死磕!"

素梅马上为陈根辩解道:"这不能怪陈书记,麻梗是翠山出了名的泼皮,你不惹他,他也会招惹你的!那家伙早就招惹水应的弟媳妇了,一家人都吓得躲,这回陈书记帮忙出了头,算是除了一害呀!你要是有机会见了我婆妈顺便说一声,让她把家里养的鸡做好了送过去,给陈书记补补身子!"

郁芸说:"那没必要,他的护理和生活早有安排了!"

"那是我的心意!"

"我转达到就是了。你在这里把水应的病治好,就是对他最好的回报。"

"是的,我会做好的。水应越来越好了,前两天去医院复查,医生说他养得很好,再有一个多月就能拆石膏了。你在那边多待些时日,"素梅说着又揩起眼泪来,她心里现在充满了内疚之情,但她不知如何表达此刻的心情,"只是、只是陈书记为我们家遭这么大的罪,我都没法去帮他,我心里不好受……"

"别这样,素梅,"郁芸劝道,"你是个有情有义的人!陈根和我该帮你,我们这也是一份缘哪!"

"是的,是缘分! 是宝贵的缘分!"素梅继续哽咽着说。

"好心人有时也会遇到一些不测,生活就是这样,谁又能平坦无波地过一生呢?"郁芸劝慰她道,"你说俞艳是不是好人? 可她也遭遇了这样糟心的事!"

"俞艳妹子也是个好人,我和她非亲非故,她却帮了我那么多忙!"素梅很有感触地说,"她那件事处理得怎样了?"

"我最近又去看了她,事情很糟,她心情更糟!"郁芸心情沉重地说,"她已经被起诉,很可能要负刑事责任!"

"是吗?!"素梅很吃惊,"能不能为她帮帮忙、想想法子?"

郁芸说:"法子正在想,但效果怎样就不好说了,对方老咬着她不放!"

郁芸和素梅道了别,回到自己房间开始收拾行李,她已经向单位请了假,准备今天吃过午饭就开车前往滨江县。

吃过午饭,郁芸就驾车出发了,带了些营养品。此时她内心竟然有了某种急切感,这与半年前去滨江县时的心情是多么不同啊! 这之中似有一种无形的力量在助推,这是一种隐隐的微妙的感觉。近来所经历的一些事,时常在不经意间引导着她对自己过往的家庭婚姻生活进行回顾和反思,她似乎感觉到,自己的思维和价值判断正经历着某种改变,这与那对农村夫妇闯入她的生活不无关系……

一路上她头脑都是昏沉沉的,她没敢把车开快,怕万一走神会出事故。以往只需两个半小时的车程,今日开了三个多小时。她按照陈根发的定位直接去了县医院。

她来到病房的时候,陈根的父亲正在床前与陈根说着话。老人见到儿媳妇时露出一脸的喜悦。虽然离开小两口之家已数年，但他一直关心着儿子的家庭，他一直担心他俩会相互离弃。

"哦呵呵，郁芸也来了！好些日子没见了啊！"是老海保先发出招呼，他的招呼声音很大，也很有特色。

郁芸红着脸，但仍轻轻叫了一声"爸"，她嗫嚅着说了自己是怎么来的，表示是因为信息的滞后才拖到今天来，语气中带有某种歉意。

"毕竟隔得远，也怪陈根没及时告诉你。"老人很善解人意地替她说话，"不过，陈根没及时跟你说也是怕你着急。"老人虽然年岁大了，但反应还是很快，情商也很高。

"怪我粗心了，关心得少了！"郁芸话中的反思意味，让这对父子听了心里都产生了些许暖意。

"爸过得还好吗？身体还好吗？"郁芸接着关心地问。

老海保笑呵呵地应道："我一直都好，我从省城回来就去江阳镇带外孙了，还忙得很呢，整日里都离不开，没的空闲，只是时常还想着你们两口子……"

郁芸似乎听懂了公公话中隐含的意思，她红着脸，没再去接话，而是将话题转到陈根身上来，她望着病床上头缠绷带的陈根，问道："伤情怎样？还疼吗？"语气很是温柔。

"不碍事，没伤着内脏，养些日子就好了。"陈根露出感激的神情，对自己的伤情轻描淡写。是的，他很久都没听到郁芸的这种问候了，也很久没经历过这种温馨的会面。

"你总是这样，做起事来像拼命三郎似的不注意……"郁芸这话听上去像是动了感情。

老海保开心地笑笑,他很乐意见到这样的情形,所以笑得很开心。

二十一

工作突然停下来的陈根,思想却停不下来。养伤的这些日子,陈根有时间沉下心去想一些问题,想自己当扶贫队长的体会与得失,也想家庭面临的困境。当然,想得最多的还是接下来自己该怎么做,如何让一系列扶贫项目尽快落地发挥功能,让这个村的产业真正能立起来,让帮扶贫困户的措施更加有效。不过他的思考也常常被突然的造访者打断。这不,徐兴昌带着朱文来到了他的床边,徐兴昌说他来看看队长,顺便把几件事说一下。

这是间两人病房,不知是不是刻意安排的,另一床位并未入住病号,这使得接待来人有了宽阔的空间。徐兴昌和朱文坐在另一张病床上,面对打着吊水的陈根说话。徐兴昌说这些天村里来人多,今天又来了两拨:"我让结宏书记先应付一下,我和朱文过来告知你几件事,让你心中有数。"

郁芸过来给两位访客倒茶水,然后出去与镇里安排的陪护员说话了。

徐兴昌首先说了"扫黑除恶"的事,他说县里行动很快,工作组进驻村里高效完成了调查,拿到了足够的证据,按照"打财断血"的要求迅速查封了龙风建筑公司,把包括皮子在内的几个重点人员都控制起来了。村里扶贫车间资产问题可能很快就能解决,下一步还要追查"保护伞"！陈根听后深感欣慰,他觉得能够还翠山一个清朗的环境,自己受点伤也是值得的！他特别告诉徐兴昌,要告诉县专案组,一定要还受害农户一个公道！

接着,徐兴昌又将协调解决翠园等几个重点项目存在的问题说了一下。他说翠园项目建厂的厂房问题,镇里分管镇长带着他和廖结宏书记去教育局协调了,闲置校舍校园产权虽归教育局,但当年建设时村里也出资了,教育局同意给村里使用,只需象征性缴一点资产使用保证金即可。另外,村文化乐园项目,省、市文化专项支持资金都下来了,省里给了二十万,市里给了十五万,县里还在研究。

"真是雪中送炭哦！兴昌,你带来的都是好消息！这会让我的伤好得更快些！"陈根很兴奋地说,"有没有不好的消息呢？别怕影响我的情绪,我能扛得住的！"

"是的,也有不好的消息。"徐兴昌想了想,还是说了,"这次省、市脱贫攻坚巡察,抽查到我们村的几个问题,主要是扶贫政策落实上的问题,所以这次巡查我们村成绩不够理想。"

陈根问:"具体是什么问题呢？"

徐兴昌说:"主要是徐有全包的迎风墩屋场那一片有十几户特色种养补助款连续两年没有收到,查了项目申报记录,他们的项目都没报上去,但他们的扶贫手册上记录了这些补助项目。以前徐有全在位时没人反映,现在他不当主任了,农户就都说出来了……"

陈根说:"现在能补吗？"

徐兴昌说:"没报上去的户现在就难补了,要补也只能村里想其他法子！这十来户已明确表示对村帮扶不满意,这将影响全村脱贫哪!"

"一定要整改,无论如何都要补给他们!"陈根咬咬牙说,"这些土生土长的村干部啊,面对的都是朝夕相处的乡亲,怎么就没一点责任心和关爱心呢?! 往后你不当村干部了,你还不是在村里待? 你怎么去面对他们呢?"陈根的情绪果真一下就变坏了。

徐兴昌于是没再往下说,陈根也没再多问。病房里一时很安静。这时候,换药医生端着用药盘子走进病房,打断了他们的谈话。

徐兴昌不想再打扰陈根,怕进一步影响他的心情,将剩下的几个坏消息压下没说,问了一些治疗的情况,而后丢下一份材料,领着朱文离开了。

"春台班"的龙庆元又过来了,此前他已来过几回了。这回他见到郁芸也过来了,便有点兴奋地打招呼道:"哟嗬,郁老师也过来了?! 这下陈书记的伤会好得更快了!"

"还是你演戏的人会说话。"郁芸含蓄地笑起来。

陈根说:"龙团长又是来跟我说好消息的吧?"

龙庆元惊异地问:"陈书记怎么晓得?"

陈根说:"前面来看我的人都这样,净拣好消息说,让我高兴起来,伤就好得快些——你还真有好消息?"

龙庆元说:"是的,真有好消息!《老支书》在省里调演获得优秀剧目奖,奖金有三十万元!"

陈根说:"真的有这么多? 钱到账了?"

龙庆元说:"真的有这么多,县文管办的老张说的,我今天上午刚问了他,他说钱不久就能到账!"

陈根高兴地说:"这可真是喜事啊! 这下你可真的脱贫了!"

龙庆元也笑道:"我不能独享这笔钱,得拿一些给导演、作曲者和演员。"

陈根说:"应该! 另外,你还可以添置一些设备,为剧团后面的发展打基础。"

龙庆元说:"我开始也这么想,想添置一辆舞台演出车和其他设备,但现在我改了想法,我想用这些钱办件大事……"

"办么子大事?"陈根问。

"我想再新排一台戏!"龙庆元说。

陈根问:"你准备上个什么戏呢?"

龙庆元没马上回答,而是问了另一件事:"听说村里已经把素梅的事迹上报县里,参加好人评选了?"

陈根说:"是的,是村里报给镇里,镇里再报到县里去的,先参加县级好人评选,然后再报到市里,参评市级好人。"

龙庆元说:"应该啊,做到素梅那样挺不容易的! 这么多年了,不离不弃,尽心服侍重病男人,还支撑起一个上有老下有小的贫困的家,自己也累出一身的病!"

郁芸听言,接过话去:"是挺不容易的! 在省城给水应治病也是这样,常常背着水应上下楼、去医院,特别是水应手术后打了石膏无法坐轮椅时,她累得几次昏倒在医院里啊! 我每次看了都忍不住要流泪。"

陈根很敏感地问道:"龙团长是不是想创排素梅的戏?"

龙庆元佩服地望着陈根说:"陈书记真是神人哪,一眼就看出了我的心思。我想创排一部现代题材的大戏,最近我想好了,就以素梅好人事迹为题材,把陈书记为村里扶贫的事情也摆进去。"

陈根说:"这个题材不错,我支持。不过不要写我,要重点写国家的扶贫好政策对这个陷入困境的好人的帮助!"

龙庆元兴奋地说:"陈书记能支持就好!题目我都想好了,就叫《翠山贤媳》,我女儿翠玉正在写剧本,过一阵就能拿出来。"

郁芸听言后说:"这的确是个好题材!不过一个小剧团要上大戏可不容易,别的不说,光投入都不得了哇!少说也要几十万吧,包括作曲、导演、服装、道具、排演等等,你这个团能承担得起?"

陈根也跟着说:"是的是的,郁芸说的这些都是问题!你才刚转上路子,排个小戏、演个老剧本什么的还差不多,莫为了演大戏又把自己搞成特困户了!你得奖的那些钱,分掉一部分后,全投进去恐怕也还差得远啊!"

龙庆元说:"我当然不会硬上,还是要争取上面的支持。我听说现在上级宣传文化部门对民营剧团有扶持措施,对民营剧团排现代新农村题材的戏也很支持,有扶持项目,要是能把这个项目报上去,获得上面项目资金支持,这事就能成啊。所以还是要请陈书记出面,为我做些工作。"

陈根笑道:"我就晓得,你一来准会拿事情来安排我!"

龙庆元赶忙解释道:"不是安排,不能叫安排,我哪敢喽!"

陈根笑道:"开玩笑呢。我是说你的剧团才刚搞起来,是不是有这能力?排大戏不光资金、设备投入大,演员也要得多,短时间内你能创造得了这些条件?"

龙庆元说:"我艰苦奋斗,尽量节俭,困难是能克服的。我先把得奖的钱投进去,设备不够,就想办法借一些,服装、道具这块,因为是现代戏,也要不了多少钱,我感觉节俭一点,花不了几十万的……"

陈根说:"看来你决心已下了。我答应出面帮你协调,力争好结果。"

龙庆元说:"那我可真要感谢领导了！又给你添麻烦了！"

陈根说:"不客气！这是我该做的工作,也属于文化扶贫的内容！"

龙庆元说:"我感觉最大的困难还是演员不够——有实力的演员不够！"

郁芸说:"是的,排大戏不像排折子戏,需要很多演员,小剧团是无法承担的,就是大剧团也要费一番力气才能调整好人员阵容的。"

龙庆元说:"今天我运气好,正好遇到了郁老师！你是省城文化部门的,我记得陈书记说过你原来还是省黄梅戏三团的台柱子,你在省城演艺界一定有很广的人缘,能不能为我想点办法招些演员来呢？哪怕只为这个戏临时过来的都行。"

郁芸说:"我离开省三团已有十多年,我在那一片也没什么关系了,我现在在省文化馆做的是群众文化工作,我没能力去拉专业院团的人,除了一些社会上的戏迷票友可以动员一下,也没别的什么能耐了。"

龙庆元说:"还是请郁老师多多关心,如果有能力素质行的人还请你帮忙做点工作,给我引荐一下,报酬的事我们面谈。另外,导演我还想继续请冯导,还望郁老师再跟他说说。上次导演奖金我一定要给他的,虽然他一直说不要。"

郁芸说:"这个没有问题,我回去就联系,有消息马上跟你说。"

龙庆元说:"其实'春台班'人员现在有一些基础了,《老支书》这戏获奖给团里人员增强了不少信心,多数人都愿意留下来了,连市里来的那个实习生也愿意留下来! 现在最主要的是女主角演员没有,这可是要有很强实力的演员才能担得起来的,这让我很犯愁! 其他演员我还可以到民间演艺市场平台上花钱去请。"

陈根说:"是的,这个戏的主角是中年女性,不像《老支书》,主角是男的,你自己可以演。"

一阵静默,几个人都不知说什么好。半晌,龙庆元才嗫嚅着说道:"我、我有个建议,不晓得该、该不该说……"

陈根说:"你别这么支支吾吾的,有话就直说吧。"

龙庆元这才斗胆说道:"郁老师原来是名演员,功底深厚,如果有、有可能,是、是否可以考虑受邀出演这个角色呢?"

郁芸马上说:"我都多年没演过戏了,早年的那点功底早丢掉了。再说,演戏不是我现在的本职,单位不会允许我长时间不上班在外排戏的。"

陈根沉吟良久,也说道:"这个可能性是不大,要想让她单位同意,除非将这件事作为文化扶贫或文化下乡的一项具体任务,以县文化委的名义向省文化部门打报告请求支持,或者以我们省报业集团的名义发函给省文化馆,请求支援集团帮扶村的文化扶贫工作……另外,她的腰曾经受过伤,能否出演以素梅为原型的角色也是问题。"

郁芸说:"不过,对素梅这个角色,我倒是很理解的,回头再看吧……"她最后竟然留下了一句活话,这让龙庆元原本绝望的念头又活了起来……

陈根说:"看来龙团长还真是个做事业的人!"

郁芸在滨江待了三天,便返回省城了。她在单位没有请长假,所以不能久待。不过这三天里,她获得了很丰富的感受。时隔两年多了,她又见到了她的公公,反而令她深感意外的是,公公不仅没有埋怨她,而且表现出一种令她感动的善意,这使她打内心深处滋生出一种愧疚之情。另外在这短短三日,她又一次感觉到翠山村村民们和县里、镇里的干部对陈根的一种由衷的敬意。这份敬意甚至也传导到她的身上,这自然会影响和改变她对陈根既往的印象。她现在不得不承认,她心里正在重构陈根的形象。

此行,吹起她心湖波浪的,还是龙庆元的那个让她出演主角的建议,虽然她当时未经思考就回绝了,但之后又留下了一句活话,而且直到现在她的心湖还泛着涟漪,心绪一直难以平复。现在她似乎无法阻止自己的心思不时地滑向《翠山贤媳》这个剧目,她为何就不能参与到那个剧目中,亲身体验一下女主角的人生经历呢?是的,龙庆元的建议其实不无道理,自己既有演艺功底,又了解、熟悉素梅,更尊重、理解素梅,这是其他演员无法做到的。她现在已能体会龙庆元的良苦用心了。

可是,现在的她又怎么能够走到前台呢?她已远离舞台多年,她的身体、她的嗓音,还有对舞台音乐的感觉都已远不如从前,她已很难找回当年的灵性了,就如同多年的老树垛虽又冒出了新芽,但终难长成大材！另外,她需要怎样运作才能再接近那个舞台? ……

然而,那个名曰《翠山贤媳》的剧目越来越强烈地吸引着她,素梅的形象也越来越多地占据她的脑际,她真有点欲罢不能、心神不定了。她越来越想用自己的方式、以自己的理解去塑造一个舞台上的素梅,去回味一番青春年少时的演艺生活。她在办公室里坐不住了,她打算去找馆长谈谈,主动征询一下他的意见。

何馆长耐心地听了她此次去滨江县情况的介绍,又颇有兴趣地听了她对翠山民营剧团“春台班”的介绍,也被她的一番热情所感染。

“难得你还有这样的情怀！不仅无私地帮助一个农民治病,还如此没有条件、不图回报地帮助一个民营剧团!”何馆长深有感触地说,“上回你向我请假,去请冯英,后又陪冯英去滨江县排演《老支书》,我就对你的做法很感动,但那时我理解为你是为了帮助你丈夫做好扶贫队长的工作,是一种夫唱妇随的举动。没想到这回你还想直接参与到这个乡间剧团的演艺活动中去,这让我的脑筋有点转不过来了……”

“我这只是个初步的想法,不晓得可行不可行,特来征询领导的意见。”郁芸的脸涨得通红,“其实是淳朴村民素梅的事和乡土艺人龙庆元的事感染了我,倒不全是为了给陈根帮忙。”

“可行不可行,关键在你自己！也就是你自己愿不愿演、能不能演的问题。”何馆长回答道,“至于单位这边,我是这么考虑的,你如果愿意下去,就把这件事转成一项上面要求我们做的工作任务,有两个路子:一个是请对口帮扶滨江县的报业集团向省扶贫办去函报告一下,要求支持其开展文化扶贫工作,省扶贫办向我们发函提出支援要求,这样我们就能派你去了,这还能成为我们开展文化扶贫工作的一项成绩! 另一个是让滨江县文化部门打报告给省文化厅,请求省里安排文化下乡到滨江县,再专门对接一下,将省文化馆派人参演某剧目列为文化下乡项目,这样也行。"

"陈根和你说的差不多,你说得更清楚。"郁芸放松了心情,"看来这事操作起来不困难?"

"这是在做好事啊,应该鼓励才是,不应该难的!"馆长道,"看来你是想好了要去咯?"

"我再考虑一下,想好了再正式向领导报告。"郁芸说。

"要去就尽快把该办的事办了。"何馆长提醒道,"下半年工作都很忙,你手头也还有很多工作,你得推荐一个人来暂时接替你的工作。"

"我去找汪逸风副馆长谈谈,让他这段时间顶一下。"郁芸说。

"他事情多,既有单位的工作,又有自己创作的任务,时间很紧的!"

"我请他帮忙,他也可以安排其他人。"

何馆长便没再说什么。从馆长办公室出来,郁芸便直接去了汪逸风办公室。汪逸风恰好在办公室。郁芸把来意详细地说了:"我想尝试一下,我想我是能够承受的。我不愿想得那么复杂,身随心走,我真的想去体验一下一个遭受苦难的乡下女人的心理感受,这是女人之间的兴趣,你也许理解不了……"

"没想到你还想得这么深!"汪逸风笑道,"既然你内心基本上定了要去,何馆长也同意,那我就做你去的准备,相关的工作我来安排。"

二十二

陈根忍不住提前出院了,他有点迫不及待地回到村里。在医院治疗二十多日后,他觉得耽误了很多事,心里很是着急。特别是那些已经开工的大项目,他既关心着项目的进度和质量,又操心那些前期争取来的政策是否已落实。一年之中眼下正是关键时候,白天时间长,夜里时间短,让他躺在病床上什么都不做,他实在有点受不了。

他归来后的第一件事,就是会同徐兴昌、廖结宏、朱文等人去与廖传印和他负责的村民理事会对接,先去看看村里几项重点工程的进展情况。廖老兴致勃勃地陪着村干部一同去迎风墩察看农民文化乐园和居家养老服务站建设情况,边走边介绍,同时对今后的使用、管理也谈了一些建议。

"不错啊!土建工程基本完成了,广场也整理出来了!天这么热,你们的效率却这么高!"陈根边看边肯定廖老的工作。

"这些天小徐书记可是天天都在督促我抓紧搞,我头脑中这根弦总是绷紧的,不然哪有这么快啊!"廖老谦虚地说。

走了一圈,所有的房屋都看了。徐兴昌担心陈根的身体,毕竟他才出院,伤还没养好,便建议回村部去议事。

几个人来到村部会议室坐下,徐兴昌让新任的文书陈小强通知两委成员来村部。这是陈根出院后首次参加村两委会,徐兴昌让陈小强通知班子成员都来,一方面让两委成员都来看望一下陈根,另一方面也确实需要商议一些工作上的问题。

人员到齐坐定后,徐兴昌首先介绍了近期工作情况。接着是陈根发言,他先来了一个开场白,感谢这段日子村民对他的关心关爱,之后便开始说重点工程推进的事。陈根说:"村上新建的农民文化乐园和居家养老服务站,各位都去看过了,我以前也说过这个项目的重要性,工程建好了,就能为下一步把迎风墩自然村建成'美丽乡村'中心村打下好的基础!工程建设的一些基本情况大家肯定都有所了解,目前土建工程已基本完成,现在重点是内部设备配置、功能设置和使用管理了,另外广场和文化墙等软环境建设也需要很好地设计并尽快启动。这些事情下一步该怎么安排,两委成员需要好好议一议。"陈根先请廖传印介绍一下工程实施情况,同时也谈谈自己的意见和建议。

廖传印很高兴地将几个月来他如何带领村民理事会成员如何展开建设工作一一道来。从筹建到拆迁,再到把房屋盖起来,这之中遇到的一系列困难和问题,说得既具体又生动。讲完这些,他才又详细地介绍项目内容。

"乐园是按照省级示范点标准设计的,陈书记还请省、市、县专家来指导过。一个活动广场虽然刚刚清出场地,面积达到了一千平方米,可同时容纳几百人在这里活动,但进园的主路拓到十米宽,而且要硬化,活动场地准备铺彩砖,建几处花池!南边露天戏台前面的场地还要建个旗杆台。"三室一馆两堂"也都建得符合省级示范园的标准,其中的文化室也就是挑花馆使用面积达到了三百平方米,可以分展示区和活动区了。这是我们村的特色,挑花是国家级'非遗',里面展示的是历史久远、文化深厚的东西,这个是其他地方想搞也搞不起来的……"

陈根说:"有自己的特色很重要。内部功能怎样?"

廖老接着说:"两个大堂每个都不下七十平方米,礼堂是在老祠堂的基础上翻新的,既保住了古貌,又有新的气息,里面再配上村规民约、村里先辈贤人的故事和语句,一下子显得有生气了!讲堂和三个活动室都是新做的,讲坛也有七八十平方米,开个报告会、村民会什么的都行。'三室一馆'加起来有五百多平方米,这里面除刚才说过的挑花馆外,还有阅览室、娱乐室、电教室等,可以让村民在这里活动。不过现在里面全是空的,要想投入使用,还要想办法弄东西来填!"

"看来还要多头去争取!"徐兴昌说。

"大家都来想想办法吧,"陈根说,"路子可以再宽一点。"

"现在乐园建设的最后内容就是广场了,特别是四方宣传墙还没搞!"廖老接着说道,"按上回陈书记请来的专家的说法,要有四个方面的内容,包括村情村史、村规民约、村庄发展规划和先贤故事。这个需要村里尽快定好内容,然后请人设计制作;内容怎么安放,是电脑制作还是请艺人来写画,这些都要定下来的……"

"等会我们来议一议,老支书辛苦了!"陈根站起来给老书记的茶杯里加了点水,"你再把养老服务站的事说说吧。"

廖老说:"居家养老服务站建筑是按照县里的统一标准和要求建的,是统一的徽派建筑,钢混两层结构,建筑面积四百多平方米,包括老人生活服务、医疗服务、文娱活动多功能区等。我们村把文化乐园和养老设施放在一起有好处,因为文化乐园也有这样的文娱室和文化展示馆,可以合用!"廖传印喝了口水,继续介绍情况,"老年助餐房也有安排,里面包括厨房、餐厅、公共卫生间等,还有亲情网络视频室,能为老年人联系亲人提供方便。整个站的功能能够满足我们村所有老人的需求。"

"廖老书记的介绍很详细!老书记辛苦了!"陈根热情地说。

廖老谦逊地说:"大家客气了,既然叫我牵头做事,我就得用心,不能坏了大事啊!下一步我们怎么管好用好这个服务站,我还想再多说两句。我觉得首先得把这项民生工程宣传好,让村上所有居家养老的人都晓得来这里的好处,都高兴来,这是目前要去做的事。其次,就是服务站怎么管理、怎么运行的问题。我是这样想的,这是民生扶贫项目,要想让老人都高兴来,运行中就不能收费,村人来'老年助餐'点吃饭最多也只能收点成本钱!管理人员的报酬也不能靠收费解决,村里要多设立一些公益性岗位。另外,这个服务站房子虽然建起来了,但里面还是空的,要运行起来还要有大量的投入,运行起来之后村里还要有很多的开支,这一点还要请村两委认真考虑。"

陈根听过后说:"建设居家养老服务站,这是县里的一项系统工程,是为满足老年人日间照料的需求而设计出来的项目。县里有统一的建设标准,我相信下一步如何搞好内部设施调配,县里还会有配套措施和相关资金投入的。接下来我们将与县民政部门以及镇上对接,争取老年助餐等项目资金补助和公益性岗位指标,还要争取对口帮扶单位的支持,争取把配套的设施搞起来,包括床位、厨房、卫生设施、文化娱乐设施等。"

陈根停了停,接着说:"至于解决运转投入的问题,我想关键还是要靠村集体经济发展：目前村产业发展势头不错，扶贫项目光伏发电年收入就有五十万，上面要求拿出 80%，以支付用工方式返还贫困户及其他农户，这正好可以用于以上的民生支出；另外，村集体土地和产业资金入股翠园项目以后也可带来分红收入；下一步村里还将谋划兴办其他产业，集体经济也会越来越好，村里有了钱，就不愁民生支出了。"

廖老、徐兴昌等人听后均表示赞同。徐兴昌请大家继续就文化乐园建设发表意见，于是众人七嘴八舌又提了不少具体问题。陈根在听完大家的发言后，针对大家提的几个具体问题谈了自己的想法："关于文化乐园室内配套设施，省报业集团上次来已经答应为村里捐赠一批电脑、图书资料、音响设备；县文化委也答应支持一批体育器材和文体娱乐设施，包括乒乓球桌、篮球架、健身器材等。另外，建议将图书室从村部楼里搬到乐园阅览室。这样三个室的配套器材和设施就都解决了，暂时可以满足乐园启动的需要。挑花展示品已与童老讲好了，等馆建好了就把他的库存作品搬过来，到时村里搞个捐赠仪式，把童老请过来，另外还请县里和文化界相关领导、电视台记者前来见证、报道……"

徐兴昌插话道："讲堂的桌凳如果争取不到赞助，村里也可以买，不能什么东西都指望别人给！下一步我们还是要像陈书记刚才说的，着眼于发展村集体经济，这样才能从根本上解决村两委没钱办事的问题……"

陈根接着说："广场四方宣传墙的问题，我们先把内容理出来，散会后我和兴昌、结宏书记还有村文书几个人再一起琢磨一下，把四个方面的内容都理出个大概来，再发给各位看看，各位提提修改意见,最终定好稿子。宣传墙要想搞得漂亮一些,就得请美术书法专家来设计绘制。"

接下来大家围绕着乡村舞台怎么用又是一番议论。

徐兴昌最后将目光转向廖传印说:"老书记刚才的建议我非常赞同,的确应该加强对文化乐园和居家养老服务站功能的宣传。接下来我建议做这样几件事:第一,发一张宣传明白纸,把居家养老服务站的功能、文化乐园的作用,明明白白地写上,然后村两委班子包片上门,逐一发放。第二,等乐园和服务站内外都建得差不多的时候,包几辆中巴,按片组接一部分村上老人到乐园和服务站现场参观,就地开一个现场村民代表会。"

两项重点工程事项刚商议完毕,徐兴昌宣布散会的时候,廖新木提议道:"领导们也应关注一下我们翠园公司,我那里也有一大堆的问题需要解决,请议一下。"

徐兴昌说:"你先把翠园开发进展情况和主要问题给村两委成员说说,肯定要设法把问题给解决掉的。"

廖新木于是简要地汇报道:"土地规整改造这一块已全部结束了,树种什么的也都联系准备好了,到十月、十一月就能运来栽种。但怎么种、怎么用工等问题,就是我要汇报的主要问题。"

"说具体点,你要村里为你解决什么问题?"徐兴昌说。

"再过两三个月,就到了红梨、黄桃的栽种时节了,我刚才说了,种植这些东西都需要先对种植民工进行培训,使他们掌握最基本的方法;之后就是地头管理,这也需要培训的。需要村里帮助解决的问题就是,培训场地和参加培训人员的确定。经过培训合格之后,我们将发给这些人上岗证,今后园内有工作,随时通知他们来劳作,报酬按工作日计算,每个工作日按一百元至一百五十元不等支付报酬。"

"这个不难解决。"陈根说,"我建议培训的场地就放在文化乐园的讲堂里,参加培训人员名单嘛,可以成立一个由各村民组长参加的工作班子,把全村符合条件的都排一排,是贫困户的优先,有文化的优先,当然最好是又有文化又有体能的。徐书记你看可行?"

"我看可以。"徐兴昌说,"不过乐园的讲堂和礼堂还要个把月才能把桌凳配齐,不知等得及不?"

"个把月应该来得及。"廖新木说,"这两个月我可以安排做招人的事,然后再利用半个月时间搞培训。等到了阳历十一月份的时候,就可以组织种植了。有的人总以为早春是搞栽种的季节,其实秋末冬初季节更宜移栽苗木,冬季长根啊!"

陈根道:"这个时间安排没问题,能保证的。"

徐兴昌问:"关于培训,还有什么需要帮助的吗?"

廖新木说:"培训组织上,如果村里能帮忙召集和维护一下更好!另外,能否为我们向上争取一些培训的费用? ……"

"培训我们可以结合扶贫夜校一并来组织,这样又丰富了扶贫夜校的内容,一举两得,建议村里拿一个安排方案。"陈根说,"至于培训经费问题,这个可以向县有关部门争取,兴昌书记你的意见呢?"

"应该是可以的,"徐兴昌说,"大家有什么好点子也可以说说。"

廖新木接下来又提了水和电的问题。徐兴昌答话道:"这两个问题我都已经与供电部门和镇水厂对接了,他们下周就派人来;水的问题难解决一些,主要是镇水厂老旧了,水塔不高,泵压又不足。不过他们说过两个月就要进行技改,看能否解决,真不行就只能先自己搞水塔了。"

廖新木接着又提了一些小问题,陈根说其他一些小问题可以自行解决,不要事事都找村里。陈根最后说:"我还想说的是,你们一定要把翠园规划好、建设好,不仅要立起一个可带动增收的种植产业,而且要把这个园建成一个好景点,并注意把这个点和翠山的风景、历史文化遗迹融合起来,将来好发展我们的乡村旅游业!"

"陈书记想得深想得远。"廖新木说,"翠园到明年春天一定是个美丽的地方,梨花、桃花都开了,加上翠山的背景衬托,肯定美不胜收啊!"

龙庆元带着《翠山贤媳》剧本来到了省城。

他是下了很大决心才过来的,还带了一些翠山的土特产。他这次来省城有三个任务。第一个任务是看望一下素梅和水应,听听他们,尤其是素梅对这个戏的看法。第二个任务,也是此行最重要的任务,是想请郁芸帮忙,看能否找到好的作曲和导演。他的想法是,导演还请冯英,作曲希望能够请一个比《老支书》作曲更强一点的,他相信郁芸的人脉和能耐。第三个任务就是确认郁芸是否真的愿意出演这个戏的主角,另外看看她能否再拽几个其他类型的演员来助阵。目前他手头上的几个演员都不足以挑起这部大戏的重担。

龙庆元出发之前向陈根报告了,陈书记还请他带信给郁芸,看她能否为村里找几个能画宣传墙画的美术工作者,请他们设计并绘制农民文化乐园的四方宣传墙。龙庆元根据陈根提供的地址,很顺利地找到了郁芸的家。他进门的时候郁芸上班去了,没在家,屋子里只有素梅和水应。素梅打开房门见到龙庆元时颇为诧异,问了两遍"你怎么来了"。龙庆元笑呵呵地把自己的来意说了。

"我一个穷苦的乡下女人,被男人的病磨得只剩半条命了,可怜兮兮的,有么事写头演头呢?"素梅谦逊的同时也有点不解地说,"要演就演为村里做了好事的头面人物,像陈书记,就该演他!"

"哦,不不,你也很了不起,是有很好德行的女人!了解你的事迹的人都很佩服你,不是所有乡下女人都能做到像你这样的!"龙庆元赶忙解释道,"镇里已把你的事迹报到县里去了,申报你为全县好人;前不久我听说县里又把你的事迹报到市里,参加全市好人评选了!"

"别呀,我这些年只是为自家男人做了一些苦事,还做了不少傻事,说上去还怪难为情的,还是别往上往外报的好,让我安安心心把水应的病治好,比什么都强!"

龙庆元还是反复强调上这个戏的意义。素梅听了,半晌后说:"那你就把这出戏怎么演我,说给我听听吧。也别把我演得那么好,你得把别人帮我,特别是陈书记帮我放进去多演!"

龙庆元从包里拿出剧本道:"这本子是翠玉写的,她以前对你家的情况就有些了解,这次为写这个本子,她请人帮助,费了很大力找你妈还有你家邻居了解情况,记了很多笔记。你晓得她是残疾人,没有双腿,真的不容易!"

"那真的难为你家闺女了!"素梅感叹道。

龙庆元开始介绍剧情,讲得很慢,也很细,是为了让素梅能听得明白。素梅听得也很认真。介绍完之后,龙庆元让素梅提提意见。

素梅说:"我只是希望你们把陈书记对我的帮助这一块多演演。"

龙庆元说:"这个肯定要演的。不过你要晓得,演戏不是照搬生活中的事,剧中人也不用真人姓名,剧情也有虚构的东西,目的是把剧中人物演好、演活,对人们有教育意义……"

说话间,郁芸下班回家了,见到龙庆元有些意外,但聪明的她很快就猜到他的来意,问:"是为你那新剧目《翠山贤媳》来的吧?"

龙庆元嘿嘿地笑笑,说道:"是来请求援军帮助了!"

"我去做饭,你们说话吧。"素梅说过,起身进了厨房。

龙庆元主动向郁芸详细地说了自己的请求,一脸真诚恳求的神态。郁芸听后沉吟半晌,没立即表态。过了很长时间,她才慢吞吞地说:"我自己能决定的事倒还好办,但请别人帮忙,那得我亲自登门去请,对方有没有空、要多少报酬,这些都不好说,要面对面联系过后才能给结果的。"

"那么请你出演这个剧目主角的事,是不是可以定下来呢?"龙庆元用恳求的目光望着她。

"这件事我考虑很长时间了,我开始倾向于出演了。"郁芸慢慢地说,"不过还要有关部门和单位批准,还要走程序,就是那天你们陈书记说的那些程序。"

"有困难吗?"

"估计困难不大,批的可能性大。"

"那就太好了!"龙庆元兴奋起来,"那我可就指望你了!"

"不过我还得看看剧本,"郁芸把话锋转了一下,"看我能不能接得下来,毕竟多年没有登台表演过了,而且身上也有旧伤。"

"剧本我带来了,"龙庆元把剧本给了她,"我等你答复,希望能够快一点。另外看看能否为我找一两个演员,以租、借的方式都可以,可以给一些报酬的。"

"这个也要去联系,"郁芸撇撇嘴说,"票友我倒可以拉一两位。"

"那也成啊!"龙庆元说。

郁芸说:"莫急,我这两天专程为你跑几个地方,有消息及时告诉你。我俩加个微信,到时通过微信联系,不需要再这么跑了。"

"那好啊,非常感谢!"龙庆元忙不迭地应道。

吃过晚饭,龙庆元才想起来陈根嘱托的让郁芸帮忙请画家的事,连同画墙的作用和意义也一并说了。

"他自己干吗不直接跟我说呢?"郁芸听言后问。

这让龙庆元有点答不上来了。龙庆元支吾了一会儿,照直说:"陈书记说到时再用微信跟你联系……"郁芸便不再追问了。

晚饭后,龙庆元去了旅馆。

二十三

按照上次村两委会议的安排,这一段日子,两委成员都在分片上户,结合扶贫政策宣传推介村居家养老服务站和农民文化乐园的功能作用,征求老人们使用和管理这些设施的意见建议,同时也了解并收集他们的思想动态。村里考虑到陈根刚刚出院且伤没完全好,便没有按照原来的分片区域给他安排任务,关照性地让他只走访龙塘屋和沈坦屋场这一小片。

这两天陈根与村两委有关人员和龙塘村民组长分别谈过,了解龙塘屋场老人们,尤其是留守老人的基本情况;龙塘村民组长结合认为,这一块最凄苦的要数离龙塘屋场有一段路的沈坦屋场那十来户老人了。结合介绍说,十多年前村子搬迁时他们不愿搬过来,为了死守那个有数百年历史的祖堂,现在那一片老宅已倒得差不多了,而背后的那个癞痢坡石漠化严重,下大雨时常有石头滚落。实行精准扶贫政策后,这里只有五户被认定为建档立卡贫困户,贫困户搬迁每户补助建房款两万元,工作要好做一些;而另外几户非贫困户因搬迁补助只有六千元,他们的易地搬迁工作很难做,隐患便一直留存下来了。

陈根打算用一两天时间先把沈坦屋场各户走访一遍,然后再用两三天时间把龙塘屋场的老人都走访一遍。因村干部们都有走访任务,他便将没走访任务的工作队员宋斌喊过来,一同上户做记录。

陈根首先想到了沈古林,于是领着宋斌来到了沈古林家。沈古林正躺在小院里的一把竹躺椅上小憩,一群麻雀围着他偷吃躺椅一侧方凳上的熟糙米。陈根一行的到来撵走了麻雀,也惊醒了沈古林。沈古林看上去精神不错,显得很高兴,因为他女儿沈新妹已考上了大学,而且在各方帮助下解决了上学费用问题。虽然往后他又将过着孤独的日子,但是享受了 A 类低保和大病及慢性病救助政策的他面临的困难已不太严峻了。现在见到陈书记又来了，得知两人的来意后，他笑呵呵地说，前不久他跟老支书廖传印说了，村里建成那个好去处，他是一定会去的，如果还能在那里吃喝玩那就更好，他会天天泡在那里，反正自己孤身一人住在这空落落的屋子里没什么意思。

陈根见沈古林无论身体还是精神都比之前要好多了，便将话题转到他儿子沈新桥上来。陈根告诉他，经过沈新桥同学陈小强等人的不断联系，不仅与沈新桥联系上了，还将他在外的情况摸清楚了。

沈古林眼睛一亮，急切地说："真的吗？他在哪？过得怎样？他赌气离家已经五年了！这小子知道他不是我亲生的，情分上就要淡些了……"沈古林说着有点伤感了。

陈根解释道："你真的不能怪他，新桥出去这几年其实很不容易。起初他在建筑工地做事，不幸从高处摔了下来，受了重伤，为了不给家里增负担添麻烦，他没有回家来，而是在老乡同学那里过了一段时日，做些扎灯笼之类的轻活糊日子。后来伤好了些，经人介绍到江苏一家养殖场找了份差事做。近两年他出来单干了，搞了个稻和虾一起种养的基地，就在江苏一个稻米基地县，地址和联系电话什么的都有了，过后我会联系他的。"

沈古林有点伤感地说："这小子还是心性高、性子倔，宁愿在外遭罪也不愿回来认尿，他在心里还是没认我这个爸。"

"你可不能这样说他，"陈根劝道，"他还是不想给你带来负担！他跟陈小强说，他爸身患慢性病，还带着个念书的伢，够苦的了，他不想再给这个家添麻烦，他相信自己能够处理好自己的事，也相信将来能做出点事业来!"

沈古林说:"他是月亮窠里看卵子——自看自大! 心思大,命相薄! 我不相信他一人在外能做出么子大事来!"

陈根说:"你也不要小瞧他,听说他现在搞的那个养殖基地有点规模,经营得不错呢。"

"他现在搞的那件事是个么名堂?"沈古林还是想了解儿子情况的。

"新桥做的那个事叫'稻虾连作',就是在稻田里面同时养小龙虾。"陈根说,"稻虾连作和稻鸭共生,我以前在报社下去采访时都看到过,这种综合种养方法不用农药,生产出的稻米属绿色有机稻米,比普通稻卖价高出不少,鸭、虾还好卖,综合效益高! 我们这里靠湖的水田是可以搞的。前不久我已经与县里农业产业化龙头企业青禾米业联系了,他们愿意为我们的大户搞培训、给订单! 只可惜我们一时还没找到出来挑头的大户……新桥完全可以回家来挑头经营稻虾连作,把一些散户的稻田流转过来,再与青禾公司搞合作、签订单,带动一批大户都来做。"

"莫指望他! 那小子太倔,心也野了……"沈古林撇撇嘴说。

"不啊,他还是很顾家的,他一直记挂着他妹高考的事,准备最近回来一趟;他还让我带话给你,他妹念大学的费用他来承担! 我想,他要是没空回来,我也准备过去看看他,到时把你也带上。"

"他? 反正我是不抱大指望的!"沈古林嘴上这么说,心里还是信了陈根的话。

陈根接上说:"你不靠他不行啊,还是要把他找回来的! 别的不说,就说你这屋,已经是危房了,要易地搬迁,新桥不回来,怎么落实得了呢?!"

沈古林沉默不语。谈到这个话题,陈根带宋斌又去看了里屋后墙的那道裂缝,再出门绕到屋后,见有块不小的石头落在开裂的墙根。陈根问其他人家有没有这种情况发生,沈古林说靠后坡的这一排三四家有过。陈根安抚沈古林说:"你们这些人家已是易地搬迁户,搬迁安置房正在建,过不了多久,就能搬到安全的地方住,所以也不用太担心。"

沈古林说:"早就说房子在建,也不晓得什么时候才能建好。"

陈根问宋斌:"易地搬迁那批安置房建得怎样了?"

宋斌说:"上回徐书记和我去看过后,带我多次找皮子的龙风建筑公司催工,工程终于复工,墙也砌了一部分,可不久龙风建筑公司被县扫黑办查封了,工程又停了下来。"

陈根说:"应该及时换工程队呀!工程怎么能停呢?"

宋斌说:"皮子的建筑公司还在查,好多问题都还没厘清,整个工程还是一笔糊涂账,包括协议责任认定、前期用工用料、资金拨付结算等多个问题都难搞清楚,再招工程队来还不具备条件……"

陈根说:"要主动去找各方协调,我们不主动就只能拖着!回头我来跟徐兴昌说,要尽快换人复工!"

陈根带着宋斌又去了另外几户,不仅与各户老人谈了话,了解了他们的生活情况,还逐一认真看了他们的房屋,而后带着沉重的心情回去了。

龙庆元这些日子全力以赴,为新上大戏《翠山贤媳》做准备。这是他们"春台班"复出之后编排的第一部多场幕大戏,此前新编上演的都是折子戏。龙庆元决心很大，雄心也大。他的初步想法是先在县里演，搞出些影响，然后争取参加市里的展演周调演，再经过一年的打磨，争取能参加明年秋季的黄梅戏艺术节。他这样想也是有些底气的，因为他得到了郁芸给的几个准信。冯英已答应再为这个民营团出任一次导演，剧目作曲也由冯英出面请，报酬回头再议，尽量从轻。另外就是郁芸确认将出演这部戏的主角，另外还带一个省城的业余演员过来，而且都不要报酬，管饭管住就行。这些好消息让龙庆元信心大增。

排大戏与排折子戏所需的条件不一样。首先是人员问题，大戏角色多，剧务也多，尽管得到了郁芸的支持，尽管他口干舌燥做了许多工作，把演《老支书》的那套班底都留了下来，但还是不够。这些日子，他又马不停蹄，从周边的民营团借了两名演员，新招了一名县里的底子较好的票友，另外还从演员招用平台上预聘了一名演员。这样对照剧本，也算是凑齐了这部戏的演员阵容。其次是排演问题，本子虽然还要打磨完善，但为了抢时间，还是先发到了各演员手中。排练场也有问题，大戏场面大、转换多，在自家院子里排就不行了，得找一个场地大一点的地方。村里的几个可用的地点都被别人征用了，龙庆元只能从周边村里去找场地，终于在邻村找到一个废弃的服装厂留下来的铁皮屋厂房，面积有三百平方米。这场地大小够了，只是里面一片杂乱，地皮凹凸不平，需要花力气整修。另外，这场地离翠山村龙庆元家的屋场也有五六里路程，路确实远了些，吃饭休息都是问题，给剧组排戏带来不便。尤其是剧组里还有省城来的年岁大的导演和习惯了城里优越条件的女演员，提供这样艰苦的环境让他们排戏，而且又不是一两日，恐怕难以得到他们的认可。龙庆元的想法是先把这个场地预定了,再去找陈书记、徐书记,看能否为他安排一个好一点的场地。

可是他一连几天找陈书记都没碰上面。村里廖副书记倒是遇上几回,却表不了态,他觉得还是得去找陈书记或徐书记。今日来到村部,龙庆元又没寻见陈书记,村文书陈小强说陈书记和徐书记去了村里易地搬迁安置房建设工地。龙庆元于是赶到了迎风墩的那个停工工地,果然看见陈书记带着一群人在这里边看边谈事情。他没有上前打扰陈书记,而是默默随了人群听他们说话。过了很久,事情都谈得差不多了,龙庆元才有点腼腆地凑上前去,将自己遇到的难处以及希望村里给予帮助的想法说了。

"就在村文化乐园的讲堂里排行不行?"陈根沉吟片刻后,慢吞吞地说,"那里有六七十平方米,不知够不够用。"

"勉强能用,就是窄了一些。"龙庆元说,"另外,我们如果进去排戏,会影响乐园后面建设的。"

"对乐园房子里的安排布置工作有点影响,"陈根说,"不过问题不大,无非是桌椅什么的迟点到位,这倒不影响乐园功能的启用。"陈根停了会儿,又说,"也还可以想想其他办法,以免影响文化乐园的及时启用。"

"我在邻村找了个废弃的铁皮厂房,条件差点,而且路也有点远,来去都不方便。"龙庆元接上陈根的话茬说,"如果都是本地的人员倒也罢了,关键是还有省里来的导演和演员,怕他们不能适应……"

陈根说:"真没办法也只能在那里排,做两手准备吧。"

龙庆元凑到陈根跟前,小声说:"还有你老婆,她已经答应过来。"

陈根并没有感到惊讶,他已经知道这事:"郁芸已在微信里跟我说了。我单位以支持对口帮扶点开展文化扶贫的名义发函给省扶贫办,省扶贫办把任务交给了省文化部门,这事才成。"

龙庆元感激地说:"又是陈书记背后帮的忙!"

陈根说:"应该的,我这也是在帮我自己做工作。"

"这样好哇!"龙庆元见陈根若有所思的样子,又凑上去说,"这样,你们夫妻就可以在翠山有个长时间的团聚了!这不是很好吗?"

陈根停了片刻后说:"上次让你跟郁芸说的,请她联系画家来村里画墙的事,有回音吗?"

龙庆元说:"她问为什么你不直接跟她说。她到现在都没个准信……"

陈根说:"好吧,那还是我来问一下她吧。排戏场地我看还是去你找的那个地方更好一些,至于住宿和交通的事,回头我们再来解决。"说过,带身边一班人往原村小学方向走,准备去看酵素生产厂房。走过一段,陈根回过头来对龙庆元说,看过厂房就去看剧目准备情况,叫他先回去准备一下。

"再过一个星期,水应就可以去医院拆石膏了。"素梅很兴奋地对郁芸说道,"昨天去医院检查了,邵主任说水应恢复得很好,他好得很快,超出了他的预料。"

"好消息啊!治疗有效,也就不枉大家对他的付出了!特别是你素梅,用了多少心,吃了多少苦啊!"郁芸真心地说。

"主要是得亏了你和陈书记的帮助！四五个月了,给你们带来多少麻烦哪！将来不知该怎么报答你们……"素梅又习惯性地讲起客气话来。

"别总这样客气!"郁芸打断了她的话,"其实你给我的帮助也不小哇!"

"我们哪里有什么帮助呀? 只会添麻烦!"素梅说。

"精神上的!"郁芸说,"我从你身上悟到了不少如何对待婚姻和家庭的道理。"

"这从何说起?"素梅不好意思地说。

"你的几次劝说让我头脑清醒了许多,你对家庭执着又热情的态度,给我带来很多的启发。"郁芸说。

"你太抬举我了! 我只是用乡下人看事情的话简单说说,其实我也晓得,你们城里人的生活比我们乡下人丰富,想的事情也就要复杂得多。"

停了一会儿,素梅又换了一个话题:"邵主任说水应就是能下地了,一开始行动也还不便,像一个重度残疾的人,一时还没劳动能力,要很长时间才能自己活动。"

"是的,患过重度骨病的人,想完全恢复到以前是很难的,要坚持做康复训练。"郁芸说。

素梅说:"等拆了石膏,就回去好好做康复训练吧。"

"别急着回去,"郁芸劝道,"等拆了石膏,我建议进入康复理疗医院去接受恢复性治疗。省城有专门的康复理疗中心,为重病患者恢复生理和活动机能、提高生活质量而设立的,对于农村男劳力而言,这一点更为重要! 不然你治好了病,却不能行动,不能劳动,岂不成了废人?!"

"是啊,是这个理!"素梅点头道,但立刻又显出一脸的无奈之色,"又进医院的话,又要花很多钱,现在哪还有那个能力哟!"

郁芸继续劝她道:"想把病完全治好,就不能怕花钱哪!再难也得挺过来,趁水应的手术恢复期抓紧矫正,否则时间拖长、定了型就难矫正了!至于费用,我去跟陈根说说,让他再想想办法,做一个慢性病申报,国家对贫困户是有这政策的。治好病让水应很好地康复才是第一位的。"

素梅又为难地说:"只是在你这打搅了好几个月,真的不好意思再……"

郁芸继续劝说道:"这个你就不要多心了,我这里人也不多。再说过一两周,我可能就要去你们村住上一两个月了。"

"真的?!"素梅有点兴奋了,"是去陪陈书记吗?"

"是去龙庆元的剧团帮他排戏。"郁芸没有说是去亲自演戏,她不想过早告诉素梅自己是去演以她为原型的《翠山贤息》。郁芸想等戏上演了,再给素梅一个惊喜,因为那个时候素梅可能已经带着康复的男人回到翠山了。

"郁芸妹子看来是真喜欢上我们翠山了!"素梅笑呵呵地说,"这才像我们翠山的媳妇呢,嘿嘿!"

郁芸说:"是蛮喜欢的,我去过好几回了,那里虽然是个贫困村,但自然环境好,景色也很美,关键是那里的人都很热情很好。"

"妹子说得我心里暖暖的。"素梅笑道,"其实我觉得你们城里人也很好,城里人也热情,肯帮助人,没有瞧不起乡下人。"

"过两天我带你和水应去康复中心看看,可以先把名预报了。"郁芸又回到刚才的话题上了,"他们那里是专业性机构,现在红火得很,各种康复理疗项目都有,设施设备先进齐全,医生也都很专业,医疗高效,口碑好,影响力大,不提前预约还真难很快进去。"

素梅闻言,眼睛亮了:"真有那么好?"

郁芸说:"是的,听我的话没错,你可以报住院的,也可以报不住院的;你要是担心费用问题,可以选择麻烦一点的定时治疗方案。那个医院离这里不远,你可以推着轮椅送水应过去,大约走个十分钟的样子。水应拆了石膏后,坐轮椅应该是没问题的。"

"好吧,我想想看,我再跟水应商量一下。"

"那么我走了之后,这个房子就交给你管了,单位给了我两个月的时间,算是派我下乡从事文化扶贫和送文化下乡工作。"

郁芸话未说完,手机响了。郁芸接听电话说:"你就过来了?车子已到我楼下了?好吧,我现在就下去,找一个茶吧坐坐吧。"

郁芸收起手机,笑道:"马上要走,跟同事约了谈件事。"

素梅想问什么,但又咽了回去,最后还是问了:"又是那个画家?"

郁芸嗫嚅着说:"是、是的……"

素梅也嗫嚅着问:"……你、你们……还……"

郁芸红着脸说:"这回是谈件事,是陈根托我办的一件事——请他找几个画家,给村里新建的文化乐园文化墙画画……"她说得很详细,似乎是怕素梅对此产生误会。

汪逸风把车开到一家名为"名典"的茶楼前停下,停好车后,便引着郁芸上楼,进到一间包间里。服务生立马过来请他俩点单,汪逸风问郁芸想喝点什么,郁芸点了铁观音茶,汪逸风也要了杯铁观音茶,同时点了瓜子和爆米花什么的。

包间不大,灯光很暗,给人以朦胧、神秘的感觉。大堂里播放着中国古典乐曲。郁芸刚坐定就准备谈事情,汪逸风却阻止了她。

"先谈谈心吧,莫总是在考虑事情,把人搞得很累。"汪逸风说。

郁芸望着他,半晌没有出声。

茶很快端了上来,吃食也跟着送来了。汪逸风殷勤地招呼郁芸品茶。

"这家茶楼还是不错的,茶品好,环境、氛围都不错,我常带一些画家来这喝茶,有时一个人无聊的时候,也独自过来。"

"你还有无聊的时候?"

"怎么没有呢?一个人独自生活,难免有寂寥的时候。"

"你有书画人生嘛!"

"别以这种语气调侃我,"汪逸风有点不乐意了,"你知道我现在缺少的是什么。可是你,近来好像有意疏远我。"

郁芸没出声。

"你这样,未免就太冷漠了!"

"这怎么能说是冷漠呢?"郁芸说,"人在迈出关键步子之前,都会三思的;更何况人的思想都是动态的,是会受许多因素影响而起变化的。"

汪逸风摇摇头,没马上说话。他喝口茶,又为郁芸杯子里加上水。

气氛似乎很凝重,彼此的心境犹如这昏暗迷离的光线。大堂的音乐好像也变了风格,开始播一些流行歌曲,内容似乎都充满着伤感的情调。

一时,两人都无语了。这在两人之前的约会中未曾出现过。嗑瓜子的声音都显得很清脆了。

"还是说正事吧,"两人缄默良久,郁芸忍不住说道,"今天约你来,主要是想请你这个美协主席帮帮忙,安排两个工艺画家为翠山村新落成的农民文化乐园文化墙搞个设计,并画出来。"

"又是陈根帮扶的村!"汪逸风不自然地笑笑,"看来你的心思近来完全移到那边去了,又是参加演戏,又是帮助画墙什么的!"

"为贫困村做点事也应该! 也算是文化人为扶贫事业做了贡献啊!"郁芸故意绕开他紧盯着的关注点说道。

"恐怕不光是为这个冠冕堂皇的理由吧?"

"别想那么多,"郁芸劝道,"就是为了其他什么,也是应该的,毕竟人家已奋战在一线了。"

"你的意思肯定是免费帮忙吧?"汪逸风问。

"最好是义务帮忙,即便收费也只能是象征性的,要不然他们就可以到市场上去找了,还省去这么多周折。"

"象征性收费倒不如不收。其实你自己也可以承揽这事的。"汪逸风好像在推,但又不好明着推,毕竟是郁芸求他的事。

"我画工艺画不行!"郁芸谦逊地说,"怎么,你有难处?"

汪逸风似乎觉察到了郁芸的不高兴,马上改口道:"你托办的事,我哪能不帮忙呢?"

"那就非常感谢了!"郁芸笑起来。

"跟我说这话就见外了。"汪逸风说,他停下来想了想,然后又问道,"那里的自然风光怎么样?"

"非常不错!别看那里是贫困村,但依山傍湖,山水交融;山不高但很绿,且有文化底蕴,还有一些传说故事和古迹什么的。听说他们正在搞山体开发,准备发展旅游业呢!"郁芸竟然用宣传的语调介绍起翠山来。

汪逸风稍停后说:"我正在想,我们省城美协组织二十来个画家搞一次'翠山行采风活动',作为今年市美协的下半年重点活动,届时安排两个工艺画家为村里画宣传墙,其余画家上翠山写生,回来再精创作。所有的画全部拍卖,所得款项除去采风行动基本开支外,全部捐给村里,算作对扶贫工作的支持与奉献,你看怎么样?"

"这想法太好了!你真不愧是位才华横溢的主席!"郁芸由衷地赞道。

"活动成行之前,要搞一次对接,然后拿一个方案;村文化墙的内容设计也要提前谋划好。"汪逸风补充道,"放心,所有的开支包括提前对接的,都不要村里出一分钱,村里只需要安排几个向导就行。吃饭,我们自己到饭店吃,住宿到镇里去住,反正有车,也方便。"

"想得细,非常好!"

"我还要亲自去看看,到底是什么让你的心思发生了改变。"这话说的就有点酸了,与他前面的那段大气的话很不协调。

二十四

尽管身体还没很好地恢复,但一连十多天,陈根仍不知疲倦地为一些急于解决的问题协调奔忙。首先是易地搬迁安置房建设停工问题,他内心火急火燎的。一方面,他请廖传印负责重新为工程招标建筑队;另一方面,主动去县"扫黑办"及相关部门协调,想尽快让案子查处落地。除此之外,陈根也还在为养老服务站和文化乐园的启用继续往上跑争取支持,目前已经有了一些收获,从县民政、文体等部门争取到了床、健身器材等一些硬件物资。当然,陈根心里最记挂的,是怎么把村里产业搞起来,因为不把产业真正发展起来,这个村的贫困问题就不能从根本上解决。前一段,旱地开发利用的效果不错,翠园的运作已上了正轨;而沿湖水田湿地这一片还没有很好地有组织地开发增效。所以这段日子,陈根抓紧联系青禾米业老总江启才,请他尽快组织专家和综合种养专业大户来翠山开展培训辅导活动,好让村人开开眼界长长见识,了解综合种养会带来什么效益,掌握一些稻田综合种养的技术方法,看看有没有大户出来挑头搞开发。江启才老总对陈根的请求给予了积极回应,很快于今天组织了专家、种植大户翠山行活动,并亲自带队前来。陈根很珍惜这次机会,事先认真做了准备,组织本村种田大户和湖滨村组农人到乐园讲堂里听课,自己则陪江总考察。

真的很凑巧,下午,省城美协的考察团也要来翠山,主要为村文化乐园文化墙设计美化的事而来。今天看来又是陈根非常忙碌的一天。

郁芸带着五位省城画家在镇上的一个小饭馆吃过午饭才动身去翠山村。汪逸风开着自己的那辆别克商务车,在手机导航之下,很快便来到了翠山村部。陈根陪青禾米业的江总一行也刚吃完饭,正在村部大厅里座谈,见郁芸带着几位画家赶到了,便满面笑容地迎上去接待。郁芸将画家一一地介绍给陈根和徐兴昌,汪逸风不知怎么落在了最后,他与陈根握手时脸上的笑容显得有点不自然。

"欢迎欢迎!辛苦你们了!"陈根不住地说着客套话,同时也不忘将青禾米业的江总以及专家、种植大户们介绍给他们。

"今天我们是专程为支持陈队长的扶贫工作而来,"汪逸风很快就恢复了他洒脱的常态,"顺便也为我们省城美协找找深入生活的路子。"

"那好啊,到小会议室坐下谈吧!"徐兴昌以当家人的身份说道,并和陈根一道带画家和江总去二楼小会议室。

坐定后,汪逸风挨个介绍自己这一方的来人,并特意将为村文化乐园文化墙从事美工服务的两位工艺画家介绍给陈根。"李、王两位画家可是我们省有名的工艺美术画师,各种风格的画都能拿下,尤其擅长宣传画类。待会儿你们把准备好的内容以及文化墙要达到的效果、要求跟他俩对接一下,让他们带回去先进行设计构思,下次来就可以直接操作了。"

"非常感谢!另外……嗯……"徐兴昌有点不好意思,"怎么说呢……你们是不是……要收费?怎么收法?……"

"这个,郁芸早跟我们说了,这回纯粹是帮忙,"汪逸风笑着指指一旁静坐的郁芸道,"你们只需出点材料费就行了。"

"这就太谢谢你们了!"徐兴昌连忙表态道,"回头我送封感谢信去,以肯定你们为扶贫工作所做的实事,也为你们省城美协留点工作痕迹。"

陈根又问道:"汪主席刚才说还准备为省城美协深入生活找路子,具体指什么? 能不能细说?"

汪逸风马上解释道:"具体说,就是为省城美协会员在环境风景好的地方建一个经常可来写生的基地,挂一个"采风写生基地"的牌子,每年组织两三次集体采风写生活动,激发创作灵感;画家们也可以经常分散过来写生,所创作的作品可以落基地写生创作的款,对这个地方也是个持久的宣传! 不过基地所在的地方,自然环境和人文环境都应当很好才行。"

陈根来了兴趣,立马接上说:"这是个很好的动议,对翠山村今后发展乡村旅游很有助益啊! 等一会儿我带你们去翠园看看,那里今后既是一个现代种植园,又是一个景色宜人的观光园! 这个园地处翠山西麓,翠山上有李白的读书堂,清风寺、龙池等文化古迹,自然和人文环境都很好的。"

汪逸风说:"那很好,如果这里可以的话,下个月我们省城美协会员写生采风活动就可以安排来这里。至于建基地的事,我们再坐下来谈,前提是不给你们添负担,所有活动开支,全由我们自己承担。我们在省城旁边有一个这样的基地,但还不够,会员建议在有山有水的地方再建一个基地,郁芸说你们这里有山有水还有戏,这激起了我们的兴趣!"

陈根站起身来说:"我们现在就行动,建议分两班,兴昌和结宏书记陪李、王两位画家去文化乐园现场看看,再讨论敲定一下内容设计;我陪汪主席、江总等去翠园,让廖新木负责做介绍。"

郁芸在一边对陈根说:"我就不跟着去了,反正有汪主席拍板就行;我想去和龙庆元团长对接一下,看看他的那个戏目前准备得怎样了。"

"好的。"陈根把自己那辆旧车钥匙递给郁芸,"你就开我的那辆车去,我让村里妇联主任陈晓萍陪你去。"

两班人很快就行动起来。陈根和江总坐着汪逸风的商务车去了翠园。

路途不远,很快便到了翠园仿石大门前。廖新木早已在大门口等候,简单寒暄过后,廖新木开始以洪亮的声音介绍起翠园来。

"翠园在翠山西麓,翠山是滨江县自然风景最优美、生态最宜人的山,山势自北向南蜿蜒起伏绵延十余公里,北接生态湿地青草湖,南临风光秀丽的翠湖,松杉茶遍布,四季青翠……"

汪逸风站在翠园巨大而颇富创意的仿石大门前,仿佛面对着童话世界中某一深蕴宝藏的神秘地域。阳光直洒而下,缓坡之上,大片修整一新的土地展现在眼前,静等苗木的植入;一条水泥路爬坡而上,蜿蜒伸向一片葱茏。这是一幅大自然随意创作的风景画。他想象不久之后,随着树木花草的植入生长,这一自然画作又将增添新的艳色。

"……翠山不仅是生态优良之山,还是文化厚蕴之山;这里曾是唐代大诗人李白避乱读书之地,曾有太白书堂……"廖新木继续说道。

走进仿石大门,画家和江总一行在一排仿古木框宣传栏前驻足观看,廖新木适时对翠园的情况进行介绍。

"……这个园区面积很大,旱地和山场有一千多亩,将开发种植酵素原料植物红梨、黄桃和黑葡萄,另外还有两百亩特色花卉。目前土地整理已经完成,到了立冬就可以种植了。等到明年开春,梨花、桃花、郁金香花、玫瑰花、百合花都盛开了,这里可是一片山花烂漫的美景哪!……"

廖新木的解说很好地提起了画家的兴致。汪逸风挥挥手说:"走,我们上山去看看!"遂沿脚下这条顺坡而上的水泥路缓缓而行。

顺路而上,画家和老总们边询问情况,边欣赏沿路的风景。走过大片开阔之地后,便进入山脚的林木地,两侧松树枝干虬曲、姿态纷呈,其中间或挺立着一排排杉木,阳光透过茂密的枝叶,散射的光芒闪烁于林间,并伴以野鸟的啁啾。

"好地方啊!"汪逸风忍不住叹道,"在这地方搞写生,的确不错!"

他们边走边聊,来到一处庙宇旁边。但见大片青翠竹林铺天盖地地耸立于路边山坡,穿过竹海,登上平冈,便是县内有名的清风寺,庙前佛场宽阔,两幢大殿气势恢宏,叠坐于半山腰上,古木苍松环绕其周,山泉潺潺绕身而过,一幅幽雅怡人之景!汪逸风一行登上清风寺上层大殿,立于殿前平台眺望四周,感觉满眼葱绿,竹海松林,蒿草丛艾,郁郁青青,尽收眼底。

陈根说:"翠园连同周边翠山景观带项目,已经被列入县旅游部门的项目支持计划,等项目批下来就有资金做了!像太白书堂、清风寺等景点都将重新整修,整个翠园翠山景观带都要很好地进行设计包装和宣传。"

汪逸风笑道:"看来陈书记早已成竹在胸了!"

陈根说:"翠山发展乡村旅游是一定要做的事,也是有条件去做的事;建翠园项目,既为拓展生产,也有发展旅游的考虑。"

江总插话道:"其实,湖边的绿色水田,也可以拉入翠山村发展乡村旅游的布局里;那里是另一番风景,湖光山色,云天绿田,也很美啊!"

陈根说:"这话有道理,我们也有这方面的考虑。"

"我们下山再去看看葡萄园、桃园、花卉园等,然后再到我们公司楼里坐坐吧。"廖新木提醒道。

于是,聊得正欢的一班人开始跟着廖新木下山,一路笑语不断,不时被路边的竹林及杉木林所吸引而驻足留影……

看过葡萄园、花卉园等,廖新木指着不远处一幢被竹林掩映的小楼说:"到我们公司办公小楼里去休息一下吧,就是坡下面不远处的地方。"

大家表示同意,便沿着坡路往下走,来到会客室里,廖新木拿公司定制的印有公司标记和名称的纸杯为每人泡了杯茶,然后给每个人发了一本彩印的公司宣传折页,图文并茂。汪逸风和江总都称赞公司宣传上做得好,廖新木则不好意思地说,这都是陈根书记指导他做的。

"这还只是初步的。"陈根解说道,"因为目前翠园还没形成风景,等到明年春上花木都盛开吐绿了,还要出专版、制网页,我们省报业集团有这个优势。"陈根说完很快把话题转到省城美协拟在此建绘画写生基地上来,问汪逸风对此的想法。

"我看这地方各方面环境条件都很好,很适合建这个基地!"汪逸风沉吟片刻后说,"可以肯定地说,省城美协下次的采风活动,肯定会安排在翠山搞;至于建长久基地的事,我们回去议一议,下次来采风时把方案一并带来。"

"汪主席是实在人,"廖新木说,"真的谢谢你了!"

汪逸风说:"谢什么?我们可是互相成全啊!我还想去看看湖边稻田的风景,还想看看你们的国家级'非遗'挑花作品,还要请你作陪哦。"

水应的石膏已经拆掉了,身上还有两处钢板螺钉,要等一年后看骨质生长情况再定取不取。水应感到轻松了许多,人也精神了不少,饭能正常吃了,还有了与素梅说话的欲望。邵医生说,水应的结核病已经痊愈了。

但是水应仍然不能正常活动,他植骨的那条腿还是像一根没有灵性的棍子一样;他的下半身也有点儿僵化。这也难怪,毕竟他的双腿已有好多年没有接触过地面了。

这种状况当然是不能让人满意了,好在郁芸对此早有预料,帮他们联系好了康复理疗的医院。素梅对郁芸的远见和热心既佩服又感激,更感到这次来省城治疗是多么有必要!

不过素梅心里的结还是拧着的。她不知道水应的康复治疗会有怎样的效果,如果效果不好,水应这种状况,今后也就跟废人差不多了,还怎么生活啊?但郁芸劝导她不要想得太多太远,踏踏实实帮水应做恢复理疗,最终会有好结果的。

于是,素梅便让拆了石膏的水应坐上轮椅,推着水应去了相距不远的康复治疗中心报了名。

第一次是郁芸带着去的。医生给水应做了身体检查,结论是水应肢体失调很严重,趁现在手术刚愈,及时抓紧治疗,还有逐步恢复行动机能的可能;如果拖着,则可能永远无法恢复了。不过医生也说,即便恢复得再好,也只能恢复部分生活和劳动的机能,身体动作看上去还是会留下残疾的某些特征。素梅当场表态说,只要水应能行动、能劳动就行,留下一些残疾的样子,也着实是没法子的事。

素梅第一次推着水应进入理疗大厅的时候,她着实被大厅里宏大的治疗场面所震撼,如同大型工厂厂房一般的偌大的厅堂里,叫不上名的大型治疗仪器成排摆开,床上的病号一个个配合医护人员,不停地重复着各种动作。素梅和水应都颇有感慨:原来这个世界上竟然还有这么多与自己一样的不幸的人。但有幸的是,他们都在这样一块地方,找到了恢复美好生活的希望。

为了节省开支,素梅没有选择住院,而是选择每日送水应过来接受治疗。她依然在用自己的辛劳,来弥补自身条件的亏欠。她辛苦惯了,辛苦常常让她忘了去想前面的困难和自己的痛苦。

这几日,她推着水应,每天都是早出晚归,中午饭就在康复中心食堂吃,如果时间搞晚了,就叫上两份盒饭。日子便是这样,只要前面有希望,眼前的难处常被忽略。

傍晚时分,素梅推着轮椅上的水应又一次从康复中心回来,看到郁芸和俞艳正在客厅里谈心。素梅见到俞艳一下子兴奋起来,高喊了一声。她已经好几个月没见到过俞艳了,这个给过自己实实在在帮助的人,她此生都会铭记在心的。

"素梅呀,你还像以前一样,为给男人治病不顾一切地投入,你真是世上最好的媳妇!"俞艳大声地对素梅说道,然后又对着水应说,"水应,你是前世修得好啊,碰上了这么好的女人!有素梅这样的女人护着,这辈子再难也是幸福的啊!"

水应坐在轮椅上傻笑着,他已经能够像常人一样与人交流了:"是的,没有她,我早归西天了!当然,我有今日,也得亏遇上了你们这些好心人!"

俞艳接着又询问了水应接受康复治疗的情况。

"有效呀,我现在活动筋骨比以前要好……"水应答道。

素梅接上说:"是的,康复治疗有效;照这样下去,水应是可以把病治好恢复身子回去过年的。"素梅说过,问郁芸俞艳是否在这里吃饭,如果在这里吃她就去准备菜。

郁芸说:"是的,她在这吃饭,我已经在楼下的小饭店里订了几个菜,他们一会儿就送上来;你如果要下厨,再炒两个小菜也行啊。"

"那是肯定的,都两个多月没见了!"素梅起身道,"我去搞几个菜,好在我今天清早买了菜在家。"

素梅下厨后,俞艳便与水应交谈起来,主要谈的是,要水应好好珍惜素梅对他的这份情。水应表示,他心里清楚,晓得自己今后该怎么做。

楼下饭店的菜很快就送上来了,素梅手脚也很麻利,两个小菜很快就炒好了。四个人便在餐厅桌边坐下来,一人一方。郁芸开了一瓶干红,除了水应直接吃饭,三个女人都斟了一杯红酒,边喝边聊。

"我刚才说的是真话,我没有水应这样的福气,没有遇上一个好爱人!"俞艳两杯酒下肚,情绪便有点激动了,"我和我家那位离了婚——我终于想通了! 原来还想挽救点什么,现在想想也没多大意思,还有什么可挽留的呢? 早该听了郁芸的话,早离了我也不会做后来的那件傻事。"

"都过去了,别老把这事放在心里。"郁芸与俞艳碰了一下杯,"你还年轻,可以从头再来。"

"我做了傻事,从头再来也不容易了。"俞艳将小半杯酒一口干了,"我当时太愤怒了,我没有控制住自己,结果反而让他们抓住了我的把柄,把我给告了! 我被判了三个月的拘役,虽是监外执行,但我在这个城市里的一切好像都没有了……"

"别担心太多,你有在医院里的工作,靠工资养活自己,担心么事呢?"素梅也劝道。

"医院我是回不去了,我得重新找事做。"俞艳脸喝得有点红了,声音也提高了不少,"其实我感到,这座城市我也难再待了,我现在真的有点想逃离这座城市。"

"城市条件这么好,怎么还不想待呢?"素梅听不大懂俞艳的话。

"这里其实有很多病菌,你看不到。"俞艳近乎自言自语地说,"你瞧吧,像张秋平这样的人,刚出道时拼命工作,目的是为谋得一官半职,抬高自己的身价和地位;等得到了这一切后,就泡在浮华之中享受奢靡生活,饱暖思淫欲,吃喝玩乐养小三,哪还有当初的追求呢? ……"

"张秋平对你伤害太大,所以你老想着他,尽管已经离婚了,但你还是会埋怨城市里所有的东西。"郁芸说,"还是忘了这一切吧,有些事不要老想得那么过激!"

"不是我想得过激。"俞艳又干了一小杯,"你说说,现在像张秋平这样的人,在这个城里不少吧? 你再看看陈根下去扶贫,一下子接上了地气,干了多少有意义的事啊! 人一下子变得多实在、多精神啊!"

"你不能用几个人的情况来覆盖所有的东西,这个城市里也还有很多积极阳光的人。你还是少喝一点吧,"郁芸说,"你的思维已经有点乱了。"

"我没乱,我说的是实在话,"俞艳说,"我准备离开这个城市。"

"到我们翠山去散散心吧,那里风景很好,还有黄梅戏。"素梅说。

"我半个月后就要去翠山,支持当地一个黄梅戏剧团的工作,出演一个角色。"郁芸跟着说,"你也是个戏迷票友,平常又好唱两嗓子,水平也不差,是否和我一道去呢?"

"暂时去不了的,"俞艳沮丧地说,"我得接受社区矫正,出去要报告的,还有一个多月的时间啊!"

"可以打报告,由这里转到滨江县去接受矫正。"郁芸说,"我再去找人说说,肯定行的。"

"真的吗? 那我就跟你过去看看!"俞艳一下子兴奋起来了。

"你们去可以住我们院里的水根家的房子,"素梅也高兴起来,"水根家有幢小楼,水根不在家,他老婆一个人住很孤单,你们去住正好哇!"

"去了再说吧。"郁芸说。

三个都有各自不幸的女人,把一瓶干红喝干了。

二十五

县纪委调查组进驻翠山村是陈根没有想到的,更让陈根没想到的是,调查组进翠山村竟然是为调查他陈根而来。这令他感到震惊!

有人给县纪委投了举报信举报了他。陈根已经了解到,举报人主要说他存在三方面问题:一是说他存在生活作风问题,与某贫困户女性有暧昧关系;二是说他挪用乱用项目资金;三是说他收受贫困户送的礼品。这三条,哪一条如果成立都是很麻烦的,都将给陈根带来很大伤害,或许他的扶贫工作将不得已中断,还要接受处分。

调查组进入翠山村两天之后才找陈根谈话。陈根知道调查组走访了很多人,也查了相关账目。陈根相信自己在翠山村百姓中的口碑,所以并不担心什么。他相信身正不怕影子歪,只是内心很不舒服。

"我们的问话很直接,有时还很尖锐,请保持耐心。我们的目的是把事情搞清楚,请予配合,如实回答。"调查组组长姓曹,看上去还很年轻,一脸的严肃。

"你们尽管问,我有什么说什么,不会掩饰,更不会隐瞒说谎。"陈根冷静地回答道。

"你对重病贫困户徐水应一家的帮扶事迹,我们听后确实很感动;你不仅帮他借钱看病,还动用自己私人关系为他联系省立医院医生。更不可思议的是,你还把他们接到家中暂住落脚,这似乎有点超出常情了,一般人是很难做到的。你说说,为什么对他们这么用心?"曹组长继续问道,"出于什么考虑?"

"我要是不这么帮,他们能下得了决心去省城治病吗?即使下了决心,他们又有能力去看病吗?这户得重病多年了,而且已经一贫如洗,欠了很多的债;他们到了省城两眼一抹黑,往哪个医院跑都不清楚……"

"不是有针对贫困户的大病医疗政策吗?"曹组长插话道。

"政策是有的,可是如果不帮他们,政策也难落实,他们也不知道如何去享受。是有个'351'政策,但为什么水应一直不去用呢?是啊,到省城医院治疗大病,贫困户个人最多只用付一万元,但是他们去省城的车旅费呢?去了以后要先看门诊,而且不是马上就能住上院,甚至在外要吃住不少日子,他们动一动都得花钱,这也是一笔很大的开支啊,谁来帮他们解决?他们什么关系都没有,谁来为他们找路子呢?这也正是他们下不了决心去大城市医院治疗的原因哪!正是因为我告诉他们,我可以为他们解决这些问题,才促使他们下决心赴省城看病的!"陈根说得很流畅,是他心声的流露,"所以说,扶贫工作光出政策还不够,还要有人帮助贫困户去用这些政策,这样政策才能落地,这也就是上面派干部下来搞帮扶的原因啊!"

"你说的都有道理,情理事理都对得上,但有的人不这么看,"曹组长往他的小本本上记着什么,停了半晌,又说道,"有人举报你另有所图。"

"另有所图?"陈根不解地反问道,"我图他们什么呢?"

"举报人说你心怀不轨,看上了水应的那个漂亮的弟媳妇云霞;说你夫妻关系不好,有情感饥渴,所以就隔三岔五地跑去找云霞,为了争夺这个美人,还和另一个男人发生了斗殴,受了伤。"

"无耻!"陈根听闻此言愤怒了,忍不住大声骂一句,"完全是造谣诽谤!他凭什么这么说?"

"人家还拿出了证据,"曹组长从公文包里拿出两张照片来,"他们拍到了你把云霞带上你的私家车单独外出的照片。"曹组长将照片递给了陈根。

陈根接过照片看了一会儿,淡然一笑道:"这是云霞两次搭我的便车,一次是我去县城开会,她想进城办点事就搭了便车;另一次是云霞想去浙江看她在那里打工的丈夫,我送她去市里的高铁站。第一次我到了县里把她放下后就去县委开会了,有同行人也有会议通知证明;第二次车上还有工作队的宋斌,我当时和宋斌一起去市委组织部办事,宋斌可以做证。就只有这两次。但是这又能说明什么呢?这能证明我和云霞有不正当关系吗?"停了一会儿,陈根又说道,"你们可以走访本村的相关人员,包括云霞本人,还可以问问我妻子郁芸,听听他们怎么说。我希望你们把事情真正搞清楚,能为我正名!否则今后扶贫干部怎么到贫困户上去做工作?心有余悸呀!这已经不仅是关系到我个人的问题了……"

"我们已经走访了很多人,总体来说,你口碑不错,要不我们也不会如此直白地把问题摊在你面前。"曹组长说,"你这么用心投入地为村里脱贫做工作,为何还有人要诬告你呢?"

"因为我不光做帮扶善事,也做了一些得罪人的事!"陈根解释说。

"哪些事?举例子听听。"

"比如我来村之后,对于村里一直存在的并被省、市、县多次检查所诟病的贫困户识别不精准问题,进行了大力整治,清除了一些村干部——比如原村主任徐有全——优亲厚友强拉进来的所谓贫困户,把真正的贫困户补充进来重新建档立卡!这一措施虽然很受村民欢迎,但也着实得罪了一些村干部!"陈根停顿了一会儿,又接着举例道,"还有清理村里某些干部和关系户一户多宅问题,力度也很大,这也得罪了不少人。前不久开展'扫黑除恶'斗争,村上一些干部,包括主要干部都怕事不敢对村里恶势力'龙风建筑公司'动真格的,是我主持了相关会议,坚持要将村里这个恶势力作为重要线索上报!我知道,与此关系很深的一些人恨上了我!我知道,村两委换届后,个别被调整而丧失权力的人是恨我的,那些诬告信极有可能也是他们写的。"

曹组长没有就陈根有点激动的解释做出评判,而是转换了问题:"关于扶贫项目资金的使用问题,这几日我们经过核查,存在的问题多是你来之前发生的,虽然问题不少,但与你无关,以后再另案调查,这里就不再提了。还有一个问题,你收过贫困户的礼品吗?是经常收还是偶尔收过?"

"我是来扶贫的,贫困户那么可怜,我还收他们的礼,那我成什么人了?我的品德岂不是有问题了?还配做这项工作吗?!"陈根显然愤怒了。

"那么,你看看这张照片。"曹组长将照片递给了陈根。

"真是别有用心！"陈根感到心中剧痛，终于按捺不住心头的怒火了，"这是我几个月前为了维护贫困户利益，被恶人打伤住院，村里有几户人家客气来看望我。当时碍于面子，没将礼品当场拒收，但事后我已经将他们送的东西一一退还了。我给你提供一个名单，你们可以上门核实，看我说的是否属实。"说到这里，陈根恢复了平静，"这个举报人，心理够阴暗！清者自清，我问心无愧！"

"好吧，我们会做进一步调查的，问题肯定会搞清楚的！"曹组长最后说，"现在，整治扶贫领域不正之风抓得很紧，有举报就一定要查，把问题查清楚对当事人来说也有好处，可以还清者一个清白！我们通过几天调查也掌握了不少情况，我们会公正客观地把调查结论拿出来的，这一点请你相信组织。针对上述几个问题，还要请你写一份情况说明交给我们。"

"好的，我能理解，我会很快把情况说明写给你们。"陈根点头道，"另外，近期我可以外出吗？"

"完全可以。"曹组长说，"问题没有严重到要限制你行动的程度，我们这次也是普通的调查。"

从调查组设在村部楼内的那个谈话室里出来，陈根表情阴郁，脸色也有点苍白。下楼的时候廖结宏和徐兴昌都迎上来，想让他坐下喝口茶；他们知道陈根心里委屈，想安抚一下他。但陈根没有停下，低着头径直走出了村部楼。

陈根其实是漫无目的地在走路，沿着水泥村道，不知不觉就走出了屋场，走上了通往山上的那条路。眼前开阔了，他的心情也平静了一些，他面对着翠山长长地呼出一口气，好像把胸中的郁积从口中吐出了一般。他拐上了一条小道，似乎有意要在此时去感受一下小路的崎岖。他原本以为,他在翠山的路已经走阔了,没料到还会面临如此的坎坷,遭遇可怕的陷阱……

他上了一道高坡,这里能俯视整个翠山村。视线所及之处,山村大大小小的屋场尽收眼底,星星点点的房屋组成十几个片区,错落有致地分布在缓坡和土墩之上,一直延伸到澄碧的湖边,呈现极强的层次感。最远处,天地的尽头,是平静的湖面,映着山的倩影。这是一幅未加任何粉饰的画,这朴素的自然风景,让陈根的心境变得开阔。他扯了一棵野草在手中玩弄,心绪随视线放得很远。

这样美丽的地方,为何除了有贫困,还有算计和诋毁呢? 哪怕你把心都掏出来给他们看了! 他没法不感到委屈和伤心……

太阳渐渐跑到西边的山巅,漫开一大片绛红色;风温柔地吹,撩乱了陈根的头发。他在高坡上坐了很久,燥热的身体和思绪都开始变凉了。

"到哪里都会有斗争的!"陈根心里这么想,"该做的事还是得做下去!"

郁芸又来到了翠山。这回仍是她开车,不仅带来了《翠山贤媳》曲本,还带来了冯英导演和俞艳。

她上次来就与龙庆元很好地谈了这个戏的排演问题,她得知龙庆元的准备工作做得差不多了,现在缺的就是曲子、导演和主要演员。郁芸回去后便加紧联络,这回她把几位重要人物都带过来了。

进了翠山村,郁芸照例先去了村部。村部今天显得很冷清,党群服务中心大厅里几名村干部埋头于电脑,大概是在忙自己的业务。她去大厅一侧的第一书记室、书记室看，门都是关的，里面没人。

"村里主要负责人呢？都忙什么事去了？"郁芸向村干部问话道。

这时候村委会副主任兼妇联主任陈晓萍迎上前来，悄悄告诉郁芸，说陈根书记出事了，县纪委调查组正驻村查他的问题。郁芸大吃一惊，问陈根出了什么问题。妇联主任说了几个方面的问题，因为她自己也接受了调查组的询问。郁芸听后，愤然说："这怎么可能？这一定是有人在诬告他！"

"我了解他的性格和为人，他是不可能犯那几项错误的！"郁芸断然说道，"调查组还在村里吗？"

"在啊，在楼上小会议室里，这时候正找人谈话呢。"

郁芸叫冯导和俞艳坐下稍等，她要去会会这个调查组的人，说过便急匆匆地上楼去了……

约莫过了半小时，郁芸从楼上下来了，脸涨得通红。已经有很长时间了，她都没有像今天这样为陈根上火，并主动为他说话。

郁芸阴着脸，也没跟村干部说什么，而是径直跟冯英和俞艳说道："我们走吧，直接去龙团长家吧。"于是，郁芸引冯英和俞艳上了车，按照龙庆元发来的位置，开车离开了村部。

龙庆元见到郁芸一行真的如约而至，高兴坏了，与冯导来了一个拥抱："真的感谢你们这么看重我！"他忙不迭地帮冯英拿行李，满脸都浮着激动和幸福交织的笑容。来到堂屋里坐下，龙庆元又忙不迭为每个人沏上早已准备的茶；而当他从郁芸手中拿到剧目曲本时，更是激动得喊起来："就是、就是等这个，就是缺这个！"

　　郁芸随后将俞艳介绍给了龙庆元:"她可是我们省城知名的黄梅戏票友! 获得过省城文化馆举办的戏迷票友赛大奖! 你看看这个戏能派个什么角色给她?"

　　"欢迎欢迎! 正缺女演员呢! 女主角的母亲这个角色一时还找不到好的演员。年轻的缺少生活经验,演得不像,年老的唱功又不太行。虽然戏份不多,但要演好也不容易。你以前上台演过角色吗?"

　　"只上台唱过,没演过角色。"俞艳红着脸,腼腆地说,"我以前是个护士,平时忙得很,也找不到好机会去演戏的。"

　　"试试吧,"郁芸建议道,"有冯导这样的老师指导,你会很快入戏的。"

　　"我唱得还行,演技可能有欠缺。"俞艳仍谦虚道。

　　"在省立医院协助素梅带水应看病,她可是出了不少力、帮了不少忙的!"郁芸说。

　　"你是医院护士,你哪有时间加盟我这部戏呢?"龙庆元不解地问。

　　"我已经离开医院,出来自谋职业了。"俞艳解释道,"我真的很想加盟一个剧团,余生用演戏来感受人生……"

　　"看来你是个有个性的人!"龙庆元说,"有个性的人是能演好戏的!"

　　"她是个认真的人,做任何事都认真!"郁芸继续鼓励她道,"她是能够演好交给她的角色的!"

　　"我相信你说的!"龙庆元笑道,突然间又像发现了什么问题似的问,"你怎么没去村部找陈书记? 他怎么没陪你们来呢?"

"我们去了,没找到他人,发微信给他,他也没有回。"郁芸解释说,"县纪委在查他,我也去会了会调查组的人。"

"他在村里,我几个小时前还看见他。不过他脸色和情绪的确都不太好。"龙庆元回答说,"这个村子里还真有这么缺德的人,连陈书记这么好的人也诬告,太缺德了!这也真是跌我翠山人的面子啊!"

"让他冷静地待着吧,"郁芸似乎不想谈这个话题,"我们做我们的事!龙团长,戏排演的准备工作做得怎么样?特别是场地准备。"

"排演场地原本放在村里刚建起来的文化乐园讲堂里,但最近村里要用讲堂开扶贫夜校、搞翠园种植培训,很难连续使用;再说那场地也显得小了些,这样我只能选用早先在邻村找到的那个铁皮屋厂房了。那里场地大,也没什么干扰。但缺点是路远了点,来来往往和吃喝都不太方便。"

"时间不等人了,能克服一下吗?"郁芸说,"路远的问题,我和陈根每天开车跑吧;吃喝找附近哪个地方解决一下。"

"应该能克服的,我来想法子吧!只能选在那里了。"龙庆元说,"要是有两部小车每天跑,问题应该不太大的。"

"其他方面呢?"相较于排练场地,冯导更关心参加演出的人和物,"参演和配乐人员以及音响道具什么的。"

"郁老师带俞女士来了,演员基本能凑齐;配乐还是上次《老支书》的原班人,不过曲谱才拿到,还要预热一段时间,一开始肯定是生疏的。音响、道具包括字幕机,目前还不齐全,只有排到一定的程度再去弄了;陈书记说,县文化委有一套,最近要送过来给文化乐园,到时我们先借用一下吧。"

"编剧在吗?"冯英问。

"在啊,就是我女儿翠玉,她在家。"龙庆元随即高声喊翠玉出来。

翠玉应声从里屋出来,冯英对翠玉说,《翠山贤媳》这个本子他最近又认真看了几遍,觉得有些地方还需要改动一下,以增强感染力,等一会儿一起到里屋去商议一下,看怎么改……

龙庆元随后便开始介绍排戏的初步计划以及演员安排情况,并将在场的演员一一介绍给冯英和郁芸。

"你几个外地来的,就都住在我家里,我把楼上楼下的空房都收拾一下;排起戏来,吃喝都在排演场里,我请了一个人专门在那做饭。农村里排戏,不比你们城市,辛苦啊! 好在天气转凉了,在铁皮屋里排,已经不热了。"

冯英说:"能承受的,只要戏好,做的事有意义,艰苦一点是值得的!"

"你是不是带我们到排演场地去看看呢?"郁芸建议道。

"说得对,是该先去看看,好做安排。"冯英也跟着说道。

"那就过去看看吧,丑媳妇总要见公婆的!"龙庆元红着脸说,"我真有点不好意思带你们去。"

"那有什么不好意思的呢? 我们现在是一个团队了,有困难共同克服!"冯英鼓励道。

几个人正欲起身前往时,陈根进来了,与众人打过招呼后,他说:"我刚在村部听说你们过来了,不好意思,最近有点麻烦事,没及时接你们!"

"不需要这么客气,你是扶贫队长,又是第一书记,大事多! 你把你的大事处理好为重!"郁芸的话似有所指,但听起来又有某种温馨感。

"你们来也是大事!"陈根笑着回道,"关系到我们村扶贫工作和文化影响力呀! 想想看,哪个村能像翠山一样吸引这么大牌的导演来排戏呢?"

"言过了! 我也是为扶贫才过来的,再说这个本子是个接地气的好本子!"冯英还是那一副艺术家的诚实表情。

"陈书记来,正好有车过去,"龙庆元趁机说,"他们想去看看排演场地,还麻烦陈书记把你那车开着送一下,行啵?"

"没问题! 以后戏排起来,我可以天天为你们服务,包接送!"陈根显得很热情,他是真心想做好这项服务工作的,"村里条件目前还不行,文化乐园还没完全搞好,村里的事多,又在搞扶贫培训……"

"没关系的,我们去排练场看看。"冯英说。

陈根和郁芸各自开着自己的车,将一众人送到相邻的翠溪村排练场。这个废弃的厂房离村落屋场有点距离,周边也只有几块抛荒的地,显得很安静。好在水电都通,这很重要,为二十多人在这排大戏提供了必要条件。龙庆元引着众人围着场地看了一圈,而后又打开大门进到厂房里,一边引众人看,一边介绍情况。场地足有三百平方米,高度也有五米以上,但里面空落落的没什么设施,只有一间简陋卫生间和一间废弃的小厨房。大伙看过后都觉得这里还是可以的,适合排戏,只是设施简陋了些,要租一辆货车,把要用的东西都拉过来。

陈根看过场地后说:"你们这两天可以先行动,我明天要去江浙一趟,带沈古林去江苏盱眙见一见他多年未见的儿子,之后拐到湖州去见几个本村在外做童装生意的小老板。车辆接送问题,我可以租一部皮卡车为你们服务几天。"

"这种时候你还出去吗?"郁芸关心地问。

"没关系,清者自清,我相信自己,也相信组织。我离开,他们会更好调查。"陈根自信地说。

"你去大约需要多长时间呢?"冯导问。

"三至五天吧。"陈根说。

冯导说:"我还得先回城里一趟,处理一些事情,做点准备工作,估计也要三到五天。所以正式开排还要几天。"

"那就更好了。"陈根转过脸向郁芸和俞艳道,"你们干脆也先回去做些准备吧。俞艳,你的事我都听说了,你在城里那边的事都处理好了吧? 别中途要你回去哟……"

"已经处理好了,"俞艳红着脸说,"不会影响这边的事的。"

陈根开车带沈古林去找儿子,一路上都与沈古林说着话。

沈古林也很兴奋,活这么久还是头一回坐小轿车出这么远的门。

陈根问沈古林道:"你说新桥不是你亲生的,是怎么一回事?"

沈古林停顿了一会儿,努力地拉回过往的记忆:"起初我是在县城建筑工地上打工时认得他妈的,我见她带着个不满三岁的男伢在工地做工怪可怜的,就时常去帮帮她,时间长了就相处了……后来我们就在工棚里结了婚,也没办什么仪式,只随便散了点糖;

那时我都四十多了,有了这个女人和她带过来的小男伢,我老光棍儿的名头才摘掉。可惜他妈真是个苦命女人,为我生下一个女儿后没几年就得了癌死了,我拖儿带女的,农忙时在村做农活,农闲时到县城里建筑工地做工,吃苦把俩伢拉扯大了,也让他们念上了书,可我的身子也给拖垮了,得了慢性肾病。我再也没能力供他去城里复读考大学了,可新桥就是想不通,一气之下就跑出去了,直到现在。"

陈根说:"虽不是亲生的,好歹是你把他养大的,他不会抛开你不管的。"

沈古林说:"鬼晓得他怎么想的。我常想着,不是亲生的就是要差些……"

"这你就想错了,"陈根接上说,"他离开家也是为了闯一番事业!"

"你费这么大劲专门去找他,还带上虫子,为么事呢?"沈古林问。

"为了你不再孤苦、能够脱贫,也为了村里面像虫子这样的人能够脱贫!"陈根说道。

沈古林道:"陈书记会做工作,我服你,你真不容易!村里那些贫困户你都为他们找了路子!像水应、龙庆元、老支书这些人,大伙原以为没法脱贫的,现在都找到了路子!现在你又在帮我和懒人虫子,你是真心在做事!"

"国家这么好的政策,我又是来干这件事的,不真心做对得住良心吗?"陈根说,"每个贫困户都有致贫原因,每一家的原因又都是不同的;你不可能像工厂生产衣裳一样,把政策简单地分发给客户,让他们自己去试穿,那样没有好效果的。我的职责是真正找到每一户的贫困原因,然后把政策和这些原因衔接在一起,不过这中间有很多艰苦和细致的事要去做,这样才能真正让政策落实到每一户。这不是简单说说、开开会、做做报告就行的。包括今天我带你们出来,也是为做工作创造条件。我不知道我说的你们听得懂不?"

"马马虎虎懂了点。"沈古林笑道。

"虫子,你的大名叫沈志勇,为什么大家都叫你外号不叫你大名呢?你想过没有?"陈根大声对后面的虫子说,"原因就是你太懒了,跟你大名不相配!在大伙印象中你就像一条懒虫!你总是什么事都不愿做,给你找个公益岗位,出来监管一下修路、做点保洁的事,你都嫌麻烦,找各种理由推!到现在已是二三十岁的人了,自己不劳动挣钱,还要向几个姐姐、姐夫伸手,靠着七八十岁的老母亲生活,让老人为你服务!你这个样子哪有女的愿意嫁你呢?老人她肯定会走在你的前头,将来你怎么办呢?好端端的小伙子总不能一直靠吃低保过日子吧?在我帮扶的片里,就只有你这一户的脱贫我还没找到办法!我今天带你出去看看和你从小一起长大的同学,看看你的发小新桥是怎么在外打拼的,过的什么日子!"

沈古林说:"陈书记真是苦心!虫子你该好好听陈书记的。"

一路谈得都很欢,时间过得也就很快。五个多小时的车程很快就过去了。陈根按新桥发的位置,把车开到了挂着"新农种养业开发公司"牌子的院子门边,新桥已在院门口处迎接。当他看见沈古林下车走过来时,主动上前一把抱住父亲,身子下滑,单膝跪在父亲脚下。他没有说话,只是默默地抽泣了几声。倒是沈古林沉得住气，还是以当年那种硬邦邦的语气说道："我还以为，你小子这辈子真的不想认老子了呢！"

新桥揩掉溢出眼睑的泪水，良久才开口道："是做儿子的不孝！我心性太高，当初从翠山出走时，我就发誓，不混出个人样来绝不回翠山，绝不回去让老爸小瞧！到现在还是没混出个样子来！"

陈根见状，上前调和道："都是自尊心超强的人！不过这几年你也遇到不少难处，能一个人挺过来真不容易，这也是实情，不能怪你不回家！"

新桥笑笑，脸上的表情已经自然了许多："走吧，进屋里喝茶吧。"

几个人走进了楼里，在一间客厅里坐下，新桥忙不迭地为来人倒茶。

"公司是你名下的实体吗？"陈根问道。

"是跟人合伙的，去年才搞起来，规模也不大，只有五百亩水田。"新桥脸面黧黑，看上去落了不少岁月的风霜，"起初种植富硒水稻，可效益不太明显；今年才上了稻虾连作综合种养项目，不知效益如何。"

"一个外乡人，在异地经营种养业确实不容易。"陈根感慨道。

"搞种养业风险还是很大的，很大程度上要靠天吃饭。"新桥叹道。

陈根听言后，小心翼翼地说："回翠山去经营这项目如何呢？翠山村不也有湖边的稻田吗？自然条件也不比这里差。"

新桥说："完全放弃这边也难，毕竟我在这边基础设施的投入大，就说为养虾在田边开挖的沟渠和为防洪所筑的堤坝等，就有百万的投入啊！都是合伙贷款投的,放弃损失太大!"

陈根说:"办法总是会有的。我想,你可以把现有的设施折价作股转让。"

新桥说:"回乡重新搞也是要有投入的。特别是稻虾连作经营项目,稻田周边要挖沟,稻田也要整治,我不知道还有没有那个资本来投入。"

"可以贷款,也可以与其他企业合作!"陈根继续劝道,"县里有家全国农业产业化龙头企业青禾米业,起步可以与它合作。"

新桥说:"有风险哪! 我出来这几年其实很坎坷的,这两年才刚走出困境,挺不容易的,真的搞怕了!"

"可以申请农保,"陈根说,"我听说你一直是个敢想敢做敢拼的人。"

新桥说:"胆子是越闯越小! 不亲自在外闯,不晓得创业难!"

"好吧,我们回头再谈这个话题,给你点时间,让你好好想一想。"陈根转了话题,"你现在带我们去看看你的基地,特别是那稻虾连作的田块,我想去看看。"

于是陈根开车,在新桥的指引下去他的基地。车不能直接开到,下车后还要走一截小道。路上新桥与虫子谈起话来。

"没想到你也成了贫困户,"新桥说,"像你这样的,不管在哪找一点事做,也不会戴上那顶帽子的;年纪轻轻的,机会到处都有。"

"我做不来事,"虫子有点尴尬地说,"没人愿意收我这样的人。"

"人不是天生就能做事的,你得有那份靠自己的双手把日子过好的心思,舍得豁出去,舍得吃苦!你总是坐在家里,等老天掉好处下来,等别人来施舍,你不成贫困户才怪!"

"他主要是靠着八十岁的老母维持生活,其他也没什么指望;便是我们为他寻点路子,他都懒得去做。"陈根插话道。

"靠老母养活,哪能长久呢?年轻人吃低保会被别人耻笑的!"新桥说。

虫子似乎是受了刺激,脸涨得通红道:"我、我也没有路子……"

新桥说:"真没路子就到我这来做点事,我给你路子,谁叫我们是发小呢?我想我迟早是要回去的,为了我多病的老爸,还有我那念大学的妹妹!到时虫子可以拿你家的绿色稻田入股,还可以成为我公司的种植手的。"新桥终于说出了这话。

"好啊,我一定为你搭好平台、提供好服务!"陈根有点兴奋了。

说话间,就来到了种养基地。这一片流转来的田地,在公司调整之后显得既有规模又有秩序;田块整齐,一直绵延到远处的湖边。每块稻田旁边都增挖了一道道引水沟,呈现一种有序的美。不过目前正值收割季节,稻田已被刈净,虾种都已入了田沟繁殖;日光之下,整个场景缺少了春夏时节的那种生气。

新桥边走边介绍着。他表示,他将在下个月回翠山搞一次调查,看看自己怎么在家乡兴业,搞多大的规模……

二十六

县纪委调查组再次来到翠山村,这次是来宣布调查结论的。

根据调查组的要求,村里召开了村两委扩大会议,参加人员为村两委成员、各村民小组长、各村组乡贤和贫困户代表。镇党委对此次会议也高度重视,党委汪书记亲自参加会议。会上,曹组长宣读了调查报告,他详细介绍了调查组在翠山村开展工作的全部情况,并就如何对调查掌握的情况进行分析研究也作了说明。最后宣布了此次调查的最后结论:举报信反映挂职干部陈根的几个违纪问题均无事实依据,举报人涉嫌诬告,县纪委将就此情况进行研究,给予举报人相应处理。调查报告同时肯定了陈根在翠山村挂职这段时间所做的工作,对其至诚至真帮扶贫困户脱贫所取得的成效给予了肯定和褒扬。

调查组虽然对陈根个人帮扶工作表现给予了肯定,但也点出了翠山村在扶贫工作中存在的一些问题,主要是扶贫资金的使用不精准,有被挤占挪用的问题,有的甚至手续不全、去向模糊;村委会与被查的龙风建筑公司财务往来混乱,存在未按财经规定和项目工程合同执行的问题等。虽然这些问题是陈根来翠山之前发生的,但陈根作为第一书记,没有及时发现问题或发现问题后未做出有效处理。调查组拟将这些问题提交相关部门作进一步调查处理。

会上,镇党委汪书记的表态也有力度,表示支持调查组工作,接受调查组提出的整改意见,镇党委将就翠山村班子换届工作来一次"回头看",做进一步的考察,等等。

会后,陈根心情既高兴又沉痛。高兴的是,关于他的所谓问题终于有了明确的结论,他这大半年的努力和工作成效也得到了充分肯定,他脚下的路还可以继续向前延伸;沉痛的是,他只注重了自己的帮扶工作,没有注意村财务管理存在的突出问题,作为第一书记,没有起到监督整改、正风肃纪的作用。看来他对自己还存在一个重新定位的问题。所以散会以后,他送走纪委调查组和镇里领导后,便回过头来,拽住因心情欠佳而正欲回家的廖结宏,说想跟他一起出去走走。廖结宏耷拉着一张脸,本不想出去走,但碍于陈根反复要求,只好随陈根走出村部,又走出村落,沿着通往翠园的那条水泥路缓缓走去。

"都是徐有全那狗东西做的好事!"廖结宏恨恨地说,"要不是他写什么举报信,哪会有这些事情发生? 哪个村不多多少少有些这方面的问题? 哪个村干部不多多少少有些这方面的小问题?"

"你怎么晓得是他举报的?"陈根说。

"这不是瘌痢头上的虱子——明摆着的嘛! 除了他和与他一伙的那些人,村上哪还有其他人做这缺德事呢?!"廖结宏肯定地说,"徐有全这是在引火烧身! 狗东西以为自己掌握内部情况,能咬到人,就没想到自己一屁股屎! 他那德行和做派哪还经得起查呢? 不仅搬了石头砸自己的脚,还把我害得不轻!"

"说实在的,也怪你自己不硬,原则性不强!"陈根不客气地说道,"你总是迁就他,还与他同做一些坏规矩的事!"

"是的,当然也要怪自己了……"

"你也真是糊涂,他不把你诓进去,他能那么大胆地为自己捞好处?"陈根以批评的语调说,"你要是有点原则性,也不至于那么被动。"

"话虽这么说,但你来翠山之前,我的处境很难。我好歹也是个书记,是翠山村的一把手,我总要做一些事情,所以只能放灵活一些,对他做一些让步,有时随他做一些不妥的事也是没法子的事。"廖结宏诉苦般地说。

"他这一招给翠山带来的负面影响是很大的,也给我很大的警醒!"陈根感叹道,"今天镇党委汪书记的话你应该能听出来,肯定要发生改变了,你该有一些思想准备了。"

"随他去吧!"廖结宏一脸无奈地说,"我五十好几了,退下来不干也行。只是因为受了处分下来,脸上有点挂不住哇!"

"你可以主动请退,同时推荐一名年轻人接手,这样可能更好。"陈根建议道,"现在也该让有能耐的年轻人上了!像徐兴昌、廖新木、陈小强进班子后表现就很不错!前不久我到江浙跑了一趟,感触就更深了;我在江苏见了沈古林的儿子沈新桥,他在那里搞稻虾连作,经营得很好,年轻人有闯劲有韧性也有头脑,且家乡情结浓,愿意回乡创业,不久就要回来考察了。之后又去了浙江湖州,见了在那里做童装的水根等几个翠山人,和他们聊得很多很深,他们其实都有很强的家乡情结,关注家乡的情况,水应弟弟水根还有回乡创业的想法,说是年底回来。这些返乡再创业的年轻能人,都是村里今后可以培养的人。"

廖结宏沉默不语。他机械地挪着步子,目光仿佛被风吹起来似的飘得很远。

　　龙庆元"春台班"的新编现代题材黄梅大戏《翠山贤媳》开始排演了；郁芸会同冯英、俞艳等人都从省城赶来，参与到这部戏的初排之中。郁芸把自己的车子开来了，此后每天早晚要承担接送演职人员去排演场的任务。

　　因是排大戏，演职人员自然比排折子戏要多不少，而且其中近一半是外地来的。这样龙庆元安排吃住的任务就很重。冯英和其他聘请来的男演员就住在龙庆元家楼上。郁芸为减轻龙庆元的负担，便采纳了素梅的建议，带着俞艳住到了水根家的小楼里。这样有几个好处：一来可以和孤独的云霞做个伴；二来可以实地体会一下这个大院、这个家庭的生活氛围，找一找对角色的生活感觉。

　　云霞和凤娥都很欢迎郁芸她们来住，每晚都忍不住要过来和两位城里人说说话，或询问排戏的情况，或问一问城里的事情。最高兴的还是凤娥，她兴奋于自己终于有机会报答一下郁芸和陈根这对恩人！所以，凤娥每天都把两个城里人的房间收得干干净净的，热水也充足地备下，很是尽心，这让郁芸和俞艳都有种宾至如归的感觉。

　　对于来到村里面演戏，郁芸还是感慨良多，感觉就如做梦一般。她万万没料到，时隔十六年之后，她竟然又一次登台演戏了，这似乎有点不可思议！当年她练功受伤带着一种悲壮的情绪离开了舞台，然而十多年过去，她心中深埋的那种对演艺事业的热情，不知被什么神秘力量唤醒了，是翠山这里有某种神秘力量在呼唤她吗？更为神奇的是，她这一次的行动，竟然像乘了东风似的一路顺利。单位将她此行作为文化扶贫和送文化下乡的一项重要工作予以重点支持,领导亲自将她和冯英、俞艳送过来,并为该项目提供了两万元的赞助款;在戏开排的现场,单位领导还发表了热情洋溢的讲话,打算将这部戏作为省文化馆支持的项目向上面申报!有时候,特别是在夜晚,她透过窗户凝望村庄的夜景,心湖常涌起波澜。是的,她将重温旧业演绎一段一个女人为丈夫、为家庭不顾一切默默奉献的故事,而自己竟是一个与丈夫感情破裂、面临家庭危机的女人!这是一件多么特殊的事情啊!然而她毅然决然地来做了,她似乎企望从中获得某种教益和启迪!翠山啊,委实是一处有着某种召唤力量的地方……

排练抓得很紧,作为一个专业的、有敬业精神的导演,冯英作风严谨,要求也高。每天一大早,郁芸就开车将一干人送到排练场,陈根也时常开车帮忙送人,然后就是紧张的说戏和排戏。冯导排戏对细节抠得很紧,他会在你演的过程中突然叫停你的唱腔和动作,有时一个细节或一个动作要重复好几遍甚至十多遍,这让这些乡间演员和外来业余演员多少有些不适应。尤其是俞艳,她原本就是一名业余戏迷,唱几个段子还不错,但真要演个角色,把唱腔融入身体语言及表情动作中,还是很不到位、很夹生的。因此,冯导对她的指点最多,这让俞艳对自己胜任这个角色失去了信心,几次都想打退堂鼓,是郁芸及时的鼓励和戏余的指点帮助,才让她坚持了下来。

陈根不管多忙,除了到县里、镇里开会,每天都要到排演场来几趟,和郁芸一道早上开车把人送过去,晚上把人接回来;早晚之间只要有空,便也开车过去看排练,这一点颇得郁芸的好感。当然,他对这个戏这么倾心,不仅是因为郁芸在这里担任主角,更重要的是他对这个戏也抱有很高的期望；他希望这部戏不仅能够像小戏《老支书》那样一炮打响，而且还能获得某种轰动效应，这样翠山的影响力也就出去了！

为此，陈根多次与冯英进行深入交流，特别是在内容的取舍和情节细节的安排方面，他在看排演时常提出自己的意见。他觉得，冯英虽然在艺术表现方面有毋庸置疑的导演能力，但对翠山情况和地方文化毕竟是生疏的，需要及时向他提供信息，这样才能让他做到艺术和内容的深度有机融合，深化主题和艺术感染力。

下午，陈根又抽空过来了，他没有去打搅冯导的工作，而是悄悄坐到一边看冯英导戏。在第一场戏排练结束小憩时，陈根默默找到冯英导演，建议在开场某个地方加上素梅作为挑花传承人在挑花的场景。"我以为加上素梅挑花的场景不仅可以借这个戏宣传'滨江挑花'，而且还能借'滨江挑花'比喻素梅的人品，因为'滨江挑花'的特点是'正反成趣'和'青白相融'，这可以诠释为'表里如一'之诚信和'一青二白'之清净。"陈根说。

冯英听后，认为是个不错的主意，可以考虑。在排到第二场开始时，冯导让郁芸尝试做背病人的动作上场。陈根又悄悄上前找到冯导，建议排演的时候不要让郁芸做这个动作。

"她的腰以前受过伤，"陈根小声提醒道，"我怕这动作做多了，会使她旧伤复发，这样反而会影响后续排戏的。"

"你的建议不无道理。"冯英为难地说，"不过如果排练时不练，正式演的时候怕不能很好地表现啊！我尽量注意，尽量让主角健康地进入最后的公演。谢谢你的提醒！"冯英也退了一步。

"我应该能坚持的。"郁芸也跑过来表态似的说，"我注意点就行。"然后用带有感谢意味的目光看了陈根一眼,心里似乎在想,这个男人也学会关心人了……

这些日子,翠山村热闹了起来,继县政协社会法制委以及县老龄委办公室组织政协委员和老干部先后来翠山村参观居家养老服务中心建设情况之后,省城的画家们也到翠山村采风来了。

省城美协采风团还是由汪逸风主席带队,他带领二十多名画家,包了一辆中巴车专程而来,其中也包括两名为翠山村农民文化乐园文化墙搞美工的画家。两名画家根据上次打前站时村里提供的内容完成了构图设计,这回专程过来制作;其余的画家都是来采风画画的,这是省城美协的一次年度大活动。汪逸风根据上次打前站时了解到的情况,制定了一个为期两天的采风写生方案,并亲自带队来翠山落实。方案明确此次采风写生形成的作品一律拍卖,所得款项将作为省城美协扶贫资金,全部捐给翠山村。另外,这次他来还有一个任务,就是将在翠山村建立省城美协采风写生基地。他完全兑现了上次他对陈根的承诺。

采风团到村以后,先去村部和陈根及村两委干部照个面,然后就兵分三路开始行动。一路是两名工艺美术画家去村文化乐园书画文化墙,他们已提前与廖传印联系对接好了,路也熟悉,便径直前往了;两天时间要完成四方墙的书画工作,任务不轻,时间上也得抓紧才行。另外两路分别赴翠园和湖边写生,明天两路人马再互换写生点。汪逸风带十来名画家上山去了翠园。他没有要村里干部陪同,他让村里人各自忙自己的事去,让他们画家自由活动。另一组去湖边写生,由美协秘书长带队,上回也是他去那里熟悉情况的。

入了翠园的这一组画家,就像狙击手选点似的,各自选了自认为最好的视角位置,摆开画架投入创作之中。画家们的到来引来了村民们好奇的关注。因为是双休日,孩子们没上学,都纷纷围着画摊子看画家画画,不时发出一些感叹和笑声;老人们有的也被孩子引出来去看热闹了,翠山似乎一下子人气沸腾了。

汪逸风没有选点画画,他是组织者,任务是把画家们来写生的工作生活安排好。他准备明天选一个点,画一幅作品。今天他还得为常设写生基地挂牌的事找村里商谈。所以当画家们各自进入工作状态后,他又回到村部来,找到陈根和村书记徐兴昌等一起谈事情。

"我上次来已经说过了,省城美协会员这次采风活动的所有费用自己解决,包括吃饭住宿在内,不给村里添负担!"汪逸风解释说。

"汪主席真是太用心了!"徐兴昌接口道,"你们到翠山村来,是在帮我们搞宣传,村里最起码也应该安排你们吃工作餐的!"

"不用,人太多! 我们已经在镇上订好了饭店和旅馆。"汪逸风解释道,"我们这次来是省城美协的一次年度活动,有经费安排的。毕竟时间不短,两天时间,还要住一晚,有不小的开支,不能给你们添麻烦。"

陈根说:"不管怎样,一餐饭总还是要安排的,画家们和村干部也应当一起交流一下;另外,那两位为村文化乐园宣传墙书画的画家的吃喝,是应当由村里解决的,就让他们在村食堂和我们一道用餐。"

汪逸风说:"就这么讲好了,最后我们离开的时候吃一餐饭,画文化墙的两位画家由村里负责吃喝安排。"

陈根笑道:"这才像话呀,不然人家会说我们翠山村人太冷漠了!你们这是在帮我们哪,而且采风作品拍卖款还捐给我们。"

"文艺界也该为脱贫攻坚事业做点实事!这也是我们年初工作方案中要求的。"汪逸风把话语提到了一个高度,他停了会儿,又说道,"还有件事需要商量,就是省城美协准备在你们翠山村建写生基地……"

陈根说:"这更是好事了!你说说怎么个建法吧!"

汪逸风说:"需要在你们村租房挂牌,今后经常有省、市画家单个或三五人相邀前来,从事采风写生活动;每年省城美协至少在这里组织一次像今天这样的会员写生活动,通过写生创作画作,将翠山的人文和自然风貌宣传出去。当然,租房、房内设施,还有画家前来活动等费用都由我们自己解决。"

"要租什么样的房屋呢?"徐兴昌问。

"这个不定形式,两三间房也行,一幢小楼也行。大一点当然更好,这样不仅可以安排生活起居,还能有活动室、展厅什么的。费用没有问题的,你们看看村上有谁家有闲房愿意出租?"

"这个不难解决,"陈根马上说道,"写生基地的牌子就挂在我们村文化乐园文化活动室也就是挑花展示馆外,乐园里的设施都可以提供给画家用,不收费;在乐园旁边人家租两间房作为画家的休息生活场地,租金的问题回头面议。"

"这样行!"汪逸风高兴地说,"那么现在就可以挂牌了?——牌子我们都已经设计制作好了,已经带来了,在中巴车上。"

陈根说:"要么明天搞个挂牌仪式,我们请县新闻媒体记者来做个报道,我也亲自写篇稿子发到报业集团去,请报业集团几家媒体都登一下,你看如何?"

汪逸风马上点头道:"这很好!你们县电视台先播,然后传到省台去,我跟省台也说一声,造点声势!报业集团的多家媒体都宣传一下,当然更好!在国家级'非遗'展示馆外挂这个牌子再好不过,非常契合!"

"我们是综合利用,把群众文化和'非遗'文化放在一起,有利于文化普及利用,也最大限度发挥文化设施的作用!"陈根回应道,"如果你能定下来明天挂牌,我们今天就得做些准备,包括把一些挑花作品摆出来。因为目前那个馆还没完全搞好。"

汪逸风给予肯定答复,事情很快谈妥。陈根和汪逸风都很高兴,都认为是双赢的好事。

停了半晌,汪逸风问道:"郁芸是我们省城美协的会员,我们来翠山采风,最先还是她提议的。送她过来排戏那天,我有事没过来。她现在在村里吗?"

"她在邻村租用的一个场地里排戏,"陈根答得很自然,"村里场地有限,最近事情又多;文化乐园那里,白天翠园公司搞用工培训,晚上又安排了扶贫夜校,确实腾不开场子,只能在隔壁村借一个地方排戏。"

汪逸风沉吟良久,鼓起勇气问道:"能带我到现场去看看吗?毕竟也是我们单位职工在这里工作,作为单位负责人之一,也该去看望一下。"

"可以的。"陈根很爽快地答道,"现在就过去吗?现在他们正在排演。"

汪逸风说:"是的,好的!"

于是陈根开车带汪逸风去了邻村的排练场。

进了铁皮板房排练场,汪逸风没有声张,而是悄悄找一个不起眼的地方坐下,看郁芸扮成乡下媳妇在演唱。

> 坚守终于有回报,苦尽也会有甘来;
> 赶上扶贫好政策,治病就医送关怀;
> 曾经病重欠巨债,而今住院政府抬;
> 工作队员如亲人,暖人措施送过来!

郁芸声情并茂,唱腔很有穿透力,声声拨动人的心弦,一招一式都呈现着她厚实的功力,真不愧是当年省三团的实力演员!更令人感佩的是,她竟然如此用心用情,将一个为夫为家庭情愿奉献全身心的乡下媳妇演得栩栩如生,这着实令汪逸风惊诧不已。看来那对住在她家的农村夫妇对她的影响是深刻的。

一场戏排完,导演让她休息一会儿。汪逸风过去与郁芸打了招呼,笑道:"很荣幸,我看到了你展现的演艺实力,让我领略了你当年作为省三团实力派演员的风采!"

"戏还没上演,你就这么乱表扬,演得怎样要看冯导怎么说。"郁芸说,"你不去组织画家们采风写生,跑这里来做么事?"

"我都已经安排好了,画家们都到各个点上写生去了。"汪逸风笑嘻嘻地说,"你是我们单位派下来支持农村文化扶贫工作的,我作为副馆长,到了翠山怎能不过来看望一下你呢?只是你既当演员又是画家,这次写生你没空参加了,有点小遗憾。"

郁芸说:"写生往后还有机会,你不是要在这里建一个写生基地吗?"

汪逸风说:"是的,刚和村领导商量好了,明天就把牌子挂到村文化乐园里去,还要搞个仪式,请媒体来报道一下。你明天无论如何都要抽空过来一下,出席一下仪式。"

郁芸答应了。这时冯导招呼她过去,导演又开始说戏了。

"艺多不压身哪!"汪逸风朝身旁的陈根,笑笑说,"集多种艺术才能于一身!看来,她对黄梅戏演艺的热情又重燃了。"

陈根没有回应汪逸风自言自语般的言语。他也在投入地看郁芸的表现,神情专注。

二十七

省城美协采风写生基地挂牌仪式办得很热闹,县里几家主要媒体都派了记者来采访报道。汪逸风和陈根都接受了媒体记者采访,汪逸风面对镜头,不仅大赞了翠山、翠园和翠湖优美的自然风光,还对这里深厚的人文底蕴及淳朴的民风给予了赞扬,尤其对挑花和黄梅戏等地方传统文化艺术留有深刻印象,他认为这里是艺术家理想的采风写生之地,并预言今后会有更多的艺术家来此采风写生。陈根则着重从乡村文化振兴、发展乡村旅游和为贫困户增收的角度谈了想法和今后打算。他认为翠山这个地方经过持续打造,一定会成为理想的乡村旅游目的地;同时翠园、湖滨稻田综合种养园的开发以及乡村旅游的兴起，也必将为翠山村农户带来实实在在的好处。

画家们在翠山比原计划多待了一天，原因有两个：一是画家们意犹未尽，都愿意多待；二是两位画墙的工艺画家，其工作在两天内没有完成，需要延时。汪逸风也利用这三天对翠山村作了比较全面的了解，并被滨江挑花的艺术魅力和文化内涵深深吸引，他感谢陈根毫无保留地把历代挑花作品介绍给他看，将挑花工艺特点和文化蕴含介绍给他，让他充分感受到了滨江挑花的清丽灵秀和古朴典雅，这对一位画家来说是多么宝贵的艺术体验哪，对往后的创作必将有极大的助益！

到了第三天，画家们才依依不舍地离开。这一趟给他们留下了较为深刻的记忆，他们为翠山画好了村文化乐园文化墙，还留下几幅大场面中国画作品，带着满满的收获离开了翠山。走的时候，他们一再说了，等他们的画作拍卖了，再来翠山捐款。

这几日，翠山的村民们也像过节一样围着画家们在各个画点转悠；在村文化乐园广场上，也聚了不少人看两位工艺画家书画文化墙。而恰在这几日，县文化委支持村文化乐园建设的一批健身器材，还有为农家书屋配送的图书也运到了村里，都在文化乐园里安装和摆放，让村人一个个都兴奋不已；他们觉得自己所居的这个一向冷清的村子，似乎一下子变成了世上最热闹的地方了。

文化乐园的讲堂里，青禾米业支持的桌椅都已到位，摆放整齐。讲堂正在发挥作用——翠园公司组织的植物栽培技术培训班正在这里进行，这更增添了这里的人气。园内停放着很多电瓶三轮车和电动自行车。现在，这一类的电动车因为使用方便，几乎成了这个村中老年人主要的交通工具了。翠园公司的廖新木老总这几日在这里开了五个专题的培训班，向被聘为长期工的农民传授桃、梨及葡萄等栽培技术要领和注意事项。参加培训的人坐了整整一屋子，有一百多人，他们大多是留守在家的中老年人，而其中不少是建档立卡的贫困户。他们的兴致确实很高，因为长久以来，他们这些不能像年轻人一样外出打工的"老没用"的人，除了零星地种种地打打杂，就一直没机会找到像样的寻钱的路子；现在，他们在家门口寻到了做事的机会了，而且是长久的，是在做美化家乡的事，这怎能不让人高兴呢？

到了晚上，文化乐园也很热闹，很有人气，村里的扶贫夜校在这里开办，帮扶联系单位和县乡镇下派的扶贫专班驻点干部已连续在这里举办了几期夜校班了，讲解扶贫政策，介绍脱贫措施，激发贫困户脱贫的志气，既扶智又扶志。村里还创新办班形式，对国家和省、市、县的扶贫政策实行有奖竞答等。夜校办得热闹又有成效，得到县扶贫办的高度肯定，并将他们的经验介绍到全县。

所以这些日子，陈根的劲头一直很足，尽管白天接待陪同外面来人很累，但每天晚上，他仍然亲自带着工作队的两位年轻人会同村班子成员一起为组织扶贫夜校培训而忙碌。

沈新桥驾车带着父亲沈古林回到了翠山。

一个月前，新桥将随陈根一道前来看望自己的老父沈古林留了下来，没让他随陈根去浙江。新桥抽空带父亲在周边城市玩了一通，还带他一起去看望了上大学的沈新妹，让一辈子没见过大世面的老父开了眼界。现在沈古林带有某种自豪感地带儿子回乡了,就像当年他带着女人和儿子回村里宣告自己摆脱光棍儿身份时一样。他穿上儿子给他买的时尚衣服,见人就说他儿子回来了……

村人对此也给予了很多关注。不过新桥倒显得很随便、很大方,他的记忆力也不错,来探望的人他大都能说出他们家的情况,显得收放自如,一副成熟、练达的样子。

"村子条件变好了,有能耐的伢开始回来了!"

"都回来,翠山往后的人气就旺了!"

"回来就能做事! 你瞧新木一回来就建起了翠园,这个新桥不知回来要做么子大事!"

沈新桥回来后到处看了一遍,也感到村容村貌的变化很大。他在了解了村里情况,并且和陈小强、廖新木等接触交谈过之后,才去找陈根深谈。

陈根问:"真的想好回来了吗?"

沈新桥说:"想法基本定了,准备回来在家乡做点事;另外,也该回来尽一点孝心和做大哥的责任了,妹妹念书的费用我也得切实担起来。"

陈根说:"你准备什么时候抽身回来呢? 那边的事,你也得处理好了再动呀,别留什么后遗症。"

新桥说:"那边还没处理好。我这次来主要还是摸摸情况,毕竟好几年没回来过! 另外,把我爸再安抚一下,把他房子也重新修一下。"

陈根说:"房子不用大修,他已被列为易地搬迁户了,集中安置房已在建。你只需要为你爸凑齐不足的钱就行。安置房工程因为皮子的龙凤建筑公司被查而停工了,但很快就能另招建筑队重启工程的。你现在要做的,就是抓紧把屋的后墙部位简单加固一下,防止出危险。"

新桥说:"没想到你对我家情况这么了解! 我做儿子的真有点惭愧了。"

"这是我这扶贫队长该掌握的。"陈根笑道,"你回来这两天,我特意跟徐兴昌书记、陈小强还有廖新木打了招呼,请他们陪你多转转多聊聊,特别是湖滨的两个片! 徐兴昌、陈小强和你都是从小一起长大的,话能说到一起去!"

"兴昌、小强还有新木都做出了名堂! 他们几个都比我踏实、有出息!"新桥深有感触地说,"我现在是该回来做点实事了……"

"其实你已经很好了! ——有多少人能光彩照人地回来呢?"徐兴昌在一旁鼓励新桥道,"我听陈书记说,你在外面搞稻虾连作搞得很好。其实你真可以回家乡发展,都是搞种养殖,翠山的条件不比外面差!"

"我是有这个想法,这也是我这次回来的目的之一。"新桥说。

"正好我们这些日子,在办扶贫夜校,"陈根说,"今天晚上正好是湖滨片两个屋场的贫困户过来,我们请了县种植业局和青禾米业的专家来讲授如何发展稻田综合种养殖,你是不是就这个机会也上去讲一课?"

"嗯,是个好机会!"沈新桥说,"不过光是贫困户恐怕不够,还可以多组织一些有水田的农户来,我希望有更多的农户能够把他们的水田流转进合作社来。"

"这完全可以做到,"陈根说,"就请兴昌书记去组织一下,这里的农户对这一类能为他们增收的事,兴致还是很高的。"

"好吧,我就上去说说,"沈新桥肯定地说,"我可能还要做一些动员;我准备在这里注册一个公司,吸纳村人田地入股,我来综合整理投资经营。我不知道大伙是否信得过我,有多少户愿意加入。"

"只要你把事情讲清楚,把他们可以享受的权益待遇还有未来收益的前景讲透彻,他们把账算好了觉得有赚头,就会有人参加的。"陈根说,"事情要一步步来,你上台说之前我专门把你介绍一下,特别是你在江苏那边的成功做法。"

沈新桥说:"这样更好! 第一次在这么多乡亲们面前说话,还真有点紧张。"

陈根说:"另外还请你帮我做做虫子的思想工作,把虫子带出来跟着你做事! 他好像还挺服你的!"

"陈书记和村干部都做不通他的工作,我又有什么能耐带动他呢?"沈新桥很疑惑地说。

"不,虫子好像很服你,你们从小就一起玩大的,现在你和他又有这么大区别,他好像受了刺激! 上次从你那离开,我又带他去了浙江湖州织里镇,他看见村上几个与他年纪差不多的人都当上小老板了,也给他很大触动;你多带带他,带他走上路子,他会改变的。"

"对这种人,你怎么这么上心呢?"

"我是省派驻村工作队队长啊! 上面讲了,脱贫攻坚可不能让一户掉队呀! 我心里真的为他急呀!"陈根向新桥吐了心声了,"当然,做这种工作,不可能说一次就完事,应该耐心点反复多说,我相信会有效的,特别是有人带他的情况下。"

"好吧,我试试看吧,不知有没有效。"沈新桥最后说。

"不是试试看,是倾注精力,尽力而为!"陈根说。

沈新桥接受了这个任务,并且说干就干;他马上就去了虫子家,拉虫子出来参加晚上的扶贫夜校,听听他的讲课。

扶贫夜校的氛围令沈新桥有点兴奋,他从未见过农村里也能办起这么热闹的夜校,且是在四墙都装饰着乡贤文化内容的文化乐园崭新礼堂里。人来得很多,大伙的兴致都十分高,这在原先一度变得散漫冷清的乡村实在是很难见的。

陈根让沈新桥第一个上台讲,坐定后,陈根对沈新桥进行了较为详细的介绍。沈新桥略带腼腆地先向家乡的父老乡亲鞠躬问好,然后简要地说了自己这些年在外打拼的经历,之后便着重介绍了自己近几年在江苏水乡租用水田开展大面积稻虾综合养殖经营的情况。他详细地介绍了稻虾连作的好处,告诉台下的农户们,稻虾连作是农户增收的一条好路子,他在外经营的稻虾田,每亩收入都在万元以上,相比单纯种稻,每亩可以增收四千元到六千元不等,效益是很好的。

由于之前村民们听过青禾米业公司派来的专家讲的稻田综合种养的报告,对稻虾连作、稻鸭共生等项目已不陌生,甚至有了兴趣,这为村民接受这些项目打下了很好的基础,所以今天沈新桥的这番话立马调起了大伙的兴致,村民纷纷提问。沈新桥不厌其烦地应答着,场面很热络。沈新桥见时机已成熟,便提出自己牵头在翠山成立稻虾连作合作社的想法,提议采用他在江南的做法:各户以水田流转入股的方式加入合作社,然后由合作社搞集中连片开发;因前期要投资挖沟开渠,修筑防洪坝等设施,所以头两年不分红,只支付土地流转费,以每亩高于市面百元(大约每亩五百五十元)的价格按年支付给各户。从第三年起开始按年分红,公司收入好,分红就高;而且不管公司赢不赢利,公司都至少要保证支付土地流转费;比如哪年遭灾了,入股农户的土地流转费还照常付。正常年景,公司收入肯定很好,田地集中经营,还可获得青禾米业公司的绿色稻米收购订单,比市场价每百斤要高二十元!小龙虾出售的行情也很好,各户的土地流转及分红收益是肯定能保证的……

"你拿什么作保呢?"有人大声问,"莫不是又在吹牛吧?"

"我们会签订土地流转入股协议的,还要到镇里去报备,会有许多手续要办的,这个你们莫担心……"沈新桥随后又详细介绍了入股和分红的操作程序。他的这番话,说动了很多人的心。沈新桥把自己的手机号给了他们,并欢迎大家随时联系。他告诉大家,真正动工可能要等到翻过年的冬旱季节,不过现在就可以做准备。乡亲们的态度使他深受鼓舞,他兴奋起来,举一些在外经营稻虾连作的事例,让在场的乡亲一个个听得很有味。不过,沈新桥觉得,光靠在夜校里说说还是不够的,真要动起来,还要逐户上门商谈才能得到准信。于是他见好就收,不想占用太多时间,便走下台去,因为后面还有青禾米业请来的专家做辅导。

沈新桥对在家乡做这件事已经有信心了。这次来他仅仅是摸摸底,下回来就将开展实质性的签订协议工作了。

此外,还有陈根书记交给他的任务,他也得设法去完成。他已经和虫子谈过一回,虫子也听了他的话来培训了。他明天还准备抽半天时间,再找虫子聊聊。另外,这次他回江苏去,准备再带虫子去看看外面的农村人是怎样靠自己的努力过上好日子的,让他开开眼界……

二十八

秋尽冬来。

初冬时节,翠园公司开始组织接受过系统培训的农民栽种桃树和梨树了。两百来号人,在一千多亩坡地上劳作,还是颇具气势的。

陈根、廖新木等人这几日都很兴奋,陈根整日都泡在翠园里,看那些中老年村民非常投入地劳作,心里滚动着一种温热的感觉,因为此后,这些原本只能在家给下一代带孩子的人,终于也能在自己的家门口找到一条增加收入的路子了;他作为扶贫工作队长,这段时间的工作取得了实在的成效。

"我头脑中在想着明年开春时这里的样子,"廖新木陪陈根漫步在坡路上,很有点踌躇满志的味道,"梨花、桃花等争着开,再有翠山以及山上翠竹青杉作背景,真是一片胜景啊!"

"有条件打造成乡村好景点哪!"陈根说,"只是外界人不知道,还是要考虑宣传造势的问题。"

"还是要陈书记多指点,"廖新木说,"这方面陈书记可是行家呀!"

"我早已与报业集团说好了,省报和《三农报》都将免费为翠园做一期报纸宣传专栏,另外,集团门户网也同意为翠山村和'翠园'开一个链接窗口。"陈根说,"这几日我都在考虑这个问题,特别是如何策划的问题。"

廖新木说:"光是媒体上做宣传还不够,我觉得还要选择一个时机搞一次大的活动!"

陈根说:"是的,以前说过,我也一直在考虑。你说说你的想法吧。"

廖新木说:"桃花、梨花盛开的时候,办一个桃花节,请一些文艺人来这里开展多种活动,再通过媒体宣传报道出去就能造出影响! 连着搞几年,就能积累影响了。"

"尽快搞一个方案,不能只停留在嘴上!"陈根说,"现在就要去做准备,还有图片、文字材料什么的,都要开始准备了! 还要找一班人来从事组织工作。"

廖新木说:"人手可能是个问题。不过可以外请。"

陈根说:"我听说明年开春,县里准备举办油菜花节,我们可以搭乘这股东风,将我们的翠园赏花活动作为一个景点放入县里的油菜花节中,请县里来为我们提供支持!"

廖新木兴奋地说:"这主意好! 把活动放到县里大活动里,就不愁没人来指导了! 这能更好地扩大影响!"

陈根说:"这要通过镇里与县油菜花赏游系列活动组委会沟通,争取纳入县里的总体方案。所以我们的小方案还是要提前拿出来,向镇里汇报,先争取镇里支持才行。"

廖新木说:"我会尽快拿一个方案出来。你在县里和镇里都是有影响力的人,你带着我们去找应该没问题。"

　　陈根说:"事不宜迟,我们下午就去联系! 正好龙庆元新排的戏《翠山贤媳》也即将完成,要去县宣传文化部门联系首演的事,这样就一并去了。"

　　廖新木说:"为什么不现在就去呢?"

　　陈根说:"还有两件事要去做。一件是你爸安排的,他从村上每个屋场都选了几个老人出来做代表,到刚建起的村居家养老服务站去参观,你爸叫我好好给他们说说建这个站的益处,还要我在礼堂里给他们上一课。做完这件事,我还要去看龙庆元'春台班'排的新戏,因为要去县里汇报,不先看看戏找点感觉,汇报起来没底呀!"

　　陈根又在翠园里走了一会儿,然后便开车去了文化乐园。进了园门,见居家养老服务站房前已聚了不少老人,廖传印正提高嗓门在给他们介绍些什么。陈根上前去问他老人到得怎样,廖传印见陈根来了如释重负,说人都到得差不多了。陈根便开始引领老人们参观服务站,从楼下看到楼上,每间屋每件设施都看,都作介绍;看过养老站,陈根又领着他们看文化乐园的房屋设施,也都不厌其烦地就每一堂室的作用进行介绍。

　　参观之后,陈根和廖传印将老人们引入礼堂,老人们又兴致勃勃地就堂内摆设和墙上贴着的村史村情、先贤民约等内容议论起来。经过很长时间,老人们才勉强坐定。有的老人还带着年幼的孙子孙女,不时传出一些嘹亮的哭声。陈根说了好几遍"请大家静下来",但都难以压制下面的噪音。费了很大力,总算安静了,陈根上讲台,开始向老人们讲建居家养老服务站的目的、过程和如何利用、怎么发挥作用等问题。陈根讲话以后,台下慢慢就变得安静了。

"这个服务站是为全村老人们提供居家养老服务的地方。什么是居家养老服务呢？就是老人夜间在家居住，白天如果你觉得在家待得孤独寂寞了，或者自己解决吃喝等基本生活问题有困难了，可以来这个地方生活、娱乐，享受日间照料。假如你是一位没人照料的孤单老人，没人给你做家务，饭菜也要自己做，也没什么精神娱乐生活，生活得很寂寞，那么你白天就可以上这儿来，这里设有'老年学校教学点'和'老年助餐点'，你的那些问题都能够得到解决，到了晚上你再回家休息。"陈根以缓慢的语调耐心地为台下老人们做着介绍。

老人们都听懂了陈根的话，兴致都被调动起来，疑问也跟着接二连三提出来。陈根针对问题都给予了回答，他告诉老人们，这个服务站可以为全村所有老人提供服务，老人在这里活动不会收费的。至于吃喝也基本不收费，服务站将开办'老年助餐'食堂，只象征性地收点成本费。村里集体经济搞上来以后就全部免费，另外，服务站的运营还可以争取县里民政部门的资助。

陈根最后说："爷爷奶奶们，你们就当这里是你们的第二个家！不管你们的伢子在不在身边，你们都会在这里过得很快乐的；我们把养老服务站和村里农民文化乐园建在一起，你们在这里的生活内容会更丰富。这里运营以后，欢迎你们常过来！"这番话引来了一阵笑声和议论声。

陈根觉得自己的话已说得差不多了，后面还安排了县民政局老龄办的专业人士作辅导，讲的主题是"农村居家老人如何过养老生活"。为不至于把时间拖得太晚，影响后面的辅导，陈根便将时间交给了老龄办的专家,自己也有时间去看新戏排演了。

陈根开着那辆旧车,急火火地往邻村的排戏场赶。下午他已经与县文化宣传部门的相关领导联系好了,他将带着龙庆元、冯英等人去汇报新戏排演情况,并尽量争取在县城公演的机会。汇报之前,他当然要看一次《翠山贤媳》的初排,否则将难以很好地汇报。

大型现代题材黄梅戏《翠山贤媳》终于在县人民剧场隆重上演了。

由于很早就打出了海报、做了宣传,门票又是赠送不卖,加之宣传资料中反复提及该剧取材于本地现实生活,由全国著名导演执导,有省内著名演员参演等,深深吸引了喜欢黄梅戏的小城人民。到大戏上演的时候,真是一票难求了。当然,更为重要的是,该戏的上演,得到了县委、县政府等四大班子领导的高度重视,将其作为全县文化生活的一件大事来看待,都挤出时间准时来到剧场看戏。

于是,一个乡村民营剧团所排的新戏,在县城竟然像刮起了一阵风似的,引起了轰动,就像是省城里的大团送戏下乡一般。不过,县城里的观众倒是对"春台班"剧团不陌生,因为几个月前他们在全县首届小戏展演上看过该团演出的新剧《老支书》,并且知道该剧荣获了一等奖。所以,在他们的心目中是认可这个乡村民营院团的,而且不知不觉中已将这个剧团看成了名团。

演出的场景还算宏大,舞美和灯光氛围体现出大导演对场面的追求,投入当然也不少。戏一开场就抓住了观众的心理,清脆悠长的女声清唱,定下了戏的抒情格调,也将乡村生活的淳朴意境传递出来。

郁芸饰演的女主人公红萍带着圆润清美的唱腔从幕后走向舞台的时候,迎来了热烈的掌声,这是观众对这位专业又大气灵动的女演员发自内心的赞赏。大型电子屏幕上,翠山美景不停地切换,引领观众的神思飞到青翠清朗的山村。

优美清丽的氛围已经通过开始的唱腔和灯光背景营造出来了,紧接着便进入了故事,主人公开始用黄梅戏经典唱腔"龙腔"唱述自家所遭受的不幸:

> 十来年背夫治病耗尽家财,
> 十来年不离不弃苦撑死挨;
> 十来年挽救家庭把身子拖坏,
> 十来年倾尽所有容老颜衰!

"龙腔"又称"阴司腔",顾名思义,就是具有阴森悲切、缠绵哀回特征的曲调,在黄梅戏表演中用来表达遭遇深度不幸、陷入悲伤凄苦境地的人的思想感情,极易抓住人的思绪、打动人的情思,推动情节往更能牵动人感情的方向走。郁芸的这段凄切绵绵的唱腔,显然起到了这种作用,台下观众鸦雀无声,静听她深沉的表达,跟随她经历的一个个故事逐步往情节深处走去。而在这过程中,观众对红萍这样一位农村妇女的坚毅性格、善良举动及其维护传统孝义精神的优良品质和牺牲精神都留下了深刻的印象,这个形象随着剧情的推进而一步步树立起来。这种情况一直持续着,直到后来,主人公红萍得到了扶贫政策支持,尤其是遇到热心的扶贫队长,帮她的病夫解决进城治病所遇到的诸多难题的时候,演员唱腔和对白才晴朗起来,观众的情绪也才慢慢活络起来,间或还有掌声响起。

> 工作队驻山村访苦问寒,
> 待农户似亲人古道热肠;
> "两不愁三保障"时时不忘,
> 真心帮实心扶温暖心房!

郁芸这段赞赏扶贫队的唱词,唱得既深情又富有激情。听得出,她是动了真感情唱的,每一个音符都打动了观众,台下不时响起阵阵掌声。陈根在台下听着,内心不知不觉也滚动起了波浪。他听得出,郁芸是用真心在唱,他心里不时地滚过暖流,似乎看到了某种希望……

演出结束时,观众都起立鼓掌,为两两结对谢幕的演员们喝彩。很显然,《翠山贤媳》这部戏的首演取得了成功!

演出过后,县几大班子领导都上台去和演员一一握手并合影。之后,县委书记还将该剧主创人员、演艺重点人员和宣传文化系统的主要干部留下来,在剧场小会议室里开了个座谈会。县委书记首先肯定了这部戏,认为是近年来所见不多的一部好戏,主题好、表演好,艺术形式也好!他认为,这部戏好好打磨,还有提升的空间,完全可以被推荐到省、市参加调演。他同时也提出了自己认为需要打磨的几个地方,谦虚地请冯导演考虑。最后县委书记问剧组还有什么困难,龙庆元和陈根都分别说了,主要是经费方面的困难,这么一台大戏全靠自己的投资排出来,本就很不容易! 现在再要去打磨,实在显得有心无力了。县委书记听后,当即指示县宣传文化部门负责人考虑将该剧纳入县文化强县资金扶持项目,还可以积极争取省、市文化资金支持。他说像这样充满正能量又不乏艺术性的优秀现代黄梅戏作品,应当给予扶持!

县委书记的这番话给剧组人员极大的鼓舞。龙庆元等兴奋得不停地说着"感谢"。陈根也代表翠山村做了发言,对县里给予这部戏的肯定、重视和支持深表谢意! 连一向不爱说恭维话的冯英导演,也毫不吝啬地表达了敬佩之意,同时表示只要县里有资金继续支持,他可以再拿出一些时间对这部戏进行进一步精排、打磨,争取能打造出一部能在省级乃至国家级评奖中获奖的精品!

连晚赶回村里,剧组一群人还是兴奋不已,不想休息。他们聚在龙庆元家的客厅里,议论着演出的情况,讨论下一步怎么打磨,似乎忘了第二天他们还要在村里为村民们做一次汇报演出,这是陈根前不久所提的要求,龙庆元也做过承诺。

第二天剧组休息了一上午,下午他们又在村文化乐园的乡村大舞台上布好了景。村人早已得到消息,上午就开始在舞台前的广场上摆凳子占位置了。文化活动室和居家养老服务站里今天来的老人也特别多,以至于在这里一位难求了;他们大都是冲着演戏来的,戏开演前,他们先体验了一把村里新建好的文化养老设施。

尽管演员昨晚没休息好,戏台子的条件也不如城里好,但今天的戏依然演得很成功,村民们给予的喝彩和掌声一点不逊于城里的。在龙庆元的心目中,村人给予的赞许更让他倍感亲切和珍贵。

　　演出结束,太阳已西沉,在西天铺上红艳的背景。很多人模仿城里人那样,抢着与演员们合影……

　　素梅和水应坐在沙发上,专注地听着演戏归来的郁芸和俞艳介绍《翠山贤媳》的演出情况,听得异常认真,还不时插话提一些问题,想把情况了解得更详细些。两人脸上都泛着新奇和感动之色。

　　郁芸和俞艳其实也很兴奋,她们也都还没有从几天前演出成功所带来的兴奋感中走出来。郁芸通过演这部戏,似乎又找回了自己年轻时的激情,而俞艳更是庆幸自己有上台演戏的机会! 回到省城后她一路跟着郁芸,及至进了城,也没回她的那个已然破裂的家,而是和郁芸吃住在一起。

　　"看了你手机上的那些录像,我真没想到郁芸妹子是个了不得的大演员,演的唱的都那么好!"素梅感慨道。

　　"她本来就是名演员,后来受伤了才转行的。"俞艳跟着说,"我就曾是她的铁杆戏迷,那时我天天都想听她唱的戏。"

　　"荒了多年了,没想到还能拾得起来!"郁芸还是谦虚地说,"说实在的,我是被素梅的精神激励了,才冒险这么做的,当时真是有一种冲动的情绪在推着我的……"

　　"我一个乡下女人,哪有么子精神咯! 我就是不想认这个命!"素梅红着脸说,"没想到你们把我抬得那么高,真难为情了!"

　　"我不觉得这是抬你,是你做得让大家感动,"俞艳接上说,"大伙看了这戏,都说女主人公事迹感人,有些还流了泪!"

　　"可惜,我和水应没机会看一遍。"素梅有点遗憾地说。

"这个戏我敢肯定,将会参加省里、市里调演的!"郁芸说,"到时你和水应都会有机会看的。"

素梅说:"不知要等到么会！那时,我和水应早回乡里了。"

郁芸说:"回家你们也有机会,龙团长今后也会在乡里再演这个戏的。"

素梅说:"到时不一定是你演的了。"

郁芸说:"是的,他们用的是 A、B 角,到县、市、省里演,用的是 A 角,也就是由我出演主角;今后在乡间出演用 B 角,用他聘请的另外一位演员演主角。这没办法,因为工作关系,我不可能一直待在那个团里演戏的。"

素梅说:"可我就想看郁芸妹子演的……"

郁芸笑笑说:"有机会我一定让人接你过去看,会有这机会的。"

俞艳说:"不管怎样,那个戏里我的角色不会换,我会在那个团里一直演的,我不想离开,龙团长也同意聘我为长期演员。"

"那么,你打算长期在翠山生活咯?"郁芸有点惊讶地望着俞艳。

"是的,"俞艳肯定地回答道,"我不想再回到城里了,我觉得翠山很适合我,我喜欢那里的生活、那里的人,还有那里的景色！我在这座大城市里觉得憋屈、感到压抑！但在翠山,我的心情就舒朗了许多,心境也平和了许多……"

"那好哇!"素梅虽然没完全听懂俞艳的话,但对于俞艳倾心于留在翠山生活,她还是听懂了,"今后就住在我们家,和云霞做个伴,也多点人气!"

俞艳继续说:"龙团长希望我能尽快回到村里,他请的那个 B 角要我来配戏,少不得我。"

"这倒是要抓紧! 一个新角,特别是主角要真正入戏,还是要有个过程的。"郁芸说,"那你什么时候过去?"

"我打算明后天就过去,"俞艳说,"我在这边已经没有任何牵挂了;我想去农村开创另一种生活,其实演戏是最好的体验生活的方式。"

话题谈得深了,素梅越发听不懂了。她站起身来,准备下厨做饭了。俞艳不久就要离开,她得弄几个好菜,在省城郁芸的家里好好招待一下她,毕竟她也曾为水应治病帮过很多的忙!

俞艳问:"水应恢复到什么程度了? 能自主生活、劳动吗?"

水应说:"经过近一个月的康复理疗,行动能力已基本恢复了,只是动作还很不协调,跛足的幅度还是很大。康复中心的医师建议继续理疗一段时间,以增强行动的协调性,这样今后才能自主从事劳动生产。"

郁芸说:"只要能劳动、能生活就行了。"

水应说:"有点想家了,我想让我妈看看我现在的样子,她会高兴的!"

二十九

脱贫攻坚年度省级考核评估已经结束,翠山村作为重点抽查的村获得了好的评价,精准帮扶获得贫困户极高的满意率,产业扶贫、文化扶贫等方面的成绩也获得高评分。非贫困户对脱贫攻坚工作满意率更是在全县名列前茅，说明这里的扶贫工作得到了包括贫困户和非贫困户在内的全村人的肯定。这就很不容易了，原因大概是翠山村人普遍感到自己这一年生活的幸福指数提升了。可以说，今年翠山村的脱贫攻坚工作打了个漂亮的翻身仗！同时，翠山村又有二十八户贫困户脱贫通过了省验收，包括老支书廖传印、沈古林、龙庆元等几个以前被认为很难脱贫的人，这次均成功通过了脱贫验收。不过也有几户未能在这个扶贫年度实现脱贫，水应和虫子就在这之列，但这几户经过一年的帮扶努力，终于也看到了脱贫的希望。

这会儿，陈根骑着自行车，带着工作队的朱文正往沈古林家去。沈古林儿子新桥又回家来了，新桥这回看来是认真对待回乡创业的事了；他在本地注册了公司，也获得了镇流转办的批复，这几日正在挨家挨户跑，争取各户将水田流转过来。陈根想过去看看，既是去看看脱贫之后沈古林的精神状态，也是去了解一下新桥到底流转到手了多少田地。

很难得，父子俩都在家，新桥正在对父亲说些什么。这个曾经死气沉沉的屋子，现在有了生气。沈古林还捉了条狗，在院子里养了三十来只鸡，这样不仅能得到每只鸡二十元的特色种养补助，还造出了鸡飞狗跳的生活气息。

“祝贺你光荣脱贫啊！”陈根拍拍沈古林瘦削的肩膀说。

“全靠你们帮啊！不然光凭我，哪能让女儿上大学呢？儿子恐怕也不得回来，哪脱得了贫喽！”沈古林发自内心地说，“我今日脱了贫，往后还能享受那些个政策啵？”

"脱贫不脱政策嘛！以前怎么帮往后还怎么帮,这一点你别担心!"陈根解释道,以宽沈古林的心,"儿子回来创业,你今后的日子更有保障了!"

"鬼晓得他还走不走!"沈古林阴沉沉地说,显然对儿子还存有担忧。

"即便走也不会像先前一样几年不回。"陈根宽慰他道,"新桥已经在这里注册了公司,开始接收流转水田准备投资搞稻虾连作了,怎么可能老不回村呢? 他在外面也包了水田,近段时间还要两头顾着,长远还是会以家乡为主的。"

新桥过来给陈根泡了茶。陈根问新桥道:"目前搞到多大规模了?"

新桥答道:"现在还不多,才一百多亩;许多人家都在观望,还没想好入不入股。眼前流转过来的这些水田,都是连片的易涝的水田;那一片地势比较矮,汛期就易发涝灾,所以都愿意交过来。不过等我把挡水坝和水沟网等工程做好,在这些田里养稻虾,风险就小些了。"

陈根又问:"大约要投多少?"

新桥说:"有这么几块,一是水田租金,这是要马上支付的,我还是按上回讲课时承诺的,租金每亩五百多元,比周边大户都给得高,不晓得其他大户有意见不。二是工程投入,要筑坝开网沟。两块加起来恐怕要几十万吧,当然要看规模了,我初步的想法是能搞上五百亩。"

陈根说:"会有回报的! 我最近通过青禾米业公司到几个地方看了,了解到稻虾连作是这几年成熟起来的技术;万事开头难,一且把这里设施建好,进入正常运转就好了。至于钱的问题,可以申请一些贷款。另外,这里有贫困户田地流转进来的,也可以把他们每户申请的五万元小额贷款都放在你这里,你给他们每年每户支付三千元利息就行了,三年以后再还本。"

新桥说:"目前愿意加入的有二十来个贫困户,如果他们都愿意申请小额贷款放我这里,那么资金的问题就基本解决了。"

陈根说:"那么,你又为这些贫困户做了贡献了。"

"自然的风险还是有的,"新桥又岔到另一话题上去了,"这里的水田易涝,明年不知有没有大水,如果发大水,很多投入都要打水漂的。"

陈根说:"农业产业都是靠天吃饭的,风险都高,但不能因为风险高就不做了,你在外面搞这么多年也应该清楚。你也可以考虑投一下农业保险。"

"我已有这方面的考虑,我在江苏那边也投了保。"新桥说,"另外,我还要请一些人,长期在这里管理。"

陈根说:"就在村里请吧,虫子是否算一个?"

新桥说:"是的,虫子已经答应了,他家几亩水田也流转过来了,如果不遭天灾,收益是可以的,就看他愿不愿意做了。另外,如果有不愿流转土地,想自己搞种养的,我也照样指导他们,我还可以负责供苗和统一收购……"

"这样很好,你考虑事情很成熟啊,"陈根由衷地赞道,"我希望尽快看到你的公司开始运营。"

新桥说:"等这边的事大头落地后,我还得赶回江苏去处理那边的事。"

陈根说:"好的,都应该处理好! 处理好那边的事,你才有心思经营这边。但是我想说,这边应当是你未来的方向。另外,你也可以与青禾米业公司谈谈合作的事。"

新桥会心地笑笑,他懂陈根的意思。

陈根带小朱从沈古林家出来的时候,看到太阳已升得老高,他心中好像也有一轮温暖的太阳升了起来。他感到新桥这个年轻人未来可期! 兴昌、新木、新桥、小强,还有即将回来的水根,这几个年轻人,难道不是这个村未来的希望吗?!

县纪委和县"扫黑办"联合调查组又来到翠山村召开案件查处情况通报会,镇党委书记和政法委员一同出席。村两委成员、各村民组长以及村民代表三十多人集中在村部小会议室,听取查处结果通报。镇党委汪书记主持会议并作了开场讲话, 说明召开会议的缘由。他说昨天上午全县"扫黑除恶"推进会上公布了全县第二批重点案件查处情况,涉及本镇的三个案件中有两个在翠山村,一个是龙风建筑公司欺行霸市行恶乡里案,另一个就是麻梗行凶殴打扶贫干部案。所以昨天下午镇党委召开会议通报了情况,安排部署下一步"扫黑除恶"工作。根据县"扫黑除恶"领导小组关于每一起重点案件都必须在当地干群中通报查处情况的要求,今天来翠山村召开这个情况通报会。随后,县"扫黑办"相关负责人通报了涉翠山两起案件查处情况,他说:经查,原翠山村龙风建筑公司是一个黑恶势力团体,由皮子、麻梗等恶霸牵头,聚集一批当地狠人头,在县公安及镇派出所个别负责人和村委会主要干部等的庇护下,长期横行乡里,强占本村及周边建筑工程及建材市场,强买强卖,对不从者施暴,制造了多起惨案,且都在"保护伞"等各种关系的庇护下,通过威逼等多种手段"私了""摆平",未受法律追究。该黑恶势力团体的核心人物之一麻梗,是当地恶霸,多年来仗势欺凌百姓,猥亵、强奸留守妇女多名,受虐者迫于其淫威均忍气吞声;不仅如此,还在光天化日之下殴打省派驻村扶贫工作队干部,致该干部身体多处重伤,造成恶劣影响!原村主任徐有全与该公司保持多方面密切的不正当的关系,其家属亲戚所办实体与该公司有密切经济往来,他还利用村主任职权违规为该公司提供多项资金政策的支持——这是导致村上建筑工程和建材供货被其垄断、村扶贫车间被迫停产、易地搬迁安置房工程停工的主因……

在简要通报调查情况之后,县"扫黑办"负责人便宣布了县"扫黑除恶"领导小组就该案的处理意见:查封龙风建筑有限公司,收缴其一切非法所得,涉及刑事犯罪人员交司法部门依法处置,同时勒令其退还霸占的村级集体资产和村违规拨付的有关项目资金。对为该黑恶势力集团充当"保护伞"的翠山村委会原主任徐有全,已经研究给予开除党籍、取消村干部待遇处理,涉及刑事犯罪问题交司法部门依法处置。原村总支书记廖结宏,听任黑恶势力在本村猖獗、危害群众,却采取不闻不问的消极态度,存在不作为乃至渎职问题,建议镇党委给予相应处理。镇党委汪书记随即宣布,经镇党委研究,同意廖结宏辞职申请,同时对翠山村级班子建设来一次"回头看",抓紧考察物色充实班子人选……

会议结束,人员相继离开,村部里出奇地静,服务大厅里也是这样,大家埋头于电脑前不出一声,似乎都在想自己的心思。陈根默默地来到自己的房间,心情沉重。案件通报中虽然没有提及自己的问题,但他内心感到自己也是有责任的;作为第一书记,尽管是挂职的扶贫专干,但负有监督指导和教育引导责任。

他感到胸口有些闷,便走出村部,在村道上漫步。这似乎是他的老习惯了,每当承受的压力大,思想变得复杂时,他都想去原野上踱步,似乎这样能向大自然释放一些压力。

徐兴昌书记不知什么时候来到他身旁,轻声说:"怎么,心思很重吗?"

"是啊,没想到会有这么大的震动!"陈根说,"你今后的担子更重了! 要加紧物色人选填空位呀!"

"是呢,压力更大了! 下半年了,各方面的任务都压过来了,尤其是脱贫攻坚考核验收!"徐兴昌说,"这个时候更需要你支持我呀!"

"当务之急是要将易地搬迁安置房烂尾工程重启并尽快完工,否则脱贫攻坚考核验收不可能通过!"陈根深沉地说,"我建议请廖老书记牵这个头,你看呢?"

徐兴昌说:"我也是这个想法。去跟他说说吧,他好像还在村部没走。"

于是两人一起来到村部找到了廖传印。

陈根说:"走,我们一起到现场去看看。"

三十

水应终于回来了。

　　这次不像以往那样是素梅驮着他回来,而是他用自己的腿脚走着回家的,尽管他行走的姿态还带有残疾人的特点。

　　是郁芸驾私家车将他们送回翠山的。到村之前,水应娘凤娥和水根老婆云霞就已得到消息,她俩都抑制不住内心的喜悦,兴奋地将这一喜讯与乡亲们进行了分享,这也使周边不少人前来观望,他们怀着好奇之心,想来亲眼看一下这个曾经在鬼门关徘徊的男人,是否真的已摆脱病魔的缠绕,回归正常人的生活。陈根也赶过来了,既为迎接他所帮扶的最困难的贫困户主人治愈归来,也为迎候他的妻子郁芸。

　　水应下车后就急不可待地往家走,素梅满脸堆笑地与前来围观的乡亲打着招呼。水应娘从人群中冲出来,一把将水应抱住痛哭不已,将混杂着欣喜、悲伤、激动等情愫的泪水洒在依然瘦弱的儿子身上。水应安慰了老母,自己眼里也贮满了泪水。凤娥松开水应,又一把将素梅抱住,这下她却是哭中带笑,开始絮叨起这半年的牵挂之情来。陈根走过来,和水应握了手,并拍拍水应的肩说:"你能走了,能行动了,这很棒!回头到村上好好走走看看,这段日子村里有了些变化——好日子在等着你们呢!"

　　现场嘈杂的声音淹没了陈根的声音。水应和素梅也没有完全听清楚陈根的话语。素梅拉着陈根的胳膊请他进屋里坐,陈根说他还要回村部和新桥谈稻田流转手续的事。他让素梅好好把水应安顿下来,然后带水应到村上四处看看,他已经多年没看过村子的样子了。素梅感谢陈根周到的考虑。

　　陈根来到郁芸跟前,与郁芸聊了几句。郁芸面带微笑,心情好像很好。陈根劝她今天别回去了,干脆在村里住一晚,明天再说。

"村里的翠园、文化乐园等几个点都建好了,你可以陪着素梅水应四处走走看看,明天我叫新木派人陪你们。"陈根说。

郁芸却问了另一件事:"俞艳前一阵已经来村里了,她今天在村里吗?"

"她随团到其他乡镇演出去了,不在翠山。"陈根说。

"没想到,俞艳竟然如此投入,真的融进这里了……"

陈根说:"是的。你可以留下住两天,说不定明后天她就回翠山了呢?"

郁芸笑而不语,不过那神情似乎已同意了陈根的建议。

"郁芸姐今日肯定不得走了,"云霞不知什么时候来到郁芸身边,"晚上就住我屋,我们说说话;好些日子没见,还怪想念郁芸姐的!"

"这样也好,"陈根替郁芸应承道,"我先去村部谈事,然后再过来。"

郁芸仍只是笑笑,然后挥挥手说:"我们进屋说话吧,该去喝口水了。"

郁芸把车重新停好后,围观的人陆续散去了。郁芸随素梅和云霞一同进了屋子。素梅让郁芸先到云霞家里歇脚,她把这边平房的事安顿好就过来陪坐。郁芸说不用陪,她先和云霞聊着。

云霞拎着郁芸的行李,把郁芸安顿在客房里,这间房是排戏期间她和俞艳同住的一间房,所以郁芸对这里很熟。

"俞艳姐住到龙团长家里去了!这间房她不需要了!"云霞特意告诉郁芸说,"真的没想到俞艳姐这么快就喜欢上了龙庆元团长!"

"喜欢上龙团长?"尽管郁芸之前有所感觉,但还是感到有些吃惊,"你说的是哪种喜欢?"

"就是处对象的那种喜欢呀!"

"你怎么晓得?"郁芸惊诧道,"她告诉你的?"

"是的,她前不久跟我说的。"云霞肯定地说,"她还说,她和龙团长在性格上、喜好上都合得来,她说龙团长有才气,又诚实本分,是靠得住的男人!那天晚上,俞艳在我这谈了很多……"

"这些话,她都没跟我说。"郁芸说。

"她可能是没来得及,她肯定会跟你说的。"

"但愿这回她没看错!"郁芸若有所思地说,"她是个直性子又很单纯的人,这些年她的婚姻很不幸!让我们祝福她吧,但愿她的选择是正确的!"

云霞给郁芸泡了杯茶,然后开始为郁芸铺床。

"你还是在家做童装加工?"郁芸问。

"是的。不过水根过些日子要回乡来了,他准备在村里办个童装厂;陈书记跟他说了个想法,想让他牵头把村里那个停工的扶贫车间重新搞起来,办个童装加工车间。他也很想干,正考虑着呢。"

郁芸说:"他在外面的工作丢得脱?"

云霞:"他在湖州一直是为别人打工,顶多当个小工头。最近那边也在搞改革,要缩短生产线,他想回来办自己的厂了。"

郁芸说:"水根回来,对家庭也好些。"

谈了一段时间,素梅和水应都过来了。他们怕冷落了郁芸,把家里其他事都暂时放下了。来到翠山,他们已经变成主人了,应表现得更客气些。

"家里有很多变化啊，"云霞对哥嫂说，"水田和旱地都流转入股了，地入了翠园公司的股，往后能收租金还能分红，水田流转给了沈新桥。等水根回来办起了扶贫车间童装厂，哥嫂和我都可以进去做工；昨日陈书记说准备把挑花工艺融进本村童装加工中去，还准备请素梅嫂子出来培训村里的挑花女呢！"

"这真是个好想法，"郁芸说，"素梅的挑花手艺就能派上大用场了！"

"这些新名堂我都还没弄明白是怎么回事。"水应说。

"不管明不明白，听陈书记的没错！到时总会有收入的。"素梅说。

"那是啊！"水应回应道，"这些年我没下过地，哪晓得外面的事？都快成半孬子了！"

郁芸说："慢慢都会好起来的。水应的病治好了，你和素梅都能劳动，在国家这么好的扶贫政策下，你们会好起来的，会脱贫的！"

云霞说："你们回来，我就可以安心去做工了。"

"这个家，真的开始转运了！"素梅说。

暮色降临的时候，陈根又返回水应家中。他几乎忙了一整天，但他还是惦记着郁芸，他不想让她产生认为他冷漠的误会。他知道郁芸内心一直很敏感，而以往他对她的这种敏感一直疏于应对，久而久之便引来无尽的争吵。现在经过在基层近一年的生活，他不仅注重了解贫困农民的心思，还于不知不觉间注重了解周边人的内心感受了。

陈根进屋的时候，水应一家人正在云霞家的小楼里吃晚饭，见陈根来了立马招呼他加入饭局。云霞今天用心做了准备，因为哥嫂治病归来，又有贵客恩人郁芸的参与，这可是接风的第一餐。陈根的到来又增添了这里热闹欢乐的气氛。没有吃晚饭的陈根也没有推辞，大方地坐下来。云霞到里屋找来一瓶酒，正要打开，被陈根制止了，他说这桌上没人能喝酒，还是不开的好。素梅说她今天高兴，愿意陪陈书记喝两盅，云霞也说愿意陪他喝。于是酒还是打开了。有了酒，桌上的气氛就大不一样了，话语多了，笑声也多了。

素梅情绪激动，她斟了满满一杯酒站起身，还把水应也拽起来，让水应端着茶杯，然后动情地说："我们两口子能有今天，全靠陈书记夫妇真心的全力的帮助！我们这杯酒敬陈书记和郁芸夫妇。"说完一口就将一整杯酒干了，"这辈子我们都认你们为恩人！"

素梅特意将"夫妇"说得很响，她真心把他们看作一个整体，这里面藏着她的美好心愿。

"其实，我们也应该感谢你！"陈根似乎听出了素梅的用心，"你也给了我们不少有益的东西，改变了我们的生活；我们帮助你们家脱贫，你们也在扶我们这个家的感情之贫。"

"是的，你让我思考了很多，也让我改变了很多，"郁芸也发声了，"你还让我重新当了一回演员，一个有意义的演员！"

"我一个乡下媳妇，除了添许多麻烦，哪还能给你们什么呢？哪还能改变你们什么呢？是你们人太好！"素梅紧跟着说，她的确是这么认为的。

云霞也敬了陈根和郁芸，气氛显得很热烈。这桌饭因此持续了很长时间。酒席结束,素梅和水应还依依不舍地谈了很长时间才离去。陈根似乎也不想很快离开,他陪郁芸进了楼上的房间。几年来他还是第一次产生了想和老婆谈谈心的念头。云霞也很善解人意,她做完家务后,便坐在一楼看电视,没有上楼,好让陈根和郁芸的谈心免受干扰。

"年底的事特别多,我有一段时日子没问你的情况了,演戏没有引发你的旧伤吧?"陈根关心地问道。

"我没事,演戏时已经很注意了,把有负荷的戏降到了最低。"郁芸说。

"真没想到你能够答应演这个角色,而且演得这么投入。"陈根由衷地赞道,"我感觉最近这大半年,你真的变化了不少。"

"你也在变,"郁芸很有感触地说,"变得容易相处了。"

"真是这样吗?"陈根诧异地说,他没料到郁芸能这样评价自己,"我虽然自己感觉不到,但我想自己这一年肯定是有变化的,毕竟换了环境。"

"你好像……学会了很多东西……"郁芸有点含糊地说。

陈根说:"我还没来得及回顾和总结,不过我自己也感觉到,这一年来我想问题、做事情的角度和方式是变了;以前我在城里生活工作时,想事情都是从自己这里开始,常常走不出以自我得失为中心的圆圈……这一年大概是工作对象变了,事事我总是首先替农民想、替村干部想,也时常替你想,想如何帮他们去解决这些痛点、难点和堵点。虽然帮扶工作有压力,但心灵变得轻松了。"陈根停了停,又接着说,"当然,遇到的挑战也不少,特别是自己的好心不被理解,甚至被诬告的时候……"

"社会是复杂的,到哪都会遇到这些,只要心里充满阳光,心理负担就不会重!"

"真的很感谢上次你能够主动找县调查组为我正名!"陈根有点激动了,"你的那番话不仅有很好的正名作用,更重要的是对我人品的肯定,让我十分感动! 就凭这一点,我就相信我们的感情还在,我们还可以继续往前走!"

郁芸若有所思地望着陈根,她似乎还没有想好该说什么。

两人都缄默了一阵,都在酝酿将要出口的话语。屋里很静,楼下电视机的声音断断续续地传过来,云霞还在为他们提供时间。

"我有个建议,你看行不行?"陈根沉吟良久后说道。

"什么建议? 别绕弯子。"

"我们好久没去看我爸了,我想年底的时候我俩一起去看望他一下。"

"这有什么不可以的呢?"

"我、我是说,要在那里住两天……"

"要么,今年就在那里陪老人过年吧。"郁芸轻声说。

"那就太好了!"陈根喜出望外地说,"那我可得好好准备了!"

"准备什么?"郁芸说,"别太做作,带点钱物,放自然一点去,又不是到陌生人家去相亲……"

陈根和郁芸谈到很晚才离开,因为喝了酒无法开车,他将那旧车丢在这里,徒步回去。

三十一

转眼就到了年底,春节也临近了。翠山村一些在外务工者陆续返回家乡准备过年,不少人还是开着小车回来的,这一下子增添了村里的人气。这些返乡者看到家乡这一年发生的这么多变化,纷纷给予村两委和驻村扶贫工作队赞扬;特别是看了翠园之后,也多少生发了回乡来创业的念头。

年末,陈根也更加忙碌了;各项工作任务收官带来的考核检查多了起来,这些都需要去组织应对。徐兴昌上任不久没经验,也忙不过来,需要陈根的相助。这几日,陈根和徐兴昌利用打工族陆续返乡之机,还召集开了几个座谈会,包括返乡流动党员、年轻积极分子座谈会,返乡再创业者座谈会等,听取他们的意见和心声,在倾情介绍翠山脱贫攻坚成效和未来发展美好愿景的同时,也劝他们多为家乡发展、为家乡脱贫出智出力。陈根在讲话中以廖新木、沈新桥还有最近归来的徐水根等回乡创业者的事迹作为突出例子,一个个讲给他们听,言真意切地动员大家心系家乡建设,尽可能创造条件回乡创业;下一步村里将组织开展"迎老乡、回家乡、建家园"活动,准备制定一些鼓励能人回乡创业的优惠政策,争取更多的人回乡创业、建设家园!他以"翠山在呼唤你们归来"为结束语,把一干人说得心潮澎湃。他还发起建立了一个微信群,将多数在外闯荡的翠山人都拉到群中来,人气很旺,每日均有数百条信息。对一些创业有成就的小老板,陈根和徐兴昌将他们作为重点访谈对象特意上门拜访,陈根觉得这些人中也许就有未来的村班子成员和村企老总。

上午,陈根又开着自家车和徐兴昌书记及工作队员朱文去了徐水根家。凤娥笑呵呵地迎接了他们,她将来人引进水根家堂屋,高声招呼水根、云霞接待客人。凤娥给陈根等泡了茶,又客气地招呼客人留下吃午饭,陈根说不用客气,上午忙得很,还要去几个地方看看,这里只是第一站。水根让母亲去做自家的事,他和村领导们谈事情。

"你真的想好了,这次留家不再离开了吗?"陈根问。

"是的,浙江那边我已经全部处理好了,所以拖到现在才回来。"水根应道,"那边也在搞结构调整改革,生产规模要压缩,再待下去也看不到前途了;再说家中老婆孩子这几年都特别辛苦,还遭人骚扰,有风险,所以还不如回来的好。"

陈根说:"欢迎回乡创业! 想好怎么干了吗?"

水根说:"你上回去浙江对我触动很大,好像脑洞一下子被你打开了似的! 我想是呀,为么事我只知道打工挣工资,就不知道自己去创业呢? 既然家乡能给我支持,我怎么就不能回去尝试一下呢? 前两年我虽然也想过这事,可我不敢,我哥重病已经把家折腾成那样了,我如果办实体栽了,这个家就彻底崩了! 现在,哥的病治好了,村里又答应给我支持,我真的动心了! 我想试试!"

陈根笑道:"所以就下决心了! 可做了相关准备呢?"

水根说:"我有技术,有营销路子,还有人脉,本村有好几个小老板是跟着我的。可我没资金,这些年我虽然也挣了一些钱,但家里给我拖累太多,这个我就不想多说了。我想好了,如果村里扶贫车间有厂房有设备，而且同意租给我经营，我就在村里干；如果村里没这个条件，我就带老婆去县开发区童装城里租厂房经营。反正我这次回来就不再去浙江了。"

徐兴昌听言后说："村扶贫车间厂房产权最近厘清了，属村产业开发公司，可以使用。关于设备问题，村公司可以考虑解决。"

陈根说："县里下达贫困村的产业引导资金我们预留了五十万，就是为重启扶贫车间用的，作为村集体资金准备投进去。不过经营扶贫车间有一些要求，首先要以培训招录本村贫困户用工为主，近几年不以营利为主要目的，最大限度地让利给用工户，尽可能提高他们的工资待遇。当然，你投入的资源也应有相应的回报。"

水根说："这是能接受的，我回家乡创业也不只是埋头去寻钱，也是为了给家乡人做点事。不过，培训用工的开支还望村里给予支持。"

徐兴昌说："这个县里有专门资金支持的，到时我们会去争取的，这是村里的事。"

陈根说："要想把我们村的童装做火，就要有自己的特色、搞出自家的品牌来！前不久我们交流过，要把我们独特的资源'挑花'利用好，把这个宝贝艺术化地融到童装生产中去，过段时间我们专门坐下来研究，现在就开始做些准备；好在我们还有不少有利条件，你嫂子是全县的挑花传承人，可发挥她的"传帮带"作用；另外，我们建起了挑花馆，氛围上已经起来了，下一步就看怎么干了。"

水根说："陈书记想得比我们都细，有村里领导这样的支持，我肯定会豁出去大干一场的!"

徐兴昌提醒道:"谈得差不多了,我们去现场看看厂房吧,看准了想好了,再签个协议。"

于是,三人一起来到扶贫车间厂房边。厂房有两百多平方米,有两个工间和两间办公房,均已完全腾空,院子也已清理干净,进出道路都是水泥路面,整体条件非常不错。水根看过非常满意。陈根让水根先与村里谈个初步意见,然后交村两委会研究。

之后,陈根叫朱文通知廖传印老书记赶到易地搬迁安置房工地,他和徐兴昌书记一起去看工程进展情况。

陈根的车于是又开到了安置房工地,廖老也匆匆赶了过来。陈根看到工程已基本完工,门窗等都已安起来,只是四周场地和路面还没整理好,还是凹凸不平的一片黄土地。廖老告诉陈根,这里春节以前可以全部完工,包括辅助设施。

陈根说:"要确保明年开春雨水到来前,搬迁户能全部入住。"

廖传印说:"工程完工是没有问题的,搬迁户能不能及时搬就很难说了,我了解到还有些人不想搬……"

徐兴昌说:"是的,计划搬迁户中还有一些是非建档立卡贫困户,非贫困户搬迁政策是每户只补助六千元,很多都不想搬。另外,还有嫌房子小的,每人不超过二十五平方米,两三口人家只有五十至七十五平方米,又不单门独院,虽是新房却都没兴趣……"

陈根说:"这个要认真去做思想工作,易地搬迁是解决生产生活安全问题,不搬户将面临灾害风险,搬了对他们今后生产生活安全都有好处! 这理要给他们说透。对非贫困户搬迁,村里是否也给适当补助,可以讨论一下!"

廖传印说:"放心,工程上不会拖后腿!"

陈根说:"要抓紧哪,包括思想工作! 这一直是我的一块心病! "两不愁三保障",这是脱贫攻坚最基本的要求!"

年底,也是文化活动活跃的时候。"春台班"的新编黄梅戏《翠山贤媳》在参加过市级调演后,又被省文化厅抽调参加全省脱贫攻坚优秀剧目展演活动,据说参加展演的只有"春台班"一家民营剧团,其他都是专业国有院团,这令村民们感到非常自豪。

演出在省城大剧院举行,那天晚上,县分管文化工作的领导、县宣传文化部门的相关负责人、翠山镇的党政领导都过来观看演出了,陈根也开车带着素梅、水应、兴昌匆匆赶了过来。

演出获得了圆满成功,赢得无数掌声,演出结束的时候全场观众都起立鼓掌、久未离去,直到演员谢完幕之后才依依不舍地离开。素梅也早已热泪盈眶,她一边擦着泪水一边自言自语不知在说着什么……

为节省开支,龙庆元还是决定连夜带剧组人员及设备赶回翠山,他租了一辆货车和一辆中巴车,多住一晚将增加很多费用。陈根与郁芸招呼之后,便也带着素梅、水应和兴昌连夜赶回了,因为明天县里有个考核组要去翠山,他不得不回。

剧组人员紧张拆卸搬运舞台设备等物件上车,郁芸和俞艳也参与搬物,但很快被龙庆元阻止了。他让两个女人到一边歇着,自己带着几个男的在奔忙。

"你也跟车去吗?"郁芸问俞艳。

俞艳说:"是的。年末这段日子剧团演出任务比平常还多,都是县里一些乡镇村预订的,也有政府购买服务的,这对'春台班'来说既是扬名机会又有经济收入,这两样这个时候对龙庆元来说都很重要,我怎能不帮他? 你呢? 不随车去吗?"

郁芸轻声说:"我暂不过去。我已跟陈根商量好了,我腊月二十八去翠山,随他去江阳镇陪他爸过年,正月初七回来上班。"

俞艳说:"真高兴你能和陈根重归于好! 他其实是个不错的男人!"

郁芸没有再说什么,半晌,又问俞艳道:"你回来过年啵?"

俞艳说:"我可能也要腊月二十八才能回省城来陪父母和孩子过年,过了初五我就要往翠山赶了,因为越是过年'春台班'越是闲不住,龙团长在本村以及周边乡镇村都已经有预约了,戏场都排到元宵节去了! 真的,越是过年,乡下人越想唱大戏,这个地方的人就喜欢过年看大戏!"

"看来,你真的要把自己贡献给这个团了!"郁芸意味深长地说。

"不能光说我的贡献,"俞艳说,"其实我也要感谢'春台班',在我人生最困难的时候、最不知道该怎么走的时候,它收了我,我也有幸找到了它! ——这也得感谢你,没有你,我也没机会遇到'春台班'!"

郁芸说:"没必要说感谢,这都是缘分!"

"缘分也要有人牵引的。"俞艳说过,停了片刻,然后又深有感触地说,"你晓得的,我不是一个坏人,但我也不是一个有眼光、有涵养的人;我时常犯糊涂,特别是在婚姻家庭方面犯了很多糊涂;处理问题也不够冷静,犯了错误,害了自己……"

郁芸道:"你前面不是说过了吗？每个人都有犯糊涂的时候，你不必纠结!"

俞艳说:"该纠结还是得纠结,这样能让自己长眼光、长记性!我来'春台班'以后,通过演戏,特别是演《翠山贤媳》,让我悟到了很多人生的道理,长了见识。所以我觉得这里真的很适合我,我打算在这里待下去。"

"你和龙庆元团长的关系,已经挑明了吗?"

"已经挑明了。"

"他女儿翠玉怎么看?"

"翠玉没什么意见。"

"那就好! 你认为这就是你的归宿?"

"至少目前是这么看吧。"

"你们准备什么时候办事?"

"办事还早,恐怕还要一段时间,"俞艳红着脸说,"先就这样过一段时间吧,该怎么公布关系,我还没想好;都这么大年龄了,又各自都经历丰富,也该沉稳一些。"

"就这样过一段日子,城里人能接受,但在农村,人们恐怕就难接受了。"

"现在的农村,也变得开放了,在龙塘屋场就有这样的情况。"俞艳说。

"还有,"郁芸仍在表达她的担忧,"家人对你这么做能理解吗?"

"家人?"俞艳微皱眉头,"是的,主要是考虑家人,主要是考虑我儿子的感受。儿子的监护权我争取来了,我将他安顿在我父母那里,在那里吃住、上学。儿子已经上初三了,再过三四年就上大学了。那时候他长大了,就好了……所以现在我只能维持眼下这种生活。"

歇了一会儿,俞艳又说:"我毕竟是判过刑的人,虽然很轻但已经没有工作了;父母对我最大的担心是我的生活归属问题,倒不是今后还能再嫁个什么人,他们对我的选择不会说什么,更不会干涉,只要我生活得好,他们也会高兴的。我现在唯一担心的是我的儿子,所以我在忙完这一段后,也要常回去看看。"

"你,真不容易。"

"所以我特别高兴你能和陈根重归于好。"

"不过,这一切很快就会转好的。"郁芸安慰道,"等你儿子上了大学就会好起来的。"

"是的,我对未来不灰心。"俞艳笑起来。

货物装车完成了,剧组人员准备上车赶路了,郁芸与他们一一道别,还与俞艳来了个拥抱……

送走"春台班"剧组,郁芸正准备叫出租车的时候,身边出现了一个熟悉的身影,原来是汪逸风走了过来。

"我也看了戏。"汪逸风笑容可掬地说,"我开车来的,我送你回去。"

"谢谢。"郁芸不知说什么好,只轻轻说了这两个字。

"你的表演让我既钦佩又感动,"汪逸风认真地说,其语调不像是刻意恭维,"我真的入了戏,有生活基础、用心创作的作品就是有感染力……"

"谢谢!"郁芸被他的话打动了,"你是懂艺术的,你是用心在看戏的!"

汪逸风引郁芸上了车,而后驾车缓行在夜道上。边开车边激动地与郁芸说着话:"省、市宣传文化系统还有政府扶贫办的领导们都来看了戏,我了解到他们对你用心用情的表演都给了很高评价;我还侧面了解到,这部戏在这次展演评比中可能要斩获很好的成绩!"

郁芸说:"真的吗? 你该不是在忽悠我吧? 一个民营剧团,哪能争得过那些国有大团?"

汪逸风说:"我说的是真话,作品优劣跟剧团大小没有必然联系! 这是演出后我在和几位评委的聊天中感觉到的,你们就等着好消息吧! 另外,我们家何馆长可高兴坏了,大领导表扬了他,说他做了件有意义的事,文化扶贫工作出了成果。"

郁芸说:"真要感谢何馆长当时批准我下去……"

到了郁芸家楼下,汪逸风将车熄了火,下车送郁芸上楼,丝毫不考虑郁芸的态度。郁芸在电梯里忍不住说道:"这么晚了,你还不回去休息?"

"送就送到位嘛!"汪逸风笑道。

进门后,在客厅里面对面地坐下。没有开水,郁芸便给他拿了瓶矿泉水。两人相望着,一时都没了言语。

"我们之间,好像越来越淡了,"汪逸风终于开口道,"就像这瓶矿泉水一样,冰冷、清淡、无味了……"

"今年,我准备去滨江陪他父亲过年。"郁芸没有直接回答他的话。

"我们……就、就这样了? ……"汪逸风有点语无伦次了。

郁芸抬起头望着他说:"我们之间的定位,应该是要好的朋友——就像这瓶矿泉水,是清纯的、透明的,细细品味还有点甜,这其实也很好,不是吗?"

"……"

"感谢这些年里,你对我的关注关心和帮助。"郁芸也有点伤感了,"我们今后还是最了解彼此的朋友,我们还可以谈艺术、谈绘画,你就把我当成红颜知己吧……"

徐兴昌下午召开了个村两委会议,重点讨论研究扶贫方面的事情。首先是重启村扶贫车间的事。徐兴昌简单回顾了村扶贫车间最初建设启用和被迫停工给村扶贫工作带来极大负面影响的经过。随后又详细介绍了重新启用村扶贫车间的计划,包括动用预留的五十万产业引导资金投资扶贫车间,并将改造后的童装生产车间租赁给回乡能人经营等。大家经过一番讨论,大体上同意了这个重启扶贫车间的计划安排,也同意扶贫车间由徐水根租赁经营,并就招工对象和租赁费等事宜进行了讨论,做出了一些粗线条的规定;总体上说前三年是扶贫关键期,招工以贫困户为主要对象,租赁费也给予一定幅度的减免。具体协议由徐兴昌代表村里与徐水根签。另一件事就是怎样做好开春后将要举行的"翠园桃花会"的准备工作,这件事一直是陈根在谋划。

陈根先介绍了大的背景,他说县里将在开春之后举办"油菜花节",活动的方案都已经拿出来了,经过多次对接和争取,他已经成功地将"翠园桃花会"赏游作为县"油菜花节"的一个子活动;到时候,各地游客和省内外各级媒体都会前来。所以必须提前做好活动方案,包括活动内容设计、游客和媒体接待引导,以及拿出有价值有特色的东西并搞好宣传等。

"我先前叫廖新木做了一个方案,"陈根讲完大背景后说,"先请廖新木说说安排,然后大家再讨论,争取把活动准备做得周全一些。"

廖新木接着介绍了他的安排方案,包括举办一场大型文艺演出,组织一次省内画家采风写生活动,举办一次黄梅戏会演活动,组织一次媒体记者"看翠山、看翠园"集中采访报道活动,举办一个翠山、翠园摄影图片展活动,举办一次挑花作品展览等"六个一"系列活动。

"这些都需要提前联系准备,特别需要村里领导到镇里、县里争取支持才行。"廖新木在详细介绍过方案之后,特地要求道。

大家于是展开了热烈讨论,对这个方案都认可支持。

陈根就方案中要抓紧办的几件事谈了自己的想法:"画家我托郁芸去请,上次省里画家也来过,并把这里作为采风基地,这个应该问题不大。黄梅戏会演村两委成员中安排一个人主抓,将主要任务落到龙庆元头上,让他牵头去邀约去组织,也应该可以搞起来。记者采风活动,我去报业集团汇报,让他们组织力量来村里开展报道,策划意见也由他们拿,关键我们要组织好,明确采访哪些内容,这个回头我来拿个意见。举办摄影图片展的事,我前几天已经跟县"油菜花节"组委会对接了,他们有个摄影组,到时会过来拍摄两天,可以安排搞个展览!挑花作品展准备以挑花馆为依托,组织一班挑花女现场挑花,目前培训工作已经在进行了。现在最关键、事情最多的是文娱演出,这个我们要提前跟县文化部门对接好,过完春节,我和新木就去县文化委对接,做出安排。"

大家都点头认可。他们似乎都相信,陈根能带他们把事情做好。陈根随后又提了个问题:

"现在我还要提醒大家思考一件事,那就是如何接待好从四面八方来翠山赏游的大量游客,包括他们的吃饭、小憩、上厕所,甚至住宿,这些也是我们今后发展乡村旅游业必须解决的问题。"

"你的意思是由农户们来完成接待?"徐兴昌领会了陈根的用意。

"当然,让农户来做最好,"陈根说,"这其实也是为农户带来经营的机会和增收的途径;很多乡村旅游搞得好的地方都建了民宿点,农户通过接待游客都致富了。但这不是说上就能上的,首先要让农户有这个意识,然后要做规划培训等工作,还有卫生、文化等方面的资格认可也就是营业执照办理等,有很多前期工作要做。眼下刚起步,可以先确定一批有条件的人家通过培训建成首批民宿点,并把接待条件和接待规范搞起来,以后再慢慢推开。"

"刚开始搞肯定有难度,"徐兴昌说,"这里的人家有谁愿意接生人在家里吃住?"

"只要发现有钱赚,就会改变态度的!"廖新木说,"我以前在福建那边看到有个村,一开始也与这里情况差不多,但后来农户看到接待能赚钱,很快家家都腾房腾地搞起了乡村旅游接待! 外边开发乡村旅游比我们这里早,可以组织本村一些人到周边搞得好的地方去考察学习一下。"

"这是个好主意,"陈根赞道,"既能开阔眼界、解放思想,又能学到经验。这个参观考察应该抓紧组织。"

"年前来不及了,过了年尽快组织吧。"徐兴昌说。

接下去,陈根便将前面提到的任务逐一分解落实到人,人人身上都有了任务。

三十二

年味已经越来越浓了。

陈根仍在村里忙,一方面忙着与村干部一道去做剩下的那六七个易地搬迁户的思想工作,希望他们最好能够搬入新房过年,最迟也要在春雨来袭前完成搬迁,这是一项很难的工作;另一方面,与徐兴昌一起忙着和回乡来过年的外出务工村人谈心谈话,征求他们对村子建设发展的意见建议。

过了小年,陈根便怀着急切之情等郁芸来村里,他很早就去县城买了很多年货放在车上,也给朱文、宋斌提前放了假,然后默默等郁芸的消息。到了腊月二十八清晨,陈根才等到郁芸已启程的信息。他将郁芸接到村部来,然后开着自己的装满年货的车和郁芸一道去了江阳镇。

进了院子门,陈根大声用乡音喊"大大"。妹妹、妹夫听到喊声一起跑出来接,老海保随后也跟了出来,却径直向陈根身后的郁芸迎过去。郁芸红了脸,尽量放大声音喊了一声"爸",而后略显腼腆地说:"我早该来看您,早该……"

"进屋先歇着吧,陈霞都为你们准备好了!"老海保笑容可掬地说。陈霞也笑着迎过来说:"房间、日用品早准备了,就盼着哥嫂早点来呢!"

郁芸不知说什么好,脸上泛着红晕。妹夫林结斌拿着从车上搬下的行李过来说:"你们住二楼客房,我把你们的行李送上去。"一家子的热情让他们内心十分温暖,尤其是郁芸,好久都没体验过这样温暖的家庭氛围了。

陈海保笑呵呵地说:"这回可要多住些日子啊! 别总是匆匆忙忙的。"

郁芸听言,更有点惭愧了。及至进到屋里,她感到面颊还有点发烧。她没想好说什么,有点机械地应承着。

陈根带郁芸一同进了楼上的客房。房屋收拾得干净整洁,给人以舒心的感觉;床上换上了崭新的被子被单,有点像新房的用品,看得出老父亲和阿妹是用了心的。

午饭时间很快到了,老海保竟然亲自上楼招呼陈根和郁芸去餐房吃饭。桌上摆满了菜,看来是经过精心准备的。六口人都上了桌,比以往热闹了不少。三个男人于桌前坐稳,端起了酒盅。郁芸和陈霞没有喝,她们以水代酒也不时敬老父亲,心生很多感慨。

"都在一起了,才像个家,"酒过数旬,老人面色潮红,情绪也越发激动,"这才有个家的样子……"

陈根和郁芸都不知如何应答。陈根只是机械地敬酒,不知该说点什么。郁芸则劝陈根,不要让爸喝太多的酒。

"喝点酒没关系,你们回来我高兴!"老海保却执意要喝,一直处于亢奋状态,"目前我的身体还好,为你们带带伢还是行的……再过几年,怕就不中了……"

这番话,把郁芸的脸说得更红了。

　　吃完饭,陈根见父亲喝得有点多,便扶老爸进了他自己的厢房,服侍他睡下了。陈根回来帮忙收拾桌上的碗筷,被陈霞拦住了,她劝哥哥多去陪陪嫂子,这里的杂活不用他做。陈根于是回到堂轩来,看到郁芸无所事事地坐在那里,便提议道:"我带你去江堤上走走,怎样? 到长江边看看风景,别有一番风味的!"郁芸欣然答应了。

　　两人没有开车,而是沿着小道漫步上了江堤,一副休闲观光的样子。

　　江堤宽阔崔嵬,犹如巨龙蜿蜒,望不到尽头。往堤外看去,眼下正值旱季,江水退去很多,露出旷阔的江滩,极目眺望,成片的沙滩袒露在青天之下,于日照之中泛着淡雅的黄色,江的对岸是崇山峻岭,默然注视着滔滔江水泰然奔流。近处,成排的意杨林紧随大堤透迤延伸,再往堤内看,连片的耕地均已种上小麦和油菜,形成一眼望不到头的广阔的绿色平原,一些红色屋顶的房屋散落其间,一切都那样富有诗意……

　　陈根引着郁芸在江堤上漫步,不时指指点点地向郁芸解说些什么。

　　"没想到,江堤上也有这么美的风景。"郁芸由衷地说,"滨江县真是个不错的地方,既有长江冲积平原,又有连绵起伏的山区,自然环境还真是挺丰富的。"

　　陈根说:"是的,我们县里人习惯把这两个区域称为洲区和后山,洲区是外来移民开垦出来的,后山地区才是原住民世代生存之地;洲区和后山联姻的也多,像我妹一样嫁到洲区的不少。"

　　郁芸说:"以前总是待在城里不知道,其实农村生活也很有意思。"

"是的,农村也有自己美好的味道,"陈根说,"你要真想欣赏它感受它,必须走进它并把心融进来,融入这天地之中……"

"以前可没听你说过这些话。"郁芸说。

陈根沉吟片刻后说:"说实在的,以前我的心也没在这里,没在乡村,更不用说融入进来了。"

"你那时的心在哪里?"郁芸又反问道。

"心在城市里,"陈根说,"一心想在大城市拼块地盘,干出点名堂。"

"现在呢?"郁芸说,"是否有了变化?"

"变化肯定是有的,人在不同环境里生活工作,思想感情都会起变化的。"陈根说,"最大的变化是对自己的定位有了松动;经过这一年的工作,我似乎感到我的能力、我的价值在这里能得到真正的体现!而回过头看,一个学农的为了留在城里,不惜去从事一项自己并不擅长的工作,这么多年了,无论我多么努力,都只得到一般的业绩而不能获得大家由衷的认可……我又想起了老书记廖传印对我的期望,我在考虑,自己的后半生是否可以换一个环境、换一种活法……"

"是不是说,你下一步可能摆脱城市来乡间创业?"

"我还没想好,回头再说吧。"陈根把这个没想透的问题打住了。

郁芸也不再追问。不过眼前的景色,倒真的让她有点流连了……

冬季的夜晚来得早。从江堤上下来,夜幕开始降临了。老海保酒已经醒了,正在堂轩逗外孙玩。陈根和郁芸便一道去堂轩陪老人喝茶聊天了。

晚餐之后,老爷子不知是因为中午酒后睡了很长时间还是儿子儿媳回来令他格外兴奋,竟然丢掉了早睡的习惯,在堂屋坐下陪儿子儿媳妇及陈霞聊起天来。

"难为你了!"老海保望着郁芸说,"让你到这里来过年,要是在翠山我的屋里过,就要正规一些。"

"没关系啊! 到这里来,让我看了长江景色,还长了见识,多好呀!"郁芸真心地说,"其实,不好意思的是我,这么多年都没主动来陪您过年,是我的不是。"

"你可别这么说,我晓得是有原因的,"老海保赶忙说道,"陈根做得不好,我也、也……"

"都不说这些吧,"陈根连忙阻止了这个话题,"都是我不好,往后我们一起来改变吧!"

几个人拉了将近一个小时的家常,老海保终于感到累了,起身准备进厢房歇息去,休息之前还不忘对儿子说道:"你们也早点歇下,一天都在跑路,肯定累了!"

但陈根和郁芸都没有早睡的习惯。陈根看了一段时间的电视节目,陈霞和结斌也都去了卧室,陈根这才向郁芸提出进屋去休息。郁芸没有说话,有点机械地跟着陈根进了楼上的房间。

房间不大,也没摆放什么凳椅。陈根靠坐在床靠背上,郁芸只能坐在床沿上。两人手中都拿着手机在看。

沉默一段时间后,陈根开口说道:"乡下就这条件,你可能不太习惯。"

郁芸轻声回道："没关系，我没那么娇气的。"

陈根说："是的，从你演戏我能看得出来，你还是挺能吃苦的！"

郁芸说："谢谢了，很少听到你这么夸我！"

陈根说："是吗？看来是我嘴笨了！"

郁芸说："不是嘴笨，是你对我一直存有偏见！"她停了停，又接着说，"当然，我对你也是这样。"

陈根说："现在，我俩都有了不少改变。"

郁芸说："是的，有改变，包括看待对方……"

静默了一段时间。两人似乎都在梳理自己的情绪。

"是时候团聚了，"陈根觉得自己应该更主动一些，"一块睡吧——今晚这里可没为我们准备别的床铺。"

郁芸纹丝不动，没说话，也没表情和动作上的反应。

"这些年，都是我不好！"陈根说，"我心胸不够宽广，只顾自己，我亏欠你太多……"

郁芸渐渐流出眼泪来，她开始啜泣，蓦地一头扎到陈根怀里，拳头无力地不停地捶着陈根的肩头……

农村过年要到正月十五闹过元宵才算完，但城镇各单位职工的春节假期只有七天。到了正月初六，郁芸便要启程回城了。陈根打算送郁芸回城去，他也想回省城单位一趟，汇报一下全年工作，听集团党委对联系点工作有什么新的指示要求。所以陈根先把车开到翠山村，两人与已然上班的几名村干部打了招呼，然后各开自己的车出发，陈根在前为郁芸引路。

陈根在省城也没多待,只歇了两晚便急忙往翠山赶。因为县里的"油菜花节"正在紧锣密鼓地组织,并将翠山作为一个观赏点,虽然这里种植的油菜花并不算多,但这里的现代农业园颇有特色,对全县的赏游活动能够起到丰富和补充的作用。所以县组委会这几日不时派人下来,就景点建设、布置进行指导、督办。另外,翠山村自己在这期间也要办"翠园桃花会"赏游活动,各项准备工作虽然年前都做了安排,但越是临近的时候,需要落实的任务越多,而这些事情大多是他一手策划的,因而离不开他的组织和协调。所以他很快就回到了翠山,进入了角色。

为了解决活动经费问题,他跑县跑镇争取了六万元景点建设费,还把曾经活跃过的本村龙灯队重新激活,并积极为他们联系进城进镇的服务点,两个星期时间便筹到十多万元服务表演费。这些钱除拿一部分支付龙灯队开支及酬劳外,其余都拿出来作为村里办"翠园桃花会"赏游活动的费用。

接下来,村里的"翠园桃花会"赏游活动组委会加紧工作,村两委成员会同翠园公司的六七名人员组成专班,分几个组各担一块。任务最重的是负责设立民宿点的专班,活动开启后,预计来翠山观赏的游客每日有两三百人,可能留下吃饭的恐怕也有上百人,这些人都需要民宿点来接待,接游客来家吃饭甚至住宿,把家办成经营性农家乐,开辟一条增收新路子。然而这对于翠山村民来说还是大姑娘出嫁——头一回!他们压根就没有这方面的意识,更别谈有这方面的心理准备和相关安排了。所以,在启动赏游活动之前,陈根还是觉得有必要组成一个专班挨户上门宣传,为有条件的人家挂上"农家乐接待点"的牌子。

日子因为忙碌而过得很快，转眼已入早春二月。油菜花开始开了，翠园里的桃花、梨花还有牡丹花也开始吐蕾并陆续绽放了，园区起伏的坡地上，桃红氤氲、梨花清丽、油菜花金黄，满目缤纷的色彩，令人赏心悦目、心旷神怡，正是春游的好时机。

县里的第三届"油菜花节"已经正式启动了，在媒体的宣传推动下，各地游客开始来到滨江县，翠山、翠园也不时有游客前来。

"翠园桃花会"赏游活动，在县"油菜花节"启动后的第二天也开始启动了，这次活动是经过精心筹备的。首届"翠园桃花会"是请镇上出面举办、村委会和翠园公司承办的，主要活动是一台大型主题文艺会演、一次摄影比赛和展览、一场绘画写生、一次挑花展示及游园观光等。

赏游活动启动仪式与主题文艺会演一并进行，演出之前先举行开幕式。为增强活动在全县的影响和人气，由镇里出面邀请全县各乡镇和县直部门负责人前来参加活动开幕式和文艺会演，镇里专门安排几辆中巴车将他们接来。在翠园里的一片空地上，聘请县广告演艺公司前来用钢架搭起一个特大型的表演舞台，并配以高功率音响设备和电子屏背景。整个场景显得宏大、热烈又隆重，开幕式也简洁、大气。

紧接着的文艺会演很有声势，县文化馆、县黄梅戏剧团、"春台班"及周边几家民营剧团、镇文化站都有节目来参演。为烘托气氛、扩大影响，还特邀了县里的旗袍走秀队、柔力球表演队、太极表演队等前来表演、走秀。演出非常成功，为整个"翠园桃花会"赏游活动营造出浓厚节日氛围并迅速将活动推向高潮。参加的人看过演出后，都来到桃园、梨园拍摄留念，很多人绕园而行，领略翠园美好的产业风景。

陈根邀请来的省多家媒体和市、县主要媒体记者也手拿"长枪短炮"聚集于翠山。省电视台派来采访县"油菜花节"的记者也来到翠山，组织了现场直播采访。媒体人以专业的视角，将翠山的人文底蕴与翠园的美丽风景有机融合并加以报道，让翠山村的美丽乡村建设内涵更丰富，颇有说服力和吸引力，使看过报道的受众难免不产生想来看看的冲动。

郁芸也过来了，她这次是随省城美术家写生团一道前来的。汪逸风很守信，尽管年初特别忙，但他说答应过的事一定要克服困难兑现。这次他带来的画家的水平和数量比前两次要高、要多，他们很敬业，一到翠山便分散到各场景上去写生作画了。这回写生作画以油画、水彩画为主，明后天还要将在这里作的画拿到县城装裱起来，与摄影作品一起在县里几个场地办巡展。

陈根当然很忙，跑前跑后，嗓子都有点嘶哑了。他指挥组委会成员有条不紊地做好各种接待工作。村民们也没闲着，那些拿到"农家乐接待点"牌子的人家，忙于接待前来小憩和用餐的游客，用心准备有特色的茶点和菜肴。在组委会的安排下，村里还成立了引导员、解说员、保洁员队伍。这几支队伍都经过了培训，他们知道做这件事的意义和对村里发展的好处，积极性都很高；活动的各个现场，处处都能见到他们胸挂标牌、游走解说的身影，看上去人人都很忙，换来的是游客们的笑脸和夸奖。

龙庆元的"春台班"虽然近来演出任务重，但村里办节他还是抽了时间，在文化乐园里的戏台子上搭起舞台，连续滚动上演几出戏，引来不少外来游客还有本地村民的围观。

三十三

翠山村的运气真是不错,成功办完"翠园桃花会"后没几日,雨水就紧跟而来了。连续的春雨不知疲倦地降下来,村庄笼罩在湿漉漉的氛围里。沟塘渐渐饱满了,山地、坡地的土壤含水量也都饱和了。

回来过年的在外务工人员也都陆续离村了,连绵的雨又让村子变得清冷了。陈根利用这些日子村里公务少的机会,带着工作队员朱文上门走访几个片的贫困户,看看连续的春雨给他们的生活尤其是房屋会造成什么影响。他开着自己的那辆旧车,先去了三个地势低洼的屋场,逐一看了农户的房屋,看屋漏不漏雨,有什么安全上的隐患,他让朱文把发现的各种问题都记录下来。通过反复做工作,这一片多数贫困搬迁户都于春节前搬到易地安置点去了,消除了隐患。现在他最担心的,是沈坦屋场还有两户贫困户和三户非贫困户没有做通工作,到现在还不愿搬迁。雨水季节来了,那里风险大增,他真的放心不下。所以接下来他将沈坦屋场作为走访的重点。

车子开不到沈坦屋场,他只能将车停在龙塘屋场,然后带着朱文沿着那条通往沈坦屋场的羊肠山道艰难缓行。小路泥泞坎坷,三四百米的小路竟然走了近半个小时,胶靴上也粘上了很多泥,每抬一次脚都觉得沉重。但陈根还是先绕着沈坦屋场转了一圈,之后才挨户上门去做工作。这最后的五户人家他其实已很熟了,年前不知跑了多少趟做他们搬迁的工作。但现在,春雨连绵,路滑难行,连最起码的板车都上不来,搬家似乎一时难以进行了。陈根于是告诉他们,最近如果突遇大雨,就别在屋里待,最好这段日子投靠亲友去。

"这段日子你们去村里居家养老服务中心住吧,那里也有吃住的条件。"陈根每入一户都如是说。

"那多不方便啦!这里没事的,往年雨季比今年还长都没事的!"

五户人家都这么说,他们的思想还不通,他们还是不想离开已熟悉的家园去别的地方生活。

陈根只能无奈地望着他们,继续寻思做通他们工作的方法。

不过,回到村部后,陈根心里那块阴影重了;他真的很担心,因为天气预报说,近几日此地还有大雨。

到后半夜,果然下起了暴雨。陈根被暴雨惊醒了,他叫醒工作队员朱文,又打电话给徐兴昌书记,请他火速赶到村部来,他开着自家的小车往龙塘屋场赶。下车后,用手电照路,深一脚浅一脚地往沈坦屋场走去。

他们赶到沈坦屋场时,雨下得越发猛了,虽然都穿着雨衣,但雨水还是从可能钻入的地方进入,湿透了衣裳。他们分头到几户人家去做工作,劝他们尽快撤离,先撤到龙塘屋场大屋场,然后再坐车到居家养老中心去住下来,等天放晴后再回来搬家。前面两户的动员工作进行得都还顺利,村民们带一些生活用品,就跟着徐兴昌书记走了,但后面两户老人死活都不愿离开,他们不相信会出事。他们还怕自己离开后财产无人照管而遭受损失。陈根只能极为耐心地做他们的工作……

雨好像又下大了，老天就像在倾盆倒水。这时山坡上好像有闷雷般滚动的声响传来，陈根的心一下子收紧了。蓦的一声巨响在沈秀枝老人家的屋后响起，一块滚石撞上了她家后墙！陈根大喊一声，叫朱文把老人扶走，他冲出屋去，要去看个究竟。另外还有一户留守老人还没有出来，他得马上去另一户做工作。

他冲了出去，却不幸被滚落的一块飞石击倒了，他没有爬起来，直到徐兴昌带着朱文赶来，把他从地上扶起，他都没醒过来。

陈根当天夜里就被送进了县医院，经过三个多小时的急救，生命体征虽然稳定了下来，但人一直未能醒来。医生说，陈根颅内及胸腔都有瘀血，鉴于县一级医疗条件有限，建议尽快转至大医院进一步抢救治疗。于是第二天清早，县医院救护车便起程转送陈根至省立医院，徐兴昌、朱文和匆匆赶来的陈海保一路陪护。他们提前把情况告诉了郁芸，让她在省城把相关事情先做一些安排。老海保一路上都在对昏迷中的儿子说着打气的话，老泪不知不觉在脸面上爬行，让同车的人心头发酸……

陈根进了省立医院便立刻被送进了重症监护室。

一个星期过去，陈根仍没能醒过来，但经抢救治疗已无生命危险，也从重症监护室转入普通病房了。陈海保和郁芸守护在病床边，考虑到老人身体原因，夜里基本上是郁芸在陪护。

不断有人带着鲜花和慰问品来看望陈根：有各级党政部门及扶贫办的领导，有媒体记者朋友和同事，还有翠山村的贫困户。他们说了很多褒扬、祝福和安抚的话，领导们还做出指示要医院给予陈根最好的医疗待遇。但静躺着的陈根是听不见的。郁芸、陈海保接受了他们的话语、鲜花和慰问品,但内心的不安与日俱增。

素梅抛下家里的事也赶到省城来了,她说此时正是她报答陈根书记和郁芸妹子的时候,也是这一对好人最需要她帮助的时候。她说她要像服侍水应一样服侍陈根,直到陈书记醒过来、好起来的那一天! 这就是她与这个家庭的缘! 她承担了照顾陈根的一切杂务,每天不知疲倦地做饭、洗衣、送饭、采买等,奔忙在郁芸家和医院之间。特别是在老海保因为焦虑和劳累而病倒、匆匆赶来的陈霞因家中孩子尚小无法长久留城而离开之后,她的存在更显得必不可少了。

郁芸的神情很忧伤,似乎还有点恍惚了。她整日坐在陈根床边,常常双手握着陈根的手。好多个夜晚她都没有合眼,两眼布满血丝,面色苍白憔悴。她不时地跟尚未醒来的丈夫说着话,却像梦呓般不知所云。

郁芸深信陈根最终是能醒过来的。她以梦一般的语言不停俯身在陈根耳边说着话。她曾看过一篇故事,谁写的她已记不清了,说一位恋人坚持十多年不离不弃,在因伤昏迷不醒的男友身边不停地说话,反反复复回忆叙说两人之间的美好经历,最终成功地让男友苏醒过来。郁芸于不知不觉间也开始这么做了,她的内心也需要这种诉说:

"……以前你我都好好的时候,我们都不晓得珍惜,总是闹别扭,闹到要分离的程度……现在,我们都回过神来了,我也回过心来了,可以一起好好地过了,可你又……"

"……我晓得你能醒来的,你是我心目中最有毅力的人! 你一定要醒过来……你不能这样考验我的意志,我能在戏中演素梅,可我做不了现实版的素梅,我没有素梅的毅力、耐力,你真的别考验我……"

"……我晓得你是在吓唬我,你的手不会一直这么冷下去的……我们以前说话太少,话也太冷,我现在愿意不停地这么说,把以前没说的都补回来,一直等到你醒过来……"

"……我需要你,我们真的需要一次新的开始! 你一定要挺过来,给我们一次重新生活的机会! 我们还有很多的日子能过的,你的老爸还等着抱孙子呢! ……"

三十四

将近两年之后,翠山村迎来了第八批驻村工作队,队长兼驻村第一书记仍是省报业集团下派干部陈根,队员是县里组配的两名干部,均来自县农业农村局。

是的,苍天最终还是不忍心夺走一位如此年富力强、充满激情又拥有爱心情怀的好干部。也许是村人的呼唤吓退了死神,也许是妻子郁云的深情诉说唤醒了他的心智和生机,陈根在深度昏迷三个月之后终于苏醒过来并逐渐恢复了记忆;之后他又经历了近一年的恢复休养期。他为此错过了各层级的脱贫攻坚总结表彰等一系列活动,也结束了第七批驻村工作队的工作。不过他依然以全省脱贫攻坚先进个人的身份,载入了全省扶贫工作史册。

休养康复后,他回到了省报业集团上班;单位因为他尚处于身体恢复期,暂没有给他安排具体工作。而且因为他在第七批工作队长任上做出了突出贡献,为单位赢得了好评和荣誉,集团党委准备提拔重用他,让他暂时在下派之前的《三农报》报社待一段时间。然而陈根这个人虽然回到了报社,但心思总是忍不住滑向翠山村那片热土;时常回想在那个家乡小山村里发生的一切,默念那里的山水人情。他总是感到自己还有事情没有做完,还有很多情分难以搁下。就这样,当又一个春天带着充沛的雨水及和煦的暖风到来的时候,神州大地上又推开了一项新的与脱贫攻坚相衔接的伟大工程——乡村振兴!这项工程任务更重、要求更高,同样也需要各级各部门的大力支持并下派驻村工作队。

得知这个消息的陈根又兴奋了起来,他找到集团党委,申请参加第八批驻村工作队,态度既诚恳又坚决。集团党委经过认真的讨论,最终决定派陈根作为第八批乡村振兴工作队队长兼村第一书记前往所帮扶的翠山村,并得到了省委组织部的审核批准,陈根如愿以偿地得以重返翠山。

在重返翠山之前,陈根与郁芸进行了一次长谈,一来是想听听她的想法和意见,二来是想得到她的支持。郁芸似乎也懂得了他的心思,她似乎已感觉到他的心不在这座城市里了,他的志向好像也飞离了城市。她当然会尊重他的选择;学会尊重,也是前段时日生活教给她的东西。

在一个晴好的日子,报业集团的党委书记刘总带着一个慰问团队,将陈根又一次送到了集团所帮扶的翠山村。毕竟曾经是第七批扶贫工作队的先进人物,陈根的二度入驻还是引起了县里的关注和重视,县里、镇里都来了领导,在村部举行了一个简短的见面欢迎仪式,之后慰问组一行还为村里赠送了五台电脑,给三个"贫困监测户"送去了慰问金;而后村里为第八批乡村振兴工作队的到来专门举办了一个座谈会。陈根感觉就像重获生机一般,一直处于兴奋之中,座谈会上他以激动的言语回顾了作为扶贫工作队队长时与村人共同苦战的情景。让他颇感欣慰的是,正是那几年拼搏打下的基础,才使得这个村子有了现在的样子,不仅顺利出了贫困村之列,而且有了产业,有了人气,有了整洁的村容,也有了文化之气。他听说如今各项产业都发展得很好;文化设施也进一步丰富且用得很好,还有不少有学问的年轻人加入了村干部队伍,这增添了他做好乡村振兴工作的信心和动力。他充满激情的讲话,引发了大家热烈的回应,不仅有掌声,还有热烈的讨论……

省报业集团领导完成任务离开之后,许多村民前来看望陈根,包括素梅和水应、龙庆元和俞艳、廖传印和廖新木等,他们争先恐后地提着问题说着话,一直持续到天黑时分才陆续散去。

徐兴昌这才好安排陈根休息。他告诉陈根,工作队的房间还是他们上一批住的房子,兴昌说就好像早知道陈书记还会再回来似的,他压根儿就没想过要动那房子里的东西。陈根笑笑说,他对住宿没什么要求,不知新组配的县农业农村局的两位同志有无想法,随即询问了工作队另两位同志的情况。徐兴昌解释说,工作队另两名成员李闯和王进都是年轻人,都是农业农村局的年轻有为的干部,因手头工作还没有交接完,要过几天才能到位。陈根告诉徐兴昌他从明天开始就准备搞调研了,先到几个企业看看,然后再看几个脱贫户和村里的贫困监测户,请徐兴昌书记明天开始安排人陪同,并提供一些相关的资料。

翌日,在徐兴昌书记和村文书陈小强的陪同下,陈根先来到了翠园,这是他最牵挂也最想了解其发展现状的一个产业园。

廖新木在新落成的办公小楼里迎接了陈根,本准备坐下来喝口茶聊聊,但陈根说还是边走边看边聊的好。于是几个人沿坡道缓缓行进,边走边谈。

正是暮春时节,满坡成片的桃林、梨林错落有致,颇为壮观。花都已经谢了,果林绿意盈盈,令人心旷神怡。陈根问身边的廖新木,有没有举办过第二届"翠园桃花会",廖新木回答说没有,主要是没人牵头组织。徐兴昌接过话说,去年活动没办起来他有责任,主要是没被纳入县"油菜花节"活动,怕没县里支持办不好就没敢动。

"这一年多来,翠园还是原来的规模和项目吗?"陈根一边走在铺上了水泥砖的窄坡道上一边问,"好像果树林下还是有些变化的,变得翠绿了、充实了。"

廖新木说:"还是有一些变化发展的,我们引入了一个新的发展林下经济的项目,就是在果林之下的空地上栽植艾草,提高了土地综合利用率,也提升了园子的综合效益。"

陈根惊喜地说:"林下种艾草,我以前也听说过,没想你们这么快就搞起来了,走吧,过去看看。"于是来到一块地里,看到一些地块业已种上了艾草,将林地装点得一片绿油油的。陈根连连称好,并追问怎么利用这些艾草。

廖新木说:"目前还只是把艾草收起来,卖给附近一个乡镇的艾绒加工厂。那个厂我去参观过,其实工艺并不复杂,投资也不多，我打算今明两年也投资建一个，开发出系列产品来，这样效益会更高，也能开辟出村人做工新渠道。"

陈根以赞赏的目光望着廖新木："你很有头脑！艾草产品销路怎么样？"

"销路非常好！"廖新木立马回道，似乎还有点激动，"可以说，比酵素还有市场。现在人的保健意识增强了，对传统中医保健产品的认识也更深了。据我了解，隔壁翠丰镇的那家厂子生产的艾条、艾香、艾枕、艾草驱蚊油等系列产品几乎供不应求了，产生了很好的效益。所以他们将艾草合同种植规模扩大到了好几千亩，与周边的五个村建立合作种植关系。下一步我也将汲取他们的经验，但我的市场拓展可能比他们更广一些，因为我早就建起了酵素销售市场网络。"

陈根对他的想法表示赞许。他又询问了翠园近期运作情况，特别问到酵素厂生产的情况。廖新木简要地作了介绍，说酵素厂两条生产线全部建成投产了，有三十多名工人在那里工作，产品由云南那边总公司负责销售，效益还是挺不错的。陈根说等一会儿去看童装园的时候，再过去看看酵素厂的生产情况。

陈根和徐兴昌在翠园转了一大圈，将翠园的情况基本了解了。随后徐兴昌开车，陪陈根又来到第二站：村扶贫车间"翠山童装厂"。这个厂园子还在原址上，现在已颇有点样子了，厂房里摆满了织缝机，百十名工人正埋头做工。徐水根引着陈根边走边介绍情况，既介绍正在加工的衣物，也介绍做事的工人。这些工人全都是本村人，多数还是脱贫户。见陈根进来了，素梅和水应连忙放下手中的活儿，迎到陈根面前来，笑容可掬地打招呼。

"嚯,你夫妻都在这里做工了!"陈根有点兴奋地大声道,"能吃得消吗?"陈根显然是指水应的身体。

"吃得消,我现在恢复得很好了!"水应笑呵呵地说,"我家也脱贫了!"

"不发点狠不行呢!前些年亏得太多,现在赶上机会了还能不去抓?"素梅接上了话。

"是啊,是啊,"水根也附和道,"要不是陈书记耐心地跟我介绍村里的情况,我恐怕到现在还在犹豫呢,嘿嘿。"

陈根笑问道:"现在厂子的产销情况怎么样?"

"目前主要还是代工,用的是别人的牌子,销的路子已经打通了,借用过去网上电商平台,网上订单也很顺畅,每天要发一千多份订单。不过,目前我也尝试蹚自己的路子、创自家的牌子。我组织了一个挑花制品小组,专门做挑花小件用到童装上,创自己的特色,效果很好。"

陈根颔首道:"你还是很有经营头脑的,当初我真的没看错,顺着这路子闯下去,这个厂子会有大出息的!"

"谢谢陈书记的鼓励!"水根有点不好意思了,"我也是在边学边干,毕竟在家乡做事,又得到这么多政策的支持,真的怕干不好。"

陈根点头道:"有这个效果,慢慢放大,我们乡村振兴就不愁了!"

接下去陈根又问了些人员工资和创收方面的情况,以及下一步还有没有扩产的打算。水根说这要看产品销路能否进一步打开。徐兴昌说,村里已经用这两年的产业资金入股了这个企业,企业发展得好，村里集体经济也就上得快，村里自然会尽力支持的。

下午，陈根在徐兴昌的陪同下来到中心村文化乐园，这里是他作为扶贫工作队队长主抓的一项工程，为今日乡村振兴事业打下了一根基桩。仅仅一年多过去，这个乐园就发生了很大的变化，设施等更丰富，也更具时代气息了。尤其是那个戏楼子，如今竟变成了一幢漂亮的戏楼了；飞檐翘角，气势宏大，中间的舞台也很大。

陈根发了一通感叹后，对徐兴昌说："这个乐园是怎么整得如此气派的？"徐兴昌说："还是学了陈队长当年的办法，争取县文化等部门的支持，帮扶单位也支持了一些。另外，村里龙庆元发达以后也自愿捐款十几万，几方面一凑就建成了这个戏楼子。"

正说话间，只见龙庆元从戏楼子里笑容可掬地走了出来，上前一把紧握住陈根的手说："真是苍天有眼啊！我们的陈队长又回来了！"

陈根说："龙团长现在真正地发达了，听说你摊子越铺越大，可别丢了翠山这块你的根基地呀！"

龙庆元说："怎么可能丢呢？！树高千尺也离不开根啦！要不我也不会投这么多钱来支持建设这个戏楼子，以后这个戏楼子就是'春台班'的主场，不仅自己演，还邀县剧团和其他地方的剧团来演。"

陈根说："嗯，这话说得很有境界！"

正说话间，俞艳不知什么时候笑呵呵地来到陈根面前。她现在已经成为正式的"团长夫人"了，而且也已成了'春台班'的骨干演员了。

陈根说："欢迎你正式成为翠山人！你一个省城人，来到一个偏僻的小山村落户,还适应吗?"

俞艳说:"早已经适应了,我还是比较喜欢这里的生活的,这一年多我活得很充实。"

陈根说:"这样就好,祝贺你迎来了新生!"

陈根在文化乐园里察看了一圈,对园子的建设留下了非常好的印象,随后对徐兴昌书记建议道:"这个文化乐园现在已经建得很不错了,下一步我觉得应该考虑以文化乐园为中心,将整个迎风墩自然村打造成省级'美丽乡村'中心村——当初我提议建文化乐园时就是这么考虑的——然后以此为示范点搞整村推进,将翠山所有的自然村都争取建成'美丽乡村',这是我们这几年乡村振兴要重点抓的一项工作。"

徐兴昌说:"陈书记说得到位、看得也远!这项工作县里、镇上也是这么要求的。现在你带乡村振兴工作队来了,往后我们干得就更有底气了!"

接下去陈根提议去湖汊边看看稻鱼共生项目实施情况。他听说沈新桥已经回村来全身心投资搞这个项目了,他要去看看目前的进展情况。

在大块田头见到了早已在田坝口等候的新桥,两人都兴奋地相互招呼。

陈根激动得紧握新桥的手问:"你什么时候抛开那边回来的?目前投了多大的规模?"

沈新桥再次见到老队长陈根也显得有点激动:"我是去年下半年才处理好江苏那边的事全身心回村来的,两年前我听说陈书记的遭遇后真的很难过……"沈新桥停顿了一会儿,才又接着说,

"不过也更坚定了我回来创业的决心,我当时真的有种想法,觉得陈书记一定会再回来的,现在看我那时的预感是有道理的!"沈新桥停了停,又道,"我还是按先前在村民会上说的路子来投资搞这个项目的,组织了合作社;得益于当初陈书记的引荐,合作社后来争取到与青禾米业公司的合作,他们的入股不仅为合作社解决了先期投资不足的问题,还订立了长期收购合同解决了销售问题,另外还给予了人员培训、专家指导等方面的很多支持,使合作社不断发展了。"

陈根说:"现在进展到什么程度了?"

新桥说:"我起初只搞了不足两百亩,现在已发展到五百多亩的规模了,几乎所有的有水田人家都相信了我,把田流转到合作社入股了,合作社就叫'新桥稻鱼综合养殖合作社';目前已投资做了防洪工程,开挖了沟渠,这些都是这两年冬闲时完成的,你来看……"

顺着新桥手指的方向,陈根放眼望过去,但见一块块水田有序地排到了湖边,全都耙好并灌上了水静等着插秧了。像在江苏那边看到的一样,稻田旁边增开了引水沟,形成了一个闭环的系统。

陈根说:"希望你成功,为村里发展一个好的产业。"

新桥笑道:"目前已有了个好基础。"

陈根说:"你这个专业合作社大约招了多少工人?"

新桥说:"目前只招到二十来个合约工,他们还兼顾做其他事;村里现在搞了不少产业,都需要用工,将来怕工人不够哇!这的确是个问题。"

陈根说:"会解决的,周边村的人也都能引来,乡村振兴首先要靠产业,有了产业自然就会带来人气的。"

陈根在湖边看了很久才离开,他回到村部,去会已经到来的县派两名工作队员。

三十五

这天上午,村里召开乡村振兴工作队进驻后的第一次村两委扩大会议,范围扩大到了村民小组长及村民代表。议程一是让新一批工作队员与大家见面,二是请工作队队长就乡村振兴工作做一次带有培训性质的报告。会议由徐兴昌书记主持,当介绍到工作队队长陈根时,下面自发响起了持久的掌声,还有人喊出声来,欢迎陈队长再次进驻翠山村,气氛热烈。陈根对大家的热情给予了动情的回应,在接下来的报告中,陈根着重从乡村振兴与脱贫攻坚如何有效衔接的角度谈了看法和意见,又分别就如何实现乡村组织振兴、产业振兴、人才振兴、文化振兴和生态振兴,推动乡村振兴五大任务在翠山村落实,结合翠山村实际讲了自己的看法和意见。用的都是本土语言,举的尽是本地事例,在座的不仅听进听懂了,而且听得很有滋味。见面报告会开得很成功,大家都说陈书记的报告让他们明白了搞乡村振兴具体要做一些什么事,他们也觉得翠山村往后还是很有希望的。

这时候郁芸也来到了翠山村,这是陈根赴任第八批驻村工作队队长后她首次来翠山。她是随着省城美协写生采风团一起来的,除了参与写生,当然更重要的是来探夫了 。

采风团受到村里热情欢迎。陈根和徐兴昌等将汪逸风、郁芸一行引进挂有"省美协写生基地活动室"牌匾的屋子里坐下,搞了个简短的欢迎仪式和座谈会。陈根了解到,这是采风团第六次来村采风写生了,而对于陈根来说,这是第三次接待省城美协采风团。会上汪逸风发表了一通热情的感言,他说翠山村这几年的变化,他们都看在眼里,喜在心里;这些变化不仅让村子更美好了,还给美协成员们的创作带来了鲜活的素材,画家们用他们艺术的眼光和画笔描摹、记录了这里呈现的美好情景。紧接着他大声说,这回来翠山村,省城美协还带来了前几回画家们写生创作的二十几幅作品,全部捐献给村里;另外还向村里捐献三十多万元写生活动作品拍卖款,算是对村里给予协会支持和服务的回报;并且表示,今后美协会员写生活动创作的部分画作,还将以这种方式捐给村里,也算是省城画家为乡村振兴事业做出的贡献吧。

陈根和徐兴昌也分别作了答谢发言。陈根说,当初他请省里艺术家来建采风写生基地,目的是宣传推介翠山,丰富村民的精神文化生活,没想到还收到这样实在的大力度的支持!看得出艺术家们是在用心用情帮助翠山村振兴的。汪逸风说这其实是双赢的事,省城的画家们也得以开拓了创作素材资源,丰富了生活体验,自然也丰富了自身的创作。

座谈会后,陈根又和徐兴昌带画家们一行到湖边养殖基地、翠园及文化乐园等场所去走了一圈,然后分别送画家们到安排好的写生点去创作。

郁芸这回又没有带画夹来,也就没有去景点写生了;因为她这次来的主要目的不是画画,她到陈根的住宿点看了看,很用心地问

CUI SHAN DE HUHUAN / 375

了一些工作队生活起居的细节问题,叮嘱陈根工作不要太累了,要注意身体。

郁芸说:"我想去看看素梅和俞艳,还有龙庆元的'春台班'剧团;好久没看见他们,不知现在怎么样了。"

陈根说:"龙庆元的剧团眼下红火得很,到处去演出,俞艳现在也成了团里的台柱子,自然是要随团跑的,不知今天他们在不在村里。"

郁芸说:"我来之前已经跟俞艳约好了,她今天肯定在村里,'春台班'今天也改了行程调整到本村里演出。"

陈根说:"素梅在水根的厂子里做事,我们先去看望她,然后再去看'春台班'。"

戏是晚上演的。看完戏,画家们照例又开车去不远的镇上开宾馆入住了,第二天再开车来。这回郁芸没有去镇上,而是留在村里陪陈根。晚上休息她都想好了,准备到俞艳家里去,龙庆元家空房多,有条件腾出地方。但陈根说他有地方不用去麻烦别人;原来,回村的这些日子,他已抽空将自家的老屋整理了出来,并备好了床被及一应生活用品。他把郁芸带到了已经整理好、能够使用的老屋里,说:"以后周一至周五我在村部宿舍与工作队同住,双休日就到老屋里来住,自己做饭。"

郁芸笑道:"看来你早已谋划好了,准备长期在家住了。"

陈根说:"是的,我的确想了很久。不久,我还准备把老父亲从江滨小妹那里接过来一起住。"

于是,陈根开车带郁芸一同去了龙塘屋场。进到老屋里,郁芸踱着小步把屋里屋外都仔细看了看,还到两间内屋看了床铺及其他生活设施,觉得还真有一种家庭的温馨感。看过后便坐到堂屋的八仙桌边的椅子上,若有所思地望向门外。陈根为她沏了一杯茶,陪她坐在桌的另一边。他知道郁芸肯定在思考关于这个家庭的深层次的问题。

"你还真用了心,"郁芸缓缓地说,"你心里肯定有了某种选择。"

"是的,有一种想法已经越来越占据我的思想了,"陈根回应道,"我可能最终还是要重归故里的。我现在也越来越感觉到我的精神气质、我的所学所识似乎都更适合在乡村生活发展。我在省城这么多年,一直都没有找到融入感、归属感;我是学农的,却无奈地成了报人,在报社,我也始终没有找到展示自己能力、实现自身价值的方式;两年多的扶贫经历似乎一下子让我找回了自我,让我的价值感、成就感都回归了! 我知道,我可能要面临一次艰难的选择了。"

"怎么个选择呢?"郁芸问,"是不是已经清晰了呢?"

"这三年我驻村带工作队,我是不能够有什么选择的,我还是报业集团下派的工作队队长,我的单位还是报业集团。"陈根停顿了一下,又接着说,"三年之后还要看单位是否继续让我当这个队长,等到这项工作结束了,我再考虑是否辞去单位的职务,重回翠山创业。当然,这很艰难,也很复杂,涉及多方面的事情,也包括你对此事的态度。"

"你真的有这种想法了! 我早就看出来了,从你再次申请下乡的那天起,我就看出来了。"郁芸提高了嗓门说,"我希望你考虑成熟了再做决定,不要事后懊悔;现在城乡差别虽然比以前小了一些,但依然很大,传统的思想观念也还存在;你从在省城里任职,突然间辞职到乡下来创业,别人会以疑惑的眼光看你。至于我,不用考虑我的态度,我不会干预你的决定的,哪怕最终是来到这里跟你一起生活。"

"我会认真考虑的。"陈根理解郁芸的提醒,"过去城乡二元结构很严重的时候,农村人都想摆脱乡村去城市里讨生活,像我这样的年轻人也是一门心思往城里奔,不管付出多大的努力和代价,也不管自身的禀赋是否能足够支持自己在城市打拼奋斗。这里面有成功的,也有迷茫的,我大概属于后一类。现在城乡二元结构被打破了,乡村的某些优势也开始凸显出来了,一些有思想的年轻人,还有一些像我这样有城市生活经历的迷茫者,自然而然会从实际出发,从个人禀赋出发,从实现人生价值的角度出发,去思考人生,重新做出选择。"

郁芸说:"这只是你个人的判断和认识,其实并未形成明显趋势;往城里奔的还是主流、是多数,逆行的都是些在城市竞争中迷失的人,这自然不是多数。"

陈根说:"现在城市竞争日趋激烈,毫无根基和准备的农村人要在城里打拼立足并不容易,相反在农村,由于人才匮乏,需求旺盛又广泛,也许更易找到合适的位置。你瞧现在村里不是回来了很多大学毕业生吗?当然,这里面有国家政策引导的因素,但毕竟现在已有不少愿意来农村的了;未来随着乡村优势进一步显现,这种现象就会成为一种趋势,'广阔天地、大有作为'嘛!我相信,今后大家都会基于实现自身价值的前提去做出选择,而不是都盲目往大城市奔。"

"你可能有点理想化了。"郁芸停顿了一下，又接着说，"我没有对这方面做过思考，我只是希望你谨慎一点，做出理性的选择，不要意气用事。"

"现在还没到最后选择的时候，还有几年时间供我思考，我们边走边看吧。"陈根像是自言自语地说。

经过镇里、村里还有陈根的积极争取，县人才工作领导小组决定，将这一年的"青年人才文化节"活动的现场放在翠山村。将一个全县性的大活动安排在一个村举行，这在滨江县还是从未有过的。这也说明，这几年，翠山村在吸引青年人才回乡创业、招才引智引导青年来村就业等方面的成效得到了县人才工作领导小组的充分肯定，同时经过自己不断地宣传经营，"翠山的呼唤"的吸引力在不断增强，影响面也在不断扩大……

于是，翠山村又成了全县各界关注的热点和热血青年打卡的地方。这项活动由县人才办组织，活动宗旨是营造尊才爱才的社会氛围，促进各行业领域，尤其是农村青年人才间的交流互动，激发人才创新、创业、创造活力，进一步提升滨江县影响力和人才吸引力。活动安排了盛大的启动仪式，县几大班子领导，各乡镇主要领导及人才代表共两百人参加。县委书记到场讲话，并按下了活动启动按钮。活动精心安排了青年文创市集，这项活动早在两周前就开始组织了，面向全县青年人才公开招募青年文创摊主，设置摊位三十多个，通过现场展示、直播带货等方式，推荐全县"非遗"、文创、美食产品，展示青年人才创新活力，传播滨江特色历史文化魅力和风俗民情。翠山村因为是主办地，也精心准备了两个摊位,分别是酵素产品和扶贫车间生产的挑花童装。集市摊位不仅吸引了参加启动仪式的领导、嘉宾、青年代表,还吸引了闻讯赶来的各乡镇青年;他们云集于摊位前,呈现空前的热闹景象,有些摊位展品如翠山村的挑花童装,竟然当场就卖完了,几次回厂拿产品来补充。到了晚上,组委会又推出了"青年人才之夜"篝火晚会,选择一块空地搭建起篝火堆,邀请"滨江青年火凤凰乐队"及人才代表进行歌曲、舞蹈、乐器等才艺表演,以青年人才喜爱的文娱活动方式,营造出青春活力、温馨美好的氛围,目的是增强人才对本县的归属感。村里一些年轻人也都沉浸其中,越烧越旺的篝火映衬出翠山小村的不夜天。

陈根和老父亲及妻子郁芸也在篝火晚会现场,体验着与年轻人一样的欢快心情。陈根把老父亲正式接到翠山村来与自己一起住了。老海保特别高兴,这是他多年的愿望了!特别是看到儿子终于重拾健康,儿子儿媳妇重新其乐融融地在一起生活,他心中的阴云真的一扫而光了,脸上的笑容也就越发地真实、灿烂了。郁芸也显得越来越自然和大方了,有了这几年非凡的经历,她的性格似乎也有了一些变化,变得更大度和开朗了些;对待农村和农村人也有了不一样的看法和态度,她似乎也在学会融入这种与之前大不一样的生活。她这次是专程前来参加"滨江青年人才文化节"的,她向单位请了假,准备在这多待几天,多感受一下这乡村节日的独特氛围。

"你瞧,村里的那几位年轻大学生干部多么活泼、有朝气,"陈根对郁芸说,"未来的乡村需要更多这样的年轻人!"

"是的,没想到农村的年轻人现在也这么时尚,充满朝气!"郁芸看着两位跳着舞蹈的年轻人,笑答道,"而且好像还很有文艺天赋呀!"

"不错,时代的进步在哪都有体现,不完全是在城市里。"陈根说。

郁芸若有所思地望着陈根,她知道他眼下正想着什么。她看到,熊熊的篝火已然映红了他的脸庞。

见陈根和郁芸谈得热火朝天,老海保也忍不住靠过来,笑呵呵地对儿子说:"从没见过这么多人来我们这个小村,这些人都是你请来的吗?"

陈根笑道:"是县里安排的,是我争取到的机会。"陈根停了停,又补充说,"其实现在,乡村已经不像以前那么令人小瞧了,而且越来越吸引人的注意了——这只是个开始,以后还会有更多的人来的。"

老海保说:"是不一样了,嘿嘿,老了还能见到这光景!"

陈根说:"您老好好保重身体,好好地活着,以后乡村的日子会越来越风光的,我会一直陪着您!"